SCIENCE FICTION

Herausgegeben
von Wolfgang Jeschke

Von Williams Gibson erschienen in der Reihe
HEYNE SCIENCE FICTION & FANTASY:

Neuromancer · 06/4400
Cyperspace · 06/4468
Biochips · 06/4529
Mona Lisa Overdrive · 06/4681

Liebe Leser,
um Rückfragen zu vermeiden und Ihnen Enttäuschungen zu ersparen: Bei dieser Titelliste handelt es sich um eine Bibliographie und NICHT UM EIN VERZEICHNIS LIEFERBARER BÜCHER. Es ist leider unmöglich, alle Titel ständig lieferbar zu halten. Bitte fordern Sie bei Ihrer Buchhandlung oder beim Verlag ein Verzeichnis der lieferbaren Heyne-Bücher an. Wir bitten Sie um Verständnis.

Wilhelm Heyne Verlag GmbH & Co. KG, Türkenstr. 5–7, Postfach 201204, 80333 München, Abteilung Vertrieb

WILLIAM GIBSON

MONA LISA OVERDRIVE

Dritter Roman
der Neuromancer-Trilogie

Mit einem Nachwort von
MICHAEL NAGULA

Deutsche Erstausgabe

Science Fiction

WILHELM HEYNE VERLAG
MÜNCHEN

HEYNE SCIENCE FICTION & FANTASY
06/4681

Titel der amerikanischen Originalausgabe
MONA LISA OVERDRIVE
Deutsche Übersetzung von Reinhard Heinz
Das Umschlagbild schuf Karel Thole

7. Auflage

Redaktion: Wolfgang Jeschke
Copyright © 1988 by William Gibson
Copyright © 1989 der deutschen Übersetzung
by Wilhelm Heyne Verlag GmbH & Co. KG, München
Printed in Germany 1995
Umschlaggestaltung: Atelier Ingrid Schütz, München
Satz: Schaber, Wels
Druck und Bindung: Elsnerdruck, Berlin

ISBN 3-453-03886-X

Für Fran Gibson,
meine erstaunliche Schwester,
in Liebe …

1 The Smoke 9
2 Kid Afrika 18
3 Malibu 26
4 Penne 35
5 Portobello 41
6 Im Licht des Morgens 51
7 Da gibt's kein Dort 58
8 Texas Radio 70
9 Underground 80
10 Die Gestalt 90
11 Drunten auf der Straße 99
12 Hier beginnt Antartika 113
13 Laufsteg 123
14 Spielzeug 126
15 Auf silbernen Wegen 131
16 Faser im Gewebe 140
17 Absprung 149
18 Knast 154
19 Unterm Messer 160
20 Hilton Swift 166
21 Das Aleph 171
22 Geister und Leere 176
23 Spiegel Spiegel 191
24 An einem einsamen Ort 198
25 Nach Osten 204
26 Kuromaku 211

27 Böses Mädchen 223
28 Gesellschaft 228
29 Winterreise 234
30 Der Raub 241
31 3Jane 247
32 Winterreise (2) 255
33 Der Star 259
34 Margate Road 266
35 Schlacht um die Fabrik 274
36 Seelenfänger 280
37 Kraniche 285
38 Schlacht um die Fabrik (2) 296
39 Des Guten zuviel 302
40 Pink Satin 311
41 Mr. Yanaka 315
42 Am Boden der Fabrik 319
43 Richter 325
44 Rotes Leder 330
45 Glatter Stein draußen 332

Die Nullstelle der Wahrnehmung.
Nachwort von Michael Nagula 337

Deutsche Bibliographie 362

1

The Smoke

Der Geist war das Abschiedsgeschenk ihres Vaters, das ein schwarzgewandeter Sekretär in einer Abflug-Wartehalle von Narita überreicht hatte.

Während der beiden ersten Stunden des Flugs nach London lag es unbeachtet in ihrer Tasche, das glatte, dunkle, längliche Stück, das an einer Seite mit dem allgegenwärtigen Logo von Maas-Neotek geprägt und an der andern Seite leicht gerundet war, um gut in der Hand des Benutzers zu liegen.

Sie saß kerzengerade an ihrem Platz in der Ersten Klasse; ihre Züge waren gefaßt, erstarrt zur kühlen Maske, die dem charakteristischen Ausdruck ihrer toten Mutter nachempfunden war. Die Nachbarplätze waren leer; ihr Vater hatte sie belegt. Sie wies das Essen zurück, das der nervöse Steward anbot. Die freien Plätze, Zeichen für Reichtum und Einfluß des Vaters, waren ihm nicht geheuer. Noch zögerte er, verbeugte sich dann und ging. Da gestattete sie der Maske ein sehr flüchtiges Mutterlächeln.

Geister, dachte sie später irgendwo über Deutschland, starren aus dem Sitzpolster nebenan. Wie gut Vater seine Geister behandelt.

Geister steckten auch hinter den Fenstern, Geister in der Stratosphäre des europäischen Winters, Fragmente, die sich allmählich zusammenfügten, wenn sie zu stieren anfing. Ihre Mutter im Ueno Park, Gesicht fragil in der Septembersonne.

»Die Kraniche, Kumi! Schau, die Kraniche!« Und Kumiko schaute über den Shinobazu-Teich und sah nichts, keine Spur von Kranichen, nur ein paar hopsende schwarze Tupfer, sicher Krähen. Das Wasser war spiegelglatt und bleigrau, und blasse Hologramme flimmerten verschwommen über einer fernen Budenzeile, wo's alles fürs Bogenschießen gab. Aber Kumiko sah die Kraniche später oft im Traum; Origami*, eckige Gebilde, aus neongrellen Flächen gefaltet, bunte, starre Gleitvögel in der Mondlandschaft des mütterlichen Wahnsinns ...

Die Erinnerung an den Vater mit der offenen schwarzen Robe, dem eintätowierten Drachenreigen auf der Brust, den zusammengesackten Vater hinter der riesigen Ebenholzfläche seines Schreibtisches mit den glänzenden Augen ohne Tiefe wie die Augen einer bemalten Puppe. »Deine Mutter ist tot. Verstehst du?« Und ringsum flächige Düsternis in seinem Arbeitszimmer, eckige Dunkelheit. Seine Hand gleitet vor in den Lichtkegel der Lampe und deutet zittrig auf sie, wobei der Robenärmel zurückrutscht und den Blick freigibt auf eine goldene Rolex und weitere Drachen mit wogenden Mähnen, die kräftig und dunkel eingestochen sind rings ums Handgelenk und deuten. Auf sie deuten. »Verstehst du?« Aber sie antwortete nicht, sondern lief davon, lief hinunter zu einem Versteck, der engen Kabine der kleinsten Reinigungsmaschine. Da tickte es die ganze Nacht und wurde sie alle paar Minuten von pink aufblitzenden Laserbündeln abgetastet, bis ihr Vater sie fand, der nach Whisky und Dunhill-Zigaretten stank und sie auf ihr Zimmer im dritten Stock der Wohnung trug.

Die Erinnerung an die Wochen danach, trübe Tage, meist in Gesellschaft des einen oder anderen Sekretärs, vorsichtigen Männern im schwarzen Anzug mit automatischem Lächeln und straff gewickeltem Regenschirm. Einer davon, der jüngste und unvorsichtigste, führte ihr im Gedränge eines Ginza-Trottoirs im Schatten der Hattori-Uhr eine improvisierte Kendo-Demonstration** vor, wobei er im Zickzack gekonnt durch er-

---

* Origami: jap. Kunst des Papierfaltens. — *Anm. d. Übers.*

** Kendo: jap. Kunst des Stockfechtens. — *Anm. d. Übers.*

schrockene Verkäuferinnen und entsetzte Touristen wirbelte und der schwarze Regenschirm, ohne Schaden anzurichten, die vorgeschriebenen, althergebrachten Schwünge dieser Kunst vollführte. Und Kumiko lächelte, setzte das eigene Lächeln auf und durchbrach die Totenmaske, wofür ihr Schuldgefühl augenblicklich tiefer und stechender an jener Stelle des Herzens bohrte, wo sie sich ihrer Schmach, ihrer Wertlosigkeit bewußt war. Meistens führten die Sekretäre sie jedoch zum Shopping von einem großen Kaufhaus ins nächste und gingen mit ihr in Dutzenden von Shinjuku-Boutiquen ein und aus, die von einem Michelin-Führer aus blauem Plastik empfohlen wurden, der ein steifes Touristen-Japanisch sprach. Sie kaufte nur potthäßliches Zeug, häßliches und sündhaft teures Zeug, und die Sekretäre schritten, Hochglanztüten in der starken Hand, unerschütterlich neben ihr einher. Nachmittäglich wurden die Tüten nach der Ankunft in der väterlichen Wohnung in Reih und Glied in ihrem Schlafzimmer aufgestellt, wo sie ungeöffnet und unberührt stehenblieben, bis die Zimmermädchen sie entfernten.

Und in der siebenten Woche — am Vorabend ihres dreizehnten Geburtstags — wurde arrangiert, Kumiko nach London zu verfrachten.

»Du wirst Gast im Haus meines *Kobun* sein«, sagte ihr Vater.

»Aber ich will nicht«, meinte sie und zeigte ihm das Lächeln der Mutter.

»Du mußt aber«, sagte er und wandte sich ab. »Es gibt Ärger«, sagte er zum abgedunkelten Arbeitszimmer. »In London bist du außer Gefahr.«

»Und wann komme ich zurück?«

Aber ihr Vater gab keine Antwort. Sie verneigte sich und ging, nach wie vor das Mutterlächeln im Gesicht, aus dem Arbeitszimmer.

Der Geist erwachte bei Kumikos Berührung, als sie gerade Heathrow anflogen. Die einundfünfzigste Biochip-Generation von Mass-Neotek zauberte eine verschwommene Gestalt in den Sitz neben ihr, einen Jungen aus einem vergilbten Jagdmotiv-Druck mit brauner Reithose und -stiefeln, der die Beine lässig übereinanderschlug. »Hallo-chen«, sagte der Geist.

Kumiko blinzelte, öffnete die Hand. Der Junge flimmerte und war weg. Sie betrachtete das glatte, kleine Gerät in der Hand und schloß langsam die Finger.

»Hallo noch mal«, sagte er. »Heiß Colin. Und du?«

Sie machte große Augen. Seine Augen waren giftgrüner Rauch, die hohe Stirn blaß und glatt unter der widerspenstigen dunklen Stirnlocke. Durch seine blitzenden Zähne konnte sie die Sitze auf der andern Gangseite sehen. »Wenn du's weniger gespenstisch magst«, sagte er grinsend, »können wir aufdrehn ...« Und einen Moment war er unangenehm scharf und echt; der Flor auf dem Revers seines dunklen Mantels flimmerte in halluzinatorischer Klarheit. »Verbraucht aber viel Batterie«, sagte er und verblaßte wieder zum Urzustand. »Hab deinen Namen nicht verstanden.« Wieder das Grinsen.

»Du bist nicht echt«, sagte sie streng.

Er zuckte die Achseln. »Nicht laut reden, Miss. Die Mitreisenden werden sich nur wundern, wenn du verstehst, was ich meine. Geht subvokal. Ich krieg's alles über die Haut ...« Er spreizte die Beine, streckte sich und verschränkte die Hände hinterm Kopf. »Angurten, Miss. 'türlich brauch ich mich nicht anschnallen, weil ich, wie du gesagt hast, nicht echt bin.«

Kumiko runzelte die Stirn und schmiß das Gerät dem Spuk in den Schoß. Er verschwand. Sie gurtete sich an, beäugte das Ding kurz, zögerte und nahm es wieder zur Hand.

»Bist denn das erste Mal in London?« fragte er und rauschte ins Blickfeld. Sie nickte ungewollt. »Du hast doch nichts gegen's Fliegen? Hast doch keine Angst?«

Sie schüttelte den Kopf; lächerlich kam sie sich vor.

»Keine Sorge«, sagte der Geist. »Ich paß auf dich auf. Heathrow drei Minuten. Holt dich jemand vom Flugzeug ab?«

»Der Geschäftsfreund meines Vaters«, sagte sie auf japanisch.

Der Geist grinste. »Dann wirst du ja in besten Händen sein.« Er zwinkerte. »Sieht man mir nicht an, daß ich Sprachen kann, was?«

Kumiko schloß die Augen, und der Geist fing an, ihr flüsternd etwas einzuflößen, etwas über die Archäologie von Heathrow, über die Jungsteinzeit und die Eisenzeit, über Töpferei und Werkzeuge ...

»Miss Yanaka? Kumiko Yanaka?« Der Gaijin*, ein Engländer, beugte sich, seine Massen elefantenartig mit dunklem Tuch drapiert, über sie. Kleine dunkle Augen musterten sie sanft durch eine Nickelbrille. Seine Nase sah aus, als sei sie praktisch plattgedrückt, aber nie gerichtet worden. Sein Haar, der kärgliche Rest, war geschoren, so daß nur graue Stoppeln blieben, und die fingerlosen schwarzen Strickhandschuhe waren ausgefranst.

»Mein Name, nicht wahr«, sagte er, als würde dies sie sofort beruhigen, »ist Petal.«

Petal nannte die Stadt *Smoke.*

Kumiko fröstelte auf dem kalten roten Leder; durch die Scheibe des betagten Jaguars beobachtete sie, wie der Schnee fiel und auf der Straße schmolz, die Petal M4 nannte. Farblos war der Spätnachmittagshimmel. Er fuhr schweigend, gut, die Lippen gespitzt, als wollte er pfeifen. Unmöglich wenig Verkehr für Tokioter Begriffe. Sie überholten einen unbemannten Eurotrans-Laster, dessen stumpfer Bug mit Sensoren und ganzen Frontscheinwerferbatterien bestückt war. Trotz der Ge-

* Gaijin: jap.: Ausländer. — *Anm. d. Übers.*

schwindigkeit des Jaguars hatte Kumiko das Gefühl, irgendwie stillzustehn; ringsum verschmolzen die Partikel Londons allmählich miteinander. Nasse Ziegelmauern, Betonbögen, schwarzlackiertes Schmiedeeisen in Reih und Glied.

Vor ihren Augen nahm die Stadt schließlich Gestalt an. Nach der M4 konnte sie, wenn der Jaguar an Kreuzungen anhielt, durch den Schnee Gesichter sehen, gerötete Gaijin-Gesichter über dunkler Kleidung mit schalvermummtem Kinn, Frauenstiefel in silbernen Pfützen. Die Fluchten von Geschäften und Häusern erinnerten sie an das herrlich detailgetreue Zubehör einer Spielzeugeisenbahn, die sie aufgebaut in einem europäischen Antiquitätengeschäft von Osaka gesehen hatte. Es war nicht zu vergleichen mit Tokyo, wo die Vergangenheit — was davon übrig war — mit ängstlicher Fürsorge behütet wurde. Historisches hatte dort Seltenheitswert, zählte rein quantitativ, wurde von den Behörden zugeteilt und durch Gesetze geschützt und Firmengelder erhalten. Hier schien alles aus nichts andrem zu bestehen, als wäre die Stadt ein einziges Gewächs aus Stein und Ziegel, aus vielschichtigen Intentionen, aus Zeiten, das durch die Jahrhunderte entstanden war nach dem Diktat einer jetzt alles andere als unleserlichen DNS aus Kommerz und Empire.

»Bedaure, daß Swain nicht selber rauskommen und dich begrüßen konnte«, sagte der Mann, der Petal hieß. Kumiko kam mit seinem Akzent besser klar als mit der Struktur, die er seinen Sätzen verpaßte; so faßte sie seine Entschuldigung zunächst als Befehl auf. Sie wollte den Geist zu Rate ziehen, sah aber davon ab.

»Swain«, meinte sie zaghaft, »Mr. Swain ist der, bei dem ich wohne?«

Petal betrachtete sie im Spiegel. »Roger Swain. Das hat dir dein Vater nicht gesagt?«

»Nein.«

»Soso.« Er nickte. »Mr. Kanaka ist bei so was sehr auf

Sicherheit bedacht, das ist doch wohl klar... In seiner Stellung et cetera...« Er seufzte laut. »Tut mir leid wegen der Heizung. Werkstatt hätt sich drum kümmern sollen...«

»Sind Sie Mr. Swains Sekretär?« An die stoppligen Hautringe über dem Kragen des dicken dunklen Mantels gerichtet.

»Sein Sekretär?« Er schien nachzudenken. »Nein«, meinte er schließlich. »Das bin ich nicht.« Er bog in einen Platz mit Kreisverkehr, vorbei an metallisch glänzenden Markisen und dem abendlichen Fußgängerstrom. »Hast denn schon gegessen? Haben sie euch im Flugzeug was gegeben?«

»Ich hatte keinen Hunger.« Der mütterlichen Maske bewußt.

»Nun, Swain wird schon was haben für dich. Ißt gern japanisch, der Swain.« Er schnalzte eigenartig mit der Zunge und schaute kurz um zu ihr.

Sie schaute an ihm vorbei, sah den Kuß der Schneeflocken, die Wegwischbewegung der Scheibenwischer.

Swains Notting Hill-Residenz bestand aus drei verbundenen viktorianischen Stadthäusern, die irgendwo in dem verschneiten Gewirr aus Plätzen, Straßen und Durchfahrten standen. Petal, der in jeder Hand zwei von Kumikos Koffern trug, erklärte, daß die Hausnummer 17 der Haupteingang auch für die Nummer 16 und 18 sei. »Da braucht man gar nicht erst klopfen«, sagte er und deutete plump mit den schweren Koffern in der Hand auf die glänzend rot lackierte, messingbeschlagene Tür von No. 16. »Nur 'n halber Meter Stahlbeton dahinter.«

Sie schaute durch den bogenförmigen Straßenzug mit den nahezu identischen Fassaden, die sich zur leichten Biegung formierten. Der Schnee fiel nun dichter, und den gleichförmigen Himmel erhellte der lachsrote Schein von Natriumdampflampen. Die Straße war verlassen, der frische Schnee unberührt. Die Luft hatte einen fremdartigen Biß, einen durchdringenden Beigeschmack von Feuer, von altertümlichen Brennstoffen. Petals Schuhe hinterließen große, scharf abgegrenzte Abdrücke. Es waren schwarze Wildlederhalbschuhe mit schmaler Spitze und überaus klobigen, knallroten Plastiksohlen. Allmählich frierend, folgte sie seiner Trittspur zu den grauen Stufen der Nummer 17.

»Ich bin's«, sagte er zur schwarzlackierten Tür, »nich' wahr?« Dann seufzte er, stellte alle vier Koffer in den Schnee, zog den fingerlosen Handschuh von der Rechten und drückte den Handballen auf eine glänzende Stahlscheibe, die bündig in eine der Türfüllungen eingelassen war. Kumiko glaubte, ein feines Summen zu hören, ein Surren, das schriller wurde und verstummte, woraufhin die Tür vibrierte, als sich mit einem gedämpften Geräusch wuchtige Magnetbolzen zurückschoben.

»Sie haben sie Smoke genannt«, sagte Kumiko, als er nach dem messingenen Türknauf griff, »die Stadt ...«

Er hielt inne. »The Smoke, jawohl«, sagte er und öffnete die Tür ins Warme, Helle. »Das ist ein alter Ausdruck, so was wie ein Spitzname.« Er nahm ihre Koffer und stapfte in ein Foyer mit blauem Teppichboden und weißlackierter Holztäfelung. Sie folgte ihm, wobei die Tür sich selbsttätig schloß und die Bolzen puffend zugingen. Ein in Mahagoni gerahmter Druck hing an der weißen Täfelung, Reiter auf einem Feld, schneidige Figürchen im roten Rock. *Colin der Chip-Geist sollte dort leben,* dachte sie. Petal hatte ihre Koffer wieder abgesetzt. Gepreßter Schnee lag auf dem blauen Teppich. Nun öffnete er eine andere Tür, hinter der sich ein vergoldeter Stahlkäfig auftat. Mit Geklapper zog er das Gitter auf. Sie schaute verdutzt in den Käfig. »Der Lift«, sagte er. »Kein Platz für deine Sachen. Ich fahr ein zweites Mal.«

Trotz des offenkundigen Alters fuhr der Aufzug prompt an, als Petal mit der Kuppe des Zeigefingers auf einen weißen Porzellanknopf drückte. Kumiko mußte nun notgedrungen dicht bei ihm stehen; er roch nach feuchter Wolle und einem blumigen Rasierwasser.

»Wir haben dich ganz oben untergebracht«, sagte er und führte sie durch einen schmalen Gang, »weil wir uns dachten, daß du's gern ruhig hast.« Er öffnete eine Tür und bedeutete ihr einzutreten. »Hoffe, es ist recht so ...« Er nahm die Brille ab und putzte sie energisch mit einem zerknüllten Papiertuch. »Ich hol deine Koffer.«

Als er gegangen war, spazierte Kumiko um die Badewanne, die ganz aus schwarzem Marmor war und die Mitte des niedrigen, engen Raumes beherrschte. Die Wände, die eine Schräge hatten, waren mit goldgesprenkelten Spiegeln verkleidet. Zwei kleine Dachfenster flankierten das größte Bett, das Kumiko je zu Gesicht bekommen hatte. Über dem Bett waren in den Spiegel verstellbare Lämpchen eingelassen wie Leselicht im Flugzeug. Sie trat neben die Wanne und berührte den geschwungenen Hals eines goldenen Schwans, der als Wasserhahn diente. Seine ausgebreiteten Schwingen waren die Griffe. Es war warm im Zimmer und ohne Zug, und im ersten Moment schien die Gegenwart ihrer Mutter die Luft zu erfüllen wie ein quälender Nebel.

Petal an der Tür räusperte sich. »Nun«, sagte er und rauschte mit ihrem Gepäck herein, »alles in Ordnung? Hast du schon Hunger? Nein? Jetzt gewöhn dich erst mal ein ...« Er stellte die Koffer nebens Bett. »Wenn du was essen möchtest, meld dich einfach.« Er deutete auf ein antikes Schmucktelefon mit verschnörkelter, messingener Sprech- und Hörmuschel und gedrehtem Elfenbeingriff. »Einfach abheben, brauchst nicht zu wählen. Frühstück gibt's, wann du willst. Frag einfach, man zeigt dir, wo. Danach kannst du zu Swain ...«

Das Gefühl von der Mutter war mit seiner Rückkehr verschwunden. Sie versuchte, es wieder zu spüren, als er gute Nacht sagte und die Tür schloß, aber es war weg.

Lange blieb sie neben der Wanne stehen und streichelte übers glatte Metall des kühlen Schwanenhalses.

2

Kid Afrika

Kid Afrika kreuzte am letzten Novembertag in Dog Solitude auf. Seinen Oldtimer-Dodge fuhr eine Weiße, die Cherry Chesterfield hieß.

Slick Henry und Little Bird zerlegten gerade die Kreissäge, die als linke Hand des *Richters* fungierte, als Kids Dodge in Sicht kam, dessen geflicktes Luftkissen braune Fontänen der rostigen Brühe aufwarf, die im Solitude auf dem unebenen Hof aus gewalztem Stahl Pfützen bildete.

Little Bird sah es zuerst. Er hatte scharfe Augen, Little Bird, und ein 10 X Monokular, das neben allerlei Tierknochen und antiken messingenen Flaschenhalspatronen an seiner Brust baumelte. Slick schaute vom hydraulischen Handgelenk auf und sah, wie Little Bird sich zu seinen vollen zwei Metern aufbaute und das Monokular durch das unverglaste Stahlgitter richtete, aus dem die Südwand der Fabrik hauptsächlich bestand. Little Bird war spindeldürr, fast ein Skelett, und die gelackten braunen Haarbüschel, die ihm seinen Namen eingebracht hatten, zeichneten sich, wie Flügel zu Berge stehend, scharf vom grauen Himmel ab. Er hatte die Seiten und den Nacken kahlgeschoren bis hoch über die Ohren; mit den Flügeln und dem aerodynamischen Entenschwanz sah er aus, als hätte er eine kopflose braune Möwe auf.

»Brrr«, sagte Little Bird. »Scheiße.«

»Was?« Es war schwer, Little Bird Konzentration abzugewinnen, und für die Arbeit war ein zweites Paar Hände erforderlich.

»Es ist der Nigger.«

Slick stand auf und wischte sich die Hände an den Jeansbeinen ab, während Little Bird das grüne Mech-5 Microsoft aus der Buchse hinterm Ohr pulte — und augenblicklich das 8er Servo-Kalibrierungsverfahren vergaß, das nötig war, um die Kreissäge des Richters wieder hinzukriegen. »Wer fährt?« Afrika saß nie selbst am Steuer, wenn es sich vermeiden ließ.

»Kann ich nicht sehn.« Little Bird ließ das Monokular klappernd auf seinen Knochen- und Messingbehang fallen.

Slick trat zu ihm ans Fenster und beobachtete, wie der Dodge näherkam. In regelmäßigen Abständen möbelte Kid Afrika den mattschwarzen Lack des Luftkissenfahrzeugs mit wohldosiertem Einsatz eines Farbsprays auf, wobei verchromte Totenköpfe, die in einer Reihe an den wuchtigen vorderen Stoßdämpfern geschweißt waren, den finstern Eindruck noch verstärkten. Früher hatten die hohlen Schädel aus Stahl rote Christbaumkugeln als Augen; vielleicht scherte sich der Kid neuerdings weniger ums Image.

Als das Hovercraft zur Fabrik rauschte, hörte Slick Little Bird nach hinten ins Halbdunkel schlurfen, wobei er mit seinen schweren Stiefeln durch Staub und glänzende Schnecken aus feinen Metallspänen stapfte.

Slick beobachtete durch ein letztes staubiges Fensterglas, eine messerförmige Scherbe, wie das Hovercraft vor der Fabrik schnaubend und rauchend ins Luftkissen sackte.

Es klapperte etwas hinten im Dunkeln, und er wußte, daß Little Bird hinterm Gebrauchtteile-Regal stand und den selbstgemachten Schalldämpfer auf die chinesische Randfeuer bastelte, die sie für Kaninchen hernahmen.

»Bird«, sagte Slick und schmiß den Schraubenschlüssel auf die Plane, »ich weiß, daß du so'n blöder Rotarsch aus Jersey bist, aber mußt du mich, verdammt noch mal, ständig daran *erinnern?«*

»Ich mag den Nigger nicht«, sagte Little Bird hinterm Regal.

»Tja, und würd der Nigger mal 'nen Blick auf dich verschwenden, dann würd er dich auch nicht mögen.

Wenn er wüßte, daß du mit der Kanone da hinten stehst, würde er sie dir quer in den Rachen stopfen.«

Keine Antwort von Little Bird. Er war in weißen Vorstädten von Jersey aufgewachsen, wo alle Scheuklappen aufhatten und jeden mit Durchblick haßten.

»Und ich würd ihm noch helfen dabei.« Slick zog mit einem Ruck den Reißverschluß seiner alten braunen Jakke zu und ging hinaus zu Kid Afrikas Hovercraft.

Die staubige Scheibe auf der Fahrerseite senkte sich surrend und gab den Blick frei auf ein blasses Gesicht, das von einer monströsen bernsteinfarbenen Brille beherrscht wurde. Slicks Stiefel knirschten auf uralten Konservendosen, die wie zu dürrem Laub zerrostet waren. Der Fahrer setzte die Brille ab und blinzelte ihn an. Eine Frau, aber die bernsteinfarbene Brille hing nun um den Hals und verdeckte Mund und Kinn. Kid wäre auf der andern Seite, was nur gut war für den unwahrscheinlichen Fall, daß Little Bird zu schießen anfing.

»Andre Seite«, sagte die Frau.

Slick ging um das Hovercraft herum, vorbei an den verchromten Schädeln, und hörte auch schon Kid Afrikas Fenster mit dem gleichen demonstrativen Surrton heruntergehn.

»Slick Henry«, sagte Kid, dessen Atem in der Luft von Solitude weiß dampfte, »hallo!«

Slick schaute hinunter in das ovale braune Gesicht. Kid Afrika hatte nußbraune Augen, die katzenartig geschlitzt waren, einen bleistiftdünnen Schnauzer und eine Haut, die wie glattes Leder glänzte.

»Hi, Kid.« Slick roch so was wie Weihrauch aus dem Hover. »Wie geht's so?«

»Gut«, antwortete Kid und kniff die Augen zusammen. »Ich entsinne mich, daß du mal gesagt hast, wenn ich je 'nen Gefallen brauche ...«

»Stimmt«, sagte Slick, den eine erste ungute Ahnung befiel. Kid Afrika hatte ihm mal das Leben gerettet in Atlantic City; redete ein paar gereizten Brüdern aus, ihn vom Balkon im dreiundvierzigsten Stock eines ausgebrannten Hochhauses zu schubsen. »Will dich jemand aus einem Hochhaus werfen?«

»Slick«, sagte Kid, »ich will dich mit jemand bekanntmachen.«

»Sind wir dann quitt?«

»Slick Henry, dieses hübsche Mädchen hier, das ist Miss Cherry Chesterfield aus Cleveland, Ohio.« Slick bückte sich und blickte zum Fahrer. Blonde Schockermähne, Lidstrich. »Cherry, das ist mein enger persönlicher Freund, Mr. Slick Henry. Als er noch jung und schlecht war, zog er mit den Deacon Blues herum. Jetzt ist er alt und schlecht und verkriecht sich hier und frönt seiner *Kunst*, verstehst du. Ein *talentierter* Mann, verstehst du.«

»Das ist doch der, der die Roboter baut«, sagte das Mädchen Kaugummi kauend.

»Genau der«, erwiderte Kid und öffnete seine Tür. »Du wartest hier auf uns, Cherry, Süße.« In einen Mink gehüllt, der bis zur makellosen Spitze seiner gelben Strauß-Boots reichte, stieg Kid aus in Solitude, wobei Slick kurz etwas sah hinten im Hover, Momentaufnahme einer Ambulanz mit Verbänden und Schläuchen ...

»Ey, Kid«, sagte er, »was habt ihr hinten drin?« Kid hob die Hand mit dem vielen Schmuck dran und winkte Slick zurück, während die Tür des Hovercraft zuschlug und Cherry Chesterfield auf die Fensterheberknöpfe drückte.

»Darüber müssen wir uns unterhalten, Slick.«

»Ich glaube nicht, das ist zu viel verlangt«, meinte Kid Afrika, der, in seinen Mink gehüllt, an einer Werkbank aus blankem Metall lehnte. »Cherry hat einen Med-Tech-Schein und weiß, daß sie ihr Geld kriegt. Nettes Mädel, Slick.« Er zwinkerte.

»Kid ...«

Kid Afrika hatte hinten im Hover so'nen Typ, der quasi tot war, im Koma lag oder so und an Pumpen und Tüten und Schläuchen hing und an einem Simstim, das mitsamt den Batterien und allem auf eine alte Krankenbahre aus Alu gepackt war.

»Was ist'n das?« Cherry, die mit ihnen hereingekommen war, nachdem Kid Slick wieder hinausgeführt und ihm den Kerl hinten im Hover gezeigt hatte, beäugte skeptisch den aufragenden Richter, der jedenfalls fast ganz geblieben war; der Arm mit der Kreissäge war noch auf der öligen Plane am Boden, wo sie ihn liegengelassen hatten. *Wenn sie einen Med-Tech-Schein hat,* überlegte Slick, *dann hat der Med-Tech wohl noch nicht gemerkt, daß er fehlt.* Sie hatte mindestens vier Lederjacken an, die allesamt einige Nummern zu groß waren.

»Slicks Kunst, wie gesagt.«

»Der Kerl stirbt ja. Stinkt nach Pisse.«

»Katheder ist lose«, erklärte Cherry. »Was hat dieses Ding überhaupt für 'nen Zweck.«

»Hier kann er nicht bleiben, er gefriert uns steif, Kid. Wenn du ihn wegputzen willst, dann stopf ihn in eins der Löcher hier in Solitude.«

»Der Mann stirbt nicht«, sagte Kid Afrika. »Ihm fehlt nichts, er ist nicht krank ...«

»Was, zum Teufel, ist dann mit ihm?«

»Er ist weggetreten, Baby. Auf'm *langen Trip.* Braucht *Ruhe und Frieden.*«

Slick schaute von Kid zum Richter und wieder zu Kid. Er wollte am Arm weitermachen. Kid verlangte von Slick, den Kerl zwei oder auch drei Wochen aufzunehmen; Cherry bliebe hier und würde sich um ihn kümmern.

»Ich steig nicht durch. Ist der Typ ein Freund von dir?«

Kid Afrika zuckte die Achseln in seinem Mink.

»Warum bringst du ihn dann nicht bei dir unter?«

»Hab's nicht so ruhig, weit nicht so friedlich.«

»Kid«, sagte Slick, »ich schulde dir was, aber nicht so was Komisches. Überhaupt hab ich zu tun, und überhaupt ist das zu komisch. Und dann ist da noch Gentry. Er ist gerade in Boston; kommt morgen abend wieder und wird was dagegenhaben. Du weißt ja, er ist komisch, was andre Leute angeht ... Und es ist ja hauptsächlich sein Laden ...«

»Sie hatten dich schon überm Geländer, Mann«, sagte Kid Afrika traurig. »Weißt du noch?«

»Ey, das weiß ich freilich, aber ...«

»Du hast'n recht schlechtes Gedächtnis«, sagte Kid. »Okay. Cherry, gehn wir. Will nicht in der Nacht durch Dog Solitude fahren.« Er stieß sich von der eisernen Bank ab.

»Kid, schau ...«

»Vergiß es! Kannte nicht mal deinen Scheißnamen damals in Atlantic City. Dachte halt, den weißen Knaben willste nicht zermust auf der ganzen Straße sehn, nicht? Kannte deinen Namen nicht und kenn ihn jetzt wohl auch nicht.«

»Kid ...«

»Tja?«

»Okay. Er bleibt. Maximal zwei Wochen. Du versprichst, daß du ihn wieder abholen kommst? Und du mußt mir helfen, das mit Gentry zu deichseln.«

»Was braucht er?«

»Stoff.«

Little Bird tauchte wieder auf, als Kids Dodge sich über die Solitude davonwälzte. Er rückte hinter einem Stapel zerwalzter Autos hervor, rostiger Paletten mit gepreßtem Stahl, die noch bunte Lackspuren aufwiesen.

Slick beobachtete ihn von einem Fenster hoch droben in der Fabrik. Die Flächen des Stahlrahmens waren mit wiederverwerteten Kunststoffen verkleidet, so daß Slick, wenn er den Kopf zur Seite neigte, Little Bird durch eine Scheibe aus glutrotem Lucite* sah.

---

* Lucite: ein Acrylglas. — *Anm. d. Übers.*

»Wer wohnt hier?« fragte Cherry vom Raum hinter ihm.

»Ich«, sagte Slick, »Little Bird, Gentry ...«

»In diesem Zimmer, meine ich.«

Er drehte sich um und sah sie neben der Bahre mit dem Hilfsgerät. »Du«, sagte er.

»Dein Zimmer?« Sie betrachtete die Zeichnungen, die an der Wand klebten, seine ersten Entwürfe des Richters und seiner Schergen, des Schinders und der Hexe.

»Keine Bange.«

»Besser nicht dran denken«, sagte sie.

Er sah sie an. Sie hatte eine große rote Blessur am Mundwinkel. Ihr gebleichtes Haar stand zu Berge wie elektrostatisch aufgeladen. »Wie gesagt, keine Bange.«

»Kid sagte, hier gibt's Strom.«

»Ja.«

»Häng ihn lieber ran«, sagte sie, an die Bahre gewandt. »Er verbraucht nicht viel, aber die Batterien werden bald leer.«

Er durchquerte das Zimmer und betrachtete das siechende Gesicht. »Verrat mir eins«, sagte er. Die Schläuche gefielen ihm nicht. Einer ging ins Nasenloch, und schon beim Gedanken daran würgte es ihn. »Wer ist der Kerl und was genau, verdammte Scheiße, macht der Kid Afrika überhaupt mit ihm?«

»Nichts«, sagte sie und tippte eine Anzeige ins Bild auf dem Tastenfeld eines Biomonitors, der mit silbernem Klebeband am Fuß der Krankentrage befestigt war. »Immer noch REM*, wie wenn er andauernd träumt ...« Über den Mann auf der Bahre war ein nagelneuer blauer Schlafsack gespannt. »Was es auch ist, er — wer immer — bezahlt Kid dafür.«

Der Kerl hatte ein Netz von Elektroden auf der Stirn kleben; ein einzelnes schwarzes Kabel war entlang der

---

* REM (rapid eye movement): schnelle Augenbewegung während der Traumphasen des Schlafs. — *Anm. d. Übers.*

Bahre festgebunden. Dem folgte Slick bis zu dem dicken grauen Paket, das das auf den Aufbau montierte Gerät zu steuern schien. Simstim? Sah nicht danach aus. Irgendein Cyberspace-Gerät? Gentry wußte 'ne Menge über Cyperspace oder redete zumindest davon, aber Slick hatte, wenn er sich recht erinnerte, noch nie gehört, daß einer bewußtlos wurde und einfach eingestöpselt blieb ... In den Cyberspace klinkte man sich zum Hökern ein. Die E-troden rauf, und da draußen sind sie, alle Daten der Welt, zusammengepackt wie eine einzige riesige Neonstadt, so daß du rumziehen kannst und irgendwie rankommst — optisch zumindest, denn wenn nicht, ist's zu kompliziert — beim Versuch, dich an bestimmte gewünschte Daten heranzupirschen. Ikonik, nannte Gentry das.

»Bezahlt er den Kid?«

»Ja«, sagte sie.

»Für was?«

»Daß er ihn in dem Zustand läßt. Und ihn versteckt.«

»Vor wem?«

»Weiß ich nicht. Hat er nicht gesagt.«

In der Stille, die folgte, konnte er den Mann regelmäßig und schnarrend atmen hören.

3

Malibu

Das Haus hatte einen Geruch, den es schon immer hatte.

Er rührte vom Alter her und von der Salzluft und der entropischen Natur teurer Häuser, die zu nah ans Meer gebaut sind. Vielleicht war er auch typisch für Häuser, die regelmäßig vorübergehend unbewohnt waren, die auf- und zugemacht wurden, wenn seine rastlosen Bewohner ankamen und abreisten. Sie stellte sich die Zimmer leer vor, stellte sich vor, wie das Chrom still Rost ansetzt, wie heller Schimmel finstre Ecken befällt. Die Architekten hatten, als wollten sie diesem ewigen Prozeß Tribut zollen, dem Rost gewissermaßen Vorschub geleistet; das massive Stahlgeländer entlang der Terrasse war durch die Jahre von der zersetzenden Gischt armdünn geworden.

Das Haus ruhte wie die Bauten der Nachbarschaft auf alten Grundmauerresten, und bei ihren Strandspaziergängen entwickelte sie zuweilen archäologische Phantasien. Sie versuchte, sich eine Vergangenheit auszumalen, die zu dem Ort paßte, mit andern Häusern, andern Stimmen. Begleitet wurde sie bei diesen Spaziergängen von einem bewaffneten, ferngesteuerten Miniaturhubschrauber Marke Dornier, der von seinem unsichtbaren Dachhorst aufstieg, sobald sie von der Terrasse trat. Er konnte nahezu geräuschlos an der Stelle schweben und war so progammiert, daß er ihre Blickrichtung mied. Wie er ihr auf Schritt und Tritt folgte, das hatte etwas Wehmütiges an sich, als wäre er ein teures, aber nicht geschätztes Weihnachtsgeschenk.

Sie wußte, daß Hilton Swift sie durch die Kamera des Dornier beobachtete. Wenig, was im Strandhaus geschah, entging Sense/Net; ihre Einsamkeit, die Woche allein, die sie verlangt hatte, stand unter ständiger Beobachtung.

Die Jahre im Beruf hatten sie einzigartig immun gemacht gegenüber Beobachtung.

Nachts machte sie manchmal das Flutlicht unterhalb der Terrasse an und leuchtete die grotesken Hieroglyphenornamente der großen grauen Sandflöhe aus. Die Terrasse selbst ließ sie dunkel, ebenso das nach unten versetzte Wohnzimmer dahinter. Sie saß auf einem Stuhl aus schlichtem weißen Kunststoff und beobachtete den Brown'schen* Tanz der Flöhe. Im grellen Flutlichtschein warfen sie winzige, kaum wahrnehmbare Schatten, flüchtige Höcker im Sand.

Das Rauschen des Meeres lullte sie ein mit seinem Takt. Spät nachts, wenn sie im kleineren der beiden Gästezimmer schlief, schlich es sich in ihre Träume ein. Niemals aber in die übergreifenden fremden Erinnerungen.

Die Wahl des Schlafzimmers vollzog sich instinktiv. Das eigentliche Schlafzimmer war mit altem Schmerz vermint.

Die Ärzte in der Klinik hatten die chemische Zange angesetzt, um die suchtempfänglichen Rezeptoren im Hirn abzuklemmen.

Sie kochte selber in der weißen Küche, taute Brot auf in der Mikrowelle und warf Schweizer Päckchensuppe in blitzsaubere Edelstahltöpfe, wobei sie schleppend in den namenlosen, aber zusehends vertrauteren Raum rückte, von dem sie der Designerstoff so raffiniert isoliert hatte.

»Nennt sich Leben«, sagte sie zur weißen Theke. Und

---

* Robert Brown: entdeckte die nach ihm benannte passive Bewegung mikroskopischer Teilchen in Flüssigkeiten oder Gasen. — *Anm. d. Übers.*

was würden die Hauspsychologen von Sense/Net davon halten, fragte sie sich, wenn das ein verstecktes Mikro aufschnappte und an sie weiterleitete? Sie rührte die Suppe mit einem schmalen rostfreien Schneebesen um und sah den Dampf aufsteigen. Es half, wenn man was selber machte, dachte sie, wenn man einfach selber was tat. In der Klinik wurde darauf bestanden, daß sie das Bett selber machte. Jetzt löffelte sie eine Tasse selbstgemachter Suppe aus und dachte stirnrunzelnd an die Klinik zurück.

Die Behandlung hatte sie nach einer Woche abgebrochen. Die Weißkittel protestierten. Die Entgiftung sei wunderbar gelaufen, sagten sie, aber die Therapie habe noch nicht begonnen. Sie nannten die Rückfallquote von Patienten, die das Programm abbrachen. Sie erklärten, daß ihre Versicherung hinfällig wäre, wenn sie die Behandlung beendete. Sense/Net würde schon zahlen, sagte sie, falls es ihnen nicht lieber wäre, sie würde selber zahlen. Sie zückte ihren MitsuBank Platinchip.

Ihr Lear kam eine Stunde später an; sie sagte ihm, er solle sie nach LAX bringen, dort einen Wagen bereitstellen und keine hereinkommenden Gespräche annehmen.

»Tut mir leid, Angela«, sagte der Jet, der gerade Montego Bay überflog, Sekunden nach dem Start, »aber ich habe Hilton Swift auf Vorrangschaltung.«

»Angie«, sagte Swift, »du weißt, daß ich voll hinter dir stehe. Das weißt du doch, Angie.«

Sie wandte sich um und starrte auf das schwarze Lautsprecheroval; es war in glattes graues Plastik eingelassen, und sie stellte sich vor, wie er da drin hockte und die langen Läuferbeine schmerzhaft grotesk einzog hinter den Spant des Lear.

»Das weiß ich, Hilton«, sagte sie. »Nett von dir, daß du anrufst.«

»Du fliegst nach L.A., Angie?«

»Ja, das hab ich dem Flieger gesagt.«

»Nach Malibu?«

»Genau.«

»Piper Hill ist auf dem Weg zum Flughafen.«

»Danke, Hilton, aber ich will keine Piper Hill dort sehn. Ich will niemand sehn. Ich will'n Auto.«

»Es ist niemand im Haus, Angie.«

»Prima. Das will ich ja gerade, Hilton. Niemand im Haus. Leeres Haus.«

»Ist das auch wirklich eine gute Idee?«

»Die beste, die ich seit langem hatte, Hilton.«

Pause. »Sie sagten, lief echt gut, Angie, die Behandlung. Aber du hättest noch bleiben sollen.«

»Ich brauch 'ne Woche Zeit«, sagte sie. »Eine Woche. Sieben Tage. Für mich allein.«

Nach der dritten Nacht im Haus wurde sie bei Morgengrauen wach, machte Kaffee, zog sich an. Das breite Fenster zur Terrasse war beschlagen. Sie hatte schlecht geschlafen; falls sie geträumt hatte, so wußte sie's nicht mehr. Trotzdem war da was — was Anregendes, geradezu Schwindelerregendes. Sie stand in der Küche, spürte den kalten Fliesenboden durch die dicken Tennissocken und legte die Hände um die warme Tasse.

Da war was. Sie streckte die Arme, erhob in einer instinktiven und zugleich ironischen Geste die Kaffeetasse wie einen Kelch.

Es war schon drei Jahre her, daß sie von Loa geritten wurde, drei Jahre, daß sie überhaupt Kontakt damit hatte. Aber nun?

Legba? Einer der andern?

Das Gefühl von einer Gegenwart legte sich urplötzlich. Sie stellte die Tasse viel zu ungestüm auf der Theke ab, so daß ihr Kaffee über die Hand schwappte, und lief nach Schuhen und einer Jacke. Grüne Gummistiefel aus dem Schrank mit den Strandsachen, ein dicker blauer Bergsteiger-Anorak, den sie nicht kannte und der zu groß für Bobby gewesen wäre. Sie stürzte aus dem

Haus, die Stufen hinunter, kümmerte sich nicht um das Propellergeräusch des Spielzeugdornier, der hinter ihr mit der Ausdauer einer Libelle aufstieg. Sie sah kurz nach Norden, entlang der verschachtelten Strandhauszeile mit ihrem Dächergewirr, die sie an ein Barrio* von Rio erinnerte, und wandte sich dann südwärts zur Kolonie.

Es kam eine gewisse Mamman Brigitte oder Grande Brigitte, die bald als Gemahlin von Baron Samedi gilt, bald »Älteste der Toten« genannt wird.

Die Traumarchitektur der Kolonie ragte zu Angies Linker auf, eine Orgie aus Form und Ego. Zerbrechlich wirkende, neonbesetzte Repliken der Watts Towers erhoben sich neben den Bunkern der Neo-Brutalisten mit ihren bronzenen Flachrelief-Fronten.

Spiegelwände, die beim Vorbeigehen die morgendlichen Wolkenbänke über dem Pazifik reflektierten.

Es hatte Zeiten gegeben in den letzten drei Jahren, wo sie sich kurz davor wähnte, (wieder) eine Linie zu überschreiten, eine unterschwellige Glaubensgrenze, nur um festzustellen, daß ihre Zeit mit den Loa ein Traum gewesen war oder höchstens ansteckende Knoten kultureller Resonanz, die ihr von den Wochen bei Beauvoir in New Jersey geblieben waren. Mit andern Augen sehn: keine Götter, keine Reiter.

Sie ging weiter, vom Meeresrauschen bestärkt, dem einen immerwährenden Strand-Moment, seinem Jetzt-und-Ewig.

Ihr Vater war tot, seit sieben Jahren tot, und der Lebensbericht, den er führte, hatte ihr auch nicht viel verraten. Daß er jemand oder etwas gedient habe, daß sein Lohn Wissen und daß sie seine Opfergabe gewesen sei.

Manchmal war ihr, als hätte sie drei Leben gehabt, die durch etwas Undefinierbares voneinander abgeschirmt

* Barrio: (span.) Viertel, Stadtbezirk. — *Anm. d. Übers.*

seien und daß keine Hoffnung auf Ganzheitlichkeit bestehe.

Da waren die Erinnerungen des Kindes an die Maas'sche Arcologie*, die in die Kuppe eines mexikanischen Tafelbergs gehauen war, wo sie sich, das Gesicht in den Wind gedreht, an ein Sandsteingeländer klammerte, und glaubte, der ganze ausgehöhlte Tafelberg wäre ihr Schiff, das sie hinaussteuern könnte in den Abendrothimmel jenseits der Berge. Später flog sie davon, und die Angst schnürte ihr die Kehle zu. Sie konnte sich nicht mehr erinnern, wann sie den Vater zuletzt gesehen hatte. Obwohl es auf dem Microlight hatte sein müssen bei den andern Fliegern, die wie eine regenbogenfarbene Nachtfalterzeile im Wind festgemacht waren. Das erste Leben endete in jener Nacht; es endete auch das Leben ihres Vaters.

Ihr zweites Leben war ein kurzes gewesen, ein schnelles, ganz eigenartiges. Ein gewisser Turner hatte sie weggeholt aus Arizona und bei Bobby und Beauvoir und den andern gelassen. Sie erinnerte sich kaum mehr an Turner, wußte nur, daß er groß war und stählerne Muskeln hatte und ein gehetztes Gesicht. Er hatte sie nach New York gebracht. Dann hatte Beauvoir sie zusammen mit Bobby nach New Jersey gebracht. Dort in der dreiundfünfzigsten Etage der Projektbauten hatte Beauvoir sie über ihre Träume aufgeklärt. Die Träume seien echt, hatte er gesagt, wobei sein braunes Gesicht vor Schweiß glänzte. Er lehrte sie die Namen derjenigen, die sie in ihren Träumen schaute. Er zeigte ihr, daß alle Träume aus einem gemeinsamen Meer schöpfen, und er führte ihr vor, inwieweit sich die ihren unterschieden und doch nicht unterschieden. *Du allein befährst das alte Meer und das neue,* sagte er.

---

* Arcologie: *arcology,* **arc**hitectural ec**ology**, autarker raumsparender Gebäudekomplex von enormer Größe, der eine ganze Stadt aufnimmt. — *Anm. d. Übers.*

Sie wurde von Göttern geritten in New Jersey.

Sie lernte, sich den ›Reitern‹ hinzugeben. Sie sah das Loa Linglessou in Beauvoir hineinfahren, sah seine Füße die weißen Mehlmuster zertreten. Sie lernte die Götter kennen in New Jersey und die Liebe.

Das Loa hatte sie geleitet, als sie mit Bobby daran ging, ihr jetziges drittes Leben aufzubauen. Sie paßten gut zusammen, Angie und Bobby, die aus dem Nichts hervorgegangen waren, aus einem Vakuum: Angie aus dem sterilen, öden Reich der Maas Biolabs und Bobby aus dem faden Barrytown …

Grande Brigitte trat ohne Vorwarnung mit ihr in Berührung; sie taumelte, stürzte beinahe auf die Knie im seichten Wasser, während das Rauschen der Wellen fortgesogen wurde in die dämmrige Landschaft, die sich vor ihr auftat. Die weißgewaschenen Friedhofsmauern, die Grabsteine, die Weiden. Die Kerzen.

Unter der ältesten Weide eine Unzahl von Kerzen, die gewundenen Wurzeln weiß von Wachs.

Kind, erkenne mich!

Und da spürte Angie sie urplötzlich und erkannte sie als Mamman Brigitte, Mademoiselle Brigitte, die Älteste unter den Toten.

Ich habe keinen Kult, Kind, keinen besonderen Altar.

Sie ging nach vorne zum Kerzenschein, und es dröhnte in ihren Ohren, als würde die Weide einen großen Bienenstock verbergen.

Mein Blut verlangt nach Rache.

Angie mußte an Bermuda denken, Nacht, ein Hurrikan. Bobby und sie hatten sich ins Auge gewagt. Grande Brigitte war genauso. Die Stille, das Druckgefühl, das Erahnen unvorstellbarer, momentan gebändigter Kräfte. Es war nichts zu sehen unter der Weide. Nur die Kerzen …

»Loa … Ich kann sie nicht rufen. Ich spürte was … kam nachsehn …«

Du bist vor meinen Reposoir *bestellt. Höre! Dein Vater zog dir* Vévés *ins Gehirn: zog sie in einem Fleisch, das kein Fleisch ist. Du warst Ezili Freda geweiht. Legba führte dich in die Welt hinein, um seine eignen Ziele zu verfolgen. Aber es wurde dir Gift geschickt, Kind, ein* Coup-poudre …

Ihre Nase fing zu bluten an. »Gift?«

Die Vévés deines Vaters sind verfälscht, teilweise gelöscht, entfernt. Obwohl du aufgehört hast, dich ständig zu vergiften, können die Reiter nicht zu dir gelangen. Ich bin von einer andren Ordnung.

Sie hatte schreckliche Kopfschmerzen, das Blut pochte hinter den Schläfen … »Bitte …«

Höre! Du hast Feinde. Sie taktieren gegen dich. Viel steht hierbei auf dem Spiel. Hüte dich vor Gift, Kind!

Sie sah auf die Hände hinab. Das glänzende Blut war echt. Das Dröhnen wurde lauter. Vielleicht war's in ihrem Kopf. »Bitte! Hilfe! Erklär …«

Du kannst hier nicht bleiben. Das ist dein Tod.

Und Angela fiel, von der Sonne geblendet, auf die Knie im Sand, während ringsum das Meer brauste. Der Dornier schwebte nervös zwei Meter vor ihr. Der Schmerz ließ sofort nach. Sie wischte die blutigen Hände an den Ärmeln des blauen Anoraks ab. Die Kameras an dem ferngesteuerten Ding rotierten surrend.

»Es ist alles okay«, brachte sie hervor. »Nasenbluten. Nur Nasenbluten …« Der Dornier schwirrte vor und zurück. »Ich geh wieder ins Haus. Mir fehlt nichts.« Er stieg elegant höher und verschwand außer Sicht.

Angie schlang fröstelnd die Arme um den Leib. *Nein, laß es sie nicht sehn! Sie werden wissen, daß was passiert ist, aber nicht was.* Sie kämpfte sich auf die Beine, drehte sich um und ging über den Strand zurück, woher sie gekommen war. Unterwegs suchte sie in den Taschen des Anoraks nach einem Tempo, nach irgend was, um das Blut im Gesicht abzuwischen.

Als ihre Finger auf die Ecken des flachen Briefchens stießen, wußte sie sofort, was es war. Sie blieb schaudernd stehen. Stoff. Unmöglich. Aber doch. Wer nur? Sie wandte sich um und starrte auf den Dornier, bis er davonschwirrte.

Das Päckchen. Genug für einen Monat.

Coup-poudre.

Hüte dich vor Gift, Kind!

4

Penne

Mona träumte, daß sie in irgendeinem Clevelander Bumslokal nackt die Käfignummer tanzte in einer heißen blauen Lichtsäule, wo ihr die Gesichter mit blau unterlegtem Augenweiß zugereckt wurden. Sie hatten die Miene aufgesetzt, die alle Männer aufsetzen, wenn sie dich tanzen sehen; sie glotzen mächtig, aber sind gleichzeitig zugeknöpft, so daß ihre Augen gar nichts verraten und das Gesicht trotz der Schweißperlen wie ein künstliches Gebilde aussieht.

Nicht, daß sie sich was daraus machte, wenn sie im Käfig stand und warm wurde und abfuhr auf den Beat beim dritten Song der Nummer und das Wiz gerade voll reindröhnte und die neue Power in den Beinen sie auf die Fußballen hob ...

Einer davon packte sie am Knöchel.

Sie wollte schreien, aber brachte keinen Laut hervor, jedenfalls nicht auf Anhieb, und als er dann kam, gab es ihr innerlich einen Stich, tat weh, und das blaue Licht wirbelte durcheinander, aber die Hand war noch da, noch dran am Knöchel. Sie fuhr hoch im Bett wie ein Stehaufmännchen, rang mit der Dunkelheit, streifte Haare aus den Augen.

»Was'n los, Baby?«

Er griff ihr mit der andern Hand an die Stirn und drückte sie nieder aufs zerknüllte heiße Kissen.

»Geträumt ...« Die Hand war noch da, und sie wollte schreien. »Hast du 'ne Zigarette, Eddy?« Die Hand ging weg, Feuerzeugklicken und Flamme, die Flächen seines Gesichts schnellten ihr entgegen, als er eine ansteckte, ihr gab. Sie setzte sich schnell auf, zog die Beine an bis unters Kinn mit der Army-Decke darüber wie ein Zelt, da sie gar nicht angefaßt werden wollte.

Das kaputte Bein des Stuhls aus Recyclingkunststoff ächzte bedrohlich, als er sich zurücklehnte und selber eine ansteckte. *Brich*, dachte sie, *schmeiß ihn auf den Arsch, damit er mich verhaut.* Wenigstens war es dunkel, so daß sie die Penne nicht anzuschauen brauchte. Das Schlimmste war, wenn sie mit einem dicken Kopf aufwachte und sich vor Übelkeit nicht rühren konnte, wenn sie ausgepowert heimgekommen war und vergessen hatte, die schwarze Plastikfolie vorzukleben, wenn somit die Sonne grell die vielen kleinen Details ausleuchtete und die Luft aufheizte, so daß die Fliegen in Schwung kamen.

In Cleveland hatte sie keiner angefaßt; wenn ein Dumpfmeister versuchte, damit rüberzukommen, war er wohl schon so besoffen, daß er sich nicht mehr rührte, vielleicht nicht mal mehr atmete. Auch die Freier faßten sie nicht an, solange das nicht mit Eddy klar und extra bezahlt war, und dann war's nur Vorgabe.

Wie sie es auch wollten, es wurde irgendwie ein Ritual daraus, so daß es scheinbar außerhalb des Lebens passierte. Und sie war darauf gekommen zuzuschauen, wenn sie es verloren. Das war das Interessanteste daran, weil sie es echt verloren, total hilflos waren, wenn auch nur für Bruchteile von Sekunden, aber es war, als wären sie nicht mal da.

»Eddy, ich dreh durch, ich kann hier nicht schlafen.«

Er hatte sie schon öfter geschlagen und für weniger, also legte sie das Gesicht auf die Knie mit der Decke und wartete.

»Klar«, sagte er. »Willste zurück zur Katfischfarm? Willste zurück nach Cleveland?«

»Du, ich pack das einfach nicht mehr ...«

»Morgen.«

»Was morgen?«

»Ist dir das früh genug? Morgen abend, Scheiß Privatjet. Schnurstracks nach New York rauf. Hörste mir *dann* auf mit dem Scheiß?«

»Bitte, Baby«, und sie griff nach ihm, »wir können den Zug nehmen ...«

Er schlug ihre Hand weg. »Du hast Scheiße im Hirn.«

Wenn sie sich weiter beschwerte, was über die Penne sagte oder irgendwie andeutete, daß er es nicht brachte, daß seine großen Deals nichts abwarfen, würde er loslegen, würde er bestimmt loslegen. Wie damals, als sie wegen der Viecher kreischte, der Schaben, die sich Palmito schimpften, weil diese verdammten Biester nämlich Mutanten waren, die Hälfte davon; es wollte sie jemand vernichten und verkorkste dabei ihre DNS, so daß man eben ganz verkorkste Schaben zu sehen bekam, die krepierten, weil sie zu viele Beine oder Köpfe hatten oder zu wenige. Und einmal sah sie eine, die sah aus, als hätte sie ein Kruzifix oder dergleichen verschluckt. Sein Rücken oder Hinterleib oder was immer war dermaßen entstellt, daß sie am liebsten gekotzt hätte.

»Baby«, sagte sie und versuchte, einen zärtlichen Ton anzuschlagen, »ich kann auch nichts dafür, aber ich ertrag dieses Loch einfach nicht mehr ...«

»Hooky Green's«, sagte er, als hätte er sie nicht gehört, »ich war im Hooky Green's droben und traf einen *Mover.* Seine Wahl fiel auf *mich*, verstehst du? Der Mann hat einen Blick für Talente.« Sie konnte sein Grinsen geradezu spüren durch die Dunkelheit. »Kommt aus London, England. Auf Talentsuche. Komm ins Hooky's und hör nur: ›He, du bist mein Mann!‹«

»Ein Freier?« Hooky Green, das war der Laden, in dem, wie Eddy neulich gefunden hatte, mächtig was los war. Es lag im dreiunddreißigsten Stock eines Glaspalastes, die Zwischenwände waren größtenteils herausgerissen, ein ganzer Block Tanzfläche. Aber er war wieder davon abgekommen, als dort keiner rechtes Interesse zeigen wollte. Mona hatte ihn selbst nie gesehn, den miesen Hooky, den schlanken, ranken Hooky Green, Ex-Baseballer, dem der Laden gehörte, aber es war toll zum Tanzen dort.

»Willst du mir wohl *zuhören*, verdammt? Freier? *Scheiße.* Er ist *der* Mann, eine Connection. Er steht oben auf der Leiter und zieht mich hoch. Und weißt du was? Ich nehm *dich* mit rauf.«

»Aber was will er denn?«

»Eine Schauspielerin. So was in der Richtung. Und einen cleveren Burschen, der sie hochbringt und da hält.«

»Schauspielerin? Hochbringt? Wohin?«

Sie hörte den Reißverschluß seiner Jacke. Etwas landete auf dem Bett bei ihren Füßen. »Zwei Mille.«

Herrgott. Vielleicht machte er doch keine Witze. Aber was, wenn nicht, hatte das dann zu bedeuten?

»Wieviel hast du heut' nacht angeschafft, Mona?«

»Neunzig.« Es waren eigentlich hundertzwanzig gewesen, aber den Letzten hatte sie als Überstunden gerechnet. Normalerweise traute sie sich nicht, ihm was vorzuenthalten, aber sie hatte Geld fürs Wiz gebraucht.

»Behalt's. Für Klamotten. Nix Arbeitskluft. Blick aufs Ärschchen ist nicht gefragt, nicht auf dieser Reise.«

»Und wann?«

»Morgen, sagte ich doch. Kannst dich verabschieden hier.« Als er das sagte, hätte sie am liebsten die Luft angehalten. Der Stuhl ächzte wieder. »Neunzig, hm?«

»Jo.«

»Erzähl!«

»Eddy, ich bin so müde ...«

»Nein«, sagte er.

Aber was er hören wollte war nicht die Wahrheit oder dergleichen. Er wollte eine Geschichte, seine Geschichte, die er ihr zum Aufsagen beigebracht hatte. Er wollte nicht hören, was gesagt wurde (und die allermeisten hatten etwas zu sagen, das sie sich unbedingt von der Seele reden wollten, was sie für gewöhnlich auch taten) oder wie sie es anstellten, nach den Bluttests zu fragen, oder wie ziemlich ein jeder die gleichen Witze darüber riß, daß man, was unheilbar sei, zumindest lindern könne, oder was sie gar im Bett wollten.

Eddy wollte von dem starken Kerl hören, der sie behandelte, als wäre sie nichts. Jedoch mußte sie aufpassen beim Erzählen, damit sie den Freier nicht zu brutal darstellte, was mehr gekostet hätte, als sie wirklich kassiert hatte. In der Hauptsache ging's darum, daß dieser imaginäre Freier sie behandelte wie eine Maschine, die er für eine halbe Stunde gemietet hatte. Die gab's freilich reichlich, aber sie trugen ihr Geld meist in Puppen-Salons oder setzten auf Stim. Mona bekam eher diejenigen, die reden wollten, die einem hernach ein Sandwich spendieren wollten, was auch recht schlimm werden konnte, aber längst nicht so schlimm, wie Eddy das brauchte. Und was Eddy noch brauchte war, daß sie ihm erklärte, ihr gefalle das nicht, aber trotzdem wolle sie es halt, brauche es unbedingt.

Sie griff hinunter im Dunkeln und berührte das Kuvert voller Geld.

Wieder ächzte der Stuhl.

Also erzählte sie ihm, wie sie aus einem BuyLow kam und er sie anmachte, dieser große Kerl, schlicht fragte, was sie verlange, was ihr peinlich war, obwohl sie den Preis nannte und sich einverstanden erklärte. Also gingen sie zu seinem Auto, das alt und geräumig war und dumpfig roch (ein aus ihrer Clevelander Zeit stibitztes Detail), und da legte er sie irgendwie über den Sitz ...

»Vor dem Supermarkt?«

»Dahinter.«

Eddy warf ihr nie vor, irgend etwas davon erdichtet zu haben, obwohl sie doch wußte, daß er ihr den Ablauf im Prinzip eingetrichtert hatte und es im Grunde immer die gleiche Geschichte war. Als der große Kerl ihren Rock oben hatte (den schwarzen, sagte sie, und ich hatte die weißen Stiefel an) und seine Hose unten, konnte sie Eddys Gürtelschnalle klappern hören, als er sich aus der Jeans schälte. Beiläufig fragte sie sich, als er zu ihr ins Bett glitt, ob die Stellung, die sie beschrieb, physisch durchführbar wäre, aber sie erzählte weiter, und es tat sich ja auch schon was bei Eddy. Sie vergaß nicht einzuflechten, wie weh es tat, als der Kerl ihn reinstieß, obwohl sie echt feucht war. Sie flocht ein, wie er sie an den Handgelenken hielt, obwohl sie mittlerweile den Überblick verloren hatte, was wo war, außer daß sie gefälligst den Arsch in die Höhe reckte. Eddy befummelte sie inzwischen, streichelte sie an Busen und Bauch, so daß sie von der improvisierten Brutalität, mit der der Kerl sich in ihr bewegte, zu den Empfindungen überging, die sie dabei verspüren sollte.

Was sie dabei verspüren sollte, das hatte sie noch nicht gespürt. Sie wußte, daß man an einen Punkt kommen konnte, wo es ein bißchen weh tat, aber noch schön war, aber das war's ja nicht. Was Eddy hören wollte, war, daß es sehr weh tat und deprimierend war, ihr aber trotzdem gefiel. Worauf sich Mona keinen Reim machen konnte; dennoch hatte sie gelernt, es so zu erzählen, wie er es von ihr wollte.

Denn immerhin klappte es so, und jetzt wälzte sich Eddy auf sie und glitt, die Decke über den Rücken gezogen, zwischen ihre Beine. Sie vermutete, daß es in seinem Kopf wie in einem Comic ablief, was sie ihm erzählte, und daß er zugleich der anonyme, starke, rammelnde Kerl wurde. Er hatte jetzt ihre Hände über ihrem Kopf und klammerte sie fest, wie er es gern tat.

Und als er fertig war und sich umdrehte und schlief, lag sie wach im muffigen, dunklen Raum und wendete ihn hin und her, den strahlenden, wunderbaren Traum vom Gehen.

Und bitte laß ihn wahr werden.

5

Portobello

Kumiko erwachte im Riesenbett, lag ganz still und horchte. Von fern war das schwache, ständige Rauschen des Verkehrs zu hören.

Kalt war es im Zimmer; sie hüllte sich zeltartig in den rosa Duvet und stand auf. Eisblumen glänzten an den kleinen Fenstern. Sie ging zur Wanne und drückte auf einen der vergoldeten Schwanenflügel. Der Vogel hustete, gurgelte und spie Wasser in die Wanne. Noch in die Decke gehüllt, öffnete sie ihre Koffer und machte sich daran, die Kleidung für den Tag auszusuchen, wobei sie ihre Auswahl aufs Bett breitete.

Als ihr Bad fertig war, ließ sie die Decke auf den Boden gleiten, stieg über den Marmorrand und senkte sich mit stoischer Fassung ins schmerzlich heiße Wasser. Die Eisblumen waren im Dampf aus der Wanne geschmolzen, die Scheiben liefen an. Ob in jedem englischen Schlafzimmer eine Badewanne stand wie hier, fragte sie sich. Sie rieb sich systematisch mit einem ovalen Stück französischer Seife ein, stand auf, spülte den Schaum ab, so gut es ging, wickelte sich in ein großes schwarzes Badetuch und fand nach einigem Probieren Waschbekken, WC und Bidet. Diese waren in einem winzigen Raum versteckt, der früher ein begehbarer Wandschrank gewesen sein mochte und mit dunklem Holz getäfelt war.

Das theatralisch aussehende Telefon läutete zweimal.

»Ja?«

»Petal hier. Lust auf Frühstück? Roger ist da. Will dich endlich kennenlernen.«

»Danke«, sagte sie. »Ich ziehe mich gerade an.«

Sie schlüpfte in ihre beste, voluminöseste Lederhose, wühlte sich in einen haarigen blauen Pullover, der so groß war, daß er leicht Petal gepaßt hätte. Als sie das Make-up aus ihrer geöffneten Tasche nehmen wollte, sah sie das Maas-Neotek Gerät. Automatisch faßte sie danach. Sie wollte ihn gar nicht rufen, aber eine Berührung genügte. Da war er und reckte drollig den Hals und wunderte sich über die niedrige, verspiegelte Zimmerdecke.

»Ich nehme an, wir sind nicht im Dorchester?«

»Ich stelle hier die Fragen«, sagte sie. »Was ist das hier?«

»Ein Schlafzimmer«, erklärte er. »In recht dubioser Aufmachung.«

»Beantworte bitte meine Frage!«

»Nun«, sagte er und beäugte das Bett und die Wanne, »anhand der Ausstattung könnte man auf ein Bordell schließen. Ich habe Zugriff zur Baugeschichte von fast ganz London, aber zu diesem Haus gibt's nichts Besonderes zu sagen. Erbaut 1848. Gediegenes Beispiel des vorherrschenden Viktorianischen Stils in klassischer Ausprägung. Teure, aber nicht vornehme Gegend, in gewissen Anwaltskreisen beliebt.« Er zuckte die Achseln; sie konnte durch seine auf Glanz polierten Reitstiefel die Bettkante sehen.

Sie warf das Gerät in die Tasche, und er war weg.

Mit dem Lift kam sie ganz gut zurecht; drunten im weißgestrichenen Foyer angekommen, folgte sie den Stimmen. Durch einen Gang. Um eine Ecke.

»Guten Morgen«, sagte Petal und hob den silbernen Deckel von einer Servierplatte. Dampf stieg auf. »Da ist der selten anzutreffende Mr. Swain, Roger für dich, und hier ist dein Frühstück.«

»Hallo«, sagte der Mann und trat mit vorgestreckter Hand heran. Fahle Augen im hageren, markanten Gesicht. Glattes, mausgraues Haar, diagonal über die Stirn gekämmt. Kumiko tat sich schwer, sein Alter zu schätzen. Es war ein jugendliches Gesicht, das allerdings tiefe

Falten unter den grauen Augen aufwies. Er war groß und hatte athletische Arme und Schultern. »Willkommen in London!« Er nahm ihre Hand, drückte sie, ließ los.

»Danke.«

Er trug ein kragenloses Hemd mit hauchfeinen roten Streifen auf blaßblauem Grund und schlichten ovalen Manschetten aus mattem Gold an den Ärmeln; der offene Hals zeigte ein dunkles Dreieck mit tätowierter Haut. »Ich habe heute morgen mit deinem Vater gesprochen und ihm gemeldet, daß du wohlbehalten angekommen bist.«

»Ein Mann von Stand?«

Er kniff die fahlen Augen zusammen. »Wie bitte?«

»Die Drachen.«

Petal lachte.

»Laßt sie essen«, sagte jemand, eine Frauenstimme.

Kumiko wandte sich um und bemerkte die schlanke, dunkle Gestalt vor hohen Fenstern mit Mittelpfosten. Hinter den Fenstern ein schneebedeckter, von Mauern umschlossener Garten. Die Frau versteckte ihre Augen hinter silbernen Brillengläsern, in denen sich der Raum samt Personen spiegelte.

»Noch ein Gast von uns«, sagte Petal.

»Sally«, sagte die Frau. »Sally Shears. Iß schon, Kleines. Wenn dir auch so langweilig ist wie mir, hast du sicher Lust auf 'nen Spaziergang.« Während Kumiko sie noch groß ansah, hob sie die Hand und faßte sich an die Brille, als wollte sie sie absetzen. »Zur Portobello Road ist's ein Katzensprung. Muß frische Luft schnappen.« Die verspiegelte Brille hatte anscheinend keine Fassung, keine Bügel.

»Roger«, sagte Petal, der Speckscheiben von einer silbernen Platte auf die Gabel spießte, »glaubst du, Kumiko ist bei unsrer Sally sicher?«

»Und ob — bei der Laune, die sie hat«, sagte Swain. »Ich fürchte, wir können dir hier nicht viel bieten an Zerstreuung«, sagte er zu Kumkio, während er sie an den Tisch führte, »aber wir versuchen alles, damit du dich wohl fühlst, und sorgen dafür, daß du ein bißchen was von der Stadt siehst. Ist freilich nicht Tokyo.«

»Noch nicht zumindest«, meinte Petal, aber das schien Swain nicht zu hören.

»Danke«, sagte Kumiko, als Swain ihr den Stuhl hielt.

»Eine Ehre«, sagte Swain. »Unsre Hochachtung vor deinem Vater ...«

»Ey«, sagte die Frau, »sie ist noch zu jung für den Scheiß. Verschon uns damit!«

»Sally ist halt nicht in bester Stimmung«, sagte Petal, während er Kumiko ein verlorenes Ei auf den Teller legte.

Sally Shears Stimmung, so zeigte sich, war kaum verhaltener Zorn, eine Mordswut, die sich in ihren Schritten ausdrückte, im furiosen Pengpeng ihrer schwarzen Hacken auf dem eisigen Pflaster.

Kumiko mußte laufen, um Schritt zu halten, als die Frau aus Swains Haus durch den Straßenbogen stöckelte, wobei die Brille kalt im diffusen Licht der Wintersonne blitzte. Sie trug eine enge dunkelbraune Wildlederhose und eine wuchtige schwarze Jacke mit hochgestelltem Kragen; teure Klamotten. Mit ihrem kurzen schwarzen Haar hätte man sie für einen Jungen halten können.

Zum ersten Mal seit der Abreise von Tokyo bekam Kumiko Angst.

Die Energie, die in der Frau steckte, war beinahe greifbar, geballter Zorn, der jeden Moment losknallen konnte.

Kumiko schob die Hand in die Tasche und drückte das Maas-Neotek Gerät; sofort erschien Colin und ging flott neben ihr einher, die Hände in die Jackentaschen gesteckt; seine Stiefel hinterließen keine Abdrücke im schmutzigen Schnee. Nun ließ sie das Gerät wieder los, und er verschwand, aber sie war damit beruhigt. Sie brauchte keine Angst mehr zu haben, Sally Shears zu verlieren, mit der sie kaum mithalten konnte; der Geist könnte sie bestimmt wieder zu Swains Haus führen. *Und wenn ich ihr davonlaufe,* dachte sie, *wird er mir helfen.* Die Frau stach durch den fließenden Verkehr an einer Kreuzung und zog Kumiko gedankenverloren vor einem dicken schwarzen Honda Taxi zurück, wobei sie dem beim Passieren irgendwie auch noch einen Tritt gegen den Kotflügel verpaßte.

»Trinkst du?« fragte sie, während sie Kumiko am Unterarm hielt.

Kumiko schüttelte den Kopf. »Bitte, du tust mir weh am Arm.«

Sally lockerte ihren Griff, aber bugsierte Kumiko durch eine schmuckvolle Mattglastür in einen warmen, lauten Raum, einen Schlauch voller Leute, der mit dunklem Holz und abgenutztem rehbraunen Velours verkleidet war.

Bald saßen sie einander gegenüber an einem Marmortischchen mit einem Bass-Ascher drauf, einem dunklen Bier, dem Whiskyglas, das Sally auf dem Weg vom Tresen hierher geleert hatte, und einem Glas Orangensaft.

Kumiko bemerkte, daß die silbernen Gläser ohne sichtbare Nahtstelle auf der Haut auflagen.

Sally griff nach dem leeren Whiskyglas, kippte es, ohne es vom Tisch zu heben, und betrachtete es kritisch. »Ich bin deinem Vater mal begegnet«, sagte sie. »War noch nicht so hoch auf der Leiter, damals.« Sie ließ das Glas los und griff nach dem Dunklen. »Swan sagt, du bist halb *gaijin*. Sagt, deine Mutter war Dänin.« Sie trank einen Schluck Bier. »Siehst nicht so aus.«

»Sie ließ meine Augen ändern.«

»Steht dir.«

»Danke. Und deine Brille«, sagte sie automatisch, »ist sehr hübsch.«

Sally zuckte die Achseln. »Hat dein alter Herr dich schon Chiba sehn lassen?«

Kumiko schüttelte den Kopf.

»Klug. Hätt ich an seiner Stelle auch nicht.« Sie trank

mehr Bier. Ihre Nägel, die offenbar aus Acryl waren, hatten die Farbe und den Glanz von Perlmutt. »Sie haben mir das mit deiner Mutter gesagt.«

Kumiko wurde rot und senkte den Blick.

»Das ist nicht der Grund für dein Hiersein. Weißt du das? Er hat dich nicht wegen ihr zu Swain verfrachtet. Es läuft 'n Krieg an. Zwischen den Yakuzabossen* hat's keinen Fight mehr gegeben, seit ich auf der Welt bin, aber jetzt ist es soweit.« Das leere Glas klirrte, als Sally es hinstellte. »Kann dich nicht brauchen, das ist alles. Wärst 'ne zu einfache Beute. Jemand wie Swain ist recht weit weg vom Schuß, was Kanakas Rivalen angeht. Drum ist dein Paß auf'n andern Namen ausgestellt, richtig? Swain schuldet Kanaka was. Also ist alles okay, nicht?«

Kumiko merkte, daß ihr heiße Tränen kamen.

»Okay, es ist also nicht okay.« Die perlmutt'nen Nägel trommelten auf dem Marmor. »Sie hat also ein Ende gemacht, und dir geht's nicht gut. Fühlst dich schuldig, was?«

Kumika schaute auf in zwei Spiegel.

In der Portobello drängten sich die Touristen wie im Shinjuku. Sally Shears, die darauf bestanden hatte, daß Kumiko den Orangensaft trank, der warm und fad geworden war, führte sie in die überfüllte Straße. Kumiko fest im Schlepptau, bahnte Sally sich einen Weg, vorbei an Klapptischen auf Stahlrohrgestellen, die mit zerrissenen Samtvorhängen und abertausend Sachen aus Silber und Bleikristall, Messing und Porzellan bedeckt waren. Kumiko machte große Augen, als Sally sie an einem Aufgebot von Krönungstellern und bauchigen Churchill-Teekannen vorbeischleppte. »Lauter *Gomi*«, meinte Kumiko dazu, als sie an einer Kreuzung stehenblieben. Schrott. In Tokyo wurde altes, nutzloses Zeug zum

---

* Yakuza: jap. Gangster. — *Anm. d. Übers.*

Landauffüllen verwendet. Sally grinste verwegen. »Wir sind hier in England. *Gomi* ist ein wichtiger natürlicher Rohstoff. *Gomi* und Talent. Und genau das suche ich gerade: Talent.«

Das Talent trug einen flaschengrünen Samtanzug und makellose spitze Wildlederschuhe, und Sally fand ihn in einem andern Pub, das The Rose and Crown hieß. Sie stellte ihn als Tick vor. Er war kaum größer als Kumiko und hatte ein krummes Kreuz oder eine schiefe Hüfte, so daß er stark hinkte beim Gehen, was seinen allgemein asymmetrischen Eindruck verstärkte. Sein schwarzes Haar war hinten und an den Seiten ganz kurz, aber darüber türmte sich eine ölige Lockenpracht auf.

Sally stellte Kumiko vor. »Meine Freundin aus Japan, und laß mir die Finger von ihr.« Lächelnd führte Tick sie an einen Tisch.

»Wie geht's Geschäft, Tick?«

»Prima«, sagte er mürrisch. »Was macht der Ruhestand?«

Sally setzte sich mit dem Rücken zur Wand auf eine gepolsterte Bank. »Nun«, sagte sie, »so zwischendurch werd ich immer wieder aktiv.«

Kumiko sah sie an. Ihre Wut war verflogen oder geschickt kaschiert. Während sich Kumiko setzte, tastete sie nach dem Gerät in der Tasche. Colin wurde neben Sally auf der Bank sichtbar.

»Nett, daß du wieder an mich denkst«, sagte Tick und nahm einen Stuhl. »Sind zwei Jahre her, würd ich meinen.« Er warf einen vielsagenden Blick in Kumikos Richtung.

»Die ist okay. Kennst du Swain, Tick?«

»Nur dem Namen nach, aber das genügt.«

Colin verfolgte den Wortwechsel gespannt und schaute hin und her wie bei einem Tennismatch. Kumiko mußte sich vergegenwärtigen, daß nur sie ihn sehen konnte.

»Sollst ihn für mich durchleuchten. Er soll nichts spitzkriegen.«

Er sah sie groß an. Die gesamte linke Gesichtshälfte zog sich langsam zu einem kräftigen Zwinkern zusammen. »Tja«, sagte er, »viel verlangst du überhaupt nicht, was?«

»Zahle gut, Tick. Bestens.«

»Suchst du was Bestimmtes, oder ist's ein Großreinemachen? Jeder weiß doch, daß er 'ne Kanone in der Branche ist. Laß mich nicht unbedingt gern von ihm in seinem Domizil ertappen ...«

»Aber da ist ja noch das Geld, Tick.«

Zweimaliges Zwinkern.

»Roger trickst mich aus. Jemand trickst ihn aus. Ich weiß nicht, wie sie ihn hintergehn, das ist mir egal. Wie er mich hintergeht, das reicht. Was mich interessiert, ist, wer, wo, wann. Zapf seine Ein- und Ausgänge an. Er steht mit jemand in Verbindung, weil dieses schmutzige Geschäft sich andauernd ändert.«

»Würd ich's spannen, wenn ich's sehen würde?«

»Schau halt mal nach! Tu's für mich!«

Wieder das zuckende Zwinkern. »Meinetwegen. Wir gehn's mal an.« Er trommelte nervös auf der Tischkante. »Gibst du 'ne Runde aus?«

Colin blickte über den Tisch zu Kumiko und verdrehte die Augen.

»Ich verstehe das nicht«, meinte Kumiko, als sie wieder hinter Sally durch die Portobello Road stapfte. »Du hast mich in eine Intrige verwickelt ...«

Sally klappte den Kragen hoch, weil's windig war.

»Aber ich könnte dich verraten. Du treibst falsches Spiel mit dem Geschäftspartner meines Vaters. Und du hast keinen Anlaß, mir zu vertrauen.«

»Oder umgekehrt, Kleines. Vielleicht bin ich einer von den Bösewichten, die deinem Vater Kopfzerbrechen bereiten.«

Kumiko überlegte. »Bist du das?«

»Nein. Und falls du Swains Spion bist, so ist er neuerdings sehr viel bizarrer geworden. Falls du der Spitzel deines alten Herrn bist, brauch ich Tick vielleicht gar nicht. Aber wenn der Yakuza diese Nummer abzieht, warum dann Roger als Strohmann?«

»Ich bin kein Spion.«

»Dann fang an, dein eigener zu sein. Falls Tokyo das heiße Eisen ist, bist du jetzt womöglich mitten im Feuer gelandet.«

»Aber warum mich hineinziehn?«

»Du steckst bereits drin. Du bist hier. Angst?«

»Nein«, sagte Kumiko und verstummte, während sie sich fragte, ob dies wahr sein konnte.

Am späten Nachmittag saß Kumiko allein in ihrer verspiegelten Mansarde auf der Kante des riesigen Bettes und schlüpfte aus den nassen Stiefeln. Sie nahm das Maas-Neotek Gerät aus der Tasche.

»Was sind die?« fragte sie den Geist, der auf dem Rand der schwarzen Marmorwanne hockte.

»Deine Pub-Bekanntschaften?«

»Ja.«

»Kriminelle. Ich rate dir nur, dich nicht auf ein solches Pack einzulassen. Die Frau ist Ausländerin. Nordamerika. Der Mann ist ein Londoner, East End. Er betreibt offenbar Datenklau. Ich habe keinen Zugriff zu den Polizeiakten — ausgenommen bei Verbrechen von historischer Bedeutung.«

»Ich weiß nicht, was ich tun soll ...«

»Dreh das Gerät um!«

»Was?«

»Auf die Rückseite. Da siehst du eine halbmondförmige Rille. Daumennagel rein und drehn ...«

Ein winziger Deckel ging auf. Mikroschalter.

»Stell den A/B-Wechselschalter auf B. Verwende einen dünnen, spitzen Gegenstand, aber keinen Kuli.«

»Keinen was?«

»Schreibstift. Tinte und Staub. Stört das Innenleben. Ideal ist ein Zahnstocher. Damit stellst du auf akkustisch aktivierte Aufnahme.«

»Und dann?«

»Versteck's unten! Morgen spielen wir's dann ab ...«

6

Im Licht des Morgens

Slick schlief, zugedeckt mit einer luftgepolsterten Verpackungsfolie, die nach freien Monomeren stank, die Nacht über auf einem spröden grauen Schaumstoff unter einer Werkbank im Erdgeschoß der Fabrik. Er träumte von Kid Afrika, von Kids Wagen, und in seinem Traum verschmolzen die zu einem, so daß Kid kleine verchromte Schädel als Zähne hatte.

Wach wurde er, als eine steife Brise den ersten Schnee des Winters durch die fehlenden Scheiben in die Fabrik hereinblies.

Da lag er und wälzte das Problem mit der Kreissäge des Richters, dessen Handgelenk sich immer verbog, sobald er was Dickeres als eine Spanplatte durchschneiden wollte. Sein ursprünglicher Plan hatte für die Hand künstliche Finger vorgesehen, die jeweils mit einer elektrischen Miniaturkettensäge an der Spitze bestückt wären, aber dieses Konzept hatte er aus einer Reihe von Gründen fallen gelassen. Elektrizität war irgendwie nicht befriedigend; ihr fehlte das *Physische*. Luft war der bessere Weg, riesige Druckluftbehälter, oder der Verbrennungsmotor, falls man noch Teile auftreiben konnte. Und man konnte die Teile für praktisch alles auftreiben, wenn man lange genug in Dog Solitude danach wühlte; notfalls gab es ein halbes Dutzend Städte im Rostgürtel von Jersey mit vielen Hektar Schrott zum Ausschlachten.

Er kroch unter der Bank hervor, wobei er die durchsichtige Decke aus winzigen Plastikpolstern wie eine Schleppe nachzog. Er dachte an den Mann droben in seinem Zimmer und an Cherry, die in seinem Bett schlief. Sie hatte keinen steifen Hals. Er streckte sich gequält.

Gentry mußte bald zurückkommen. Er würde es Gentry erklären müssen, der überhaupt keine Leute um sich herum vertrug.

Little Bird hatte Kaffee gemacht in dem Raum, der als Küche diente in der Fabrik. Der Boden war aus Plastikfliesen, die sich warfen, und an einer Wand standen dumpfe Stahlspülbecken. Die Fenster waren mit transparenter Folie beklebt, die sich bei jedem Windstoß aufblähte und trübes Licht einließ, wodurch der Raum noch kälter wirkte, als er war.

»Wie schaut's mit dem Wasser aus?« fragte Slick, als er hereinkam. Eine von Little Birds Aufgaben war es, allmorgendlich nach den Tanks auf dem Dach zu sehen und die angewehten Blätter oder gelegentlich eine tote Krähe herauszufischen. Dann checkte er die Dichtungen der Filter und ließ vielleicht vierzig Liter Frischwasser durch, falls es zur Neige ging. Es dauerte fast den ganzen Tag, bis vierzig Liter durchs Filtersystem in den Sammelbehälter sickerten. Daß Little Bird sich gewissenhaft dieser Verrichtung annahm, war der Hauptgrund, warum er von Gentry geduldet wurde, wozu wohl ebenso seine Schüchternheit beitrug. Little Bird verstand es, sich nahezu unsichtbar zu machen, was Gentry anging.

»Haben genug«, sagte Little Bird.

»Wäre es wohl möglich zu duschen?« fragte Cherry, die auf einer alten Plastikbierkiste saß. Sie hatte Ringe unter den Augen, als hätte sie nicht geschlafen, aber die Blessur mit Make-up überdeckt.

»Nein«, sagte Slick, »jedenfalls nicht um diese Jahreszeit.«

»Dacht ich mir schon«, maulte Cherry und duckte sich in ihre Lederjackenkollektion.

Slick goß sich den Rest des Kaffees ein, stellte sich vor sie und trank.

»Problem?« fragte sie.

»Ja. Mit dir und dem Typ droben. Wie kommt's, daß du hier unten bist? Hast du frei oder was?«

Sie zog einen schwarzen Piepser aus der Tasche der äußersten Jacke. »Wenn sich was tut, rührt sich das Ding.«

»Gut geschlafen?«

»Klar, recht gut.«

»Ich nicht. Seit wann arbeitest du für Kid Afrika, Cherry?«

»Seit 'ner Woche zirka.«

»Bist du wirklich ein Med-Tech?«

Sie zuckte die Achseln in ihren Jacken. »So weit schon, daß ich mich um den Count kümmern kann.«

»Den Count?«

»Count, jawohl. So hat ihn Kid mal genannt.«

Little Bird schauderte. Er hatte noch nicht an seine Frisur Hand angelegt, so daß die Haare in alle Richtungen abstanden. »Und was«, meinte Little Bird, »wenn er ein Vampir ist?«

Cherry sah ihn verdutzt an. »Spinnst du?«

Mit angstgeweiteten Augen schüttelte Little Bird ernst den Kopf.

Cherry blickte zu Slick hinüber. »Hat dein Freund viel mit 'nem vollen Deck gespielt?«

»Gibt keine Vampire«, sagte Slick zu Little Bird. »So was gibt's nicht in echt, verstehst du? Nur im Stim. Der Kerl ist kein Count Dracula, okay?«

Little Bird nickte langsam, schien sich aber gar nicht so sicher zu sein, während im trüben Licht der Wind das Plastik spannte.

Er versuchte, den Vormittag über am Richter zu arbeiten, aber Little Bird war wieder verschwunden und ständig kam ihm der Gedanke an den Typ auf der Bahre in die Quere. Es war zu kalt; er müßte 'ne Leitung runterziehn von Gentrys Bereich unterm Dach der Fabrik, ein paar Heizstrahler anschließen. Aber das bedeutete, mit

Gentry um den Strom zu feilschen. Der Saft gehörte Gentry, weil Gentry es verstand, ihn der Fission Authority abzuknapsen.

Nun kam schon Slicks dritter Winter in der Fabrik, aber Gentry war schon vier Jahre hier gewesen, als Slick dazustieß. Nachdem sie gemeinsam Gentrys Dach hergerichtet hatten, erbte Slick das Zimmer, wo er Cherry und den Mann, den Kid Afrika als Count bezeichnete, unterbrachte. Gentry vertrat die Ansicht, daß die Fabrik ihm gehörte, weil er zuerst hier war und den Strom herbrachte, ohne daß die Behörde was merkte. Aber Slick erledigte viel in der Fabrik, das Gentry nicht selber tun wollte; er sorgte beispielsweise dafür, daß was zum Essen da war, und wenn was Größeres kaputt ging, wenn's einen Kurzen gab oder der Wasserfilter den Geist aufgab, so war Slick derjenige, der das Werkzeug hatte und es richtete.

Gentry mochte keine Leute. Er verbrachte ganze Tage bei seinen Decks und FX-Orgeln und Holoprojektoren und kam nur heraus, wenn der Hunger ihn trieb. Slick verstand nicht, was Gentry machte, beneidete ihn aber um die Gründlichkeit, mit der er die Sache betrieb. Er ließ nichts an sich herankommen. Kid Afrika wäre nie an Gentry herangekommen, denn Gentry wäre nie nach Atlantic City rüber, um dann tief in der Scheiße zu stekken und in Kid Afrikas Schuld.

Er ging ohne anzuklopfen in sein Zimmer, wo Cherry dem Typ gerade die Brust wusch mit einem Schwamm, wobei sie weiße Wegwerfhandschuhe trug. Sie hatte den Butankocher aus dem Zimmer, wo sie kochten, heraufgetragen und in einer Edelstahlschüssel Wasser erwärmt.

Er zwang sich, in das schmale Gesicht zu blicken, dessen schlaffe Lippen gerade so weit offenstanden, daß man gelbe Raucherzähne erkennen konnte. Es war ein Gesicht von der Straße, ein Gesicht aus der Masse, ein Gesicht, das man in jeder Bar sehen konnte.

Sie blickte zu Slick auf.

Er setzte sich auf die Kante des Bettes, wo sie seinen offenen Schlafsack wie eine Decke ausgebreitet und das zerrissene Ende unter die Schaumstoffmatratze gesteckt hatte.

»Haben zu reden, Cherry. Brauche Klarheit, nicht?«

Sie drückte den Schwamm über der Schüssel aus.

»Wie bist du zu Kid Afrika gekommen?«

Sie steckte den Schwamm in eine verschließbare Tüte und verstaute sie in der schwarzen Nylontasche aus Kids Hover. Er beobachtete sie und sah, daß sie keine unnötige Bewegung machte und bei ihren Verrichtungen offenbar nicht zu überlegen brauchte. »Kennst du einen Laden mit dem Namen Moby Jane's?«

»Nein.«

»Rasthaus, Nähe Interstate Highway. Ich hatte einen Freund, der war Manager dort, hatte den Job seit etwa vier Wochen, als ich zu ihm zog. Moby Jane ist bloß'n Monstrum; flackt hinterm Lokal in einem Tank mit einem Tropf, Nährlösung i.v., im Arm, *total* eklig. Ich zieh also, wie gesagt, zu meinem Freund Spencer dort, dem neuen Manager, weil ich Ärger mit meinem Schein hatte in Cleveland und momentan nicht arbeiten konnte.«

»Was für Ärger?«

»Das *Übliche,* okay? Willst die Geschichte jetzt hören oder nicht? Spencer weiht mich also in den fürchterlichen Zustand der Besitzerin ein, klar? Mir ist also nur lieb, wenn keiner weiß, daß ich ein Med-Tech bin, denn sonst stecken sie mich da raus, und dann kann ich die Filter an ihrem Tank wechseln und Nährlösung in die zweihundert Kilo eines halluzinierenden Psychotikers pumpen. Also lassen sie mich bedienen, Bier zapfen. Ist okay. Läuft gute Musik für mich da drin. Geht nicht gerade sanft zu in dem Laden, aber das ist okay, weil alle wissen, daß ich zu Spencer gehöre. Bis ich eines Tages aufwache und Spencer fort ist. Es stellt sich heraus, daß er mit einem Batzen Geld durchgebrannt ist.« Sie trocknete beim Erzählen die Brust des Schlafenden mit einem dicken Bausch eines saugfähigen weißen Materials. »Also verklopfen sie mich ein bißchen.« Sie sah achselzukkend zu ihm auf. »Aber dann sagen sie mir, was sie mit mir vorhaben. Sie werden mir die Hände auf den Rükken fesseln und zu Moby Jane in den Tank stecken und ihren Tropf ordentlich aufdrehen und ihr sagen, daß mein Lover sie beklaut hat …« Sie warf den feuchten Bausch in die Schüssel. »Also sperrten sie mich in das Kabäuschen, damit ich Gelegenheit hätte, mir Gedanken zu machen, bevor sie es täten. Als freilich die Tür aufgeht, steht Kid Afrika davor. Ich habe ihn nicht gekannt. ›Miss Chesterfield‹, sagt er, ›wenn ich mich nicht täusche, dann sind Sie bis vor kurzem Medizin-Technikerin gewesen.‹«

»Also machte er dir ein Angebot.«

»Angebot, herrje. Er hat nur meine Papiere angeschaut und mich gleich mitgenommen. Es war auch kein Mensch da, obwohl es ein Samstagnachmittag war. Führte mich auf den Parkplatz, da stand der Hover mit lauter Totenköpfen vorndran und zwei starken Schwarzen, die auf uns warteten. Und mir war's recht, solange ich weg von dem Tank kam.«

»Unsern Freund hatten sie hinten drin?«

»Nein.« Handschuhe aus. »Ließ sich von mir zurückfahren nach Cleveland, in so'nen Vorort. Große alte Häuser, aber ungemähte, mickrige Vorgärten. In so eins gingen wir, das aufwendig gesichert war. Das war, glaube ich, seins. Der da«, und sie zog dem Mann den blauen Schlafsack hoch bis zum Kinn, »lag in einem Schlafzimmer. Ich mußte sofort anfangen. Kid sagte, er bezahlt mich gut.«

»Und du wußtest, daß er dich hier raus nach Solitude bringt?«

»Nein, das wußte er, glaube ich, selber nicht. Es ist was dazwischengekommen. Er kam am nächsten Tag an und sagte, wir verschwinden von hier. Vor irgendwas hat er, glaube ich, Angst gehabt. In dem Moment nannte er ihn auch so: Count. Weil er, glaube ich, sauer war und Schiß hatte. ›Der Count und sein verdammtes LF‹, sagte er.«

»Sein was?«

»LF.«

»Was is'n das?«

»Ich glaube … das«, sagte sie und deutete auf das unscheinbare graue Paket, das über dem Kopf des Mannes montiert war.

7

Da gibt's kein Dort

Sie stellte sich vor, auf der Terrasse wartete Swift im Tweed-Look, der ihm der liebste war im Winter von L.A. Weste und Jackett kombiniert aus Fischgrät und durchbrochenem Karo, aber alles aus der gleichen Wolle, und die vermutlich vom selben Schaf vom selben Hügel. Sein komplettes Äußeres wurde von einer Kommission gestylt, die in London über einem Floral Street Shop tagte, den er noch nie gesehen hatte. Sie ließen Streifenhemden für ihn fertigen, kauften die Baumwolle von Charvet in Paris; sie machten seine Krawatten, ließen die Seide in Osaka weben und das stramme, kleine Sense/Net Logo einsticken. Und trotzdem sah er irgendwie aus, als hätte ihn seine Mutter angezogen.

Die Terrasse war leer. Der Dornier blieb stehn in der Luft und schwirrte dann zu seinem Horst davon. Noch haftete ihr die Erscheinung von Mamman Brigitte an.

Sie ging in die weiße Küche und wusch sich das angetrocknete Blut von Gesicht und Händen. Als sie das Wohnzimmer betrat, war ihr, als würde sie es zum ersten Mal sehn. Der helle Boden, die vergoldeten Louis XVI-Sessel mit Chiffonbezug, die kubistische Kulisse eines Valmier. Genau wie Hiltons Garderobe, dachte sie; von fremden Talenten zusammengestellt. Ihre Stiefel hinterließen feuchte Sandspuren auf dem hellen Boden, als sie zur Treppe ging.

Kelly Hickman, ihr Garderobier, war während ihres Klinikaufenthalts im Haus gewesen und hatte im Hauptschlafzimmer ihr Arbeitsgepäck hergerichtet. Neun Hermés-Gewehrkoffer, schlicht und lang wie Särge aus mattem Sattelleder. Ihre Kleider wurden nie gefaltet, sondern lagen ausgebreitet zwischen Seidenpapier.

Sie stand in der Tür und starrte aufs leere Bett und die neun ledernen Särge.

Sie ging ins Bad mit gläserner Wanne und weißem Fliesenmosaik und schloß hinter sich ab. Sie öffnete einen Schrank und noch einen, ohne sich um die säuberlich aufgereihten, originalverpackten Toilettenartikel, Markenmedikamente und Kosmetika zu kümmern. Sie fand den Applikator im dritten Schrank neben einer verschweißten Derm-Packung. Sie beugte sich näher und musterte das graue Plastik, das japanische Logo, traute es sich nicht anzufassen. Der Applikator sah neu aus, unbenutzt. Sie war sich ziemlich sicher, daß sie ihn nicht gekauft, nicht hiergelassen hatte. Sie zog den Stoff aus dem Anorak und inspizierte ihn, indem sie ihn hin und her wendete und den violetten Puder betrachtete, der in den versiegelten Taschen hin und her rieselte.

Sie sah sich das Päckchen auf den weißen Marmorsims legen, den Applikator ansetzen, ein Derm aus seinem Plastiksiegel lösen und einführen. Sie sah eine rote Leuchtdiode blinken, als der Applikator eine Dosis aufgezogen hatte; sie sah sich das Derm entnehmen und wie einen Plastik-Blutegel auf der Zeigefingerkuppe balancieren, sah auf der feuchten Innenfläche winzige DMSO-Perlen glitzern ...

Sie wandte sich ab, ging die drei Schritte zum Klo und warf das ungeöffnete Päckchen in die Schüssel. Da trieb es wie ein Miniaturfloß, und der Stoff blieb total trocken. Total. Mit zittriger Hand tastete sie nach einer rostfreien Nagelfeile und kniete sich auf die weißen Fliesen. Sie mußte die Augen zumachen, als sie das Päckchen festhielt und die Feilenspitze mit einer Drehbewegung in den Saum einstach. Die Feile fiel klirrend zu Boden, als sie die Spülung drückte und die zwei Hälften des leeren Päckchens verschwanden. Sie lehnte sich mit der Stirn gegen kühles Email, ruhte aus, und zwang sich dann, aufzustehen, zum Waschbecken zu gehen und gründlich die Hände zu waschen.

Denn sie wollte sich, und jetzt *merkte* sie, daß sie es wirklich wollte, die Finger ablecken.

Später am trüben Nachmittag fand sie in der Garage eine gerippte Plastikversandbox, trug sie ins Schlafzimmer hoch und begann, Bobbys restliche Sachen einzupacken. Es war nicht viel: eine Lederhose, die er nicht gemocht hatte, ein paar Hemden, die er entweder ausrangiert oder vergessen hatte, und in der untersten Schublade des Teak-Sekretärs ein Cyberspace-Deck. Es war ein Ono-Sendai, nicht recht viel mehr als ein Spielzeug. Da lag es inmitten eines Knäuels aus schwarzem Kabel, Stim-E-troden und einer fettigen Tube mit Kontaktpaste.

Sie mußte an das Deck denken, das er benutzt und mitgenommen hatte, ein graues Serienmodell von Hosaka mit unmarkierter Tastatur. Es war ein Cowboy-Deck; er hatte darauf bestanden, es bei seinen Reisen mitzunehmen, obwohl es Probleme beim Zoll damit gab. Warum, so fragte sie sich, hatte er das Ono-Sendai gekauft und dann liegengelassen? Sie saß auf der Bettkante; sie hob das Deck aus der Schublade und nahm es auf den Schoß.

Ihr Vater hatte sie vor langer Zeit in Arizona vor dem Einstecken gewarnt. Das brauchst du nicht, hatte er gesagt. Und sie hatte es nicht gebraucht, weil sie sich den Cyberspace erträumt hatte, als hätten die Neongitter der Matrix hinter ihren Augen gelegen.

Da gibt's kein Dort. Damit erklärte man Kindern den Cyberspace. Sie erinnerte sich an den Vortrag eines lächelnden Lehrers im Arcologie-Hort der Führungsetage, an die wechselnden Bilder auf dem Monitor: Piloten mit riesigen Helmen und plumpen Handschuhen, die durch die neuroelektronisch primitive »Virtuelle Welt«-Technik effizienter mit ihren Flugzeugen in Verbindung standen, wobei Miniaturvideosichtgeräte eine computererzeugte Flut von Gefechtsdaten und die Handschuhe mit vibrotaktilem Feedback eine tastbare Welt aus Schaltern und Knöpfen lieferten ... Mit voranschreitender Technik schrumpften Helm und Videosichtgerät ...

Sie beugte sich vor, nahm die E-troden und schüttelte sie, um den Kabelsalat zu entwirren.

Da gibt's kein Dort.

Sie zog das elastische Stirnband zurecht und pflanzte die E-troden auf die Schläfen — eine weltweit typische Geste der Menschheit, die sie freilich selten ausführte. Sie drückte auf Batterietest am Ono-Sendai. Grün für startklar. Sie schaltete ein, und das Schlafzimmer verschwand hinter einer farblosen Wand aus sensorischer Statik. Ein Strudel heller Laute erfüllte ihren Kopf.

Ihre Finger fanden einen beliebigen zweiten Knopf, und schon wurde sie durch die statische Wand hineinkatapultiert in die verschachtelte Weite, die imaginäre Leere des Cyberspace, wobei sich das Leuchtgitter der Matrix wie ein unendlicher Käfig um sie gruppierte.

»Angela«, sagte das Haus mit einer gewissen Dringlichkeit, »ich habe einen Anruf von Hilton Swift ...«

»Vorrangschaltung?« Sie aß Baked Beans auf Toast an der Küchentheke.

»Nein«, meinte es, als würde es ein Geheimnis anvertrauen.

»Schlag einen andern Ton an«, sagte sie, den Mund voller Bohnen. »Etwas besorgter.«

»Mr. Swift *wartet*«, sagte das Haus nervös.

»Schon besser«, sagte sie, während sie Schüssel und Teller zum Geschirrspüler trug, »aber was ich will, ist, was mehr in Richtung echter Hysterie ...«

»*Darf* ich durchstellen?« Die Stimme klang kehlig vor nervöser Angespanntheit.

»Nein«, sagte sie, »aber bleib bei diesem Tonfall, der gefällt mir!«

Sie ging ins Wohnzimmer, wobei sie leise zählte. Zwölf, dreizehn ...

»Angela«, sagte das Haus behutsam, »ich habe einen Anruf von Hilton Swift ...«

»Auf Vorrangschaltung«, sagte Swift.

Sie prustete.

»Du weißt, ich respektiere deinen Wunsch, allein zu sein, aber ich mache mir Sorgen um dich.«

»Mir geht's gut, Hilton. Du brauchst dir keine Sorgen zu machen. Tschau.«

»Du bist heut' morgen hingefallen auf dem Strand. Hast desorientiert gewirkt. Hast geblutet an der Nase.«

»Nasenbluten.«

»Wir wollen dich noch mal ärztlich ...«

»Toll.«

»Du bist heute in die Matrix gegangen, Angie. Wir haben dich im Industriesektor der BAMA* lokalisiert.«

»Das war's also?«

»Möchtest du was dazu sagen?«

»Da gibt's nichts zu sagen. Hab nur'n bißchen rumgemacht. Interessiert es dich trotzdem? Ich hab noch Zeug von Bobby eingepackt, das er hiergelassen hat. Das kann dir doch nur recht sein, Hilton! Dabei fand ich ein Deck von ihm und probierte es aus. Drückte eine Taste, schaute mich um, steckte aus.«

»Entschuldige, Angie.«

»Wofür?«

»Die Störung. Ich verschwinde wieder.«

»Hilton, weißt du, wo Bobby ist?«

»Nein.«

»Willst du mir sagen, er wird nicht vom Net-Sicherheitsdienst beobachtet?«

»Ich will nur sagen, daß ich es nicht weiß, Angie. Ehrlich.«

»Könntest du's rauskriegen, wenn du wolltest?«

---

* BAMA: Boston-Atlanta-Metropolen-Achse, das Sprawl (= weit auseinandergezogenes, unregelmäßig ausgebreitetes Ballungsgebiet). — *Anm. d. Übers.*

Wieder Pause. »Weiß nicht. Weiß auch nicht, ob ich's täte, wenn ich's könnte.«

»Danke. Tschau, Hilton.«

»Tschau, Angie.«

Sie saß auf der Terrasse in jener Nacht und beobachtete den Reigen der Flöhe im Flutlichtsand. Dachte an Brigitte und ihre Warnung, an die Droge in ihrem Anorak und den Derm-Applikator im Arzneischrank. Dachte an Cyberspace und die traurige Begrenztheit, die ihr der Ono-Sendai vermittelt hatte — ein himmelweiter Unterschied zur Freiheit des Loa …

Dachte an jemand anderes Träume, an ineinander verschlungene Korridore, die gedeckten Farben uralter Teppiche … An einen alten Mann, einen juwelenbesetzten Kopf, ein angespanntes, blasses Gesicht mit Spiegeln als Augen … Und an einen Strand, einen windigen, dunklen.

Nicht dieser Strand, nicht Malibu.

Und irgendwo in der Finsternis eines jungen kalifornischen Tages, in der Stunde vor Sonnenaufgang, in den Korridoren, den Galerien, den Traumgesichtern, den halb vergessenen Gesprächsfetzen, stöberte sie etwas auf und hievte es durch die Wand des Schlafes herauf, während sie zum grauen Nebel vor den Fenstern des Hauptschlafzimmers erwachte.

Sie rollte sich herum, kramte in einer Nachttischschublade, fand einen Porsche-Stift, ein Geschenk von einem Kulissenschieber, und bannte ihren Schatz auf die hochglänzende Rückseite eines italienischen Modemagazins.

»Ruf Continuity an«, sagte sie zum Haus bei ihrer dritten Tasse Kaffee.

»Hallo, Angie«, sagte Continuity.

»Diese Reihe im Orbit, die wir vor zwei Jahren gemacht haben. Belgische Jacht …« Sie trank den nicht mehr ganz heißen Kaffee. »Wie hieß das, wo er mich hinbringen wollte? Der Platz, der Robin zu schäbig war?«

»Freeside«, gab das Expert System Auskunft.

»Wer hat dort gedreht?«

»Tally Isham hat neun Folgen in Freeside aufgenommen.«

»Und es war für sie nicht zu schäbig?«

»Das war vor fünfzehn Jahren. War groß in Mode.«

»Besorg mir die Folgen!«

»Schon erledigt.«

»Tschüß.«

»Tschüß, Angie.«

Continuity schrieb einen Roman. Robin Lanier hatte ihr davon erzählt. Sie hatte gefragt, wovon er handle. So könne man das nicht sagen, meinte er. Er bewege sich zum Ausgangspunkt zurück und mutiere andauernd; Continuity schreibe *ständig* daran. Warum, wollte sie wissen. Aber schon hatte Robin das Interesse daran verloren. Continuity war ein KI*, und KIs taten so was nun mal.

Ihr Anruf bei Continuity kostete sie einen Anruf von Swift.

»Angie, wegen der ärztlichen ...«

»Hast du dafür noch keinen Termin gemacht? Ich will wieder arbeiten. Ich habe heute morgen Continuity angerufen. Ich plane eine Reihe im Orbit. Geh ein paar Sachen durch, die Tally gemacht hat. Bringt mich vielleicht auf Ideen.«

Schweigen. Sie hätte am liebsten gelacht. Es war nicht leicht, Swift sprachlos zu machen. »Ist das dein Ernst, Angie? Das ist ja wunderbar, aber willst du das wirklich machen?«

»Geht mir schon viel besser, Hilton. Geht mir prima.

---

* KI = Künstliche Intelligenz (engl. AI = Artificial Intelligence) — *Anm. d. Übers.*

Will arbeiten. Der Urlaub ist vorbei. Porphyre soll rauskommen und mir die Haare richten, bevor ich unter Leute muß.«

»Weißt du, Angie«, sagte er, »das macht uns alle sehr glücklich.«

»Ruf Porphyre an. Mach den Arzttermin.« *Coup-poudre. Wer, Hilton? Du vielleicht?*

Er hatte die Mittel, dachte sie eine halbe Stunde später, als sie im Nebel auf der Terrasse auf und ab ging. Ihre Abhängigkeit hatte Net nicht gefährdet und ihre Produktion nicht beeinträchtigt. Es gab keine körperlichen Nebenwirkungen. Andernfalls hätte Sense/Net gar nicht zugelassen, daß sie damit anfinge. Der Designer der Droge, dachte sie. Der Designer wüßte es. Aber würde es ihr nicht sagen, selbst wenn sie zu ihm vorstoßen könnte, was sie bezweifelte. Angenommen, überlegte sie, die Hände aufs rostige Geländer gestützt, er war nicht der Designer? Angenommen, es hatte jemand anders das Molekül entwickelt, um ganz eigene Ziele damit zu verfolgen?

»Der Frisör«, sagte das Haus.

Sie ging hinein.

Porphyre wartete, nach Pariser Mode in pastellfarbenen Jersey gehüllt. Sein Gesicht, das in der Ruhe glatt wie poliertes Ebenholz war, verzog sich zu entzücktem Grinsen, als er sie sah. »Missy«, schimpfte er, »du siehst aus wie hausgemachte Scheiße.«

Sie lachte. Porphyre gluckste, schnalzte verächtlich mit der Zunge und deutete mit gespieltem Entsetzen auf ihren Pony. »Missy war kein braves Mädchen. Porphyre hat doch gesagt, das sind schlimme Drogen!«

Sie blickte zu ihm auf. Er war sehr groß und — das wußte sie — ungemein stark. Wie ein Windhund auf Steroiden, hatte mal jemand gesagt. Sein enthaarter Schädel wies eine in der Natur unbekannte Symmetrie auf.

»Geht's uns gut?« fragte er in einem anderen Tonfall.

Der manische Schmiß war verschwunden, als hätte jemand einen Schalter umgelegt.

»Prima.«

»Hat's weh getan?«

»Ja. Schon.«

»Weißt du«, sagte er und berührte sie mit der Kuppe eines Fingers sanft am Kinn, »keiner hat getickt, was du dem Zeug abgewonnen hast. High biste offenbar nicht von geworden ...«

»Wollte ich auch nicht. Es war quasi so, wie wenn man hier ist und dort ist, nur hat man das ...«

»... nicht so stark gespürt?«

»Ja.«

Er nickte bedächtig. »Dann war das 'n schlechtes Dope.«

»Mies«, sagte sie. »Bin los davon.«

Er setzte wieder das Grinsen auf. »Waschen wir das Haar.«

»Ich hab's erst gestern gewaschen!«

»Mit was? Nein! Sag's bloß nicht!« Er scheuchte sie zur Treppe.

Im weißgekachelten Bad massierte er ihr etwas in die Kopfhaut.

»Hast du Robin gesehn in letzter Zeit?«

Er spülte ihr Haar mit kühlem Wasser. »*Mistah* Lanier ist in London, Missy. *Mistah* Lanier und ich, wir reden derzeit nicht miteinander. Setz dich auf!« Er stellte die Stuhllehne hoch und wickelte ihr ein Handtuch um den Hals.

»Warum?« Den Klatsch von Net, Porphyres zweite Spezialität, empfand sie als anregend.

»Weil ...«, sagte der Frisör bewußt monoton, während er ihr Haar nach hinten kämmte, »er schlecht über Angela Mitchell geredet hat, als die in Jamaica war, um einen klaren Kopf zu kriegen.«

Damit hatte sie nun nicht gerechnet. »Wirklich?«

»Und ob, Missy.« Er fing an, das Haar zu schneiden,

wobei er die Schere benutzte, die sein Markenzeichen war. Den Laserstift lehnte er ab; er nahm für sich in Anspruch, einen solchen noch nicht angefaßt zu haben.

»Machst du Witze, Porphyre?«

»Nein. Er sagt so was nicht zu *mir*, aber Porphyre hat *gute* Ohren, hört alles. Er ist am Morgen nach deiner Ankunft hier nach London abgereist.«

»Und was hast du ihn sagen hören?«

»Daß du spinnst. Ob mit oder ohne Dope. Daß du Stimmen hörst. Daß die Net-Psychos Bescheid wissen ...«

Stimmen ... »Woher weißt du das?« Sie versuchte, sich auf dem Stuhl zu drehen.

»Nicht den Kopf bewegen. So.« Er setzte sein Werk fort. »Kann ich nicht sagen. Vertrau mir.«

Es kam eine Reihe von Anrufen, nachdem Porphyre gegangen war. Ihr Produktionsteam wollte unbedingt Hallo sagen.

»Keine Anrufe mehr heut' nachmittag«, sagte sie zum Haus. »Die Tally-Serie schau ich droben an.«

Sie fand eine Flasche Corona ganz hinten im Kühlschrank und nahm sie mit ins Hauptschlafzimmer. Das Stimgerät im teakenen Bettüberbau war mit E-troden in Studioqualität ausgerüstet, die vor ihrer Abreise nach Jamaica noch nicht dagewesen waren. Net-Techniker brachten die Anlagen im Haus turnusgemäß auf den neuesten Stand. Sie nahm einen Schluck Bier, stellte die Flasche auf den Nachttisch und legte sich mit den E-troden auf der Stirn hin. »Okay«, sagte sie. »Laß kommen!«

Hinein ins Fleisch der Isham, ihr Atmen.

Wie habe ich dich nur ersetzen können? staunte sie, vom körperlichen Wohlbefinden des einstigen Stars überwältigt. *Gebe ich den Leuten das gleiche Wohlgefühl?*

Tally-Angie schaut aus über eine weingefüllte Schlucht, die zugleich ein Boulevard ist, schaut aus zum verkehrten Horizont, zu Tennisplätzen in der Ferne, zur

›Sonne‹ von Freeside, die als axiales Lichtband droben strahlt ...

»Schnellvorlauf«, sagte sie zum Haus.

Hinein in geschmeidig arbeitende Muskeln und verwischte Betonoptik; Tally radelt im schwerkraftreduzierten Velodrom ...

»Schnellvorlauf.«

Eine Restaurantszene, die Samtträger spannen an den Schultern, der junge Mann gegenüber am Tisch beugt sich vor und gießt Wein nach ...

»Schnellvorlauf.«

Leinenbettwäsche, eine Hand zwischen ihren Beinen, purpurn schimmernde Scheiben, das Rauschen von fließendem Wasser ...

»Zurück. Das Restaurant ...«

Der Rotwein sprudelt in ihr Glas ...

»Weiter. Stop! Da.«

Tallys Augen waren auf die sonnengebräunte Hand des jungen Mannes scharf gestellt, und nicht auf die Flasche.

»Ich will 'ne Grafik von ihrem visuellen Bild«, sagte sie und zog sich die E-troden ab. Sie setzte sich auf, nahm einen Schluck Bier, das sich komisch mit dem aufgezeichneten Pseudogeschmack von Tallys Wein vermischte.

Der Drucker unten ließ ein leises Signal ertönen, als er sein Werk vollendet hatte. Sie rappelte sich auf und stapfte die Treppe hinunter, aber das Bild, das der Drucker in der Küche ausgespuckt hatte, war enttäuschend.

»Kannst du das schärfer machen?« fragte sie das Haus. »Ich will das Etikett auf der Weinflasche lesen können.«

»Bildvergrößerung«, sagte das Haus. »Gewünschtes Objekt um acht Grad drehen.«

Der Printer surrte leise, während das neue Bild herauskam. Angie hatte ihren Schatz schon entdeckt, bevor der Drucker sein Signal geben konnte. Das magische Zeichen aus ihrem Traum in brauner Tinte: T-A.

Sie hatten eigene Weinberge, dachte sie.

Tessier-Ashpool S.A. in adlig gestelzten Lettern.

»Hab's«, hauchte sie.

8

Texas Radio

Mona konnte durch ein paar Risse im schwarzen Plastik, das sie überm Fenster kleben hatten, die Sonne sehn. Sie haßte die Penne dermaßen, daß sie es nicht dort aushielt, wenn sie wach oder nüchtern war, und im Moment war sie sowohl das eine als auch das andere.

Leise stieg sie aus dem Bett und tastete nach ihren Plastiksandalen, wobei sie zusammenzuckte, als sie mit den bloßen Füßen auf den Boden kam. Es war *dreckig* in der Bude; man konnte glatt Tetanus kriegen nur vom Anlehnen an die Wand. Schon der Gedanke daran machte ihr eine Gänsehaut. Denn Eddy schien so was nicht zu stören; er war dermaßen mit seinen Plänen beschäftigt, daß er auf seine Umgebung kaum achtete. Und er schaffte es irgendwie, immer sauber zu bleiben wie eine Katze. Er war reinlich wie eine Katze, hatte nie Dreckränder unter den tadellosen Fingernägeln. Sie konnte sich denken, daß er das meiste, was sie verdiente, in seine Garderobe investierte, obwohl ihr nie eingefallen wäre, das in Frage zu stellen. Sie war sechzehn und SINlos, Mona, und so'n älterer Freier hatte ihr mal gesagt, das ist'n Song: »Sixteen and SINless.« Was bedeutete, daß sie keine SIN bekommen hatte, als sie auf die Welt kam, keine Personenkennziffer*, also aufgewachsen war, ohne amtlich erfaßt zu sein. Sie wußte, daß es angeblich möglich war, eine SIN zu kriegen, wenn man keine hatte, aber dabei war zu bedenken, daß man auf irgendein Amt gehen und mit einem Pinkel reden müßte, und das war längst nicht das, was Mona unter angenehmer Erfahrung oder Normalverhalten verstand.

---

* SIN: **S**ingle **I**dentification **N**umber (SIN = wörtlich SÜNDE; SINless = unschuldig). — *Anm. d. Übers.*

Sie hatte eine Prozedur fürs Anziehen in der Penne, die sie im Dunkeln beherrschte. Zuerst schlüpfte man in die Sandalen, die man kurz angestoßen hatte, um eventuelles Krabbelzeugs abzuschütteln, dann ging man hinüber zum Fenster, wo bekanntlich eine große Styroporbox stand mit aufgerolltem alten Fax. Man riß ungefähr einen Meter Fax ab, zirka anderthalb Tage der *Asahi Shimbun,* faltete es, strich es glatt, legte es auf den Boden. Dann konnte man sich draufstellen, nahm den Plastiksack neben der Box, bog den Draht auf, mit dem sie verschlossen war, und suchte die gewünschten Kleidungsstücke heraus.

Wenn man aus den Sandalen stieg, um die Hose anzuziehen, wußte man, daß man auf frisches Fax trat. Für Mona war es ein Dogma, daß in der Zeit, die es dauerte, in die Jeans und danach wieder in die Sandalen zu steigen, nichts über das Fax liefe.

Dann ins Hemd oder sonstwas, sorgfältig den Sack verschlossen und nichts wie weg. Make-up, wenn nötig, draußen im Korridor. Da war noch so'n Spiegel da neben dem ausrangierten Aufzug, über dem eine Fuji-Biofluoreszenzleiste klebte.

Es stank kräftig nach Pisse beim Aufzug heut' morgen, also ließ sie das Schminken lieber aus.

Man sah nie einen Menschen in dem Gebäude, aber hörte zuweilen jemand: Musik hinter verschlossener Tür oder Tritte, die eben hinter einer Ecke am anderen Ende des Korridors verhallten. Nun, das war verständlich, denn Mona wollte ihre Nachbarn auch nicht kennenlernen.

Sie ging die drei Treppenläufe hinunter ins gähnende Dunkel der Tiefgarage. Die Taschenlampe in der Hand, fand sie, sechsmal kurz blinkend, den Weg durch abgestandene Pfützen und herabbaumelnde Glasfaseroptik-Leitungen, stieg die Betonstufen hinauf zur Gasse. Man konnte manchmal das Meer riechen in der Gasse, wenn der Wind richtig stand, aber heute roch es nur nach

Müll. Die Seite der Penne ragte hoch über ihr auf, also sputete sie sich, bevor es irgendeinem Arsch einfiele, eine Flasche oder Schlimmres herunterzuwerfen. Sobald sie draußen auf der Avenue war, verlangsamte sie ihr Tempo, aber nicht allzusehr; immerzu mußte sie an das Bargeld in der Tasche denken, und sie war voller Pläne, wie sie es ausgeben wollte. Bloß nicht ausgenommen werden, jetzt wo's so aussah, als hätte Eddy ihnen eine Freifahrkarte herausgeschunden. Sie redete sich abwechselnd ein, daß es eine bombensichere Sache war, daß sie praktisch schon verduftet waren, und daß sie nicht zuviel erwarten durfte. Sie kannte Eddys ›bombensichere Sachen‹: war nicht Florida auch eine gewesen? Wie warm es in Florida wäre und wie super die Strände und wie viele tolle Kerls mit Geld, genau der richtige Fleck für einen kleinen Arbeitsurlaub, der sich nun schon zum längsten Monat erstreckte, an den Mona sich erinnern konnte. Nun, es war verdammt heiß in Florida, wie in einer Sauna. Die einzigen Strände, die nicht Privatbesitz waren, waren verdreckt und verpestet, so daß die toten Fische hüfttief im seichten Wasser trieben. Vielleicht war es an den Privatstränden nicht anders, aber die kriegte man nicht zu sehen. Nur die Absperrketten und die Wachmänner in Shorts und Bullenhemd davor. Eddy war immer ganz angetan von den Waffen der Wachmänner und beschrieb eine jede in öden Details. Selber hatte er allerdings keine Kanone, soweit Mona wußte, und das war gut so, wie sie fand. Manchmal konnte man nicht mal die toten Fische riechen, denn da war ein anderer Gestank, ein Chlorgeruch, der auf dem Gaumen brannte und von den Fabriken entlang der Küste stammte. Wenn es tolle Kerls gab, so waren's dennoch Freier, die hier auch nicht unbedingt das Doppelte löhnten.

Das vielleicht einzig Liebenswerte an Florida waren die Drogen, die leicht erhältlich und billig waren und meist Industriequalität hatten. Manchmal stellte sie sich vor, der Bleichgestank käme aus Millionen von Drogenküchen, wo ein sagenhafter Cocktail gebraut wurde, wo die vielen Moleküle mit ihren irren Schwänzchen wedelten und geil auf ihren Einsatz und die Straße waren.

Sie bog von der Avenue ab und ging durch eine Reihe von lizenzlosen Imbißständen. Ihr Magen fing zu knurren an bei dem Duft, aber sie traute dem Gossenfraß nicht, wenn's nicht sein mußte, und es gab lizenzierte Läden, die Bares nahmen. Jemand spielte Trompete auf dem asphaltierten ehemaligen Parkplatz, ein improvisiertes kubanisches Solo, das verzerrt von den Betonwänden widerhallte und im Geklapper des morgendlichen Marktes unterging. Ein Bierkistenevangelist warf die Arme empor in einer Pose, die ein bleicher, struppiger Jesus in der Luft nachmachte. Der Projektor steckte in der Kiste, auf der er stand, aber er hatte eine alte Nylontrage auf dem Buckel mit zwei Lautsprechern dran, die ihm jeweils über die Schulter lugten wie Totenköpfe aus blankem Chrom. Der Evangelist sah stirnrunzelnd zu Jesus auf und stellte etwas ein an seinem Hosengürtel. Jesus blitzte auf, lief grün an und verschwand. Mona lachte. Aus den Augen des Mannes funkelte heiliger Zorn, ein Muskel zuckte an seiner furchigen Wange. Mona bog nach links in die Reihen von Obsthändlern, die Orangen und Grapefruits in Pyramiden auf ihren zerbeulten Metallkarren stapelten.

Sie betrat ein niedriges, höhlenartiges Gebäude, das ganze Fluchten von seßhafteren Geschäften beherbergte: da gab's Fisch, abgepackte Lebensmittel, billige Haushaltswaren, Imbißtheken mit einem Dutzend warmer Speisen. Es war kühler hier im Schatten und etwas ruhiger. Sie fand einen Wonton-Stand* mit sechs leeren Stühlen und nahm Platz. Der chinesische Koch sprach sie auf spanisch an; sie bestellte durch Gesten. Er brach-

---

* Wonton: chin. Suppe mit fleischgefüllten Teigtaschen. — *Anm. d. Übers.*

te ihr Suppe in einer Plastikschale; sie bezahlte mit ihrem kleinsten Schein, und er gab ihr mit acht speckigen Kartonmarken heraus. Wenn es Eddy ernst war mit dem Verduften, dann könnte sie sie nicht mehr einlösen; falls sie in Florida blieben, könnte sie sich jederzeit Wonton holen. Sie schüttelte den Kopf. Es muß klappen, muß. Sie schob die abgegriffenen, runden, gelben Marken über die lackierte Furnierholztheke zurück. »Behalt die mal.« Der Koch, der einen blauen Plastikzahnstocher im Mundwinkel stecken hatte, kassierte sie ein, ohne eine Miene zu verziehn.

Sie nahm Stäbchen aus dem Glas auf dem Tresen und fischte eine lappige Teigtasche aus der Schale. Dabei wurde sie von einem Macker beobachtet im Gang hinter den Töpfen und Kochern. Einem Stecher, der sich als was anderes darstellen wollte. Weißes Sporthemd und Sonnenbrille. Vor allem wie die dastehn, überlegte sie. Aber er hatte auch die Zähne dafür und den Haarschnitt, obwohl er einen Bart trug. Er tat so, als würde er sich umsehen, einkaufen, hatte die Hände in der Tasche und ein bewußt nachdenkliches Lächeln auf den Lippen. Er war hübsch, der Macker, soweit sie das sehen konnte bei dem Bart und der Sonnenbrille. Nicht hübsch war freilich das Lächeln. Es war quasi quadratisch, so daß man viel von seinen Zähnen zu sehen kriegte. Sie rutschte nervös auf dem Stuhl hin und her. Die Prostitution war erlaubt, aber nur, wenn man es richtig machte, den Chip vom Finanzamt hatte und so fort. Sie mußte mit einemmal an das Geld in ihrer Tasche denken. Nun gab sie vor, die kunststoffbeschichtete Lizenz zum Betrieb eines Speiselokals zu lesen, die auf den Tresen geklebt war. Als sie wieder aufsah, war er weg.

Einen Fuffziger gab sie für Kleidung aus. Sie wühlte sich durch achtzehn Ständer in vier Shops, alles, was die Straße zu bieten hatte, ehe sie sich entschied. Die Verkäufer sahen es nicht gern, daß sie so viel anprobierte, aber für so'ne Summe hatte sie noch nie eingekauft. Es wurde Mittag, bis sie fertig war, und die Florida-Sonne brütete auf dem Beton, als sie mit zwei Einkaufstüten den Parkplatz überquerte. Die Tüten waren wie die Kleider second-hand: eine war bedruckt mit dem Logo eines Ginza-Schuhgeschäfts, die andere warb für argentinische Meeresfruchtbriketts aus Trockenkrill. Im Geiste kombinierte sie die Sachen, die sie gekauft hatte, und überlegte, was wozu paßte.

Von der andern Seite des Platzes tönte es in voller Lautstärke großsprecherisch vom Evangelisten herüber, als hätte er sich in geifernde Erregung gesteigert, bevor er den Verstärker zuschaltete, während der Hologramm-Jesus mit den weißgewandeten Armen fuchtelte und zornig gen Himmel, zur Straße und wieder gen Himmel deutete. Verzückung, sagte er. Die Verzückung kommt.

Mona bog um irgendeine Ecke, wobei sie ganz im Reflex einem Irren auswich, und spazierte an ausgebleichten Klapptischen entlang, auf denen billige Indo-Simstim-Sets ausgebreitet waren, gebrauchte Kassetten, bunte Microsoft-Stifte, die in hellblauen Styroporplatten steckten. Hinter einem dieser Tische klebte ein Bild von Angie Mitchell, ein Poster, das Mona noch nicht gesehen hatte. Sie blieb stehen und betrachtete es gierig, wobei sie zuerst Kleidung und Make-up des Stars studierte und dann den Hintergrund, den Aufnahmeort zu deuten versuchte. Unwillkürlich ahmte sie Angies Miene auf dem Poster nach. Es war nicht unbedingt ein Lächeln. Ein Anflug von Lächeln, etwas traurig vielleicht. Mona hatte eine ganz besondere Beziehung zu Angie. Weil sie — und das bekam sie auch von Freiern gesagt manchmal — Ähnlichkeit hatte mit ihr. Als wäre sie Angies Schwester. Bis auf ihre Nase, Monas Nase, die schräger saß, und daß Angies Nasenpartie nicht mit Sommersprossen getüpfelt war. Monas zaghaftes Angie-Lächeln wurde breiter, als sie das Bild betrachtete und sich in seiner Schönheit, im Luxus seines Interieurs badete. Sie tippte auf eine Burg, ein Schloß, vermutlich ihr Heim, bestimmt voller Leute, die für sie da waren zum Frisieren und Kleideraufhängen, denn man konnte sehen, daß die Mauern aus großen Steinen gefügt und die massiv goldenen Rahmen der Spiegel mit Blattranken und Engeln verziert waren. Die Schrift darunter gab vielleicht an, wo es war, aber lesen konnte Mona nicht. Egal, jedenfalls gäb's da, das stand fest, keine verdammten Schaben und einen Eddy auch nicht. Sie sah sich die Stim-Sets an und überlegte schon, das restliche Geld auszugeben. Aber sie hätte nicht mehr genug für'n Stim, und die waren außerdem alt, teils älter als sie selbst. Da war noch diese Dingsda, diese Tally, die ganz groß war, als Mona vielleicht neun war ...

Als sie zurückkam, wartete Eddy schon. Das Fenster war nicht verklebt, und die Fliegen schwirrten herum. Eddy lag auf dem Bett und rauchte eine, und der Macker mit dem Bart, der sie beobachtet hatte, saß auf dem kaputten Stuhl und hatte immer noch die Sonnenbrille auf.

Prior, so nannte er sich, als hätte er keinen Vornamen. Oder wie Eddy keinen Nachnamen. Nun, sie hatte selber keinen Nachnamen, es sei denn, man faßte Lisa so auf, aber das war schon eher ein zweiter Vorname.

Sie kriegte nicht viel mit von ihm in der Penne. Das kam, so überlegte sie, vielleicht daher, daß er Engländer war. Ein echter Macker war er allerdings nicht, wie sie geglaubt hatte, als sie ihn das erste Mal auf der Straße sah. Er steckte in irgendeinem Spiel, nur in was für einem, das blieb ihr unklar. Er beobachtete sie viel, sah ihr zu, wie sie ihre Sachen in die blaue Lufthansa-Tasche packte, die er mitgebracht hatte, aber sie entdeckte nichts Brünstiges in seinen Blicken, als begehrte er sie nicht. Er beobachtete sie schlicht, beobachtete den rauchenden Edddy, legte die Sonnenbrille in den Schoß, hörte sich Eddys Scheiß an und sagte möglichst wenig. Wenn er aber was sagte, dann meist was Witziges, aber in einem Tonfall, der es einem schwer machte zu erkennen, ob er scherzte.

Beim Packen kam sie sich verwirrt vor, leicht verrückt, als hätte sie einen Pulli gemacht, der nicht recht fertig wurde. Die Fliegen bumsten gegen das Fenster, knallten gegen das staubige Glas, aber das juckte sie nicht. Fort, sie war längst fort.

Tasche zu.

Es regnete, als sie zum Flughafen kamen, Florida-Regen, warme Pisse aus dem Nirgendwo-Himmel. Sie war noch nie an einem Flughafen gewesen, kannte sie aber vom Stim.

Prior hatte einen weißen Datsun gemietet, der selbsttätig fuhr und Hintergrundmusik durch Vierkanallautsprecher spielte. Der Datsun ließ sie in einer kahlen Betonparkbucht mit mitsamt Gepäck zurück und fuhr in den Regen davon. Falls Prior eine Reisetasche hatte, so nicht bei sich. Mona hatte ihre Lufthansa-Tasche und Eddy zwei schwarze Krokoklon-Koffer.

Sie rutschte den neuen Rock, nach unten korrigierend, zurecht und fragte sich, ob sie die passenden Schuhe dazu gekauft hatte. Eddy genoß es; er hatte die Hände in den Taschen und zog die Schultern hoch, um anzuzeigen, daß er etwas Wichtiges tat.

Sie dachte zurück, wie sie ihn das erste Mal gesehen hatte in Cleveland, als er herauskam und sich den Roller ansah, den der alte Herr verkaufte, eine dreirädrige Skoda, die hauptsächlich aus Rost bestand. Der Alte züchtete Katfisch in Betonbecken, die den dreckigen Hof umsäumten. Sie war im Haus, als Eddy kam, im langen, hohen Kasten eines aufgebockten Lkw-Anhängers. In eine Seite waren Fenster geschnitten, viereckige Kästen, mit zerkratztem Plastik zugeschmiert. Sie stand am Herd, es roch nach Zwiebeln und Tomaten, die in Säkken zum Trocknen aufgehängt waren, als sie ihn spürte, am andern Ende des Schlauches fühlte, seine Muskeln und Schultern, weißen Zähne, die schwarze Nylonmütze, die er schüchtern in der Hand hielt. Die Sonne schien durch die Fenster, es war hell im kargen, schlichten Raum mit dem gründlich gefegten Boden, den der Alte ihr abverlangte, aber es war, als fiele ein Schatten, ein Schatten übers Herz, das sie pochen hörte, als er näherkam, die Mütze im Vorbeigehen auf den blanken Spanplattentisch warf und, nun gar nicht mehr schüchtern, sondern so, als wäre er hier daheim, direkt zu ihr ging, wobei er sich mit der Hand, an der ein glänzender Ring steckte, durch eine geölte Mähne strich. Dann kam der Alte herein, und Mona wandte sich ab, hantierte am Herd. Kaffee, sagte der Alte, und Mona ging Wasser zapfen, füllte den Emaillekessel aus der Leitung vom Dachtank, wo das Wasser durch den Kohlefilter gurgelte. Eddy und der Alte am Tisch bei schwarzem Kaffee. Eddy breitbeinig die Füße ausgestreckt, feste Schenkel unterm abgewetzten Denim. Grinsend schwatzt er dem Alten die Skoda ab, feilscht. Anscheinend steigt das Geschäft, will er die Maschine kaufen, wenn der Alte die Papiere hat. Der Alte steht auf, wühlt in einer Schublade. Wieder starrt Eddy sie an. Sie geht mit raus auf den Hof, sieht ihn rittlings auf den rissigen Vinylsitz steigen. Auspuffeuer schreckt die schwarzen Hunde des Alten auf, die kläffen, süßlicher Fuselabgasgeruch, die Maschine bebt zwischen seinen Beinen.

Nun betrachtete sie ihn, wie er da neben den Koffern stand, und es fiel ihr schwer nachzuvollziehen, warum sie mit ihm tags darauf auf der Skoda losgefahren war Richtung Cleveland. Die Skoda hatte ein kleines kaputtes Radio, das man bei laufender Maschine nicht hören, sondern nur nachts auf einem Feld an der Straße leise spielen lassen konnte. Der Tuner war im Arsch, so daß man nur einen Sender herbrachte, Geistermusik von einem einsamen Antennenmast in Texas, Hawaiigitarre, bald laut, bald leise die ganze Nacht, und wie sie sich feucht an sein Bein schmiegte und das steife, dürre Gras im Nacken kitzelte.

Prior stellte ihre Tasche auf einen weißen Wagen mit einem gestreiften Dach, woraufhin sie einstieg. Leise hörte sie die spanischen Stimmen aus dem Kopfhörer des kubanischen Fahrers. Nun brachte Eddy die Krokokoffer unter, woraufhin er und Prior einstiegen. Dann ging's hinaus aufs Rollfeld durch strömenden Regen.

Das Flugzeug war nicht das, was sie vom Stim kannte, kein länglicher, feiner Businnenraum mit vielen Sitzen. Es war ein kleines, schwarzes Gebilde mit spitzen, dünnen Flügeln und mit Fenstern, die den Eindruck erweckten, als würde es schielen.

Sie stieg eine Metalltreppe empor, und da war ein Raum mit vier Plätzen, der überall, auch an Wänden und Decke, mit grauem Teppich bezogen war. Alles war tipptopp und vornehm grau. Eddy kam hinter ihr rein und nahm Platz, als würde er dies jeden Tag tun, lockerte die Krawatte und streckte die Beine aus. Prior betätigte Knöpfe neben der Tür. Mit einem Ächzlaut ging sie zu.

Sie schaute durch die schmalen, windschnittigen Fenster auf die Rollfeldscheinwerfer, die sich auf nassem Beton spiegelten.

Per Bahn hierher runtergekommen, dachte sie. *New York — Atlanta — dann umgestiegen.*

Der Flieger vibrierte. Sie hörte das Fahrwerk knirschend zum Leben erwachen.

Zwei Stunden später wurde Mona, vom endlosen Gebrumm des Jets in den Schlaf gewiegt, kurz wach in der verdunkelten Kabine. Eddy schlief, den Mund halb offen. Vielleicht schlief auch Prior, vielleicht hatte er nur die Augen zu, das konnte sie nicht sagen.

Halb im Traum versunken, an den sie sich nicht mehr erinnern konnte am Morgen, hörte sie Texas Radio, leise Hawaiiakkorde, langgezogen wie ziehender Schmerz.

Underground

Jubilee und Bakerloo, Circle und District. Fröstelnd betrachtete Kumiko die kleine folienbeschichtete Karte, die Petal ihr gegeben hatte. Die Kälte schien vom Beton des Bahnsteigs durch ihre Stiefelsohlen zu kriechen.

»Ist so verdammt alt«, sagte Sally Shears in Gedanken. In ihrer Brille spiegelte sich eine gewölbte Wand, die mit weißen Fliesen überzogen war.

»Wie bitte?«

»Die U-Bahn.« Sie steckte in einem neuen, unterm Kinn verknoteten Tartanschal, und ihr Atem dampfte weiß beim Sprechen. »Weißt du, was mich stört? Daß sie, wie man ab und zu sieht, neue Fliesen draufkleben in den Bahnhöfen, aber die alten nicht zuvor runternehmen. Und wenn sie ein Loch in die Wand hauen, um an ein Kabel ranzukommen, dann kann man die verschiedenen Fliesenschichten sehn ...«

»Und?«

»'s wird halt *enger,* nicht? Wie bei Arterienverkalkung ...«

»Ja«, meinte Kumiko unsicher, »verstehe ... Die Kerle da, Sally, was hat es mit ihrer Kluft auf sich, bitte schön?«

»Jacks. Sogenannte Jack Draculas.«

Die vier Jack Draculas duckten sich wie Raben auf dem Bahnsteig gegenüber zusammen. Sie trugen undefinierbare schwarze Regenmäntel und blank geputzte schwarze Kampfstiefel, die bis zum Knie geschnürt waren. Als sich einer davon einem Kameraden zuwandte, sah Kumiko, daß sein Haar zu einem Zopf geflochten war, der von einer kleinen schwarzen Schleife zusammengehalten wurde.

»Wurde gehängt«, sagte Sally, »nach dem Krieg.«

»Wer?«

»Jack Dracula. Wurden viele öffentlich gehängt 'ne Zeitlang nach dem Krieg. Jacks. Denen geh lieber aus dem Weg. Hassen die Ausländer ...«

Kumiko hätte gern Colin dazu befragt, aber das Maas-Neotek steckte hinter einer Marmorbüste in dem Zimmer, wo Petal ihnen das Essen servierte, und dann kam auch der Zug, der sie mit seinem archaischen Getöse der Räder auf den Stahlschienen verblüffte.

Sally Shears vor dem Flickenteppich der Stadtarchitektur, in ihrer spiegelnden Brille der Londoner Mischmasch aus jeweils durch Wirtschaft, Feuer, Krieg verlesenen Stilen.

Kumiko ließ, durch dreimaliges Umsteigen in rascher, offenbar wahlloser Folge längst gründlich verwirrt, mehrere Taxifahrten über sich ergehn. Sie sprangen nämlich aus dem Wagen, liefen in das nächste Kaufhaus, marschierten durch den erstbesten Ausgang in eine andere Straße und ab ins nächste Taxi. »Harrods«, sagte Sally einmal, als sie gerade durch eine schmucke Halle mit gekachelten Wänden und Marmorsäulen stachen. Kumiko erspähte blinzelnd mit dicken roten Braten und Haxen vollbeladene Marmortheken und glaubte, sie wären aus Plastik. Und dann wieder hinaus. Sally winkte das nächste Taxi heran. »Covent Garden«, sagte sie zum Fahrer.

»'tschuldige, Sally, was soll das?«

»Wir machen uns dünne.«

Sally trank heißen Brandy in einem winzigen Café unter dem schneebedeckten Glasdach der Piazza. Kumiko trank heiße Schokolade.

»Haben wir uns verdünnisiert, Sally?«

»Ja, hoff's zumindest.« Sie sah heute älter aus, fand Kumiko, hatte Falten um den Mund, weil sie nervös oder fertig war.

»Sally, was machst du überhaupt? Dein Bekannter fragte, ob du noch im Ruhestand lebst …«

»Ich bin eine Geschäftsfrau.«

»Und mein Vater ist ein Geschäftsmann?«

»Dein Vater *ist* Geschäftsmann, Süße. Nee, so was nicht. Ich bin ein Indie*. Investiere hauptsächlich.«

»In was investierst du?«

»In andere Indies.« Sie zuckte die Achseln. »Neugierig heute, was?« Sie nippte an ihrem Brandy.

»Du hast mir geraten, mein eigener Spion zu sein.«

»Guter Rat. Aber das muß man behutsam angehen.«

»Lebst du hier, Sally, in London?«

»Bin viel unterwegs.«

»Ist Swain auch'n ›Indie‹?«

»Davon geht er aus. Er hat den richtigen Draht, nickt in die richtige Richtung; das muß man hier, um Geschäfte zu machen, aber mir ging das auf die Nerven.« Sie kippte den restlichen Brandy hinunter und leckte sich die Lippen.

Kumiko schauderte.

»Du brauchst keine Angst zu haben vor Swain. Yanaka könnte ihn zum Frühstück verspeisen, wenn er wollte …«

»Nein. Ich dachte an die Typen in der U-Bahn. So dürr …«

»Die Draculas?«

»Eine Bande?«

»Bosozoku«, sagte Sally mit tadelloser Aussprache. »›Nichtseßhafte Sippschaft‹? Jedenfalls so was wie 'ne Sippschaft.« Es war nicht das richtige Wort, aber Kumiko glaubte, den Unterschied zu verstehen. »Sie sind dürr, weil sie arm sind.« Sie winkte einem Kellner und ließ einen zweiten Brandy kommen.

»Sally«, sagte Kumiko, »als wir hierherkamen, die

---

* Indie: ein unabhängiger (»independant«) Produzent, etwa von Filmen oder Platten. — *Anm. d. Übers.*

Fahrt hierher, die Züge und Taxis, war das, um sicherzustellen, daß man uns nicht folgt?«

»Nichts ist sicher.«

»Aber als wir zu Tick gingen, warst du weniger vorsichtig. Da hätte man uns leicht folgen können. Du heuerst Tick an, Swain zu bespitzeln, aber triffst keine Vorsichtsmaßregeln. Du bringst mich hierher und triffst viele Vorsichtsmaßregeln. Warum?«

Der Kellner stellte ein dampfendes Glas vor ihr ab. »Du bist blitzgescheit, was, Süße?« Sie beugte sich vor und inhalierte den Brandydampf. »Es ist so, okay? Ich hab' vielleicht was vor mit Tick.«

»Aber Tick ist darauf bedacht, daß Swain ihn nicht ertappt.«

»Swain rührt ihn nicht an, wenn er merkt, daß er für mich arbeitet.«

»Wie das?«

»Weil er weiß, daß ich ihn vielleicht umbringe.« Sie hob ihr Glas, sah plötzlich viel froher aus.

»Swain umbringen?«

»Genau.« Sie trank.

»Warum warst du dann so vorsichtig heute?«

»Weil's einem manchmal gut tut, wenn man alles abschütteln kann, unten durchschlüpft. Aller Wahrscheinlichkeit nach haben wir's gar nicht geschafft. Vielleicht doch. Vielleicht weiß niemand, überhaupt gar niemand, wo wir sind. Tolles Gefühl, hm? Du könntest präpariert sein, schon mal überlegt? Vielleicht hat dir dein Dad, der Feldherr des Yakuza, eine kleine Wanze in den Kopf gepflanzt, so daß er die Bewegungen seiner Tochter verfolgen kann? Du hast so hübsche feine Zähne, vielleicht hat Daddys Zahnarzt da 'n bißchen Hardware untergebracht, als du im Stim gewesen bist. Gehst du zum Zahnarzt?«

»Ja.«

»Ziehst du dir ein Stim rein, während er arbeitet?«

»Ja ...«

»Da haben wir's. Vielleicht hört er uns gerade zu ...«

Kumiko hätte beinahe umgestoßen, was von ihrem Kakao noch übrig war.

»Hey.« Sally tippte ihr mit gelackten Nägeln auf den Unterarm. »Keine Bange. Er hätte dich nie mit 'ner Wanze rübergeschickt. Damit wärste zu leicht lokalisierbar für seine Feinde. Aber du verstehst schon, was ich meine? Es tut gut, wenn man unten durchschlüpft. Es zumindest probiert. Auf sich gestellt ist, nicht?«

»Ja«, sagte Kumiko, die immer noch Herzklopfen hatte und Panik hochsteigen fühlte. »Er hat meine Mutter umgebracht«, plapperte sie heraus und kotzte dann schokoladebraun auf den grauen Marmorboden des Cafés.

Sally führt sie an den Säulen der Saint Paul's entlang. Gehen, nicht sprechen. Kumiko in verwirrender, von Scham geprägter Trance nimmt wahllos Informationen auf: den weißen Lammfellbesatz an Sallys Ledermantel, das Ölfilmschillern im Gefieder einer Taube, die vor ihren Füßen davonwatschelt, rote Busse wie Riesenspielzeug im Transport-Museum, Sally, die sich die Hände am Styroporbecher mit heißem Tee wärmt.

Kalt, es bliebe nun immer kalt. Die gefrorene Nässe in den alten Knochen der Stadt, das kalte Wasser des Sumida, das die Lungen ihrer Mutter ausgefüllt hat, das frostige Geflatter der Neonkraniche.

Ihre Mutter war zierlich gebaut, und ihr dichtes dunkles Haar war mit goldenen Glanzlichtern gemasert wie ein rares tropisches Edelholz. Ihre Mutter duftete nach Parfüm und warmer Haut. Ihre Mutter erzählte ihr Geschichten von Elfen und Feen und Kopenhagen, einer fernen Stadt. Wenn Kumiko von den Elfen träumte, glichen diese den Sekretären ihres Vaters: wendig und seriös, mit schwarzem Anzug und straff gewickeltem Schirm. Die Elfen vollbrachten viel Wunderliches in den Geschichten ihrer Mutter, und die Geschichten waren zauberhaft, weil sie sich beim Erzählen änderten und man sich nie sicher sein konnte, wie die Geschichte ausgehen würde an einem bestimmten Abend. Es gab auch Prinzessinnen in den Geschichten und Ballerinen, und eine jede davon, die Kumiko kennengelernt hatte, war gewissermaßen wie ihre Mutter.

Die Prinzessinnen-Ballerinen waren wunderschön, aber arm, und tanzten aus Freude im Herzen der fernen Stadt, wo sie von Künstlern und angehenden Poeten — schönen, mittellosen — umworben wurden. Um alte Eltern zu unterstützen oder für einen kranken Bruder ein Organ zu kaufen, war eine Prinzessin-Ballerina zuweilen genötigt, eine ganz furchtbar weite Reise anzutreten, vielleicht gar bis nach Tokyo, um für Geld zu tanzen. Für Geld tanzen, so konnte man den Geschichten entnehmen, war keine Freude.

Sally führte sie in eine Robota-Bar in Earls Court und verlangte von ihr, ein Glas Sake zu trinken. Eine geräucherte Fuguflosse schwamm in dem heißen Wein und verlieh ihm die Farbe von Whisky. Sie aßen Robota vom rauchigen Grill, und Kumiko spürte, wie die Kälte sich verzog, nicht aber die Taubheit. Die Innenausstattung des Lokals gab einem das starke Gefühl, in eine andere Kulturlandschaft versetzt zu sein: sie brachte es fertig, traditionelles japanisches Design zu vermitteln und gleichzeitig auszusehen wie von Charles Rennie Makkintosh* entworfen.

Sie war sehr seltsam, Sally Shears, seltsamer als das ganze *gaijin* London. Nun erzählte sie Kumiko Geschichten, Geschichten über Leute, die in einem Japan lebten, das Kumiko nicht kennengelernt hatte, Geschichten, die die Rolle darstellten, die ihr Vater in der Welt spielte. *Oyabun* nannte sie Kumikos Vater. Die

---

* Erfinder des durch Gummi wasserdicht gemachten Stoffes (Regenmantels). — *Anm. d. Übers.*

Welt, die in Sallys Geschichten dargelegt war, schien genauso unwirklich wie die mütterliche Märchenwelt, aber Kumiko erahnte allmählich doch, welche Grundlagen und Ausmaße die Macht des Vaters hatte. »*Kuromaku*«, sagte Sally. Das Wort bedeutete schwarzer Vorhang. »Kommt aus dem Kabuki*, meint aber einen Dunkelmann, der mit Gefälligkeiten handelt. Einen Drahtzieher, klar? So was ist dein Vater. So was ist auch Swain. Aber Swain ist der *Kobun* deines alten Herrn, wenigstens einer davon. *Oyabun-Kobun,* Eltern-Kind. Da kriegt Roger seinen Sprit her. Darum bist du jetzt hier, weil Roger dem *Oyabun* was schuldet. *Giri,* verstanden?«

»Er ist ein großes Tier.«

Sally schüttelte den Kopf. »Dein alter Herr, Kumi, ist derjenige, der. Wenn er dich außer Landes schaffen muß, um deine Sicherheit zu gewährleisten, so heißt das, daß Schlimmes bevorsteht.«

»Was schlucken gewesen?« fragte Petal, als sie hereinkamen, wobei seine Brillenränder aufblitzten im Licht eines Tiffany-Baums aus Bronze und Buntglas, der auf dem Sideboard wuchs. Kumiko wollte einen Blick auf die Marmorbüste werfen, hinter der das Maas-Neotek steckte, zwang sich aber, geradeaus in den Garten zu schauen. Der Schnee dort hatte die Farbe des Londoner Himmels angenommen.

»Wo ist Swain?« fragte Sally.

»Der Boss ist außer Haus«, erklärte Petal.

Sally trat ans Sideboard und schenkte sich ein Glas Scotch ein aus einer wuchtigen Karaffe. Kumiko sah Petal zusammenzucken, als die Karaffe unsanft zurückgestellt wurde aufs polierte Holz. »Nachricht hinterlassen?«

»Nein.«

---

* Kabuki: jap. Volkstheater aus Schauspiel, Musik und Tanz. — *Anm. d. Übers.*

»Wird er heut' abend noch zurückerwartet?«

»Weiß auch nicht. Wollt ihr euer Dinner?«

»Nein.«

»Ich möchte ein Sandwich«, sagte Kumiko.

Eine Viertelstunde später saß sie, das unberührte Sandwich auf dem schwarzen Marmornachttischchen, mitten auf dem riesigen Bett. Das Maas-Neotek lag zwischen ihren bloßen Füßen. Sally hatte sie unten gelassen, wo sie Swains Whisky trank und hinaus in den grauen Garten starrte.

Nun griff sie sich das Gerät, und schon flackerte Colin auf und stellte sich scharf am Fußende des Bettes.

»Meine Wenigkeit kann niemand hören«, sagte er, wobei er rasch den Finger vor den Mund hielt. »Und das ist nur gut so, denn das Zimmer wird abgehört.«

Kumiko wollte schon antworten, nickte dann.

»Gut«, sagte er. »Kluges Kind. Hab zwei Gespräche für dich. Eins zwischen deinem Gastgeber und seinem Aufpasser, das andere zwischen deinem Gastgeber und Sally. Ersteres rund fünfzehn Minuten nachdem du mich drunten versteckt hast. Horch ...« Kumiko schloß die Augen und hörte Eis in einem Whiskyglas klirren.

»Wo ist denn unsre kleine Japse?« fragte Swain.

»Schon ins Bett gepackt«, sagte Petal. »Redet die doch mit sich selber. Selbstgespräche. Komisch.«

»Was sagt sie denn?«

»Nicht viel eigentlich. Manche tun das halt ...«

»Was?«

»Selbstgespräche führen. Willst sie hören?«

»Herrgott, nein. Wo ist die entzückende Miss Shears?«

»Unterwegs. Verdauungsspaziergang.«

»Ruf Bernie her das nächste Mal! Will sehn, was sie da treibt bei diesen kleinen Gängen ...«

»Der Bernie«, und Petal lachte, »den würden wir in der Kiste wiederkriegen!«

Jetzt lachte Swain. »Wäre auch nicht schlecht. Den Bernard wären wir damit los, und die Messermieze hätte ihren berüchtigten Durst gestillt ... Da, gieß uns nochmal ein!«

»Für mich nicht, danke. Geh ins Bett, wenn du mich nicht mehr brauchst ...«

»Nein«, sagte Swain.

»So«, erklärte Colin, wobei Kumiko die Augen aufmachte und ihn auf dem Bett sitzen sah, »es ist eine stimmaktivierte Wanze in deinem Zimmer; der Aufpasser hat die Aufzeichnung abgespielt und dich mit mir sprechen hören. Unser zweiter Abschnitt, der ist interessanter. Dein Gastgeber sitzt vor seinem zweiten Whisky, hinzu kommt Sally ...«

»Hallochen«, hörte sie Swain sagen. »'n bißchen frische Luft geschnappt?«

»Verpiß dich!«

»Weißt du«, sagte Swain, »meine Idee war das alles nicht. Vielleicht merkst du dir das endlich. Du weißt, daß sie mir auch an die Eier gegangen sind.«

»Weißt du, Roger, manchmal bin ich direkt versucht, dir zu glauben.«

»Tu's doch! Das würde alles viel einfacher machen.«

»Ein andermal wieder möchte ich dir die verdammte Gurgel abschneiden.«

»Dein Problem, meine Liebe, ist, daß du nie gelernt hast, zu delegieren. Du möchtest immer alles selber machen.«

»Hör zu, du Arsch, ich weiß, wo du herkommst, und ich weiß, wie du hierher gekommen bist, und es ist mir scheißegal, wie tief du Kanaka oder sonst jemand in den Arsch gekrochen bist. *Sarakin!*« Kumiko hatte dieses Wort noch nie gehört.

»Hab wieder von denen gehört«, meinte Swain gelassen, im Plauderton. »Sie ist noch an der Küste, aber es sieht so aus, als würde sie bald losziehn. Richtung Osten höchstwahrscheinlich. Auf dein altes Gut. Ich glaube, das ist wohl das Beste, was uns passieren kann. Das Haus ist unmöglich. Soviel Sicherheitseinrichtungen an dem Gelände, daß eine mittelprächtige Armee nicht durchkäme …«

»Willst du mir immer noch einreden, das ist 'ne reine Entführung, Roger? Willst du mir immer noch einreden, sie wollen ein Lösegeld erpressen?«

»Nein, es war kein Wort von Freikaufen die Rede.«

»Warum heuern die dann nicht einfach diese Armee an? Sie brauchen sich ja nicht mit 'ner mittelprächtigen begnügen, oder? Sollen die Söldner ran. Die Abwerber. Sie ist nicht schwerer zu holen als so'n Forscherstar. Laßt die verdammten *Profis* ran …«

»Zum hundertsten Mal oder so, genau das wollen die nicht. Die wollen dich.«

»Roger, was haben sie gegen dich in der Hand, hm? Ich meine, weißt du denn, was sie gegen mich in der Hand haben?«

»Nein. Aber nach dem, was sie gegen mich haben, wage ich eine Schätzung.«

»Nämlich?«

»Alles.«

Keine Antwort.

»Da ist noch'n Gesichtspunkt dazugekommen heute«, sagte er. »Sie wollen, daß es so aussieht, als wäre sie herausgeholt worden.«

»Was?«

»Sie wollen, daß es so aussieht, als hätten wir sie umgebracht.«

»Und wie sollen wir das fertigkriegen?«

»Sie stellen eine Leiche.«

»Ich nehme an«, erläuterte Colin, »daß sie das Zimmer ohne Kommentar verlassen hat. Das Gespräch endet hier.«

10

Die Gestalt

Eine Stunde lang checkte er die Lager der Säge durch und schmierte sie. Es war schon zu kalt zum Arbeiten; er mußte machen und den Raum beheizen, in der er die anderen aufbewahrte, die Schergen und den Schinder und die Hexe. Schon das allein reichte aus, seine Absprachen mit Gentry ins Schwanken zu bringen, verblaßte aber neben dem Problem, wie er Gentry seine Vereinbarung mit Kid Afrika und die Anwesenheit zweier Fremder in der Fabrik erklären sollte. Gentry ließ nicht mit sich reden; der Saft gehörte ihm, weil er derjenige war, der ihn der Fission Authority abluchste; ohne Gentrys allmonatliche Vorstöße auf der Konsole, das Ritual, das die Behörde davon überzeugte, die Fabrik stehe woanders und bezahle ihre Rechnung, gäbe es keinen Strom.

Und überhaupt war Gentry ein komischer Kauz, überlegte er und spürte, wie seine Knie knackten, als er aufstand und das Steuergerät für den Richter aus der Tasche zog. Gentry war überzeugt, Cyberspace habe eine Gestalt, eine allesumfassende Form. Nun war das freilich längst nicht die schwachsinnigste Anschauung, der Slick begegnet war, aber Gentry war geradezu besessen von dem Glauben, die Gestalt sei *alles*. Das Begreifen der Gestalt war Gentrys Gral.

Slick hatte mal ein Net/Knowledge-Stim über die Gestalt des Universums gefahren. Slick fand, das Universum umfasse alles Existierende, wie also könnte es eine Gestalt haben? Falls es eine Gestalt hatte, eine Form, so wäre doch ein formendes Äußeres nötig, worin es Gestalt annehmen könnte. Und wenn dieses Äußere existierte, dann wäre *dieses* doch auch dem Universum zuzurechnen. Das war genau so'n Punkt, wo man sich nicht mit Gentry anlegen wollte, denn Gentry schaffte es, deine Gedanken auf den Kopf zu stellen. Dabei hielt Slick den Cyberspace gar nicht für so was wie ein Universum; Cyberspace war bloß eine Darstellung von Daten. Die Fission Authority sah immer aus wie eine große rote Aztekenpyramide, müßte das aber nicht; falls die FA wollte, könnte sie x-beliebig aussehen. Große Firmen hatten copyright-geschützte Darstellungen. Wie kam also einer nur darauf, daß die komplette Matrix eine besondere Gestalt hätte? Und was, wenn doch, hätte dies schon zu bedeuten?

Er drückte den AN-Knopf. Der Richter surrte und rüttelte keine zehn Meter entfernt.

Slick Henry haßte den Richter. Das war's, was die Leute im Geschäft nicht kapierten. Das soll nicht heißen, daß es ihm keine Freude gemacht hätte, das Ding zu bauen, den Richter herauszuholen nach *draußen,* nach draußen, wo er ihn sehen und beobachten konnte, um endlich frei zu sein von seiner Idee, aber das war ja doch etwas anderes als *mögen.*

Fast vier Meter groß, halb so breit an den Schultern, kopflos, stand der Richter da und vibrierte in seinem zusammengeflickten Panzer, der eine bestimmte Rostfarbe hatte wie die durch abertausend Hände blankgescheuerten Griffe einer alten Schubkarre. Er hatte eine Methode gefunden, mit Chemikalien und Schmirgelpapier diese Oberfläche zu erzeugen, und den Richter größtenteils damit bearbeitet. Die alten Teile zumindest, die Alteisen-Teile, nicht aber die kalten Zähne der runden Sägeblätter und die spiegelnden Gelenkflächen, sondern der Rest des Richters hatte diese Farbe, die Oberfläche eines uralten Werkzeugs, das noch im harten täglichen Einsatz steht.

Er drückte mit dem Daumen am Joystick, und der Richter machte einen Schritt nach vorne, dann noch einen. Die Gyros funktionierten einwandfrei; selbst mit einem fehlenden Arm bewegte sich das Ding fürchterlich würdevoll und setzte die Riesenfüße würdevoll vor.

Slick grinste ins Halbdunkel der Fabrik, während der Richter zu ihm stapfte, eins-zwei, eins-zwei. Er konnte sich an jede Phase der Entstehung des Richters erinnern, wenn er wollte, und tat dies manchmal auch, nur weil's ein gutes Gefühl war, das zu können.

Er konnte sich nicht mehr daran erinnern, als er sich nicht erinnern konnte, aber zuweilen schaffte er es fast.

Eben deshalb hatte er den Richter gebaut, weil er was angestellt hatte — nicht viel, aber er war zweimal dabei erwischt worden — und angeklagt und verurteilt worden war. Dann wurde das Urteil vollstreckt, und er konnte sich nicht mehr erinnern, konnte gar nichts mehr behalten, nicht mehr als fünf Minuten am Stück. Autos geklaut. Reicher Leute Autos geklaut. Sie stellten sicher, daß du dir merkst, was du getan hast.

Mit dem Joystick wendete er den Richter und ließ ihn in den nächsten Raum gehen durch einen Gang zwischen Reihen von feuchten Betonsockeln, die einst Drehautomaten und Punktschweißer getragen hatten. Hoch droben im düstern, staubigen Gebälk hingen tote Neonröhren, auf denen manchmal Vögel nisteten.

Korsakov heißt das. Sie machen was mit den Neuronen, damit das Kurzzeitgedächtnis nicht mehr hinhaut. So daß dir die Zeit entschwindet. Allerdings hatte er gehört, das werde jetzt nicht mehr gemacht, zumindest nicht für Autodiebstahl im großen Stil. Wer da nicht gewesen ist, meint, es ist leicht, wie Knast, aber dann ist alles ausgelöscht. So war's freilich nicht. Als er herauskam, als es vorbei war — drei Jahre, im Fünf-Minuten-Takt aufgefädelt auf ein langes, verschwommenes Band aus Furcht und Verwirrung, wobei man sich weniger an die 5-Minuten-Abschnitte erinnern konnte als an die Übergänge ... Als es vorbei war, war es ihm ein Bedürfnis, die Hexe, den Schinder, dann die Schergen und schließlich den Richter zu bauen.

Während er den Richter über die Betonrampe in den

Raum führte, wo die andern warteten, hörte er Gentry den Motor abstellen in Dog Solitude.

Leute machten Gentry nervös, dachte Slick, als er zur Treppe stürzte, aber das galt auch umgekehrt. Fremde merkten, daß aus Gentrys Augen die Gestalt leuchtete; seine Fixiertheit kam bei allem, was er tat, zum Vorschein. Slick hatte keine Ahnung, wie er bei seinen Trips ins Sprawl zurechtkam; vielleicht hatte er nur mit Leuten zu tun, die ebenso konzentriert waren wie er, Einzelgängern am Rand der Drogen- und Software-Märkte. Sex schien ihm völlig egal zu sein, so daß Slick keine Ahnung hatte, auf was er gestanden hätte, wenn er da hätte loslegen wollen.

Sex war Solitudes großer Nachteil, soweit es Slick anging, vor allem im Winter. Im Sommer fand er manchmal ein Mädchen in einem der rostigen Städtchen; genau das hatte ihn seinerzeit nach Atlantic City geführt und in Kids Schuld gebracht. Neuerdings redete er sich ein, die beste Lösung wäre, sich ganz auf die Arbeit zu konzentrieren, aber als er über die wacklige Eisentreppe zur Laufplanke kletterte, die hoch zu Gentry führte, ertappte er sich dabei zu überlegen, wie Cherry Chesterfield unter all den Jacken aussähe. Er stellte sich ihre Hände vor, die flinken, sauberen, aber dabei sah er das Gesicht des Bewußtlosen auf der Bahre, den Schlauch, der ihm was ins linke Nasenloch pumpte, die hohlen Wangen, die Cherry mit einem Papiertuch betupfte. Er zuckte zusammen.

»Ey, Gentry«, brüllte er in die eiserne Leere der Fabrik, »komme rauf ...«

Drei Dinge an Gentry waren nicht spitz und dünn und eng: die Augen, der Mund, das Haar. Seine Augen waren groß und grau oder blau, je nach Lichteinfall. Die Lippen waren voll und mobil. Das Haar war zurückgekämmt zu einem fransigen blonden Schwanz, der wippte, wenn er ging. Er war schlank, aber nicht dürr wie

Bird, den sein Fastfoodfraß und seine Nervosität ausgezehrt hatten. Gentry war einfach schmal gebaut; stramme Muskeln, kein Gramm Fett. Er trug auch gern stramme, enge Sachen, schwarzes Leder mit pechschwarzen Perlen, eine Mode, die Slick von seiner Zeit im Deacon Blues kannte. Vor allem wegen der Perlen schätzte Slick ihn auf etwa Dreißig; um die Dreißig war auch er.

Gentry machte große Augen, als Slick durch die Tür ins gleißende Licht der 100 Watt-Birnen trat, wobei er Slick deutlich spüren ließ, daß er ein weiteres Hindernis zwischen Gentry und der Gestalt war. Er stellte eine doppelte Motorradtasche auf den langen Stahltisch, die schwer wirkte.

Slick hatte Dachplatten herausgetrennt, Streben eingefügt, wo nötig, die Öffnungen mit Plastiktafeln verschlossen, die ausgesparten Dachfenster mit Silikon abgedichtet. Dann kam Gentry herein mit Atemschutz und Spritzpistole und fünfundsiebzig Litern weißer Latexfarbe; er staubte nicht ab oder putzte zuvor, sondern klatschte eine dicke Farbschicht auf den ganzen Dreck und harten Taubenkot, fixierte es quasi und strich ein zweites Mal drüber, bis es mehr oder weniger weiß war. Er strich alles bis auf die Dachfenster, dann machte Slick sich daran, das Gerät mit einer Winde vom Fabrikboden hochzuziehen: eine Wagenladung Computer, Cyberspace-Decks, einen großen alten Holoprojektortisch, der beinahe die Winde geliefert hätte, Effektgeneratoren, Dutzende von Wellplastikboxen mit Tausenden von Fiches, die Gentry auf seiner Suche nach der Gestalt gesammelt hatte, Hunderte von Metern von Glasfaseroptik auf bunten neuen Plastikspulen, die für Slick nach Industriediebstahl aussahen. Und Bücher, alte Bücher mit Deckeln aus leinenbespanntem Karton. Slick hatte gar nicht gewußt, wie schwer Bücher wogen. Sie hatten einen traurigen Geruch an sich, alte Bücher.

»Brauchst 'n paar Ampère mehr, seit ich weg bin«, meinte Gentry, der die erste der beiden Taschen aufmachte. »In deinem Zimmer. Neues Heizgerät?« Er wühlte hektisch im Inhalt, als suchte er etwas, das er brauchte, aber verlegt hatte. Dem war aber nicht so, wie Slick wußte. Es kam daher, daß plötzlich jemand bei ihm war, obwohl er ihn kannte.

»Ja, hab wieder im Lagerplatz heizen müssen. Ist sonst zu kalt zum Arbeiten.«

»Nein«, sagte Gentry und sah mit einemmal auf, »das ist kein Heizgerät in deinem Zimmer. Hat andre Ampère.«

»Tja.« Slick grinste nach der Theorie, Gentry komme sich bei Grinsen blöd vor und lasse sich leicht einschüchtern.

»Tja was, Slick Henry?«

»Es ist kein Heizgerät.«

Gentry ließ die Tasche zuschnappen. »Entweder du sagst mir, was es ist, oder ich sperr dir den Strom ab.«

»Weißt schon, Gentry, wenn ich nicht hier wäre, hättest du viel weniger Zeit ... für deine Sachen.« Slick zog bedeutungsvoll die Brauen hoch in Richtung des großen Projektionstisches. »Die Sache ist die, daß ich zwei Leute bei mir wohnen hab ...« Er sah, wie Gentry erstarrte, die hellen Augen größer wurden. »Aber du wirst sie gar nicht sehen, wirst sie gar nicht hören und nichts.«

»Eben«, sagte Gentry verkrampft und kam um den Tisch herum, »weil du sie gleich *rausschaffen* wirst, nicht wahr?«

»Zwei Wochen im Höchstfall.«

»Raus! *Sofort!*« Gentrys Gesicht war keine Handbreit weg, und Slick roch den faulen Atem der Erschöpfung. »Oder du fliegst mit ihnen raus.«

Slick brachte zehn Kilo mehr auf die Waage als Gentry, größtenteils Muskeln, aber davon hatte sich Gentry nie einschüchtern lassen. Gentry wollte wohl nicht wahrhaben, daß ihm was passieren konnte, oder es war ihm schnuppe. Das allein schon flößte Respekt ein. Gentry hatte ihm einmal fest ins Gesicht geschlagen, und

Slick hatte auf den riesigen Schraubenschlüssel aus Chrom-Molybdän in der eigenen Hand gestarrt und sich irgendwie geschämt.

Gentry hatte sich aufgerichtet, fing zu beben an. Slick war beinahe überzeugt davon, daß Gentry nicht schlief, wenn er nach Boston oder New York ging. Viel schlief er ja in der Fabrik auch nicht. Kam angespannt zurück, und die ersten paar Tage waren die schlimmsten. »Schau«, sagte Slick, wie man zu einem Kind spricht, das kurz vor den Tränen steht, und zog den Beutel aus der Tasche, das Schmiergeld von Kid Afrika. Er hielt die verschließbare durchsichtige Plastiktüte für Gentry hoch: blaue Derms, pink Tabletten, ein scheußlich aussehendes Häuflein Opium, das in rotes Cellophan gewickelt war, Wiz-Kristalle wie dicke gelbe Rotze, Plastikinhalatoren, deren japanische Herstellernamen mit einem Messer abgekratzt waren ... »Von Afrika«, sagte Slick und wedelte mit dem Beutel hin und her.

»Von Afrika?« Gentry blickte zur Tüte, zu Slick, zur Tüte zurück. »Aus Afrika?«

»Von. Kid Afrika. Kennst den nicht? Hat er für dich dagelassen.«

»Warum?«

»Weil er diese Freunde von sich 'ne Weile bei mir unterbringen muß. Ich schulde ihm einen Gefallen, Gentry. Sagte ihm, daß du es nicht leiden kannst, wenn jemand da ist. Daß es dich arg stört. So sagte er«, log Slick, »er lasse dir ein bißchen Stoff da, um dich für die Unannehmlichkeiten zu entschädigen.«

Gentry nahm den Beutel, strich mit dem Finger am Verschluß entlang und öffnete ihn. Er nahm das Opium heraus und gab das Slick. »Brauch ich nicht.« Nahm eins der blauen Derms heraus, zog die Schutzfolie ab und klebte es sich behutsam auf die Innenseite des rechten Handgelenks. Slick stand da und rollte geistesabwesend das Opium zwischen Daumen und Zeigefinger, so daß das Cellophan raschelte, während Gentry wieder um den langen Tisch herum ging und die Tasche aufmachte. Er zog neue schwarze Lederhandschuhe heraus.

»Ich glaube, ich sollte ... mir deine Gäste mal ansehn, Slick.«

»Hm?« Slick blinzelte verdutzt. »Tja ... Aber eigentlich brauchst du das nicht. Ich meine, wäre es nicht ...«

»Nein«, meinte Gentry und klappte den Kragen hoch. »Ich *bestehe* darauf ...«

Auf der Treppe fiel Slick das Opium wieder ein, das er übers Geländer ins Dunkel schmiß.

Er haßte Drogen.

»Cherry?« Er kam sich doof vor, in Anwesenheit von Gentry an der eigenen Tür anklopfen zu müssen. Keine Antwort. Er machte auf. Schummriges Licht. Er bemerkte, daß sie eine seiner Lampen abgeschirmt hatte mit einem Kegel aus gelbem Fax, der mit einem Stück Draht befestigt war. Die anderen beiden Birnen waren herausgeschraubt. Sie war nicht da.

Die Bahre war da und der Schläfer darauf, der in den blauen Nylonschlafsack gepackt war. *Frißt ihn,* dachte Slick, als er die Aufbauten mit dem lebenserhaltenden Gerät, den Kanülen und flüssigkeitsgefüllten Beuteln sah. *Nein,* sagte er sich, *es hält ihn am Leben wie im Krankenhaus.* Aber der Eindruck blieb bestehen: und wenn es ihn doch aussaugte, leerpumpte? Er mußte an das Vampirgeschwätz von Bird denken.

»Nun«, sagte Gentry und ging an ihm vorbei zum Fuß der Bahre. »Seltsame Gesellschaft hast du da, Slick Henry ...« Gentry ging um die Bahre herum, wobei er vorsichtshalber einen Meter Abstand zu der leblosen Gestalt einhielt.

»Gentry, willste echt nicht lieber wieder hochgehn? Ich meine, das Derm ... Vielleicht zu viel für dich.«

»Wirklich?« Gentry legte den Kopf schief, die Augen funkelten im gelben Schein. Er zwinkerte. »Wie kommst du darauf?«

»Nun«, Slick zögerte, »du bist nicht so wie sonst. Ich meine, wie noch vorhin.«

»Glaubst du, ich vollziehe einen Stimmungswandel, Slick?«

»Tja.«

»Ich *genieße* den Stimmungswandel.«

»Ich seh aber kein Lächeln«, meinte Cherry von der Tür aus.

»Das ist Gentry, Cherry. Ihm gehört quasi die Fabrik. Cherry von Cleveland ...«

Aber Gentry hielt eine schmale schwarze Taschenlampe in der behandschuhten Hand; er inspizierte das Elektrodennetz auf der Stirn des Schläfers. Er richtete sich auf, der Lichtstrahl fiel auf das unmarkierte, unscheinbare Gerät und wanderte wieder nach unten entlang des schwarzen Kabels zum E-trodennetz.

»Cleveland«, wiederholte Gentry schließlich wie einen Namen, den er in einem Traum gehört hatte. »Interessant ...« Er ging mit dem Licht wieder höher, streckte den Hals, um die Stelle zu betrachten, wo das Kabel in das Gerät mündete. »Und Cherry — Cherry, wer ist *er?*« Das Licht leuchtete schonungslos das abgezehrte, irritierend normale Gesicht aus.

»Weiß ich nicht«, sagte Cherry. »Weg von den Augen damit! Könnte seinen REM stören oder so.«

»Und das?« Er leuchtete auf den flachen grauen Kasten.

»LF — hat Kid dazu gesagt. Hat ihn Count genannt und das LF.« Sie schob die Hand in ihre Jacken und kratzte sich.

»Soso«, sagte Gentry, wandte sich um, knipste die Lampe aus. Das Licht seiner Obsession leuchtete grell, gleißend aus seinen Augen, mächtig aufgepowert durch Kid Afrikas Derm, so daß Slick den Eindruck hatte, die Gestalt hocke mittendrin, gleiße durch Gentrys Stirn, so daß jeder, aber auch jeder sie sehe außer Gentry selbst. »Dann wird das schon so sein.«

11

Drunten auf der Straße

Bei der Landung wurde Mona wach.

Prior hörte sich gerade Eddys Sprüche an und nickte dabei und wartete mit seinem quadratischen Lächeln auf. Dieses Lächeln war praktisch immer zur Hand, immer da hinterm Bart. Er hatte sich umgezogen, also mußte er doch Kleidung an Bord haben. Jetzt trug er einen schlichten grauen Geschäftsanzug und eine Krawatte mit diagonalen Streifen. Wie die Freier, mit denen Eddy sie in Cleveland verkuppelt hatte, nur daß der Anzug ganz anders saß.

Sie hatte mal gesehen, wie einem Freier ein Anzug angepaßt wurde, einem Kerl, der sie in ein Holiday Inn abschleppte. Der Klamottenshop lag am Hotelfoyer, und da stand er also in Unterwäsche, war schraffiert mit blauem Licht und betrachtete sich auf drei Großbildschirmen. Auf den Bildschirmen waren die blauen Linien nicht zu sehen, denn in jedem Bild hatte er einen andern Anzug an. Mona mußte sich auf die Zunge beißen, um nicht in Lachen auszubrechen, denn das System war mit einem Kosmetikprogramm ausgestattet, das sein Aussehen im Bild veränderte, das Gesicht eine Idee streckte und das Kinn markanter machte, was er offenbar gar nicht bemerkte. Dann entschied er sich für einen Anzug, zog den alten an, den er getragen hatte, und das war's gewesen.

Eddy erklärte Prior gerade etwas, erklärte den springenden Punkt in der Anlage einer seiner Gaunereien. Sie hatte gelernt, nicht hinzuhören, aber seinem Tonfall konnte sie sich nach wie vor nicht entziehen, einem Tonfall, als wüßte er, daß niemand den Kniff, auf den er so stolz war, verstünde, also ging er's ganz sachte und lokker an, als würde er zu einem Kind sprechen, und mit gedämpfter Stimme, um nicht ungeduldig zu wirken. Prior schien das nicht zu imponieren, aber Mona hatte sowieso den Eindruck, daß es Prior scheißegal war, was Eddy sagte.

Sie gähnte und streckte sich, während der Flieger zweimal auf Startbeton aufsetzte, aufheulte und allmählich abbremste. Eddy hatte gar nicht aufgehört zu reden.

»Es wartet ein Wagen auf uns«, sagte Prior und unterbrach ihn damit.

»Wo geht's hin?« fragte Mona, die Eddys finsteres Stirnrunzeln mißachtete.

Prior setzte sein Lächeln auf. »Zu unserm Hotel.« Er löste seinen Sitzgurt. »Da bleiben wir für ein paar Tage. Leider größtenteils auf dem Zimmer.«

»So ist's abgemacht«, meinte Eddy, als wäre es seine Idee gewesen, daß sie auf dem Zimmer bliebe.

»Magst du Stim, Mona?« fragte Prior, nach wie vor lächelnd.

»Klar«, sagte sie, »wer tut das nicht?«

»Hast du einen Liebling, Mona, einen Lieblingsstar?«

»Angie«, sagte sie leicht irritiert. »Wen sonst?«

Das Lächeln fiel ein bißchen breiter aus. »Prima. Wir besorgen dir alle neuen Bänder von ihr.«

Monas Universum bestand hauptsächlich aus Dingen und Orten, die sie kannte, aber nie persönlich gesehen oder besucht hatte. Mitten im nördlichen Sprawl stank es nicht im Stim. Das wurde wohl herausgefiltert, wie Angie auch nie Kopfweh oder Menstruationsbeschwerden hatte. Aber es stank gewaltig. Wie Cleveland, ja schlimmer noch. Als sie aus dem Flugzeug stiegen, dachte sie, es würde nur im Flughafen so stinken, aber als sie aus dem Wagen kletterten und ins Hotel gingen, stank es noch schlimmer. Und es war saukalt auf der Straße mit einem schneidenden Wind, der ihr in die nackten Waden biß.

Das Hotel war größer als das Holiday Inn, aber auch

älter, wie sie fand. Das Foyer war voller als die Foyers im Stim, aber sauberen blauen Teppich gab's reichlich. Prior ließ sie vor einer Reklame für ein orbitales Kurbad warten, während er mit Eddy zu einer langen schwarzen Theke ging und mit einer Frau sprach, die ein Namensschild aus Messing trug. Sie kam sich doof vor, als sie da wartete in diesem weißen Plastikregenmantel, den Prior ihr hatte anziehen lassen, als wäre ihr Outfit untendrunter nicht gut genug. Etwa ein Drittel der Menge im Foyer bestand aus Japanern, die sie für Touris hielt. Offenbar ein jeder hatte irgendein Aufnahmegerät dabei — Video, Holo, einige wenige auch Simstim-Geräte am Gürtel — aber ansonsten sahen sie nicht gerade nach viel Geld aus. Aber das müßten sie alle schon haben, dachte sie. *Vielleicht sind sie klug, wollen es nicht zeigen,* überlegte sie.

Sie sah Prior einen Kreditchip über den Tisch zu der Frau mit dem Namensschild schieben, die ihn nahm und durch einen Metallschlitz führte.

Prior stellte ihre Tasche aufs breite Bett aus beigem Temperschaum und öffnete durch Knopfdruck die Gardinenfront. »Es ist nicht das Ritz«, sagte er, »aber wir versuchen alles, daß du dich wohl fühlst hier.«

Mona gab einen nichtssagenden Laut von sich. Das Ritz war eine Hamburger-Bude in Cleveland, und sie wußte nicht, was sie damit anfangen sollte.

»Schau«, sagte er, »dein Lieblingsgerät.« Es stand am gepolsterten Kopfende des Bettes. Da war ein Stim eingebaut mit einer kleinen Ablage und E-troden in Plastik und etwa fünf Kassetten. »Sämtliche neuen Stims von Angie.«

Sie fragte sich, wer die Kassetten da hingelegt hatte und ob das nach Priors Frage nach ihrem liebsten Stim geschehen war. Auch Mona setzte jetzt ein Lächeln auf und trat ans Fenster. Das Sprawl sah aus wie im Stim; das Fenster war wie eine Hologrammansichtskarte: berühmte Gebäude, deren Namen sie nicht kannte, obwohl sie wußte, daß sie berühmt waren.

Das Grau der mächtigen Dome, der schneebedeckten geodätischen Kuppeln*, die sich weiß absetzten. Dahinter das Himmelsgrau.

»Happy, Baby?« fragte Eddy, der sich hinter sie stellte und ihr die Hände auf die Schultern legte.

»Gibt's hier Duschen auch?«

Prior lachte. Mit einem Achselzucken entledigte sie sich der Hände von Eddy und trug ihre Tasche ins Bad. Machte zu und schloß ab. Sie hörte Prior noch mal lachen und Eddy wieder mit seinen Sprüchen loslegen. Sie setzte sich aufs Klo, öffnete die Tasche und grub ihr Schminktäschchen hervor, in dem sie ihr Wiz aufbewahrte. Vier Kristalle hatte sie noch. Das sollte reichen. Drei waren genug, aber wenn's runterging auf nur mehr zwei, fing sie normalerweise zu sammeln an. Sie schmiß nicht oft einen, jedenfalls nicht jeden Tag, außer in letzter Zeit, aber nur, weil Florida sie schier um den Verstand gebracht hatte.

Jetzt könnte sie wieder abbauen, nahm sie sich vor, während sie durch behutsames Klopfen einen Kristall aus dem Fläschchen beförderte. Es sah aus wie harte gelbe Bonbonmasse. Man mußte es zerdrücken, zwischen zwei Nylongittern vermahlen. Dabei roch es nach Krankenhaus.

Sie waren beide weg, als sie mit dem Duschen fertig war. Sie hatte druntergestanden, bis ihr langweilig wurde, was eine Zeitlang dauerte. In Florida hatte sie meist in öffentlichen Schwimmbädern oder Busbahnhöfen geduscht, Duschen mit Münzbetrieb. Schätzungsweise war an die hier was angeschlossen, das den Literver-

---

* selbsttragende Kuppelkonstruktion aus dreieckigen Segmenten, die größtmöglichen Raum bei geringster Gebäudeoberfläche bietet. — *Anm. d. Übers.*

brauch erfaßte und in Rechnung stellte; so lief's jedenfalls im Holiday Inn. Ein großer weißer Filter saß über dem Brausekopf aus Kunststoff, und der Aufkleber an der gefliesten Wand mit einem Auge und einer Träne darauf bedeutete, das Wasser sei zum Duschen geeignet, solle aber nicht in die Augen kommen wie Schwimmbadwasser. Eine Reihe verchromter Hähne war in die Fliesen eingelassen, und wenn man jeweils den Knopf darunter drückte, bekam man Shampoo, Duschgel, Flüssigseife, Badeöl. Dabei leuchtete ein roter Punkt am Knopf auf, denn auch das ging auf die Rechnung. Auf Priors Rechnung. Sie war froh, daß sie weg waren, denn sie genoß es, allein zu sein und high und sauber. Sie hatte nämlich nicht oft Gelegenheit allein zu sein, außer auf der Straße, aber das war was anderes. Sie hinterließ nasse Fußspuren auf dem beigen Teppich, als sie zum Fenster ging. Sie war in ein großes Badetuch gewickelt, das zum Bett und Teppichboden paßte. In den Flor war ein Wort geschnitten, der Name des Hotels vermutlich.

Einen Block weiter stand ein altmodischer Bau. Die Ecken der abgestuften Spitze waren abgetragen, so daß eine Art Berg entstand mit Felsen und Matten und einem Wasserfall, der auf Felsen stürzte und noch mal fiel und wieder aufkam. Sie mußte lächeln. Daß sich jemand solche Mühe machte! Dunst stieg auf, wo das Wasser aufschlug. Freilich konnte es nicht einfach auf die Straße fallen, überlegte sie, denn das wäre zu kostspielig. Schätzungsweise wurde es wieder hochgepumpt und über einen Kreislauf immer wieder verwendet.

Etwas Graues bewegte dort den Kopf, schwenkte das große, gedrehte Gehörn, als würde es zu ihr herüberschauen. Sie trat einen Schritt zurück auf dem Teppich, blinzelte. Eine Art Schaf, aber es war sicher ein ferngesteuertes Modell oder Hologramm oder dergleichen. Es warf den Kopf herum und fing zu grasen an. Mona lachte.

Sie spürte das Wiz drunten in den Fersen und in den Schulterblättern, ein kaltes Kribbeln, und schmeckte den Krankenhausgeruch hinten im Hals.

Sie hatte Angst gehabt, aber die war jetzt weg.

Prior hatte ein böses Grinsen, aber er war nur ein Spieler, ein scharfer Macker. Wenn er Geld hatte, so jemand anderes Geld. Und vor Eddy hatte sie keine Angst mehr; sie hatte geradezu Angst um ihn, denn sie merkte, für was andere ihn hielten.

Nun, dachte sie, egal; sie züchtete keinen Katfisch mehr in Cleveland, und keiner würde sie je wieder nach Florida kriegen.

Sie erinnerte sich an den Alkoholofen, die kalten Wintermorgen, den Alten, der sich in den schweren grauen Mantel duckte. Für den Winter klebte er eine zweite Plastikschicht über die Fenster. Der Ofen reichte dann aus, um den Raum zu beheizen, denn die Wände waren mit Spanplatten auf Hartschaum verkleidet. Wo der Hartschaum hervorschaute, konnte man mit dem Finger reinbohren, Löcher machen; wenn er einen dabei erwischte, brüllte er los. Mehr Arbeit war es, die Fische in der Kälte warmzuhalten. Man mußte Wasser aufs Dach pumpen, wo die Sonnenkollektoren waren, in die durchsichtigen Plastikschläuche. Aber die organischen Stoffe, die sich auf den Beckenrändern zersetzten, brachten auch was. Wenn man einen Fisch mit dem Kescher herausholte, dampfte es. Den Fisch tauschte er gegen andere Nahrungsmittel, gegen das, was andere zogen und züchteten, Alkohol für den Ofen und für den Magen, Kaffeebohnen, Abfälle zum Füttern der Fische.

Er war nicht ihr Vater und hatte ihr das oft gesagt, wenn er überhaupt mal redete. Manchmal überlegte sie noch, ob er's mal gewesen sein mochte. Als sie ihn das erste Mal gefragt hatte, wie alt sie sei, sagte er sechs, also zählte sie von da ab.

Sie hörte die Tür hinter sich aufgehn und drehte sich um. Prior war da, hatte die goldene Plastikschlüsselkarte in der Hand und zeigte sein Lächeln hinterm Bart. »Mona«, sagte er und trat ein, »das hier ist Gerald.« Groß, Chinese, grauer Anzug, graumeliertes Haar. Gerald lächelte, rückte hinter Prior ins Zimmer und ging schnurstracks zum Schubladenschrank gegenüber dem Fußende des Bettes. Stellte eine schwarze Tasche hin und machte den Schnappverschluß auf. »Gerald ist'n Freund. Arzt, der Gerald. Muß dich checken.«

»Mona«, sagte Gerald, der etwas aus der Tasche herausnahm, »wie alt bist du?«

»Sie ist sechzehn«, sagte Prior. »Stimmt's, Mona?«

»Sechzehn«, wiederholte Gerald. Das Ding in seiner Hand sah aus wie eine dunkle Brille, Sonnenbrille mit Zeugs dran und Drähten. »Leicht übertrieben, was?« Er sah Prior an.

Prior lächelte.

»Hast was unterschlagen, zehn Jahre?«

»Nicht ganz«, sagte Prior. »Wir verlangen keine Perfektion.«

Gerald schaute sie sich an. »Die kriegt ihr nicht.« Er zog die Brille über die Ohren und drückte einen Knopf. Ein Licht ging an unter der rechten Linse. »Aber es gibt verschiedene Grade der Annäherung.« Das Licht fiel auf sie.

»Wir reden von Kosmetik, Gerald.«

»Wo ist Eddy?« fragte sie, während Gerald näherkam.

»In der Bar. Soll ich ihn rufen?« Prior griff zum Telefon, aber legte, ohne zu wählen, wieder auf.

»Was ist das?« Sie wich vor Gerald zurück.

»Eine medizinische Untersuchung«, erklärte Gerald. »Tut nicht weh.« Er hatte sie zwischen sich und dem Fenster eingeklemmt. Die Schultern über dem Handtuch drückten gegen das kalte Glas. »Jemand hat 'nen Job für dich und zahlt sehr, sehr gut; man muß sicherstellen, daß du gesund bist.« Das Licht schien in ihr linkes Auge. »Sie nimmt irgend was. Aufputschmittel«, sagte er zu Prior in einem ganz andern Tonfall.

»Möglichst nicht blinzeln, Mona.« Das Licht wanderte in ihr rechtes Auge. »Was ist es, Mona? Wieviel hast du genommen?«

»Wiz.« Sie zuckte vor dem Licht zusammen.

Er griff ihr mit der kühlen Hand unters Kinn und stellte den Kopf gerade. »Wieviel?«

»Einen Kristall ...«

Das Licht war aus. Sein glattes Gesicht war ganz nahe. Die Brille war mit Linsen bestückt, mit Schlitzen, kleinen Antennen aus schwarzem Metallgeflecht. »Man weiß nie, wie rein das Zeug ist«, sagte er.

»Total rein«, sagte sie kichernd.

Er ließ ihr Kinn los und lächelte. »Dürfte dann kein Problem sein«, sagte er. »Mach doch mal den Mund auf, bitte.«

»Mund?«

»Ich will die Zähne sehn.«

Sie schaute Prior an.

»Glück gehabt«, sagte Gerald zu Prior, nachdem er mit dem kleinen Licht in ihren Mund geschaut hatte. »Ziemlich guter Zustand und der gewünschten Form ähnlich. Keine Kronen, Füllungen.«

»Wir wußten, daß wir auf dich zählen können, Gerald.«

Gerald nahm die Brille ab und sah Prior an. Er ging zur schwarzen Tasche und steckte die Brille weg. »Haben auch Glück mit den Augen. Sehr ähnlich. Bloß 'ne Umfärbung.« Er nahm eine Folienpackung aus der Tasche, riß sie auf und rollte sich den fleischfarbenen sterilen Handschuh über die Rechte. »Nimm das Handtuch weg, Mona. Leg dich hin!«

Sie schaute zu Prior, dann zu Gerald. »Soll ich meine Papiere zeigen, Bluttest und so?«

»Nein«, sagte Gerald, »schon in Ordnung.«

Sie blickte aus dem Fenster und hoffte, das Dickhornschaf zu sehen, aber das war weg, und der Himmel wirkte viel dunkler.

Sie löste das Handtuch, ließ es zu Boden gleiten und legte sich auf den beigen Temperschaum zurück.

Es war gar nicht so unähnlich von dem, wofür sie sich sonst bezahlen ließ; es dauerte nicht mal so lange.

Als sie im Bad saß, das Schminkzeug offen auf den Knien liegen hatte und einen zweiten Kristall zermahlte, fand sie, daß sie ein Recht darauf hatte, stinksauer zu sein.

Zuerst zieht Eddy ohne sie los, dann taucht Prior auf mit diesem unheimlichen Doktor, dann vertickt er ihr, daß Eddy in einem andern Zimmer schläft. Drunten in Florida hätte sie 'ne Zeit ohne Eddy vertragen können, aber hier oben war das anders. Sie wollte nicht allein sein in dem Zimmer und traute sich nicht, Prior nach dem Schlüssel zu fragen. *Er* hatte freilich einen, so daß er jederzeit mit seinen Scheißtypen reinspazieren konnte. Was war das bloß für'n Deal?

Und die Sache mit dem Plastikregenmantel stank ihr auch gehörig. Ein verdammter, nach Gebrauch wegzuwerfender Plastikregenmantel.

Sie pulverisierte das zerriebene Wiz zwischen den Nylongittern, füllte es vorsichtig in den Applikator, atmete fest aus, führte das Mundstück an die Lippen und zog sich das Zeug rein. Die Wolke aus gelbem Staub setzte sich auf den Membranen ihres Halses ab; ein bißchen was schaffte es wohl sogar bis in die Lungen. Das, so hatte sie gehört, war ungesund.

Sie hatte keine Pläne, als sie ins Bad ging und sich das Zeug reinknallte, aber als es hinten am Nacken zu kribbeln anfing, ertappte sie sich dabei, wie sie an die Straßen rund ums Hotel dachte, was sie davon beim Herkommen gesehen hatte. Da waren Clubs, Bars, Shops mit Kleidung im Fenster. Musik. Musik wäre jetzt gut und eine Menschenmasse. Weil man sich in einer Masse gehen lassen konnte, sich verlieren konnte, einfach dabeisein konnte. Die Tür war nicht abgesperrt, das wußte sie; sie hatte es längst probiert. Allerdings ließe sie sich von außen nicht mehr öffnen, da sie keinen Schlüssel hatte. Aber sie wohnte hier, also mußte Prior sie unten angemeldet haben. Sie überlegte schon, einfach runterzugehen und die Dame hinterm Schalter nach dem Schlüssel zu fragen, hatte aber keine rechte Lust dazu. Sie kannte die geschniegelten Typen hinter Schaltern und wußte, wie die einen anschauten. Nein, die beste Idee, fand sie, wäre, hierzubleiben und sich die neuen Angie-Stims reinzuziehen.

Zehn Minuten später war sie, den Kopf voller Wiz, auf dem Weg vom Foyer zu einem Nebenausgang.

Es nieselte draußen, vielleicht Kondensation von der Kuppel. Sie hatte den weißen Regenmantel nur fürs Foyer getragen, denn vermutlich dachte sich Prior schon etwas dabei, aber jetzt war sie froh, daß sie ihn hatte. Sie schnappte sich einen Bogen Fax aus einem überquellenden Abfallkorb und hielt sich das über den Kopf, um keine nassen Haare zu kriegen. Es war nicht mehr so kalt jetzt, und das war auch gut so. Ihre neuen Klamotten waren nämlich nicht ausgesprochen warm.

Als sie in der Straße hin und her schaute und die Richtung wählte, die sie einschlagen wollte, registrierte sie ein halbes Dutzend nahezu identischer Hotelfassaden, eine Reihe von Fahrrad-Rikschas, die im Regen glänzende Front einer Reihe kleiner Shops. Und Leute, massenhaft Leute wie mitten in Cleveland, aber jeder war so durchgestylt und überlegen und hatte ein Ziel. *Geh einfach mit,* dachte sie. Das Wiz beflügelte sie, schubste sie unwillkürlich in den Strom der Schönen. Da klapperte sie dahin in ihren neuen Schuhen und hielt sich das Fax übern Kopf, bis sie merkte, daß es — noch besser — nicht mehr regnete.

Sie hätte nichts dagegengehabt, die Schaufenster genauer anzusehen, an denen die Masse sie vorbeitrug, aber das Dahinfließen war angenehm und niemand sonst blieb stehen. So begnügte sie sich jeweils mit einem kurzen Seitenblick auf die Auslagen. Die Klamotten waren wie die Klamotten im Stim, teilweise zumindest. Moden, die sie noch nirgends sonst gesehen hatte.

Hier hätte ich sein sollen, überlegte sie. *Hier hätte ich von Anfang an sein sollen. Nicht auf einer Katfisch-Farm, nicht in Cleveland, nicht in Florida. Hier ist ein Platz, wo alles echt ist, hier kann jeder herkommen, man braucht kein Stim, um das zu erleben.* Dabei hatte sie das hier noch nie in einem Stim gesehen, die normalen Leute. Ein Star wie Angie hatte hier nichts verloren. Angie weilte in feinen Schlössern bei andern Stim-Stars, nicht hier unten. Aber es war, weiß Gott, schön, die Nacht so strahlend, die vielen Leute ringsum inmitten der vielen schönen Sachen, die man mit ein bißchen Glück alle kriegen konnte.

Eddy, der mochte das nicht. Jedenfalls hatte er immer gesagt, wie beschissen das hier sei, zu viel Gedränge, zu hohe Mieten, zu viele Bullen, zu viel Konkurrenz. Dabei hatte er freilich keine Sekunde gezögert, als Prior sein Angebot machte, überlegte sie. Und außerdem hatte sie eine eigene Erklärung, warum Eddy hier mies drauf war. Er hatte wohl was vermasselt hier, einen schlimmen Wilson gebaut. Entweder wollte er nicht daran erinnert werden, oder aber es gab Leute, die ihn ganz bestimmt erinnern würden, wenn er sich wieder blicken ließe. Das steckte irgendwie in der beschissenen Art, wie er über den Ort hier sprach — wie über jeden, der ihm gesagt hätte, seine Gaunereien würden nicht hinhauen. Der neue Kumpel, so verdammt schlau am Abend davor, heute nur mehr ein totaler Wilson, saublöd, ohne Perspektive.

Vorbei an einem Geschäft mit erstklassigem Stim-Gerät im Fenster, alles in mattschwarzer, nüchterner Optik. Darüber thront das bombastische Holo der Angie, die mit ihrem leicht wehmütigen Lächeln den Passantenstrom betrachtet. Königin der Nacht, jawohl.

Der Menschenstrom mündete in einen runden Platz,

wo vier Straßen abgingen, und wurde um einen Brunnen gelenkt. Und weil Mona eigentlich kein Ziel hatte, blieb sie da hängen, denn die Leute ringsum scherten, ohne innezuhalten, in verschiedenen Richtungen aus. Nun, es gab auch Leute auf dem Rondell. Ein paar saßen auf dem rissigen Beton, mit dem der Brunnen eingefaßt war. Es stand eine Statue in der Mitte aus Marmor, blankgescheuert, glattgewetzt. So was wie ein Baby, auf einem großen Fisch, einem Delphin reitend. Anscheinend spie der Delphin Wasser aus dem Maul, wenn der Brunnen in Betrieb war, aber er lief nicht. Über die Köpfe der Sitzenden hinweg sah sie zerknülltes, vollgesogenes Fax und Styroporbecher im Wasser liegen.

Dann schien die Menge hinter ihr zu verschmelzen zu einer gebogenen, mobilen Mauer aus Menschen, und die drei Leute, die ihr gegenüber am Brunnenrand saßen, kamen ins Bild. Eine Dicke mit schwarzgefärbten Haaren, den Mund halb offen, als bliebe er das immer, Titten, die der rote Gummi-BH kaum faßte. Eine Blondine mit länglichem Gesicht und schmal angelegtem blauen Lippenstift, in der feinen Hand eine Zigarette krallend. Ein Typ mit geölten Armen, die trotz der Kälte frei waren, laborgezüchtete Muskelpakete, steinhart unter der künstlichen Bräune und den miesen Knast-Tätowierungen ...

»Ey, Alte«, kreischte die Dicke recht übermütig, »daß dir bloß nicht einfällt, hier deine Runden zu drehn!«

Die Blondine sah Mona aus müden Augen an und setzte ein leeres Grinsen auf, ein Kann-nichts-dafür-Grinsen, dann schaute sie weg.

Der Zuhälter schnellte hoch vom Brunnen wie ein Aufziehmännchen, aber Mona, die das Mienenspiel der Blondine als Wink verstanden hatte, ging schon weiter. Er packte sie am Arm, aber der Plastikärmel des Regenmantels platzte in der Naht und sie zwängte sich in die Masse zurück. Das Wiz übernahm das Kommando, und als nächstes merkte sie, daß sie wenigstens einen Block weiter war, wo sie sich hustend und hyperventilierend gegen einen Stahlpfosten lehnte.

Aber jetzt schlug das ganze Wiz um, wie das eben manchmal so abgeht, und alles wurde häßlich. Die Fratzen in der Masse wirkten gehetzt und hungrig, als hätte jedermann ein grausiges Geschäft zu erledigen, und das Licht aus den Schaufenstern war kalt und scheußlich, und alle Sachen in den Auslagen waren nur da, um ihr einzutrichtern, daß sie sie nicht kriegen könne. Irgendwo war eine Stimme, eine zornige Kinderstimme, die in endloser, unsinniger Folge Obszönitäten herausschrie; als sie merkte, wer es war, hörte sie auf damit.

Ihr linker Arm war kalt. Sie schaute hinunter und sah, daß der Ärmel weg und der Saum seitlich bis zur Taille aufgerissen war. Sie zog den Mantel aus und hängte ihn um die Schultern; so fiel es vielleicht weniger auf.

Sie stemmte sich mit dem Kreuz gegen den Pfosten, als sie das Wiz überrollte auf einer Welle des verzögerten Adrenalinausstoßes; ihre Knie schienen nachzugeben, und sie glaubte, in Ohnmacht zu fallen, aber dann brachte das Wiz ein Kunststück fertig, und sie hockte im Schein der untergehenden Sommersonne auf dem drekkigen Hof des Alten, und in den schieferigen grauen Boden war das Spiel gekritzelt, das sie gespielt hatte, aber jetzt hockte sie nur da und starrte geistesabwesend an den Verstrebungen der Becken vorbei zu einem Brombeergestrüpp über einem zerbeulten Chassis, wo Glühwürmchen schwebten. Hinten schien es hell aus dem Haus, und sie konnte das Maisbrot im Backherd und den Kaffee riechen, den er immer wieder aufkochte, bis der Löffel steckenbliebe, wie er sagte. Er war im Haus und las in einem seiner Bücher, den spröden braunen Seiten, die kein Eselsohr hatten. Er bekam sie in alten Plastiktüten, und manchmal zerfielen sie einfach zu Staub in seinen Händen, aber wenn er was fand, das er aufbewahren wollte, dann holte er den kleinen Taschenkopierer aus der Schublade, legte die Batterien ein und führte ihn über die Seiten. Sie sah gern zu, wie die druckfrischen Kopien herauskamen mit diesem besonderen Geruch, der bald nachließ, aber er hatte ihr nie erlaubt, das Gerät zu benutzen. Manchmal las er laut vor, mit einem Zögern in der Stimme wie einer, der nach langer Zeit wieder zu einem Instrument greift. Es waren keine Geschichten, die er vorlas, Geschichten mit einem Schluß oder einer witzigen Pointe. Sie waren wie Fenster in etwas höchst Wunderliches; er versuchte nie, es irgendwie zu erklären, verstand es wohl selber nicht. Verstand vielleicht niemand …

Plötzlich rückte die grelle Straße wieder ins Bild.

Sie rieb sich die Augen und hustete.

12

Hier beginnt Antartika

»Bin jetzt soweit«, sagte Piper Hill, die mit geschlossenen Augen im lässig ausgeführten Lotussitz auf dem Teppich saß. »Berühr die Decke mit der linken Hand.« Acht dünne Kabel führten von den Buchsen hinter Pipers Ohr zum Gerät, das auf ihren sonnengebräunten Oberschenkeln lag.

Angie im weißen Frotteemantel auf der Bettkante, der blonden Technikerin zugewandt. Über der Stirn wie eine hochgezogene Augenbinde das schwarze Testgerät. Sie tat, was ihr gesagt wurde, und ließ die Fingerkuppen leicht über die rohe Seide und das ungebleichte Leinen der zerknüllten Tagesdecke gleiten.

»Gut«, sagte Piper, mehr zu sich selbst als zu Angie, wobei sie etwas auf der Tafel berührte. »Noch mal.« Angie spürte das Gewebe vergrößert unter ihren Fingerkuppen.

»Noch mal.« Wieder neu eingestellt.

Sie konnte nun die einzelnen Fasern unterscheiden, Seide von Leinen trennen …

»Noch mal.«

Ihre Nerven zuckten, als ihre geschundenen Fingerkuppen über Stahl- und Glaswolle scheuerten …

»Optimal«, meinte Piper und riß die blauen Augen auf. Sie zog ein kleines Elfenbeinfläschchen aus dem Ärmel ihres Kimono, nahm den Stöpsel ab und reichte es Angie.

Mit geschlossenen Augen roch Angie vorsichtig daran. Nichts.

»Noch mal.«

Irgend etwas Blumiges. Veilchen?

»Noch mal.«

Ihr Kopf füllte sich mit einem Treibhausgeruch, von dem ihr übel wurde.

»Geruchssinn erhöht«, sagte Piper, als der würgende Gestank nachließ.

»Nicht gemerkt.« Sie schlug die Augen auf. Piper reichte ihr ein rundes weißes Papierschnitzel. »Solange es nicht Fisch ist«, meinte Angie und leckte an der Fingerspitze. Sie berührte das Papierschnitzel und führte den Finger zum Mund. Nach einem dieser Tests von Piper hatte sie mal vier Wochen kein Fischgericht mehr essen können.

»Es ist nicht Fisch«, erklärte Piper lächelnd. Sie trug das Haar kurz, eine kompakte kleine Haube, die den Graphitglanz der hinter den Ohren eingesetzten Buchsen herausstellte. Silizium-Jeanne d'Arc, hatte Porphyre sie genannt, und ihre Arbeit schien ihre Leidenschaft zu sein. Sie war Angies persönliche Technikerin und galt als der beste Störungssucher von Net.

Karamel …

»Wer ist sonst noch da, Piper?« Nachdem die Einleitung fertig war, steckte Piper die Tafel in eine passende Nylonhülle und zog den Reißverschluß zu.

Angie hatte vor einer Stunde einen Helikopter landen hören; hatte Gelächter gehört, Schritte auf der Terrasse, während der Traum verebbte. Sie hatte den Versuch aufgegeben, wie üblich eine Bestandsaufnahme zu machen vom Schlaf — falls man von Schlaf sprechen konnte, wenn die Erinnerungen von der andern hereinströmten, sie ausfüllten und in Bereiche sickerten, in die sie nicht vordringen konnte, so daß nur die Nachbilder blieben …

»Raebel«, sagte Piper, »Lomas, Hickman, NG, Porphyre, Pope.«

»Robin?«

»Nein.«

»Continuity«, sagte sie beim Duschen.

»Guten Morgen, Angie.«

»Freeside-Torus. Wem gehört der?«

»Der Torus wurde vom gegenwärtigen Besitzer, der Julianna Gruppe und der Carribbana Orbital umbenannt in Mustique II!«

»Wem hat er gehört, als Tally dort gedreht hat?«

»Tessier-Ashpool S.A.«

»Möchte mehr wissen über Tessier-Ashpool.«

»Hier beginnt Antartika.«

Sie starrte durch den Dampf zum runden weißen Lautsprecher hinauf. »Was hast du eben gesagt?«

»Hier beginnt Antartika ist eine zweistündige Videostudie der Familie Tessier-Ashpool von Hans Becker, Angie.«

»Hast du die?«

»Natürlich. David Pope hat neulich reingeschaut. War recht beeindruckt.«

»Wirklich? Wann neulich?«

»Letzten Montag.«

»Ich seh's mir heut' abend an.«

»Ist recht. Sonst noch was?«

»Nein.«

»Tschüß, Angie.«

David Pope. Ihr Regisseur. Porphyre sagte, daß Robin überall erzähle, sie höre Stimmen. Hatte er es auch Pope erzählt? Sie berührte ein Keramikfeld; der Duschstrahl wurde heißer. Warum interessierte sich Pope für Tessier-Ashpool? Wieder berührte sie das Feld und keuchte unter den nadelspitzen, plötzlich eiskalten Strahlen.

Von innen nach außen, außen nach innen. Die Figuren aus jener andern Landschaft kamen bald an, viel zu bald ...

Porphyre stand beim Fenster in Pose, als sie ins Wohnzimmer kam, Massai-Krieger in schwarzem Seidenkrepp mit wattierten Schultern und schwarzem Ledersarong. Die andern jubelten, als sie sie sahen, und Porphyre wandte sich lächelnd um.

»Hast uns alle überrascht«, sagte Rick Raebel, der auf der hellen Couch flackte. Er war für die Effekte und das Schneiden zuständig. »Hilton meinte, du würdest 'ne längere Pause brauchen.«

»Meine Güte, sie haben uns von überall her zusammengetrommelt«, erklärte Kelly Hickman. »Ich war in Bremen, und der Pope war droben im Schacht nach allen Regeln der Kunst, nicht wahr, David?« Er schaute zum Regisseur, um eine Bestätigung zu kriegen.

Pope, der umgekehrt auf einem der Louis XVI-Stühle saß und die verschränkten Arme auf die zerbrechlich wirkende Lehne gestützt hatte und dem das dunkle Haar wirr ins schmale Gesicht hing, lächelte müde. Wenn Angies Zeitplan es zuließ, machte er Dokumentarfilme für Net/Knowledge. Kurz nachdem sie bei Net unterschrieben hatte, spielte sie anonym in einem Kunstfilm des Minimalisten Pope, einem endlosen Spaziergang über Berge von schmutzigem pink Satin unter einem gepunzten Stahlhimmel. Drei Monate später, als es mit ihrer Karriere schon tüchtig aufwärts ging, wurde eine Raubkopie des Bandes zu einem Underground-Klassiker.

Karen Lomas, die für Angie einsprang, lächelte auf ihrem Stuhl links von Pope. Zu seiner Rechten saß Kelly Hickman, Garderobe, auf dem gebleichten Boden neben Brian Ng, Pipers Laufbursche plus Ersatzmann.

»Nun«, sagte Angie, »ich bin wieder da. Tut mir leid, daß ich euch alle aufgehalten habe, aber es mußte sein.«

Schweigen. Feines Knarzen der vergoldeten Stühle. Brian Ng hustete.

»Wir sind nur froh, daß du wieder hier bist«, sagte Piper, die gerade mit einer Tasse Kaffee in jeder Hand aus der Küche kam.

Sie jubelten wieder, diesmal etwas verlegen, und lachten dann.

»Wo ist Robin?« fragte Angie.

»*Mistuh* Lanier ist in London«, sagte Porphyre, die Hände auf den lederbedeckten Hüften.

»Wird stündlich zurückerwartet«, bemerkte Pope trocken, wobei er aufstand und sich von Piper einen Kaffee geben ließ.

»Was wolltest du im Orbit, David?« fragte Angie, die die andere Tasse nahm.

»Auf den Spuren der Einsiedler.«

»Der Einsamkeit?«

»Der Einsiedler. Eremiten.«

»Angie«, sagte Hickman und sprang auf, »du mußt dir die Satin-Cocktailmode anschaun, die Devicq letzte Woche geschickt hat! Und ich hab die ganz neue Bademode von Nakamura ...«

»Schon Kelly, aber ...«

Doch Pope hatte sich abgewandt und redete mit Raebel.

»Ey«, sagte Hickman, der vor Begeisterung strahlte, »nun mach! Probieren wir's an!«

Pope diskutierte fast den ganzen Tag mit Piper, Karen Lomas und Raebel über die Resultate der Einführung und die zahllosen Details bezüglich der *Wiedereinsetzung* von Angie, wie sie das nannten. Nach dem Lunch begleitete Brian Ng sie zu ihrer Untersuchung, die in den mit Spiegeln ausgekleideten Räumen einer Privatklinik am Beverly Boulevard durchgeführt wurde.

Während der sehr kurzen Wartezeit im weißen, üppig begrünten Empfangsbereich — sicherlich ein reines Ritual, als wäre ein Arztbesuch ohne Warten nicht komplett, nicht authentisch — fragte sich Angie unwillkürlich, wie sie sich schon oft gefragt hatte, warum das mysteriöse Vermächtnis ihres Vaters, die *Vévés,* die er in ihren Kopf gepflanzt hatte, nicht entdeckt wurden von dieser und ähnlichen Kliniken.

Ihr Vater, Christopher Mitchell, hatte das Hybridom-

Projekt geleitet, das Maas Biolabs in der Biochip-Produktion zunächst faktisch ein Monopol verschafft hatte. Turner, der Mann, der sie nach New York brachte, hatte ihr eine Art Dossier über den Vater gegeben, ein Biosoft, von einer KI im Sicherheitsdienst von Maas zusammengestellt. Sie sichtete das Dossier viermal in ebensovielen Jahren; schließlich hatte sie das Ding in einer sehr rauschigen Nacht in Griechenland vom Deck der Jacht eines irischen Industriellen geworfen nach einer lautstarken Auseinandersetzung mit Bobby. Sie hatte den Anlaß des Streits vergessen, aber nicht vergessen hatte sie das gemischte Gefühl von Verlust und Erleichterung, als das winzige erinnerungsträchtige Ding ins Wasser fiel.

Vielleicht hatte der Vater seine Schöpfung so gestaltet, daß sie auf dem Scanner der Neurotechniker unsichtbar blieb. Bobby hatte da eine eigene Theorie, die der Wahrheit vermutlich näher kam. Vielleicht konnte Legba, das Loa, dem Beauvoir nahezu unbeschränkten Zugang zur Cyberspace-Matrix zuschrieb, den Datenstrom, den der Scanner erhielt, dermaßen verändern, daß die *Vévés* unsichtbar blieben … Schließlich hatte Legba ihr Debüt in der Branche arrangiert und den anschließenden Aufstieg zu Höhen weit über Tally Isham und ihre fünfzehnjährige Laufbahn als Net-Superstar.

Aber es war schon so lange her, daß sie vom Loa geritten worden war, und gerade hatte Brigitte gesagt, die *Vévés* seien entfernt …

»Hilton hat für dich heute von Continuity eine Meldung rausgeben lassen«, berichtete Ng.

»So?«

»Presseerklärung zu deiner Absicht, nach Jamaica zu gehen, Lob für die Methoden der Klinik, Gefährlichkeit von Drogen, neuer Arbeitseifer, Dank fürs Publikum, Archivbilder vom Haus in Malibu …«

Continuity konnte Videobilder von Angie erzeugen und nach Vorlagen aus ihren Stims lebendig werden lassen. Wenn sie sich das ansah, bekam sie zwar ein leichtes, aber nicht ganz unangenehmes Schwindelgefühl, hatte dabei jedoch zugleich die rare Gelegenheit, unmittelbar zu verstehen, wie berühmt sie war.

Ein Gong ertönte hinterm Pflanzengrün.

Als sie von der Stadt zurückkam, fand sie einen Partyservice vor, der ein Grillfest auf der Terrasse vorbereitete.

Sie legte sich aufs Sofa unterm Valmier und hörte der Brandung zu. Aus der Küche hörte sie Piper, die Pope das Ergebnis der Untersuchung erläuterte. Das war an sich überflüssig — sie hatte das bestmögliche Gesundheitszeugnis erhalten —, aber Pope und Piper gingen gern ins Detail.

Als Piper und Raebel in Pullis schlüpften und hinaus auf die Terrasse gingen, wo sie sich die Hände an der Kohle wärmten, war Angie allein im Wohnzimmer mit dem Regisseur.

»Du hast mir erzählen wollen, was du droben im Schacht gemacht hast, David ...«

»Waschechte Einzelgänger gesucht.« Er strich sich mit der Hand das wirre Haar zurück. »Kommt von einer Sache, die ich letztes Jahr gemacht habe in Afrika mit Gemeinschaften, die sich bewußt absondern. Das Problem war, als ich raufkam, merkte ich, daß jeder, der so weit geht, der wirklich allein lebt im Orbit, normalerweise entschlossen ist, das zu bleiben.«

»Hast du selber aufgezeichnet? Interviews?«

»Nein. Ich wollte solche Leute finden und sie dazu überreden, selber aufzunehmen.«

»Hast du?«

»Nein. Aber ich habe Geschichten gehört. Sensationen. Ein Schlepperpilot behauptete, es gäbe verwilderte Kinder in einer dichtgemachten japanischen Pharma-Fabrik. Gibt neuerdings ganze Apokryphen da draußen: Geisterschiffe, verschwundene Städte ... Nicht ohne Pathos, das ganze, wenn man überlegt. Ich meine, jedes

Teilchen ist an den Orbit gekoppelt. Alles von Menschen gemacht, bekannt, vermessen, in Menschenbesitz. Wie wenn man auf einem Parkplatz einen Mythos Wurzeln schlagen sieht. Aber ich glaube, die Leute brauchen das, nicht wahr?«

»Ja«, sagte sie und dachte an Legba, an Mamman Brigitte, die tausend Kerzen ...

»Ich wünschte nur«, sagte er, »ich wäre bis zu Lady Jane durchgedrungen. Unerhörte Geschichte. Bizarrst.«

»Lady Jane?«

»Tessier-Ashpool. Ihre Familie baute den Freeside-Torus. Pioniere im hohen Orbit. Continuity hat ein herrliches Video ... Angeblich hat sie ihren Vater umgebracht. Sie ist der letzte Sproß. Vor Jahren ist das Geld ausgegangen. Sie hat alles verkauft, ließ ihre Bleibe von der Spitze der Spindel abtrennen und in einen neuen Orbit schleppen ...«

Sie saß kerzengerade auf der Couch, drückte die Knie zusammen, verschränkte die Finger darüber. Schweiß tröpfelte aus den Achseln.

»Kennst du die Geschichte nicht?«

»Nein«, sagte sie.

»Das allein ist schon interessant, beweist es doch, wie geschickt sie sich vom öffentlichen Leben zurückziehen konnten. Sie ließen es sich etwas kosten, nicht in die Schlagzeilen zu geraten. Die Mutter war eine Tessier, der Vater ein Ashpool. Sie bauten Freeside, als es noch nichts Vergleichbares gab. Wurden unerhört reich dabei. Kamen wohl sehr dicht an Josef Virek heran, als Ashpool starb. Und natürlich waren sie mittlerweile unerhört eigen geworden, klonten ihre Kinder en gros ...«

»Klingt ja ... fürchterlich. Und du hast versucht, hast wirklich versucht, sie zu finden?«

»Nun, ich habe Erkundigungen eingezogen. Continuity hatte mir dieses Becker-Video beschafft, und natürlich ist ihr Orbit eingetragen, aber es bringt nichts, wenn man vorbeischaut, ohne eingeladen zu sein, nicht wahr? Und dann hat Hilton mich angepiepst, daß ich zurückkommen und wieder an die Arbeit muß ... Fehlt dir was?«

»Nein, ich ... denke, ich zieh mich um jetzt, zieh was Wärmeres an.«

Als nach dem Essen der Kaffee serviert wurde, entschuldigte sie sich und wünschte gute Nacht.

Porphyre folgte ihr zum Fuß der Treppe. Er war beim Essen neben ihr geblieben, als spürte er ihr neues Unbehagen. Nein, dachte sie, kein neues; das alte, das immerwährende, das schon immer gewesen ist. All das, was die Droge abgeblockt hatte.

»Missy, paß auf«, sagte er so leise, daß die andern es nicht hören konnten.

»Alles okay mit mir«, sagte sie. »Die vielen Leute. Hab mich noch nicht dran gewöhnt.«

Den Schimmer verglühender Kohlen im elegant geformten, irgendwie unmenschlich wirkenden Schädel, stand er da und blickte zu ihr auf, bis sie sich umwandte und hinaufging.

Eine Stunde später hörte sie den Helikopter, der sie alle abholte.

»Haus«, sagte sie, »ich schau mir das Video von Continuity jetzt an.«

Als sich der wandgroße Bildschirm herabsenkte, öffnete sie die Schlafzimmertür und horchte oben an der Treppe kurz ins leere Haus hinein. Brandung, Brausen des Geschirrspülers, Rütteln der Fenster zur Terrasse im Wind.

Sie wandte sich wieder dem Bildschirm zu und schauderte, als sie dort als unsauberes Standbild-Porträt das Gesicht sah mit den geschwungenen, fiedrigen Brauen über den dunklen Augen, hohen, feinen Wangenknochen und einem breiten, entschlossenen Mund. Das Bild wurde ständig vergrößert, ging über in die Dunkelheit eines Auges, schwarzes Bild, weißer Punkt, der anschwoll, sich streckte zur spitz zulaufenden Spindel von Freeside. Vorspann auf deutsch.

»Hans Becker«, begann das Haus, das aus dem Filmdienst des Net-Archivs zitierte, »ist ein österreichischer Videokünstler, dessen Markenzeichen das obsessive Abfragen streng begrenzter Bereiche visueller Information ist. Er geht mit Mitteln vor, die von der klassischen Montage bis zu Techniken reichen, die der Industriespionage entlehnt sind, der Tiefsee-Forschung und Kino-Archäologie. *Hier beginnt Antartika,* seine Untersuchung des Bildmaterials über die Familie Tessier-Ashpool, stellt derzeit den Höhepunkt seines Schaffens dar. Der pathologisch medienscheue Industrieclan, der von der völligen Abgeschiedenheit seines orbitalen Domizils aus operierte, war eine bemerkenswerte Herausforderung.«

Das Weiß der Spindel erfüllte den Bildschirm, als der Vorspann abgerollt war. Ein Bild schob sich in die Mitte, Schnappschuß einer jungen Dame in weiten schwarzen Kleidern; Hintergrund unbestimmbar. MARIE-FRANCE TESSIER, MAROKKO.

Das war nicht das Gesicht am Anfang, das erinnerungsträchtige, schien aber dennoch Ansätze zu zeigen, als läge es verpuppt darunter.

Der Soundtrack webte ein atonales Gespinst zum atmosphärischen Rauschen und zu den unverständlichen Stimmen, als das Bild der Marie-France abgelöst wurde vom strengen Schwarzweiß-Porträt eines jungen Mannes mit gestärktem Stehkragen. Es war ein schönes Gesicht mit feinen Proportionen, aber irgendwie sehr hart, und in den Augen lag unendliche Langeweile. JOHN HARNASS ASHPOOL, OXFORD.

Ja, dachte sie, *und ich bin dir oft begegnet. Ich kenne deine Geschichte, obwohl ich nicht an sie heran darf.*

Aber eigentlich, glaube ich, kann ich dich kein bißchen ausstehen, nicht wahr, Ashpool?

Laufsteg

Der Laufsteg knarrte und schwankte. Die Bahre war zu breit für das Geländer am Laufsteg, so daß sie sie in Brusthöhe halten mußten, als sie Zoll für Zoll voranrückten, wobei Gentry vorne ging und mit Handschuhen an den Griffen bei den Füßen des Schläfers trug. Slick hatte die schwere Seite, den Kopf mit den Batterien und dem ganzen Gerät. Hinter sich spürte er Cherry langsam nachkommen. Er wollte ihr sagen, sie solle zurückgehn, um den Steg nicht zusätzlich zu belasten, aber brachte es irgendwie nicht über die Lippen.

Gentry die Tüte mit den Drogen von Kid Afrika zu geben, war ein Fehler gewesen. Er wußte nicht, was in dem Derm steckte, das Gentry sich geklebt hatte; er wußte auch nicht, was Gentry von vornherein intus hatte. Jedenfalls hatte Gentry den totalen Hau, und so schleppten sie sich jetzt über den verdammten Laufsteg, zwanzig Meter über dem Betonboden der Fabrik, und Slick wollte losheulen vor Frust, losbrüllen; wollte was kaputtschlagen, irgendwas, aber konnte die Bahre nicht loslassen.

Und Gentrys *Grinsen,* das von der an den Fuß der Bahre geklebten Bio-Anzeige ausgeleuchtet wurde, während er einen weitern Schritt zurück tat auf dem Laufsteg ...

»O Mann«, sagte Cherry mit Kleinmädchenstimme, »echt beschissen ...«

Gentry ruckte ungeduldig an der Bahre, daß Slick sie beinahe losgelassen hätte.

»Gentry«, sagte Slick, »du solltest dir das wohl noch mal überlegen.«

Gentry hatte die Handschuhe ausgezogen. Er hielt in

jeder Hand eine optische Überbrückung, und Slick sah die Anschlüsse zittern.

»Ich meine, mit Kid Afrika ist nicht gut Kirschen essen, Gentry. Du weißt nicht, was du anstellst, wenn du da was anstellst mit dem.« Strenggenommen entsprach das nicht der Wahrheit, denn Kid war, soweit Slick das wußte, so dumm nicht, daß er auf Rache Wert legte. Aber wer, zum Teufel, wußte schon, auf was Gentry sich da einließ?

»Ich stelle überhaupt nichts an«, sagte Gentry und trat mit den Überbrückungen an die Bahre heran.

»Hör mal, Kamerad«, sagte Cherry, »wenn du seinen Input störst, bringst du ihn vielleicht um. Sein vegetatives Nervensystem fällt flach. Warum hältst du ihn nicht davon ab?« fragte sie Slick. »Warum gibst du ihm nicht einfach 'nen Tritt in den Arsch?«

Slick rieb sich die Augen. »Weil ... Weiß nicht. Weil er ... Schau, Gentry, sie sagt, es bringt den armen Kerl vielleicht um, wenn du versuchst, dich anzukoppeln. Hörst du?«

»LF«, sagte Gentry. »Hab schon mal gehört davon.« Er steckte sich die Überbrückung zwischen die Zähne und fing an, an einem der Kabel an dem unmarkierten Kasten über dem Kopf des Schläfers zu hantieren. Seine Hände zitterten nicht mehr.

»Scheiße«, sagte Cherry und kaute am Fingerknöchel. Die Verbindung löste sich in Gentrys Hand. Mit der andern brachte er rasch die Überbrückung an und stellte die Verbindung her. Die zweite Überbrückung im Mund, lächelte er. »So'n Scheiß«, sagte Cherry. »Ich hau ab.« Aber sie rührte sich nicht von der Stelle.

Der Mann auf der Bahre stöhnte leise. Da standen Slick die Haare an den Armen zu Berge.

Die zweite Verbindung löste sich. Gentry steckte die andere Überbrückung ein und stellte den Kontakt wieder her.

Cherry ging rasch zum Fußende der Trage, kniete sich

hin und checkte die Anzeige. »Er hat es gespürt«, sagte sie mit einem Blick auf Gentry, »aber seine Werte sind okay, wie's aussieht ...«

Gentry wandte sich an seine Konsolen. Slick beobachtete, wie er die Überbrückungen einsteckte. Vielleicht, dachte er, bliebe Schlimmeres erspart. Vielleicht würde es Gentry umhauen, und sie müßten die Bahre hier oben lassen, bis Little Bird und Cherry ihm helfen würden, sie über den Laufsteg zu tragen. Aber Gentry war total ausgerastet, vielleicht sollte er versuchen, ihm die Drogen oder zumindest einen Teil davon abzuknöpfen, damit er wieder normal würde ...

»Ich kann nur annehmen«, sagte Gentry, »daß dies vorherbestimmt war, durch meine bisherige Arbeit vorbereitet. Ich will nicht vorgeben, daß ich verstehe, wie so was kommt, aber es steht uns nicht zu, das in Frage zu stellen, nicht wahr, Slick Henry?« Er tippte etwas in eine der Tastaturen. »Hast du dir je den Zusammenhang überlegt zwischen klinischer Paranoia und religiöser Bekehrung?«

»Was faselt der da?« fragte Cherry.

Slick schüttelte dumpf den Kopf. Falls er etwas sagte, so würde das Gentry nur bestärken in seinem Wahn.

Nun ging Gentry zum großen Display-Gerät, dem Projektionstisch. »Es gibt Welten innerhalb der Welten«, sagte er. »Makrokosmos, Mikrokosmos. Wir haben ein komplettes Universum über den Steg getragen heut' abend, und was oben ist, ist wie das unten ... Es war natürlich offensichtlich, daß so was existieren muß, aber ich wagte nicht zu hoffen ...« Er blickte scheu zurück zu ihnen über die schwarze Perlenschulter. »Und jetzt«, sagte er, »sehn wir die Gestalt des kleinen Universums, in dem unser Gast weilt. Und in dieser Form, Slick Henry, erkenne ich ...«

Er drückte den AN-Schalter am Rand des Holotisches. Und schrie auf.

14

Spielzeug

»Hier haben wir was Hübsches«, sagte Petal und tippte auf einen Rosenholzwürfel in der Größe ihres Kopfes. »Schlacht um England.« Licht flackerte darüber auf, und als Kumiko sich vorbeugte, sah sie winzige Flugzeuge über einem grauen Londoner Himmel, der wie ein Petrischalenabstrich aussah. »Aus Kriegsfilmen zusammengeflickt«, erklärte er. »Zielkameras.« Sie sah beinahe mikroskopisch kleine Feuerblitze der Luftabwehrgeschütze am Themseufer. »Zur Hundertjahrfeier.«

Sie waren in Swains Billardzimmer hinten im Erdgeschoß von Nummer 16. Es roch leicht muffig, ein bißchen nach Pub. Der ganzen Ordnung und Sauberkeit in Swains Domizil trotzte hier eleganter Verfall: Sessel mit abgenutztem Leder, wuchtige dunkle Möbel, das dumpfe Grün vom Billardtisch ... Die schwarzen Eisenregale voller Unterhaltungsspiele hatten Petal veranlaßt, Kumiko vor dem Tee herzubringen, wobei er in seinen Moleskin-Slipper mit losen Nähten dahinlatschte, um ihr vorhandenes Spielzeug vorzuführen.

»Was für'n Krieg war das?«

»Der vorletzte«, sagte er und ging weiter zu einem ähnlichen, aber größeren Gerät, das zwei boxende Thaigirls als Hologramm lieferte. Die schwielige Sohle der einen knallte in den flachen braunen Bauch der andern, der angespannt war, um den Schlag abzufedern. Er berührte einen Knopf, und das Bild verschwand.

Kumiko schaute wieder zur Schlacht um England mit seinen brennenden Mücken.

»Fiches mit allen möglichen Sportarten«, sagte Petal und öffnete einen nach Maß gearbeiteten, schweinsledernen Aktenkoffer mit Hunderten davon.

Er führte ein halbes Dutzend weiterer Geräte vor und

suchte dann, wobei er sich am stoppeligen Kopf kratzte, einen japanischen Nachrichtenvideosender. Den fand er dann auch, konnte aber das automatische Übersetzungsprogramm nicht abstellen. Er verfolgte mit ihr zusammen, wie ein Kader von Nachwuchsführungskräften bei Ono-Sendai sich bescheiden einer tränenreichen Abschlußfeier unterzog. »Was soll das denn?« fragte er.

»Sie stellen ihre Loyalität gegenüber ihrem *Zaibatsu** unter Beweis.«

»Toll«, sagte er und wischte mit seinem Staubwedel über das Videogerät. »Ist bald Zeit zum Tee.« Er ging hinaus. Kumiko schaltete den Ton ab. Sally Shears war nicht beim Frühstück erschienen. Swain auch nicht.

Moosgrüne Vorhänge bedeckten die großen Fenster, die auch in den Garten zeigten. Sie sah hinaus zur Sonnenuhr, die in Schnee gehüllt war, und ließ den Vorhang zufallen. (Der stumme Wandbildschirm zeigte Tokioter Unfallbilder, Sanitäter im Schutzanzug, die leblose Opfer aus einem Blechknäuel sägten.) Ein oberlastiger viktorianischer Schrank stand auf geschnitzten Beinen, die wie Ananas aussahen, an der andern Wand. Das Schlüsselloch, mit einer eingelassenen gelblichen Elfenbeinraute gefaßt, war leer, und als sie die Türen probierte, gingen sie auf und entließen den chemischen Geruch von alter Politur. Sie betrachtete das schwarzweiße Mandala hinten im Schrank, bis es zu dem wurde, was es war: eine Zielscheibe. Das glänzende Holz ringsum war pockennarbig gekerbt; mancher Werfer hatte also das Ziel völlig verfehlt, überlegte sie. Die untere Schrankhälfte wies Schubfächer auf, die jeweils mit einem kleinen Messingknauf und einem winzigen elfenbeingefaßten Schlüsselloch ausgestattet waren. Sie kniete sich davor hin, sah sich kurz nach der Tür um (im Bild die Lippen einer Shinjuku-Kabarettistin) und zog

---

* Zaibatsu: führende Familien Japans, Industriellenclan. — *Anm. d. Übers.*

das linke obere Schubfach auf, so leise es ging. Es war voller Wurfpfeile, die einzeln oder in Ledertäschchen waren. Sie schloß die Schublade und machte die links davon auf. Ein toter Falter und eine rostige Schraube. Unter den zweien befand sich eine einzige breite Schublade; sie klemmte und knarrte beim Öffnen. Sie blickte wieder um (Archivbilder vom Logo der Fuji Electric über der Bucht von Tokyo), aber von Petal war nichts zu sehen.

Einige Minuten blätterte sie in einem Pornoheft mit japanischem Text, bei dem es offenbar in erster Linie um die Kunst des Knotens ging. Darunter lag ein staubig aussehender Beutel aus gewachster schwarzer Baumwolle und ein grauer Plastikkoffer mit der Aufschrift WALTHER in erhabenen Lettern auf dem Deckel. Die Pistole selbst war kalt und schwer; sie konnte ihr Gesicht im blauen Stahl erkennen, als sie sie aus dem paßgenauen Styroporbett hob. Noch nie hatte sie eine Kanone in der Hand gehalten. Der graue Plastikgriff wirkte riesig. Sie legte die Kanone in den Koffer zurück und überflog den japanischen Teil im vielsprachigen Gebrauchsanweisungsheft. Es war eine Luftpistole; man lud mit dem Hebel am Lauf und konnte mit winzigen Bleikugeln schießen. Noch'n Spielzeug. Sie legte alles in die Schublade zurück und machte sie zu.

Die übrigen Schubfächer waren leer. Sie schloß die Schranktür und kehrte zur Schlacht um England zurück.

»Nein«, sagte Petal, »tut mir leid, aber das geht nicht.«

Er strich Devon Creme auf das weiche Teegebäck. Das schwere viktorianische Streichmesser wirkte wie ein Kinderspielzeug zwischen seinen Wurstfingern. »Probier die Creme«, sagte er, senkte den breiten Schädel und blickte gütig über die Gläser hinweg zu ihr.

Kumiko tupfte sich einen Marmeladenklecks von der Oberlippe mit einer Leinenserviette. »Glaubst du, ich würde weglaufen?«

»Weglaufen? Willst du das, weglaufen?« Er aß sein Gebäck, kaute unerschütterlich und schaute in den Garten hinaus, wo neuer Schnee fiel.

»Nein«, sagte sie. »Ich habe nicht die Absicht wegzulaufen.«

»Gut«, sagte er und biß wieder ab.

»Bin ich gefährdet auf der Straße?«

»Herrgott, nein«, sagte er bewußt heiter. »Bist sicher wie sonstwo.«

»Ich will raus.«

»Nö.«

»Aber ich geh mit Sally raus.«

»Ja«, sagte er. »Die verkackeiert keiner, unsere Sally.«

»Kenn ich nicht, den Spruch.«

»Du gehst nicht allein aus dem Haus. Auftrag deines Vaters, verstehst du? Alles bestens, wenn du mit Sally ausgehst, aber die ist nicht hier. Es wird zwar sowieso keiner was von dir wollen, aber warum ein Risiko eingehn? Nun würd ich gern, nicht wahr, furchtbar gern mit dir ausgehen, nur bin ich hier auf Posten, falls Swain Besuch bekommt. Also kann ich nicht. Schade, echt schade.« Er machte ein wirklich trauriges Gesicht, so daß Kumiko beschloß einzulenken. »Soll ich dir noch eins toasten?« fragte er, auf ihren Teller deutend.

»Nein danke.« Sie legte die Serviette aus der Hand. »Es war sehr gut«, fügte sie hinzu.

»Nächstes Mal solltest du die Creme probieren«, sagte er. »Gab's nach dem Krieg nicht. Der Regen zog von Deutschland rüber, so daß die Kühe verstrahlt waren.«

»Ist Swain jetzt da, Petal?«

»Nein.«

»Ich seh ihn nie.«

»Viel unterwegs. Geschäfte. Kommt meist alles auf einmal daher. Aber bald sprechen sie wieder alle vor, und dann hält er hier Hof.«

»Wer, Petal?«

»Geschäftspartner sozusagen.«

»*Kuromaku*«, sagte sie.
»Was?«
»Ach nichts.«

Den ganzen Nachmittag war sie allein im Billardzimmer, flackte in einem Ledersessel und schaute zu, wie der Schnee fiel im Garten, bis von der Sonnenuhr nur noch ein bloßer weißer Strich aufragte. Sie stellte sich die Mutter im Garten vor. In dunklen Pelz gehüllt, allein im Garten, wo es schneite, eine Prinzessin-Ballerina, die sich im nächtlichen Wasser des Sumida ertränkte.

Sie stand fröstelnd auf, ging um den Billardtisch zum Marmorkamin, wo eine Gasflame leise zischelte unter Kohlen, die nie verbrannten.

15

Auf silbernen Wegen

Sie hatte 'ne Freundin in Cleveland, Lanette, von der sie viel gelernt hatte. Wie man schnell aus einem Auto kommt, wenn ein Freier versuchte, die Türen zu schließen und einen einzusperren, wie man es anstellt, wenn man was kaufen will. Lanette war ein bißchen älter und nahm Wiz hauptsächlich, um, wie sie sagte, Dope der müden Sorte aufzumotzen, denn sie drögelte oft — vom Endorphin-Analogon bis zum schlichten alten Tennessee-Opium. Sonst, sagt sie, hockt sie nämlich nur vor dem Video zwölf Stunden am Tag und schaut jeden Scheiß an. Wenn das Wiz der warmen Unverwundbarkeit eines guten Downers Beine macht, sagt sie, dann hast du echt was davon. Aber Mona war aufgefallen, daß Leute, die stark abhängig waren vom Downer, viel Zeit mit Kotzen verbrachten, und sie kapierte außerdem nicht, wie jemand ein Video anschauen kann, wenn man genausogut Stim haben kann. (Lanette sagt, Simstim ist eben auch so was, wovon sie loskommen will.)

Sie hatte Lanette im Kopf, weil Lanette ihr ab und zu einen Rat gab, wie man zum Beispiel einen blöden Abend herumkriegt. Heut' abend, dachte sie, würde Lanette ihr raten, in eine Bar zu gehn, unter Leute zu kommen. Sie hatte noch ein bißchen Geld vom Job der letzten Nacht in Florida, also ging's praktisch nur darum, einen Laden zu finden, der Bares annahm.

Den fand sie auf Anhieb. Ein gutes Zeichen. Eine schmale Betontreppe hinunter und hinein ins rauchige Stimmengewirr und den vertrauten Beat von Shabus »White Diamonds« im Hintergrund. Kein übermackerter Laden, aber auch keine *Scene,* wie die Freier von Cleveland sagen würden. Sie hatte echt keinen Bock auf Scene heut' nacht.

Am Tresen stand jemand auf und ging, als sie hereinkam, also stach sie dahin und ergatterte seinen Hocker. Das Plastik war noch warm; noch'n gutes Zeichen.

Der Barkeeper spitzte den Mund und nickte, als sie ihm einen Schein zeigte, also bestellte sie einen Bourbon und ein Bier dazu, was auch Eddy immer trank, wenn er selber zahlte. Zahlte jemand anderes, dann bestellte er Mixdrinks, die der Barkeeper nicht kannte, und erklärte langatmig, wie das Zeug gemixt wurde. Dann trank er's und moserte herum, daß es doch nicht so schmeckte wie in LA oder Singapore oder an einem andern Ort, wo er, wie sie wußte, nie gewesen war.

Der Bourbon war komisch hier, irgendwie bitter, aber nicht schlecht, wenn man ihn erst mal drunten hatte. Sie erzählte das dem Barkeeper, der sie fragte, wo sie sonst ihren Bourbon trinke. In Cleveland, erzählte sie ihm, und er nickte. Das sei Alkohol mit irgendeinem Zeugs drin, damit's nach Bourbon schmecke, sagte er. Als er ihr erklärte, wieviel noch übrig sei von ihrem Geld, merkte sie, daß der Bourbon im Sprawl sündhaft teuer war. Aber er wirkte, nahm das schlechte Gefühl, also schüttete sie den Rest hinunter und machte sich ans Bier.

Lanette mochte Bars, aber trank nichts, nur Coke oder so. Mona würde nie vergessen, wie sie sich eines Tages zwei Kristalle gleichzeitig reinsemmelte, was Lanette einen Snief auf zwei Beinen nannte, und so'ne Stimme im Kopf hörte, klar und deutlich, als wäre jemand im Raum bei ihr: *Es geht so schnell, steht still.* Und Lanette, die eine halbe Stunde zuvor ein stecknadelkopfgroßes Stück schwarzen Memphis in ihrem chinesischen Tee aufgelöst hatte, nahm selber einen halben Kristall, und dann spazierten sie los, durchstreiften einfach die verregneten Straßen in vollkommener Harmonie, wie Mona fand, die Sprache überflüssig machte. Und die Stimme hatte recht, das plötzliche Einsetzen der Wirkung hatte nichts Scheußliches an sich, kein Zähneklappern und Bibbern, bloß so'n Gefühl, als würde sich etwas, vielleicht Mona selber, von einer stillen Mitte ausdehnen. Und sie fanden einen Park, flache Wiesen mit silbernen Pfützen, und gingen alle Wege ab. Mona hatte einen Namen für diese Erinnerung: auf silbernen Wegen.

Und bald danach war Lanette verschwunden, wurde nicht mehr gesehen. Die einen sagten, sie sei nach California, die andern, nach Japan, und wieder andere meinten, sie sei an einer Überdosis gestorben und aus dem Fenster geschmissen worden, was Eddy einen »trockenen Hecht« nannte, aber an so was wollte Mona nicht denken, also setzte sie sich aufrecht hin und schaute sich um. Ja, das war kein schlechter Laden, nicht zu groß, so daß die Leute relativ zusammengepfercht waren, aber das mochte sie manchmal. Es war ein Künstlerlokal, wie Eddy so was nannte, mit Leuten, die Geld hatten, aber sich anzogen, als hätten sie keins, außer daß ihre Sachen paßten und man merkte, daß sie neu gekauft waren.

Es war'n Video hinterm Tresen droben über den Flaschen, und da sah sie Angie, die voll in die Kamera schaute und was sagte, aber der Ton war so leise eingestellt, daß man nichts verstand bei den vielen Leuten. Die nächste Einstellung zeigte aus der Vogelperspektive eine Häuserzeile direkt am Strand, und dann war wieder Angie zu sehen, die lachend die Haare zurückschüttelte und ihr halb trauriges Lächeln aufsetzte für die Kamera.

»Ey«, sagte sie zum Barkeeper, »da ist Angie.«

»Wer?«

»Angie«, sagte Mona und deutete aufs Bild.

»Ja«, meinte er, »die ist auf einer Designerdroge und findet das beschissen, also geht sie nach Südamerika oder sonst wohin und löhnt ein paar Mio, damit man ihr das wegmacht.«

»Das kann doch nicht sein, daß sie auf Shit ist.«

Der Barkeeper sah sie an. »Was immer.«

»Aber wie kommt's, daß sie überhaupt mit so was anfängt? Ich meine, sie ist *Angie*, nicht?«

»Kommt mit dem Umfeld.«

»Aber schau sie dir doch an!« protestierte sie. »Sie sieht so gut aus …« Aber schon war Angie weg. Ein schwarzer Tennisspieler nahm ihren Platz ein.

»Glaubst du, das ist sie? Ist doch nur'n sprechender Kopf.«

»Kopf.«

»So'ne Art Puppe«, sagte eine Stimme hinter ihr, und sie drehte sich um zu einem blonden Schopf mit einem lässigen weißen Grinsen. »Puppe.« Er hielt die Hand hoch und wackelte mit dem Daumen und den Fingern. »Weißt schon?«

Sie merkte, daß der Barkeeper das Wechselgeld hinlegte und weiterging hinterm Tresen. Das weiße Grinsen wurde noch breiter. »Damit sie den ganzen Quatsch nicht selber machen muß, klar?«

Sie erwiderte das Lächeln. Hübscher Knabe, schlaue Augen und eine unterschwellige Ausstrahlung, die ihr genau das Signal zuspielte, das sie sehen wollte. Keine Freiernummer. Ziemlich mager, aber auf so was könnte sie stehn heut' nacht. Und der lässige, lustvolle Ausdruck rund um den Mund in eigentümlichem Gegensatz zu den leuchtenden, schlauen Augen.

»Michael.«

»Hm?«

»So heiß ich. Michael.«

»Oh. Mona. Ich bin Mona.«

»Woher kommst du, Mona?«

»Florida.«

Und hätte Lanette ihr nicht gesagt, sie solle sich ranmachen?

Eddy haßte dieses Künstlervolk, weil die nicht kauften, was er feilbot. Er hätte auch Michael gehaßt, weil Michael einen Job und eine Eigentumswohnung unterm Dach hatte. Jedenfalls sagte er, daß er unterm Dach wohne, denn als sie hinkamen, war es kleiner, als sich Mona eine Dachwohnung vorstellte. Das Haus war alt, eine Fabrik oder dergleichen. Einige Mauern waren aus sandgestrahltem Backstein, die Decken aus Balken und Holz. Aber das ganze Gebäude war in Einheiten zerstückelt, wie Michael eine hatte, nämlich ein Zimmer, kaum größer als das ihre im Hotel, mit einer Schlafnische daneben und auf der andern Seite Bad und Küche. Es lag im obersten Stock, denn die Decke war fast nur Oberlicht; vielleicht war's damit eine Dachwohnung. Das Oberlicht war horizontal mit einem roten Papier an Seilen und Rollen bespannt, das wie ein großer Drachen aussah. Der Raum wirkte schlampig, aber alles, was herumstand, war neu: klapprige weiße Drahtstühle mit klaren Plastikschlaufen zum Sitzen, aufeinandergestapelte Unterhaltungselektronik, ein Arbeitsterminal und eine silberne Ledercouch.

Sie fingen auf der Couch an, aber ihr behagte nicht, wie die Haut daran klebte, also zogen sie in die Bettnische um.

Jetzt sah sie auch den Recorder, das ganze Stim auf dem weißen Wandregal. Aber das Wiz hatte wieder reingehauen, und überhaupt, wenn man beschließt, sich ranzumachen, sollte man dabei bleiben. Er steckte sie ins Aufnahmegeschirr, einen schwarzen Gummikragen mit Fühlerelektroden, die hinten am Schädel anlagen. Drahtlos; teuer, wie sie wußte.

Während er sein Geschirr anlegte und das Gerät an der Wand checkte, erzählte er von seinem Job, daß er für eine Firma in Memphis arbeite, die neue Firmennamen ersinne. Im Moment suche er gerade einen für eine Firma namens Cathode Cathay. Die haben's auch nötig, sagte er lachend, aber es sei nicht leicht, meinte er dann. Weil es schon so viele Firmen gebe, seien alle guten Namen schon weg. Er hatte einen Computer, der sämtliche Firmennamen kannte, und noch einen, der neue, zum Namen taugliche Kombinationen bildete, und noch einen, der überprüfte, ob die Neuprägungen nicht ›Dummkopf‹ oder dergleichen bedeuten auf chinesisch oder schwedisch. Aber die Firma, für die er tätig war, verkaufte nicht nur den Namen, sondern auch das sogenannte Image dazu, also mußte er mit einer Reihe von Leuten zusammenarbeiten, damit gewährleistet wäre, daß der Name, den er kreierte, auch zum Rest des Pakets paßte.

Dann ging er ins Bett mit ihr, und es war nicht unbedingt toll. Die Lust war halt weg, und sie hätte auch bei einem Freier liegen können, so wie sie jetzt dalag und unentwegt dachte, daß er alles aufnehme und beliebig wiederabspielen könne, und wie viele andere er wohl schon im Kasten habe?

Hernach lag sie neben ihm und lauschte seinem Atmen, bis das Wiz anfing, kleine Kreise auf ihrem Schädelboden zu ziehen und ihr immer wieder die gleichen zusammenhanglosen Bilder vorzusetzen: die Plastiktüte mit ihren Sachen drin in Florida und der Drahtschlaufe drumherum, damit keine Viecher reinkämen — der Alte am Spanplattentisch, der Kartoffeln schält mit einem Schlachtmesser, von dem nur noch ein daumenlanger Stummel Klinge übrig ist — eine Krill-Bude in Cleveland in Shrimps-Form oder so mit einem gewölbten Rücken aus Stahlblech und klarem Plastik, pink und orangefarben gestrichen — der Prediger, den sie sah, als sie sich neue Klamotten kaufen ging, ihn und seinen bleichen, struppigen Jesus. Jedesmal wenn der Prediger erschien, setzte er zum Sprechen an, aber sagte doch nichts. Sie wußte, daß das nicht aufhörte, solange sie nicht aufstand und sich mit was anderem beschäftigte. Sie kletterte aus dem Bett, stellte sich davor und betrachtete Michael im grauen Schein des Oberlichts. *Verzückung. Die Verzückung komme.*

Sie ging ins Zimmer und zog ihr Kleid an, weil ihr kalt war. Sie setzte sich auf die silberne Couch. Das rote Rollo machte das Grau vom Oberlicht pink, während es draußen heller wurde. Sie überlegte, was so 'ne Wohnung kostete.

Jetzt, wo sie ihn nicht sehen konnte, hatte sie Mühe, sich zu erinnern, wie er aussah. *Nun,* dachte sie, *er wird keine Mühe haben, sich an mich zu erinnern,* aber dieser Gedanke gab ihr das Gefühl, in den Arsch getreten worden zu sein, so daß sie sich wünschte, sie wäre lieber im Hotel geblieben und hätte sich mit einem Stim von Angie begnügt.

Das pinkgraue Licht erfüllte den Raum, sammelte sich, setzte sich auf Kanten ab. Irgendwie erinnerte es sie an Lanette und die Geschichte von der Überdosis. Manchmal erwischte es einen durch eine Überdosis in der Wohnung von jemand anders, und dann war es am einfachsten, denjenigen einfach aus dem Fenster zu schmeißen, damit die Bullen nicht wußten, wo er herkam.

Aber sie wollte nicht daran denken, also ging sie in die Küche und schaute in Kühlschrank und Schränke. Da war ein Päckchen Kaffeebohnen im Kühlschrank, aber von Kaffee kriegte man das große Flattern auf Wiz. Da waren viele kleine Alutüten mit japanischen Etiketten, Gefriergetrocknetes. Sie fand einen Karton Teebeutel und riß den Deckel auf von einer der Wasserflaschen im Kühlschrank. Sie goß Wasser in einen Topf und hantierte am Ofen, bis er heiß wurde. Die Kochstellen waren weißumrandete Felder auf der schwarzen Arbeitsplatte; der Topf kam in die Mitte des Kreises, dann war der rote Punkt daneben anzutippen. Als das Wasser heiß war, warf sie einen Teebeutel hinein und nahm den Topf vom Kochfeld.

Sie beugte sich über den Topf und atmete den nach Kräutern duftenden Dampf ein.

Wie Eddy aussah, vergaß sie nicht, wenn er nicht da war. Er war wohl nichts Besonderes, aber immerhin war er da. Man braucht'n vertrautes Gesicht in der Nähe. Aber jetzt an Eddy zu denken, war vielleicht auch keine so gute Idee. Bald würde der Crash einsetzen, und bis dahin müßte sie sich was einfallen lassen, um wieder ins

Hotel zu kommen, aber mit einemmal kam ihr alles so kompliziert vor, war ihr alles zu viel, waren Standpunkte zu bestimmen, und das *war* vielleicht der Crash, wenn man Probleme hatte, den Tag in die Reihe zu kriegen.

Sie war überzeugt, Prior würde es nicht zulassen, daß Eddy sie schlug, denn was immer er von ihr wollte, es hatte etwas mit ihrem Aussehen zu tun. Sie drehte sich nach einer Tasse um.

Prior war da im schwarzen Mantel. Sie hörte, wie ihre Kehle von ganz allein ein komisches Geräusch machte.

Sie hatte schon mal Zeug gesehen beim Crash nach Wiz. Wenn man es genau ansah, verschwand es. Das versuchte sie auch bei Prior, aber es klappte nicht.

Er stand einfach da, hatte so'ne Plastikkanone in der Hand, die er nicht auf sie richtete, sondern einfach hielt. Er trug solche Handschuhe wie Gerald bei der Untersuchung. Er wirkte nicht böse, aber lächelte diesmal auch nicht. Und eine ganze Weile sagte er kein Wort, und Mona auch nicht.

»Wer ist da?« Wie man auf einer Party fragt.

»Michael.«

»Wo?«

Sie deutete zur Schlafstelle.

»Zieh deine Schuhe an!«

Sie ging an ihm vorbei aus der Küche und bückte sich automatisch nach ihrer Unterwäsche auf dem Teppichboden. Ihre Schuhe standen bei der Couch.

Er folgte ihr und schaute ihr beim Schuhanziehen zu. Die Kanone hatte er noch in der Hand. Mit der andern Hand griff er Michaels Lederjacke auf der Couchlehne und warf sie ihr zu. »Zieh die an!« sagte er. Das tat sie und steckte ihre Unterwäsche in eine der Taschen.

Er hob den zerrissenen Regenmantel auf, knüllte ihn zusammen und stopfte ihn sich in die Manteltasche.

Michael schnarchte. Vielleicht würde er bald wach werden und alles wiederabspielen. Sie. Mit dem Gerät, das er hatte, brauchte er keinen Menschen mehr.

Im Korridor beobachtete sie, wie Prior das Schloß mit einem grauen Kasten verriegelte. Die Kanone war weg, aber sie hatte nicht gesehn, wie er sie weggesteckt hatte. Aus der Box ragte ein flexibler roter Streifen mit einem ganz gewöhnlich aussehenden Magnetschlüssel daran.

Draußen auf der Straße war es kalt. Er führte sie zum nächsten Block und öffnete die Tür eines winzigen, weißen dreirädrigen Fahrzeugs. Sie stieg ein. Er setzte sich ans Steuer und streifte die Handschuhe ab. Er startete den Motor; sie sah dabei eine Wolke aufsteigen in der verkupferten Spiegelfassade eines Geschäftshochhauses.

»Er wird meinen, ich hab sie geklaut«, sagte sie mit einem Blick auf die Jacke.

Dann trumpfte das Wiz ein letztes Mal auf: Kaskaden der Neuronen schnellten über die Synapsen: Cleveland im Regen und ein tolles Gefühl, das sie mal bei einem Spaziergang hatte.

Silber.

16

Faser im Gewebe

Ich bin das ideale Publikum für dich — als die Aufnahme zum zweiten Mal ablief. *Könnte es einen aufmerksameren Zuschauer geben? Du hast sie gut getroffen, Hans. Ich weiß es, weil ihre Erinnerungen in meine Träume eingehn. Ich sehe, wie nahe du herangekommen bist.*

Ja, du hast sie alle gut getroffen. Die Fahrt hinaus, der Mauerbau, das Verkriechen. Sie und die Mauern, nicht wahr? Labyrinth des Blutes, der Familie. Labyrinth inmitten der Leere verankert. *Wir sind innen, außen sind andere, hier werden wir für immer wohnen.* Und die Dunkelheit war da von Anfang an ... Du hast diese immer wieder in den Augen von Marie-France aufgespürt, langsam mit dem Zoom herausgeholt aus den schattigen Augenhöhlen. Schon früh ließ sie keine Aufnahmen mehr von sich zu. Du hast mit dem gearbeitet, was du gehabt hast. Du hast sie richtig ins Bild gesetzt, durch Flächen aus Licht und Schatten geschraubt, Modelle erzeugt, ihren Schädel im Neonraster vermessen. Du hast Spezialprogramme verwendet, um sie altern zu lassen gemäß den statistischen Vorgaben, und Animationssysteme, um deine reife Marie-France zum Leben zu erwecken. Du hast ihr Bild in viele, aber endlich viele Punkte zerlegt und sie abgemischt, hast neue Formen daraus entstehen lassen und die ausgewählt, die dir zugesagt haben ... Und dann hast du dir die andern vorgenommen, Ashpool und die Tochter, deren Gesicht deine Arbeit umrahmt, die erste und einzige Darstellung.

Beim zweiten Ansehen wurde ihr der Werdegang klarer; nun konnte sie Beckers Splitter zeitlich einordnen in einer Abfolge, die begann mit der Hochzeit von Tessier und Ashpool, einer Verbindung, die seinerseits vor allem in den Medien der Wirtschaft Beachtung fand. Jeder erbte ein mehr als bescheidenes Wirtschaftsimperium; Tessier übernahm das Familienerbe, das auf neun bahnbrechenden Patenten der praktischen Biochemie beruhte, und Ashpool übernahm die große Ingenieurgesellschaft, die den Namen seines Vaters trug und ihren Sitz in Melbourne hatte. Es war eine Vernunftehe für die Journalisten, obwohl der daraus hervorgehende Firmenverbund von den meisten als unrentabel angesehen wurde: eine Schimäre mit zwei furchtbar ungleichen Köpfen.

Aber nun konnte man in Fotos von Ashpool sehen, daß die Langweile verschwand und entschlossene Zielstrebigkeit an ihre Stelle trat. Die Folgen waren wenig schmeichelhaft — ja beängstigend: das harte, schöne Gesicht wurde noch härter, gnadenlos pragmatisch.

Im ersten Jahr der Ehe mit Marie-France Tessier hatte Ashpool 90 Prozent seiner Anteile abgestoßen und in orbitalen Besitz und in Shuttle-Kapazitäten investiert. Die Früchte dieser Verbindung, zwei Kinder, Bruder und Schwester, wurden in der Biarritzer Villa der Mutter durch Surrogate zur Welt gebracht.

Tessier-Ashpool zogen sich auf den Archipel im hohen Orbit zurück, um die Bahn zu finden, die nur spärlich mit Militärstationen und den ersten vollautomatischen Fabriken des Kartells belegt war. Und hier fingen sie zu bauen an. Das gemeinsame Vermögen hatte zunächst kaum ausgereicht, um die Auslagen zu decken, die dem Multi Ono-Sendai allein für ein Produktionsmodul seines weltraumgestützten Halbleiter-Projekts entstanden, aber Marie-France legte ganz unerwartet unternehmerisches Profil an den Tag und installierte einen hochprofitablen Datenservice, der den Bedürfnissen der weniger bekannten Vertreter im internationalen Bankgeschäft gerecht wurde. Damit ließen sich wiederum Verbindungen zu den einzelnen Banken und deren

Klienten herstellen. Ashpool stieg groß ins Kreditgewerbe ein, und die Mauer aus Mondbeton, die einmal Freeside werden sollte, wuchs und machte einen Bogen und schloß ihre Erbauer ein.

Als der Krieg ausbrach, zog sich Tessier-Ashpool hinter diese Mauer zurück. Sie sahen Bonn im Atomblitz aufflammen und untergehn; ebenso Belgrad. Die Montage der Spindel wurde ohne größere Unterbrechungen fortgesetzt während dieser drei Wochen; später, in der geschockten, chaotischen Dekade danach, war das oft schwieriger. Die Kinder Jean und Jane lebten jetzt bei ihnen, nachdem die Villa in Biarritz drangegeben worden war zur Finanzierung des Baus einer Kältekammer für ihr Heim in der Villa Straylight. Die ersten, die dieses Gewölbe belegten, waren zehn geklonte Embryopaare, 2Jean und 2Jane, 3Jean und 3Jane ... Es gab zahlreiche Gesetze, die die künstliche Reproduktion von menschlichen Erbanlagen verboten oder anderweitig regelten, aber es gab auch zahlreiche Lücken im Gesetz ...

Sie stoppte das Band und bat das Haus, zur Szene davor zurückzukehren. Fotos einer weiteren kryogenischen Kammer vom Schweizer Hersteller des Tessier-Ashpool'schen Gewölbes. Beckers Vermutung eines Zusammenhangs war korrekt, wie sie wußte; diese runden Türen aus schwarzem, chromgefaßtem Glas waren ein zentraler Inhalt im andern Gedächtnis, ein Bild von totemistischer Gewalt.

Nun liefen die Bilder weiter und zeigten, wie in der Schwerelosigkeit die Konstruktion an der Innenfläche der Spindel gebaut, ein Lado-Acheson-System für Solarenergie installiert, eine Atmosphäre eingerichtet und Rotationsschwerkraft hergestellt wurde ... Becker hatte eine Vielfalt vorgefunden, die ihn in Verlegenheit brachte, Stunden von toll aufgemachtem Dokumentationsmaterial. Seine Antwort darauf war eine verwegene, schonungslose Montage, die mit der oberflächlichen Romantik der Vorlage aufräumte und die angespannten, erschöpften Gesichter der Arbeiter inmitten eines emsigen Maschinenparks herausstellte. Freeside grünte und blühte im fliegenden Schnellvorlauf-Wechsel von gespeicherten Morgen- und Abendrots; eine üppige, abgeschottete Landschaft mit türkis glitzernden Teichen. Tessier und Ashpool kamen zu den Eröffnungsfeierlichkeiten aus Straylight, ihrem Geheimbau am Ende der Spindel, heraus und nahmen mit auffälligem Desinteresse das Land, das sie gebaut hatten, in Augenschein. Hier hielt Becker inne und setzte wieder mit seiner leidenschaftlichen Analyse ein. Dies sollte das letzte Mal sein, daß Marie-France in eine Kamera schaute. Becker ergründete ihre Gesichtsflächen in qualvoll ausgedachter Fugentechnik, wobei der Bilderfluß vollkommen kontrapunktorisch abgesetzt war von der sinusförmigen Feedback-Kurve, die sich hob und senkte in der wechselnden Statik des Soundtracks.

Angie verlangte wieder eine Pause, stand vom Bett auf, ging zum Fenster. Sie war freudig erregt, fühlte sich mit einemmal stark, in Eintracht mit sich selbst. Genauso hatte sie vor sieben Jahren empfunden in New Jersey, als sie merkte, daß andere diejenigen, die sich in ihre Träume einschlichen, kannten. Sie nannten sie Loa, *göttliche Reiter*, gaben ihnen Namen und riefen sie und schwatzten ihnen Gefälligkeiten ab.

Auch damals herrschte Verwirrung. Bobby argumentierte, daß Linglessou, der Beauvoir ritt, und der Linglessou der Matrix separate Entitäten seien, falls es sich bei ersterem überhaupt um eine Entität handele. »Das tun die seit zehntausend Jahren«, sagte er, »sich in Trance tanzen. Aber im Cyberspace gibt's so was erst seit sieben, acht Jahren.« Bobby glaubte den alten Cowboys, denen er jedesmals Drinks im Gentlemen Loser spendierte, wenn Angie beruflich im Sprawl zu tun hatte, und die darauf beharrten, daß die Loa was Neues seien.

Die Cowboys erinnerten sich an eine Zeit, wo allein gute Nerven und Talent ausschlaggebend waren für die Karriere eines Console-Künstlers, obwohl Beauvoir dagegengehalten hatte, daß nicht weniger erforderlich wäre, um mit den Loa klarzukommen.

»Aber die kommen zu mir«, hatte sie behauptet. »Ich brauch kein Deck.«

»Kommt davon, was du im Kopf hast. Was dein Daddy gemacht hat ...«

Bobby hatte ihr berichtet, die alten Cowboys seien sich alle einig, daß es einen Zeitpunkt gegeben habe, wo alles anders wurde, obwohl sie sich darüber stritten, wann und wie das stattgefunden habe.

Sie sprachen von der *Wende,* und Bobby hatte mal eine verkleidete Angie zum Zuhören ins Loser mitgenommen, mitsamt ihrem Anhang, besorgten Sicherheitsbeamten von Sense/Net, die nicht hineingelassen wurden an der Tür. Das Aussperren der Sicherheitsbeamten hatte sie damals mehr beeindruckt als die Gespräche. Das Gentlemen Loser war seit dem Krieg eine Cowboy-Bar und hatte die Entstehung der neuen Technologie miterlebt, und das ganze Sprawl bot keinen exklusiveren Kriminellentreff — obwohl diese Exklusivität zu Zeiten von Angies Besuch längst den Ausschluß gewisser Ruheständler unter den Stammkunden bedeutete. Die heißen Typen machten ihre Deals nicht mehr im Loser, aber ein paar kamen, um sich umzuhören.

Im Schlafzimmer des Hauses in Malibu erinnerte sich Angie nun an ihre Gespräche, an ihre Geschichten von der Wende, und merkte, daß ein Teil von ihr versuchte, diese Erinnerungen, diese Geschichten in die eigene Vergangenheit und in die Vergangenheit von Tessier-Ashpool einzuordnen.

3Jane war die Faser, Tessier-Ashpool das Gewebe. Ihr offizielles Geburtsdatum war der gleiche Tag wie bei ihren neunzehn Klon-Geschwistern. Beckers ›Beweisaufnahme‹ wurde noch leidenschaftlicher, als 3Jane in einem weiteren Ersatzbauch ausgetragen und durch Kaiserschnitt im OP von Straylight entbunden wurde. Die Kritiker waren sich einig: 3Jane war Beckers Aufhänger. Mit der Geburt von 3Jane wandelte sich die Perspektive der Dokumentation unmerklich und offenbarte eine neue Intensität, eine gesteigerte Obsession — ein Gefühl, und das wurde nicht nur von einem Kritiker festgestellt, der Sündhaftigkeit.

3Jane wurde zum Brennpunkt, zur verderbten Goldader im Granithaufen der Familie. *Nein,* dachte Angie. *Silber, fahl und mondsüchtig.* Das Foto eines chinesischen Touristen von 3Jane und drei Schwestern am Pool eines Hotels von Freeside zeigend, stellt Becker immer wieder 3Janes Augen heraus, die Schlüsselbeinmulde, die zierlich-zerbrechlichen Handgelenke. Äußerlich sind die Schwestern identisch, dennoch ist 3Jane von einem Geist erfüllt, und Beckers Suche nach dem Wesen dieses Geistes ist das zentrale Anliegen seiner Arbeit.

Freeside blüht und gedeiht mit dem Wachsen des Archipels. Als Bankennexus, Bordell, Datenspeicher und neutrales Territorium für Gesellschaften im Konkurrenzkampf fällt der Spindel eine zunehmend komplexere Schlüsselrolle in der Geschichte des hohen Orbits zu, während sich die Tessier-Ashpool S.A. hinter einer weiteren Mauer verkriecht, die nun aus Tochtergesellschaften gefügt ist. Der Name von Marie-France taucht noch einmal kurz auf in Zusammenhang mit einem Genfer Patentstreit um gewisse Entwicklungen im Bereich der Künstlichen Intelligenz, und die massive Beteiligung von Tessier-Ashpool an der Finanzierung solcher Forschungsprojekte wird zum ersten Mal aufgedeckt. Wieder einmal stellte die Familie unter Beweis, wie geschickt sie es versteht, von der Bildfläche zu verschwinden, und tritt in eine neue Phase der Obskurität ein, die mit dem Tod der Marie-France enden sollte.

Es sollen sich hartnäckige Mordgerüchte halten, aber

jeder Versuch einer Aufklärung sollte am Reichtum und an der Isolation der Familie, an der besonderen Tiefe und Vernetzung ihrer politischen und finanziellen Beziehungen scheitern.

Angie, die sich den Becker gerade ein zweites Mal ansah, wußte um die Identität des Mörders von Marie-France Tessier.

Bei Morgengrauen machte sie Kaffee in der dunklen Küche, nahm Platz und beobachtete die helle Brandung.

»Continuity.«

»Hallo, Angie.«

»Weißt du, wie Hans Becker zu erreichen ist?«

»Ich habe die Nummer seiner Agentur in Paris.«

»Hat er noch mehr gemacht seit *Antartika?*«

»Nicht daß ich wüßte.«

»Und wie lange ist das her?«

»Fünf Jahre.«

»Danke.«

»Bitte schön, Angie.«

»Tschüß.«

»Tschüß, Angie.«

Hatte Becker vermutet, 3Jane wäre schuld am späteren Tode Ashpools? Indirekt schien er das irgendwie anzudeuten.

»Continuity.«

»Hallo, Angie.«

»Die Mythen der Console-Jockeys, Continuity. Was weißt du darüber?« *Und was wird Swift von all dem halten?* fragte sie sich.

»Was möchtest du wissen, Angie?«

»Die Wende ...«

»Diesem Mythos begegnet man in zweierlei Gestalt. Einmal wird behauptet, die Cyberspace-Matrix werde von Wesen bevölkert oder auch heimgesucht, deren Charakteristika mit dem alten Mythos ›unsichtbarer, heimlicher Wesen‹ übereinstimmen. Zum andern ist von einer angeblichen Allwissenheit, Allmacht und Unermeßlichkeit von seiten der Matrix selbst die Rede.«

»Matrix gleich Gott?«

»Gewissermaßen, obwohl es im Hinblick auf den Mythos exakter wäre zu sagen, die Matrix habe einen Gott, da dessen Allwissenheit und Allmacht angeblich auf die Matrix beschränkt sind.«

»Wenn diesem Wesen Grenzen gesetzt sind, so ist es nicht allmächtig.«

»Genau. Es ist zu beachten, daß der Mythos dem Wesen keine Unsterblichkeit zuschreibt, was normalerweise der Fall wäre bei Glaubenssystemen, die ein höchstes Wesen postulieren — zumindest was besonders deine Kultur angeht. Cyberspace existiert, insofern man von existieren sprechen kann, dank menschlichen Zutuns.«

»Wie du auch.«

»Ja.«

Sie spazierte ins Wohnzimmer, wo die Louis XVI-Sessel wie Skelette aussahen im grauen Licht und die geschnitzten Füße wie vergoldete Gebeine.

»Wenn es so ein Wesen gäbe«, sagte sie, »dann wärst du ein Teil davon, nicht wahr?«

»Ja.«

»Würdest du das wissen?«

»Nicht unbedingt.«

»Weißt du's?«

»Nein.«

»Klammerst du die Möglichkeit aus?«

»Nein.«

»Kommt dir dieses Gespräch merkwürdig vor, Continuity?« Ihre Wangen waren von Tränen naß, die sie erst jetzt bemerkte.

»Nein.«

»Wie passen die Geschichten vom ...« Sie zögerte, hätte beinahe *Loa* gesagt. »Wie passen die Geschichten von diesem Zeug in der Matrix zu dieser Gott-Theorie?«

»Gar nicht. Beides sind Varianten der ›Wende‹. Beides sehr junge Ideen.«

»Wie jung?«

»Etwa fünfzehn Jahre alt.«

17

Absprung

Sie wachte auf und spürte Sallys kühle Hand, die ihr den Mund zuhielt und mit der anderen bedeutete, keinen Laut von sich zu geben.

Die kleinen Lampen brannten, die in den goldgefleckten Spiegel eingelassen waren. Einer ihrer Koffer stand offen auf dem Riesenbett, daneben war Kleidung gestapelt.

Sally hielt sich den Zeigefinger vor den geschlossenen Mund und deutete dann auf Koffer und Kleidung.

Kumiko glitt unterm Duvet hervor und schlüpfte, weil es kalt war, in ein Sweatshirt. Sie blickte wieder zu Sally und überlegte, ob sie etwas sagen sollte; was immer das auch zu bedeuten hätte, ein Wort von ihr, und Petal würde anrücken. Sally war genauso angezogen wie beim letzten Mal, Lammfelljacke und Tartanschal, der unterm Kinn geknotet war. Sie wiederholte die Geste: packen.

Kumiko zog sich rasch an und verstaute die Sachen im Koffer. Sally ging gehetzt und lautlos durchs Zimmer, öffnete Schubfächer, machte sie wieder zu. Sie fand Kumikos Paß, eine schwarze Plastikkarte mit einem aufgeprägten goldenen Chrysamthemum, und hängte sie Kumiko an der schwarzen Nylonkordel um den Hals. Sie verschwand ins getäfelte Kabäuschen und kam mit dem Wildledertäschchen zurück, in dem Kumikos Waschzeug war.

Als Kumiko den Koffer zumachte, läutete das Elfenbein-Messing-Telefon.

Sally beachtete es nicht, zog den Koffer vom Bett, öffnete die Tür, nahm Kumiko bei der Hand und schleppte sie hinaus in den dunklen Flur. Sally ließ die Hand los und schob die Tür zu, womit das Telefon nicht mehr zu hören war und es stockfinster wurde. Kumiko ließ sich zum Lift führen, den sie an seinem Öl- und Möbelpoliturgeruch, dem Klappern der Gittertür erkannte.

Dann fuhren sie hinunter.

Petal erwartete sie, in einen riesigen, abgetragenen Flanellbademantel gehüllt, im strahlend weißen Foyer. Er hatte die alten Slipper an; die Beine unter dem Bademantelsaum waren weiß. Er hatte eine Kanone in der Hand, ein dickes, mattschwarzes Ding. »Verdammte Scheiße«, sagte er, als er sie sah, »was soll'n das?«

»Sie geht mit mir«, sagte Sally.

»Das«, erwiderte Petal langsam, »ist ganz und gar ausgeschlossen.«

»Kumi«, sagte Sally, legte ihr die Hand auf den Rükken und führte sie aus dem Lift, »draußen steht ein Wagen.«

»Das kannste nicht bringen«, sagte Petal, aber Kumiko spürte seine Verwirrung, seine Unsicherheit.

»Verdammt, dann erschieß mich doch, Petal!«

Petal senkte die Kanone. »Verdammt, der Swain wird *mich* erschießen, wenn ich dich laufenlasse.«

»Der säße, wenn er hier wär, in der gleichen Scheiße, nicht wahr?«

»Bitte«, sagte Petal, »nicht.«

»Es wird ihr gutgehn, keine Bange. Mach die Tür auf!«

»Sally«, sagte Kumiko. »Wohin gehen wir?«

»Ins Sprawl.«

Und wurde, in Sallys Lammfelljacke gekuschelt, wieder wach beim sanften Vibrieren des Überschallflugzeuges. Sie erinnerte sich an den großen, niedrigen Wagen, der in der bogenförmigen Straße gewartet hatte. Strahler an Swains Fassaden gingen an, als sie mit Sally auf den Gehsteig kam. Tick schaute mit verschwitztem Gesicht aus den Autofenstern. Sally riß eine Tür auf und schob sie hinein. Tick fluchte leise vor sich hin, während der Wagen beschleunigte; die Reifen beschwerten sich quietschend, als er zu scharf in die Kensington Park Royad einbog. Sally sagte ihm, langsamer zu machen, den Wagen fahren zu lassen.

Und dort im Auto fiel ihr ein, daß sie das Maas-Neotek-Gerät wieder an sein Versteck hinter der Marmorbüste gelegt hatte. Colin, der aus einem alten Fuchsjagd-Druck hätte stammen können und dessen Ellbogen abgetragen waren wie Petals Slipper, blieb zurück als das, was er war: ein Gespenst.

»Vierzig Minuten«, sagte Sally jetzt vom Platz daneben. »Gut, daß du'n bißchen geschlafen hast. Bald kriegen wir Frühstück. Weißt du noch den Namen auf deinem Paß? Prima. Und stell jetzt keine Fragen, bis ich einen Kaffee gehabt habe, okay?«

Kumiko kannte das Sprawl aus tausend Stims; die Faszination an dem riesigen Ballungsgebiet aus zusammengewachsenen Städten war bezeichnend für Japans Pop-Kultur.

Sie hatte sich vorher wenig vorstellen können unter England, als sie dort ankam; dunkle Erinnerungen an mehrere berühmte Bauwerke, verschwommene Eindrücke von einer Gesellschaft, die von der japanischen als schrullig und rückständig betrachtet wurde. (In den Geschichten der Mutter stellte die Prinzessin-Ballerina fest, daß es sich die Engländer, gleichwohl sie sie bewunderten, nicht leisten konnten, für ihr Tanzen zu bezahlen.) London hatte bisher ihren Erwartungen nicht entsprochen mit seiner Energie, seinem offenkundigen Wohlstand, dem Ginza-Getümmel in seinen großen Einkaufsstraßen.

Das Sprawl war ihr ein Begriff, aber schon nach wenigen Stunden Aufenthalt waren ihre Vorstellungen größtenteils erschüttert.

Während sie neben Sally in der Schlange der Mitreisenden wartete in einer großen, leeren Zollabfertigungshalle — deren Deckenpfeiler sich verloren in der Dunkelheit, die in Abständen nur unterbrochen wurde von Lampenglocken, um die, obwohl es Winter war, Scharen von Insekten schwirrten, als hätte das Gebäude ein eigenes bescheidenes Mikroklima —, war es das Sprawl aus dem Stim, das sie sich ausmalte, die sinnlich-elektronische Kulisse für das Leben von Angela Mitchell und Robin Lanier, das im Schnellvorlauf abging.

Durch den Zoll — was trotz des endlosen Schlangestehens nur daraus bestand, den Paß durch einen schmuddeligen Metallschlitz zu führen — und hinaus durch eine stark frequentierte Betonschneise, wo sich führerlose Gepäckwagen träge durch eine Menschenmenge wühlten, die ausströmte, um einen fahrbaren Untersatz zu ergattern.

Jemand nahm ihren Koffer. Langte hin und nahm ihn ihr dermaßen lässig, selbstverständlich ab, was darauf hindeutete, daß er dazu bestimmt sei, daß er ein solches Amt bekleide und eine gewohnte Pflicht verrichte wie die junge Dame, die einem in Tokioter Kaufhäusern mit einer Verbeugung an der Tür begrüßt. Und Sally gab ihm einen Tritt. Gab ihm einen Tritt in die Kniekehle, wobei sie geschmeidig herumwirbelte wie die Thai-Boxerinnen in Swains Billardzimmer und sich den Koffer griff, bevor der Hinterkopf mit einem hörbaren Knacksen auf dem fleckigen Betonboden aufschlug.

Schon zerrte Sally sie weiter, die Menge verschluckte den Niedergestreckten, und die jähe, lässige Gewalttat hätte ein Traum sein können, außer daß Sally zum ersten Mal lächelte seit dem Aufbruch von London.

Kumiko, die nun jegliche Orientierung verloren hatte, sah zu, wie Sally die verfügbaren Gefährte musterte, rasch einen uniformierten Ordner bestach, drei andere potentielle Fahrgäste einschüchterte. Sie ließ sich in ein verschandeltes, wuchtiges Hovercraft schubsen, das gelb-schwarz quergestreift war. Die Fahrgastkabine war kahl und sah unerhört komfortabel aus. Der Fahrer, falls es einen solchen gab, saß unsichtbar hinter einer zerkratzten Plastikschutzwand. Wo die Wand am Dach anschloß, lugte das Rohr einer Videokamera hervor. Jemand hatte dort eine Figur hingekritzelt, einen männlichen Torso mit der Kamera als Phallus. Als Sally einstieg und die Tür hinter sich zuschmetterte, kam aus einem Lautsprecher ein knacksender Kauderwelsch, den Kumiko für einen englischen Dialekt hielt.

»Manhattan«, sagte Sally. Sie zog ein Geldscheinbündel aus der Jackentasche und hielt es aufgefächert vor die Kamera.

Aus dem Lautsprecher kamen fragende Laute.

»Stadtmitte. Ich sag wo, wenn wir da sind.«

Das Luftkissen der Droschke blähte sich auf, das Licht in der Fahrgastkabine erlosch, und schon ging es dahin.

18

Knast

Er war bei Gentry unterm Dach. Er sah, wie Cherry Gentry verarztete. Cherry, die auf Gentrys Bettkante saß, schaute her. »Wie geht's, Slick?«

»Okay ... Bin okay.«

»Erinnerst du dich, daß ich dich schon mal gefragt habe?«

Er schaute hinunter in das Gesicht des Mannes, den Kid Afrika den Count nannte. Cherry hantierte am Aufbau der Trage mit einem Beutel, der eine Flüssigkeit enthielt, die die Farbe von Haferschleim hatte.

»Wie fühlst du dich, Slick?«

»Okay.«

»Es ist was nicht okay. Du bist ver ...«

Er saß oben bei Gentry auf dem Boden. Sein Gesicht war naß. Cherry hockte neben ihm, ganz dicht, hatte die Hände auf seinen Schultern.

»Hast gesessen?«

Er nickte.

»Chemotherapeutische Strafeinheit?«

»Ja.«

»Künstlicher Korsakov?«

Er ...

»Öfter?« fragte Cherry ihn. Er saß oben bei Gentry auf dem Boden. Wo war Gentry? »Hast du öfter solche Momente? Kurzzeitige Gedächtnisaussetzer?«

Woher wußte sie das? Wo war Gentry?

»Was ist der Auslöser?«

»Was löst das Syndrom aus, Slick? Was wirft dich in den Knast zurück?« Er saß oben bei Gentry auf dem Boden, und Cherry war praktisch auf ihm drauf.

»Streß«, sagte er und wunderte sich, woher sie davon wußte. »Wo ist Gentry?«

»Den hab ich ins Bett gesteckt.«

»Warum?«

»Ist zusammengebrochen. Als er das Ding gesehn hat ...«

»Was für'n Ding?«

Cherry drückte ein pink Derm auf sein Handgelenk. »Starker Tranquilizer«, sagte sie. »Holt dich vielleicht wieder raus da ...«

»Wo raus?«

Sie seufzte. »Ach, nichts.«

Er wachte mit Cherry Chesterfield im Bett auf. Er war voll angezogen bis auf Jacke und Boots. Die Spitze seines Steifen klemmte unter der Gürtelschnalle, streckte sich zum warmen Denim über Gentrys Arsch.

»Komm nicht auf dumme Gedanken.«

Winterlicht fiel durchs zusammengeschusterte Fenster, und sein Atem dampfte weiß, wenn er sprach. »Was ist passiert?« Warum war es so kalt im Raum? Er erinnerte sich an Gentrys Aufschrei, als das Ding auf ihn losging ...

Er setzte sich auf, blitzschnell.

»Sachte«, sagte sie und drehte sich zur Seite. »Leg dich hin! Was ist es nur, das dich so fertigmacht?«

»Wie meinst du das?«

»Leg dich hin! Schlüpf unter die Decke! Willst du erfrieren?«

Er tat, was sie befahl. »Du warst im Knast, stimmt's? Chemische Keule.«

»Ja. Woher weißt du das?«

»Hast es mir gesagt. Gestern abend. Hast gesagt, Streß kann einen Rückfall auslösen. Das ist also passiert. Das Ding ist auf deinen Kumpel losgegangen, du bist zum Schalter gesprungen, hast den Projektortisch ausgeschaltet. Er ist vornüber gekippt, hat sich am Kopf geschnitten. Ich habe ihn verarztet, und dabei ist mir aufgefallen, daß was nicht stimmt mit dir. Hab rausgekriegt, daß du ein zusammenhängendes Erinnerungsvermögen von nur noch fünf Minuten gehabt hast. Das gibt's manchmal nach Schock oder Gehirnerschütterung ...«

»Wo ist er? Gentry?«

»Steckt im Bett droben bei sich. Mit Sedativa bepflastert. Bei der Verfassung, in der er war, könnte ihm ein Tag Schlaf nicht schaden, dachte ich mir. Jedenfalls sind wir ihn damit eine Weile los.«

Slick machte die Augen zu und sah das graue Ding wieder, das auf Gentry losgegangen war. Ein Ding wie ein Mensch oder ein Affe. Nicht vergleichbar mit den verdrehten Gestalten, die Gentrys Geräte auf seiner Suche nach *der Gestalt* hervorbrachten.

»Ich glaub, der Strom ist alle«, meinte Cherry. »Vor rund sechs Stunden sind hier drin die Lichter ausgegangen.«

Er machte die Augen auf. Die Kälte. Gentry war nicht an der Console zugange gewesen. Er knurrte.

Er ließ Cherry allein, um mit dem Butankocher Kaffee zu machen und Little Bird zu suchen. Er fand ihn anhand des Rauchs. Little Bird hatte Feuer gemacht in einem Eisenkübel und schlief, wie ein Hund ums Feuer gerollt. »He«, sagte Slick und stieß den Jungen mit dem Stiefel an, »steh schon auf! Wir haben Probleme.«

»Der verdammte Strom ist aus«, murmelte er und setzte sich auf in seinem speckigen Nylonschlafsack, der exakt denselben Farbton wie der Fabrikboden angenommen hatte.

»Ich weiß. Das ist Problem Nummer eins. Nummer zwei ist, daß wir einen Laster oder ein Hovercraft brauchen oder so. Wir müssen den Kerl wegschaffen. Es haut nicht hin mit Gentry.«

»Aber Gentry ist der einzige, der das mit dem Strom hinkriegt.« Little Bird rappelte sich fröstelnd hoch.

»Gentry pennt. Wer hat'n Laster?«

»Marvie und die«, antwortete Little Bird und bekam einen heftigen Hustenanfall.

»Nimm Gentrys Bike! Bring's hinten auf'm Laster wieder mit. Jetzt gleich!«

Little Bird erholte sich von seinem Husten. »Im Ernst, du?«

»Kannst doch damit fahren, oder?«

»Schon, aber Gentry, der wird ...«

»Das laß mal meine Sorge sein. Weißt du, wo er seinen Zweitschlüssel hat?«

»Hm, ja«, sagte Little Bird schüchtern. »Sag«, traute er sich fragen, »was ist, wenn Marvie und die mir den Laster nicht geben wollen?«

»Gib ihnen das«, meinte Slick und zog den verschließbaren Beutel voller Stoff aus der Jackentasche. Cherry hatte ihn an sich genommen nach dem Verbinden von Gentrys Kopf. »Und gib ihnen *alles,* klar? Denn ich werd sie hernach fragen.«

Cherrys Pieper ging los, als sie, Seite an Seite auf der Bettkante aneinandergekuschelt, Kaffee tranken in Slicks Zimmer. Er hatte ihr alles, was er über Korsakov wußte, erzählt, weil sie danach gefragt hatte. Er hatte eigentlich noch keinem Menschen davon erzählt, und es war seltsam, wie wenig er darüber wußte. Er erzählte ihr von früheren Rückfällen und versuchte ihr darzulegen, wie das System im Knast ablief. Der Trick dabei war, daß man das Langzeitgedächtnis behielt bis zu dem Moment, wo sie einen auf das Zeug setzten. Auf diese Weise konnten sie einen anlernen, bevor man die eigentliche Strafe absaß, und man vergaß es nicht mehr. Meistens machte man das, was auch Roboter hätten machen können. Ihm hatten sie beigebracht, winzige Zahnradgetriebe zu montieren. Als er es schaffte, ein solches in fünf Minuten zusammenzubauen, war die Sache erledigt.

»Und sonst haben sie nichts gemacht?« fragte sie.

»Nur die Zahnradgetriebe.«

»Nein, ich meine so was wie Gehirnblockaden.«

Er sah sie an. Die Schramme an ihrer Lippe war fast verheilt. »Wenn sie so was machen, dann sagen sie's einem nicht«, erklärte er.

Dann ging der Pieper los in einer ihrer Taschen.

»Stimmt was nicht«, sagte sie und sprang auf.

Sie sahen Gentry an der Trage knien mit etwas Schwarzem in den Händen. Cherry entriß ihm das Ding, bevor er sich rühren konnte. Er blieb, wo er war, und blinzelte zu ihr auf.

»Braucht 'ne Menge, um dich flachzulegen.« Sie reichte Slick das schwarze Ding. Eine Retinalkamera.

»Wir müssen rauskriegen, wer er ist«, sagte Gentry. Seine Stimme war belegt von den verabreichten Sedativa, aber Slick spürte, daß die Schwelle zum Wahnsinn abgerückt war.

»Ach was«, sagte sie, »du weißt nicht mal, ob das die Augen sind, die er noch vor einem Jahr gehabt hat.«

Gentry berührte den Verband an seiner Schläfe. »Du hast es auch gesehn, nicht?«

»Ja«, sagte Cherry. »Er hat abgeschaltet.«

»Es war der Schock«, meinte Gentry. »Ich hätte mir nicht träumen lassen ... Eine echte Gefahr bestand nicht. Ich war nicht darauf gefaßt ...«

»Du bist ganz schön aus den Pantoffeln gekippt«, sagte Cherry.

Gentry richtete sich schwankend auf.

»Er verschwindet«, sagte Slick. »Ich hab Bird losgeschickt, sich 'nen Laster zu borgen. Mir gefällt dieser Scheiß gar nicht mehr.«

Cherry sah ihn groß an. »Verschwindet wohin? Ich muß mit ihm. Ist mein Job.«

»Ich weiß 'nen Platz«, schwindelte Slick. »Der Saft ist alle, Gentry.«

»Du kannst ihn nicht wegbringen«, sagte Gentry.

»Und ob.«

»Nein.« Gentry schwankte etwas. »Er bleibt hier. Die Überbrückung steht. Ich stör ihn nicht mehr. Cherry kann hierbleiben.«

»Scheiße, da wirst du mir schon mal einiges erklären müssen, Gentry«, sagte Slick.

»Das«, begann Gentry und deutete auf das Ding über dem Kopf des Count, »ist erst mal kein ›LF‹, sondern ein *Aleph* *.«

---

* Aleph (im Engl. wie »LF« ausgesprochen): erster Buchstabe des hebräischen Alphabets (vgl. Alpha); Symbol für die Zahl 1 und für Unendlichkeit, Gott. — *Anm. d. Übers.*

19

Unterm Messer

Ins Hotel zurück, Todesmarsch im Wiz-Crash. Prior führte sie ins Foyer, wo schon japanische Touris auf den Beinen waren und sich um gelangweilt dreinschauende Reiseführer scharten. Und einen Fuß, einen Fuß, einen Fuß nach dem andern. Ihr Kopf war so schwer jetzt, als hätte jemand ein Loch in die Schädeldecke getrieben und ein Viertelkilo blankes Blei reingegossen, und die Zähne fühlten sich an, als gehörten sie jemand andern: zu groß. Sie ließ sich gegen die Aufzugwand fallen, als die zusätzliche Schwerkraft nach unten drückte.

»Wo ist Eddy?«

»Eddy ist weg, Mona.«

Riß die Augen auf und schaute ihn an. Das Grinsen war wieder da, Schwein. »Was?«

»Eddy wurde abgefunden. Entschädigt. Er ist mit 'ner Kreditkarte unterwegs nach Macau. Nette kleine Gratis-Dienstreise ins Spielerparadies.«

»Entschädigt?«

»Für seine Investitionen. In dich. Für den Zeitaufwand.«

»Zeitaufwand?« Die Türen öffneten sich zum blauen Teppichboden im Flur.

Und in ihr fiel was runter, was Kaltes. Eddy haßte das Spielen.

»Du arbeitest jetzt für uns, Mona. Wir wollen nicht, daß du dich wieder verselbständigst.«

Aber das warst du, dachte sie. *Du hast mich gehen lassen. Und du hast gwußt, wo ich zu finden bin.*

Eddy ist nicht mehr …

Sie konnte sich nicht erinnern, eingeschlafen zu sein. Sie war noch angezogen, hatte sich Michaels Jacke wie eine Decke über die Schultern gebreitet. Sie konnte eine Ecke der Gebirgslandschaft sehen, ohne den Kopf zu drehen, aber das Dickhorn war nicht mehr dort.

Die Angie-Stims waren noch in Plastik verschweißt. Sie griff sich wahllos eins, schlitzte die Folie mit dem Daumennagel auf, legte es ein und setzte die E-troden auf. Sie überlegte nicht dabei, die Hände wußten wohl von selbst, was zu machen war, brave Tiere, die ihr nichts taten. Eine davon tippte auf PLAY, und sie entschwand in die Angie-Welt. Wie reinster Stoff. Träges Saxophon, Autofahrt durch eine europäische Stadt. Wie die Straßen dahinschwirrten ringsum, rings um die führerlose Limousine, breite Alleen, morgenfrisch und -leer, und Pelz umschmiegte die Schultern, und weiter so in eine schnurgerade Straße durch weite Felder, die von perfekten, identischen Bäumen gesäumt wurde.

Und Abbiegen, Reifen auf beschotterter Fahrbahn, einen kurvigen Weg hinauf durch Parklandschaft, wo silberner Tau glänzte, hier ein eherner Hirsch, dort ein feuchter weißer Marmortorso ... Das Haus war riesig, alt, wie sie noch kein vergleichbares gesehen hatte, aber der Wagen fuhr daran vorbei, passierte mehrere kleinere Häuser und gelangte schließlich an den Rand einer flachen, breiten Wiese.

Da waren Gleiter festgemacht, halbtransparente Membranen, straff auf zerbrechlich wirkende Gestelle aus Polycarbonat gespannt. Sie schaukelten sanft im Morgenwind. Robin Lanier wartete daneben, der blendend aussehende, lässige Robir in einem derben schwarzen Pulli, in fast allen ihren Stims Angies Partner.

Und sie stieg gerade aus dem Wagen, ging zur Wiese, lachte, als ihre Stöckel im Gras versanken. Und der restliche Weg zu Robin mit den Schuhen in der Hand, Lächeln, in seine Arme, seinen Duft, seine Augen.

Ein Wirbel, ein Reigen von Schnitten, die das Starten des Gleiters auf der silbernen Induktionsschiene gerafft wiedergaben, und schon schnellten sie sachte über die Wiese dahin, hoben ab, drehten in den Wind, der sie hoch und höher trug, bis das große Haus ein kleiner Würfel im weiten Grün war, durch das sich ein glänzender Flußlauf schlängelte ...

... und Priors Hand auf STOP, Essensgeruch vom Servierwagen neben dem Bett, so daß sich ihr Magen umdrehte, dumpfer, flauer Katzenjammer vom Wiz-Crash in jedem Gelenk. »Iß!« sagte er. »Wir reisen bald ab.« Er hob den metallenen Deckel von einer der Servierplatten ab. »Club Sandwich«, sagte er. »Kaffee, Gebäck. Auf ärztliche Anordnung. Wenn du erst in der Klinik bist, gibt's 'ne Weile nichts mehr zu beißen.«

»Klinik?«

»Geralds Praxis. Baltimore.«

»Wozu?«

»Gerald ist plastischer Chirurg. Macht ein bißchen was an dir. Alles wieder rückgängig zu machen später, wenn's dir nicht gefällt, aber wir glauben, daß du mit dem Ergebnis zufrieden sein wirst. Sehr zufrieden.« Das Grinsen. »Hat dir schon mal jemand gesagt, wie ähnlich du Angie siehst, Mona?«

Sie blickte zu ihm auf, sagte kein Wort. Setzte sich mühsam auf, würgte einen halben schwarzen Kaffee, der dünn war, hinunter. Das Sandwich konnte sie nicht mal anschauen, aber von dem Gebäck aß sie eins. Es schmeckte wie Pappendeckel.

Baltimore. Sie wußte nicht mal genau, wo das lag.

Und irgendwo schwebte endlos ein Gleiter über sanfter grüner Landschaft, und Angie mit pelzumschmiegten Schultern muß noch dort sein, noch immer lachen ...

Eine Stunde später im Foyer sah sie, als Prior die Rechnung unterschrieb, Eddys schwarze Krokoklon-Koffer auf einem selbstfahrenden Gepäckkarren dahinrollen, womit sie endgültig wußte, daß er tot war.

An Geralds Praxis war ein Schild mit altmodischen Lettern. Vierter Stock einer Eigentümer-Anlage in, wie Prior versicherte, Baltimore. Eine Anlage, wo ein Gerüst hingestellt wird und die gewerblichen Mieter die eigenen Module einbringen, die bloß noch anzuschließen sind. Wie ein vertikales Caravan-Camp. Überall Kabelrollen, optische Leitungen, Wasser- und Abwasserrohre.

»Was steht da?« fragte sie Prior.

»Gerald Chin, Zahnarzt.«

»Du hast gesagt, er ist plastischer Chirurg.«

»Das ist er.«

»Warum können wir nicht einfach in 'ne Boutique gehn wie jedermann sonst?«

Darauf gab er keine Antwort.

Sie konnte eigentlich nicht viel spüren im Moment, und irgendwie wußte sie, daß sie weniger Angst hatte, als angebracht gewesen wäre. Das war vielleicht gut so, denn wenn sie entsprechend Schiß hätte, wäre sie zu gar nichts imstande, und dabei wollte sie unbedingt aus dieser undurchsichtigen Sache aussteigen. Auf der Herfahrt hatte sie so was Dickes in der Tasche von Michaels Jacke bemerkt. Sie hatte zehn Minuten gebraucht, um herauszufinden, daß es sich um einen Schocker handelte, wie der nervöse Macker ihn gern bei sich hatte. Er fühlte sich an wie ein Schraubenziehergriff mit zwei stumpfen Metallbügeln anstatt einer Klinge. Man lud ihn vermutlich an der Steckdose; es war nur zu hoffen, daß Michael ihn geladen hatte. Prior, so überlegte sie, werde nichts davon wissen. So ein Schocker war fast überall erlaubt, weil er keine bleibenden Schäden anrichtete, obwohl Lanette ein Mädchen kannte, das mit so 'nem Ding übel zugerichtet worden war und nie mehr recht auf die Beine kam.

Falls Prior nicht wußte, daß sie den Schocker in der Tasche hatte, so hieß das, daß er nicht alles wußte, obwohl er darauf bedacht war, sich diesen Anschein zu geben. Freilich hatte er auch nicht gewußt, daß Eddy das Spielen total haßte.

Auch bezüglich Eddy konnte sie nicht viel empfinden, außer daß sie nach wie vor glaubte, er sei tot. Ganz gleich, wieviel sie ihm gegeben hätten, er wäre niemals ohne die Koffer losgezogen. Selbst wenn er sich ganz neu einkleiden wollte, müßte er sich herausputzen zum Einkaufen. Kleidung war Eddy so ziemlich das Wichtigste. Und die Krokokoffer lagen ihm besonders am Herzen. Er hatte sie von einem Hoteldieb in Orlando, und sie waren für ihn praktisch alles, was er an Heim und Zuhause hatte. Und überhaupt konnte sie sich, wenn sie sich's recht überlegte, gar nicht vorstellen, daß er sich auf eine Abfindung eingelassen hätte, denn er sehnte sich nach nichts mehr, als bei einem großen Deal dabeizusein. Dann, so bildete er sich ein, würden die Leute ihn ernst nehmen.

Tja, nun hatte ihn endlich jemand ernst genommen, dachte sie, während Prior ihre Tasche in Geralds Praxis trug. Allerdings ganz anders, als Eddy sich das vorgestellt hätte.

Sie sah sich um. Zwanzig Jahre alte Plastikmöbel, Stapel von Stim-Star-Magazinen mit japanischer Schrift. Es sah aus wie in einem Clevelander Friseursalon. Kein Mensch war da, niemand an der Anmeldung.

Dann spazierte durch eine weiße Tür Gerald herein, der einen knittrigen Plastikanzug trug wie Sanitäter beim Unfalleinsatz. »Schließ ab!« sagte er zu Prior durch eine blaue Papiermaske, hinter der sich Nase, Mund und Kinn verbargen. »Hallo, Mona. Wenn du mitkommen möchtest ...« Er deutete auf die weiße Tür.

Sie hatte die Hand jetzt am Schocker, aber wußte nicht, wie man ihn anschaltete.

Sie folgte Gerald; Prior bildete die Nachhut.

»Nimm Platz!« sagte Gerald. Sie setzte sich auf einen weißlackierten Stuhl. Er kam näher, betrachtete ihre Augen. »Du brauchst Ruhe, Mona. Bist erschöpft.«

Es war ein gezackter Knopf am Schockergriff. Drükken? Nach oben? Unten?

Gerald ging an ein weißes Fach mit Schubläden, nahm etwas heraus.

»Hier«, sagte er und hielt ihr etwas kleines Rundes mit einer seitlichen Aufschrift hin, »das wird helfen ...« Sie spürte den kurzen, dosierten Sprühnebel kaum; es war ein schwarzer Punkt auf der Spraydose, den ihre Augen fixierten und der immer größer wurde ...

Sie erinnerte sich, wie der Alte ihr zeigte, wie man einen Katfisch tötet. Der Katfisch hat ein Loch in der Schädeldecke, das mit Haut verschlossen ist. Man nimmt etwas Starres, Dünnes, einen Draht, sogar eine Besenborste geht, und rein damit ...

Sie erinnerte sich an Cleveland, einen ganz gewöhnlichen Tag, wo sie vor der Arbeit bei Lanette saß und ein Magazin durchblätterte. Fand ein Bild von Angie, einer lächelnden Angie im Restaurant mit ein paar andern Leuten, lauter schönen Menschen, die darüber hinaus einen besonderen *Glanz* hatten, der nicht unbedingt drucktechnisch zu erklären war, aber trotzdem da war, spürbar war. Schau, sagte sie zu Lanette, der sie das Bild zeigte, die haben so 'nen Glanz.

Sprich Geld, sagte Lanette.

Sprich Geld. Rein damit.

20

Hilton Swift

Er kam unangekündigt wie immer und allein. Der Net-Helikopter senkte sich wie eine Sandwespe herab und wirbelte Seegrasfetzen über den feuchten Sand.

Sie schaute vom rostigen Geländer zu, wie er jungenhaft heraussprang und fast gestolpert wäre vor Eifer, wie's schien. Er trug einen langen Mantel aus braunem Tweed. Der war nicht zugeknöpft und zeigte eine makellose, rot-weiß-gestreifte Hemdbrust. Im Rotorwind flatterten seine dunkelblonden Haare und die Sense/Net-Krawatte. Robin hatte recht, fand sie: er sah echt aus, als würde ihn die Mutter kleiden.

Vielleicht war das Absicht, überlegte sie, als er den Strand heraufkam, vorgespielte Nervosität. Sie erinnerte sich, daß Porphyre einmal behauptet hatte, größere Gesellschaften seien völlig unabhängig von den Menschen, die die Gesellschaft ausmachten. Das war ihr völlig klar gewesen, obwohl der Friseur darauf beharrte, daß sie den Kern seiner Aussage nicht kapiert habe. Swift war der Mensch, der am meisten zu sagen hatte bei Sense/Net.

Beim Gedanken an Porphyre mußte sie lächeln; Swift, der das als Begrüßung deutete, strahlte zurück.

Er lud sie zum Lunch in San Francisco ein; der Helikopter sei extrem schnell. Sie schlug das aus, indem sie sich erbot, ihm eine Schweizer Päckchensuppe zu kochen und in der Mikrowelle eine Scheibe Sauerteig-Roggenbrot aufzutauen.

Als sie ihn beim Essen beobachtete, machte sie sich Gedanken über seine Sexualität. In seinen späten Dreißigern vermittelte er irgendwie den Eindruck eines äußerst pfiffigen Teenagers, der etwas spät pubertierte.

Die Gerüchteküche hatte ihm verschiedentlich jede denkbare sexuelle Neigung angedichtet, wovon manche nach Angies Meinung total frei erfunden waren. Für Angie war überhaupt keine denkbar. Sie kannte ihn, seit sie bei Sense/Net war. Er hatte sich längst in den oberen Rängen der Produktionsmannschaft etabliert, als sie dazustieß, war einer der ganz Großen in Tally Ishams Team und hatte sofort berufliches Interesse an Angie entwikkelt. Im nachhinein glaubte sie, Legba habe veranlaßt, daß sich ihre Wege kreuzten: er war ganz offensichtlich auf dem Weg nach oben, obwohl sie das seinerzeit nicht erkannte, geblendet, wie sie war von der glitzernden, schnellebigen Szene.

Bobby, in dem der angeborene Barrytowner Haß auf Obrigkeiten steckte, war er schon auf den ersten Blick unsympathisch, aber er brachte es im allgemeinen fertig, seine Abneigung ihrer Karriere wegen zu verbergen. Die Abneigung beruhte auf Gegenseitigkeit, und Swift machte kein Hehl daraus, daß er ihre Trennung begrüßte und Bobbys Abgang als befreiend empfand.

»Hilton«, sagte sie, als sie ihm Kräutertee in die Tasse goß, den er statt Kaffee lieber trank, »was hält denn Robin solange auf in London?«

Er blickte von der dampfenden Tasse auf. »Was Persönliches, nehm ich an. Vielleicht hat er einen neuen Freund.« Bobby war auch immer Angies *Freund* gewesen für Hilton. Robins Freunde waren in der Regel jung, männlich, athletisch; die dialoglosen Erotikszenen in ihren Stims mit Robin wurden aus Archivaufnahmen von Continuity zusammengestellt und von Raebel und seinem Spezialeffekt-Team gründlich aufbereitet. Sie erinnerte sich an die einzige Nacht, die sie miteinander verbrachten in einem zugigen Haus im südlichen Madascar, an seine Passivität und Geduld. Sie hatten es nie wieder versucht, wohl weil er, wie sie mutmaßte, befürchtete, jede Intimität würde die Illusion untergraben, die ihre gemeinsamen Stims so perfekt vermittelten.

»Was hielt er davon, daß ich in die Klinik ging, Hilton? Hat er sich dazu geäußert?«

»Er fand es, glaube ich, bewundernswert von dir.«

»Ich habe unlängst gehört, daß er rumerzählt, ich würde spinnen.«

Er krempelte die gestreiften Hemdsärmel hoch und lockerte die Krawatte. »Ich kann mir nicht vorstellen, daß Robin so was denkt, geschweige denn sagt. Ich weiß, was er von dir hält. Du weißt doch, wie getratscht wird im Net ...«

»Hilton, wo ist Bobby?«

Seine braunen Augen wurden starr. »Ist das nicht vorbei, Angie?«

»Hilton, du weißt es doch. Du mußt es wissen. Du weißt, wo er ist. Sag's schon!«

»Wir haben ihn aus den Augen verloren.«

»Aus den Augen verloren?«

»Der Sicherheitsdienst hat ihn aus den Augen verloren. Natürlich hast du recht; wir behielten ihn genauestens im Auge, als er dich verließ. Er wurde rückfällig.«

»Inwiefern rückfällig?«

»Ich habe nie gefragt, was euch zusammengebracht hat«, sagte er. »Ihr seid natürlich beide vom Sicherheitsdienst überprüft worden. Er war ein Kleinkrimineller.«

Sie lachte. »Er war nicht mal das ...«

»Du bist ungewöhnlich gut vertreten worden, Angie, für eine Unbekannte. Du weißt, daß deine Agenten es zu einer ausschlaggebenden Vertragsbedingung machten, daß wir Bobby Newmark gleichzeitig engagierten.«

»Es hat schon weit merkwürdigere Verträge gegeben, Hilton.«

»Und so kam er als dein ... Partner auf die Gehaltsliste.«

»Als mein ›Freund‹.«

Wurde Swift etwa rot? Er unterbrach den Blickkontakt, schaute vor sich auf die Hände. »Als er dich verließ, ging er nach Mexico, Mexico City. Der Sicherheitsdienst überwachte ihn natürlich; wir wollen niemanden aus den Augen verlieren, der so viel Persönliches über einen unsrer Stars weiß. Mexico City ist eine sehr ... *kompli-zierte* Stadt ... Wir wissen aber, daß er irgendwie versucht hat, an seine frühere ... Laufbahn anzuknüpfen.«

»Deals im Cyberspace?«

Er sah ihr wieder in die Augen. »Er verkehrte in einschlägigen Kreisen, mit bekannten Kriminellen.«

»Und? Erzähl schon!«

»Er ist ... er ist verschwunden. Untergetaucht. Weißt du, wie's in Mexico City ist, wenn man unter die Armutsgrenze absackt?«

»War er denn arm?«

»Süchtig. Besten Quellen zufolge.«

»Süchtig? Süchtig womit?«

»Weiß nicht.«

»Continuity!«

Er hätte beinahe seinen Tee ausgeschüttet.

»Hallo, Angie.«

»Bobby, Continuity. Bobby Newmark, mein *Freund*«, mit einem erbosten Seitenblick zu Swift. »Er ging nach Mexico City. Hilton sagt, er wurde süchtig. Drogenabhängig, Continuity?«

»Bedaure, Angie, das sind vertrauliche Daten.«

»Hilton ...«

»Continuity«, begann er und hustete.

»Hallo, Hilton.«

»Vorrangschaltung, Continuity. Haben wir diese Information?«

»Der Sicherheitsdienst sprach in bezug auf Newmark von einer neuroelektronischen Abhängigkeit.«

»Versteh ich nicht.«

»So'ne Art ›Draht-im-Kopf-Geschichte‹«, meinte Swift.

Sie war versucht, ihm zu erzählen, wie sie den Stoff, den Applikator gefunden hatte.

Psst, Kind! In ihrem Kopf brummte es wie in einem Bienenstock. Das Druckgefühl wurde stärker.

»Angie? Was ist denn?« Er war schon halb aufgestanden, griff nach ihr.

»Nichts. Geht mir so nahe. Tut mir leid. Nerven. Kannst nichts dafür. Ich wollte dir erzählen, daß ich Bobbys Cyberspace-Deck gefunden habe. Aber das wußtest du schon, nicht?«

»Kann ich dir was bringen? Wasser?«

»Nein, danke. Ich leg mich 'ne Weile hin, wenn's dir nichts ausmacht. Aber bleib noch, bitte. Ich habe ein paar Ideen für eine Orbit-Serie und wollte dich da um deinen Rat fragen ...«

»Sicher. Leg dich hin, ich mach einen Strandspaziergang, und dann unterhalten wir uns weiter.«

Sie beobachtete ihn vom Schlafzimmerfenster, sah die braune Gestalt in Richtung Kolonie marschieren. Der geduldige kleine Dornier folgte hintendrein.

Er sah aus wie ein Kind auf dem leeren Strand; er sah so einsam und verloren aus, wie sie sich fühlte.

21

Das Aleph

Als die Sonne aufging und noch immer kein Strom da war für die 100 Watt-Birnen, füllte sich Gentrys Dachboden mit neuem Licht. Die Wintersonne erweichte die Konturen von Consolen und Holotisch, entwickelte die Strukturen der alten Bücher in den Spanplattenregalen der Westwand, die sich unter ihrer Last bogen. Gentry redete unentwegt und ging auf und ab, wobei der blonde Pferdeschwanz wippte, wenn er auf dem schwarzen Stiefelabsatz kehrtmachte. Er war ganz aufgeregt, was die Nachwirkungen von Cherrys Schlafderms aufzuheben schien. Cherry saß auf der Bettkante und beobachtete Gentry, aber schaute immer wieder auf die Batterieanzeige im Aufbau der Trage. Slick saß auf einem kaputten Stuhl, den er in Solitude aufgetrieben und mit Altkleidern und einer durchsichtigen Plastikfolie darüber aufgepolstert hatte.

Zu Slicks Erleichterung hatte Gentry den ganzen Kram mit der *Gestalt* hingeschmissen und sich voll auf seine Aleph-Theorie gestürzt. Wie immer, wenn Gentry loslegte, verwendete er Wörter und Begriffe, die Slick nicht ohne weiteres kapierte, aber Slick wußte aus Erfahrung, daß es problemloser war, ihn nicht zu unterbrechen; der Trick dabei war, seinen Ausführungen insgesamt zu folgen und über unverständliche Punkte hinwegzusehen.

Gentry sagte, der Count sei an ein ausgewachsenes Microsoft angeschlossen; er hielt den Kasten für einen einzigen massiven Biochip. Wenn das stimmte, war die Speicherkapazität buchstäblich unbegrenzt; so was herzustellen wäre unvorstellbar teuer. Es sei, meinte Gentry, sowieso merkwürdig, daß jemand überhaupt so was baue, obwohl es, wie das Gerücht gehe, solche Dinger schon gebe und sie im Einsatz seien, inbesondere in der Speicherung gewaltiger Datenberge der geheimen Kategorie. Ohne Verbindung zur globalen Matrix waren die Daten immun gegenüber jeglichem Angriff via Cyberspace. Der Haken dabei war natürlich, daß man via Matrix keinen Zugang hatte; es war ein toter Speicher.

»Er könnte alles mögliche drin haben«, sagte Gentry, der stehenblieb und das Gesicht des Bewußtlosen betrachtete. Er machte auf dem Absatz kehrt und schritt wieder auf und ab. »Eine Welt. Ganze Welten. Beliebig viele konstruierte Persönlichkeiten ...«

»Als würde er in einem Stim leben?« fragte Cherry. »Ist er darum ständig in REM?«

»Nein«, erwiderte Gentry, »es ist kein Simstim. Total wechselwirkend. Und 'ne ganz andre Größenordnung. Wenn das Biosoft der Aleph-Klasse ist, kann er alles x-beliebige da drin haben. *Alles und in annähernder Gleichheit ...*«

»Ich hab irgendwie mitgekriegt von Kid Afrika«, sagte Cherry, »daß der Typ dafür bezahlt, so zu bleiben. So'ne Draht-im-Kopf-Geschichte, aber doch anders. Und außerdem hat'n Drahtkopf nicht so'n REM ...«

»Aber als du versucht hast, es über dein Gerät herauszuholen«, bemerkte Slick, »hast du dieses ... dieses Ding gekriegt.« Er sah, wie Gentry die Schultern unterm perlenbesetzten schwarzen Leder einzog.

»Ja«, sagte Gentry, »und jetzt muß ich unser Konto bei der Fission Authority bereinigen.« Er deutete auf die wiederaufladbaren Batterien, die unterm Stahltisch gestapelt waren. »Raus damit!«

»Ja«, sagte Cherry, »das wird Zeit. Ich frier mir langsam den Arsch ab.«

Gentry beugte sich über ein Cyberspace-Deck, als sie in Slicks Zimmer gingen. Cherry hatte darauf bestanden, daß sie Gentrys Heizdecke an eine der Batterien anschlossen, damit sie sie über die Bahre breiten konnte.

Es stand noch kalter Kaffee auf dem Butankocher; Slick trank ihn, ohne ihn lange aufzuwärmen, während Cherry durchs Fenster auf das weite Solitude schaute mit den weißen Schneetupfern.

»Wie ist es entstanden?« fragte sie.

»Gentry sagt, es war 'ne Auffüllaktion vor hundert Jahren. Obendrauf kam eine Schicht Muttererde, aber es wollte nichts wachsen. Der Schutt zum Auffüllen war oft giftig. Regen schwemmte die Erde ab. Da haben sie wohl einfach aufgegeben und mehr Schutt draufgekippt. Das Wasser hier kann man nicht trinken. PCB-verseucht und dergleichen.«

»Und was ist mit den Kaninchen, die Bird-Boy jagen geht?«

»Die sind westlich von hier. Auf Solitude gibt's keine. Nicht mal Ratten sieht man hier. Jedenfalls muß man alles Fleisch von hier testen.«

»Vögel gibt's auch.«

»Die brüten hier nur, fressen woanders.«

»Wie steht's mit dir und Gentry?« Sie schaute immer noch zum Fenster hinaus.

»Meinst'n das?«

»Mein erster Eindruck war, daß ihr schwul seid. Miteinander, meine ich.«

»Nein.«

»Aber irgendwie braucht ihr einander, habe ich das Gefühl ...«

»Es ist seine Bude hier, seine Fabrik. Läßt mich hier wohnen. Ich ... muß hier leben, um arbeiten zu können.«

»Die Dinger drunten bauen?«

Die Birne in dem gelben Fax-Kegel ging an, der Ventilator im Heizlüfter legte sich in die Runde.

»Tja«, sagte Cherry, die sich vor den Heizlüfter hockte und eine Jacke nach der andern aufmachte, »auch wenn er spinnt, das hat er gut gemacht.«

Gentry saß auf dem alten Bürostuhl, als Slick in den Dachboden kam, und schaute auf den kleinen klappbaren Monitor an seinem Deck.

»Robert Newmark«, sagte Gentry.

»Hm?«

»Retina-Identifizierung. Das ist entweder Robert Newmark oder jemand, der seine Augen erworben hat.«

»Wie hast du das rausgekriegt?« Slick beugte sich vor und blickte auf den Bildschirm voller Geburtsdaten.

Gentry ignorierte die Frage. »Da. Drück, und du landest ganz woanders!«

»Wie das?«

»Jemand will wissen, ob Erkundigungen über Mr. Newmark eingeholt werden.«

»Wer?«

»Weiß ich nicht.« Gentry trommelte mit den Fingern auf den Schenkeln im schwarzen Leder. »Schau dir das an: nichts. Geboren in Barrytown. Mutter: Marsha Newmark. Wir haben seine SIN, aber die ist angezapft, hundertpro.«

Er schubste den Stuhl auf den Laufrollen zurück und drehte sich, so daß er das leblose Gesicht des Count sehen konnte. »Wie kommt's, Newmark? Heißt du so?« Er stand auf und ging zum Holotisch.

»Tu's nicht!« sagt Slick.

Gentry drückte auf AN am Holotisch.

Und wieder war das graue Ding da für einen Moment, fuhr diesmal aber zur Mitte der Bildhalbkugel, schrumpfte und löste sich auf. Nein. Es war noch da, ein winziges graues Kügelchen mitten im Zentrum des hellen Projektionsfeldes.

Gentry hatte wieder das irre Grinsen aufgesetzt. »Prima«, sagte er.

»Was ist prima?«

»Ich sehe, was es ist. So'ne Art EIS. Sicherheitsprogramm.«

»Der Affe da?«

»Jemand mit Humor. Wenn der Affe einen nicht schreckt, verwandelt er sich in eine Erbse ...« Er ging zum Tisch und kramte in einer seiner Gepäcktaschen. »Daß die das ohne direkte sensorische Verbindung fertigbringen, bezweifle ich.« Er hatte jetzt was in der Hand. Ein E-trodennetz.

»Gentry, tu's nicht! Schau ihn dir nur an!«

»Ich werd's nicht tun«, sagte Gentry. »Du wirst.«

22

Geister und Leere

Als sie durch das verschmierte Taxifenster schaute, wünschte sie sich unwillkürlich Colin herbei mit seinen schrägen Sprüchen. Dann fiel ihr ein, daß dies total jenseits seiner Sachkenntnis läge. Stellte Maas-Neotek ein ähnliches Gerät auch fürs Sprawl her, fragte sie sich, und was für eine Gestalt würde, wenn ja, sein Geist annehmen?

»Sally«, sagte sie nach rund einer halben Stunde Fahrt nach New York, »warum hat Petal mich mit dir gehen lassen?«

»Weil er nicht dumm ist.«

»Und mein Vater?«

»Der wird ausrasten.«

»Wie bitte.«

»Er wird nicht begeistert sein. Falls er was merkt. Und er merkt vielleicht gar nichts. Wir sind nicht lange hier.«

»Warum sind wir hier?«

»Ich muß mit jemand reden.«

»Und warum bin ich hier?«

»Gefällt's dir hier nicht?«

Kumiko zögerte. »Doch, schon.«

»Prima.« Sally rutschte auf dem kaputten Sitz zurecht. »Petal mußte uns gehen lassen. Weil er uns nicht hätte aufhalten können, ohne einen von uns zu verletzen. Nun, nicht unbedingt verletzen. Eher kränken, beleidigen. Swain hätte dich beschwichtigen können, hätte sich entschuldigen können, später, deinem Vater sagen können, es sei so zu deinem Besten gewesen, aber wenn er mich beschwichtigen wollte, würde er das Gesicht verlieren, nicht? Als ich da unten Petal mit der Kanone sah, wußte ich, daß er uns gehen lassen würde. Dein Zimmer wird abgehört. Das ganze Haus. Ich habe die

Bewegungsmelder ausgelöst, als ich dein Zeug zusammengesucht habe. Hab damit gerechnet. Petal wußte, daß ich es war. Darum rief er an, um mir zu sagen, er wisse Bescheid.«

»Ich verstehe nicht.«

»Aus Höflichkeit halt, damit ich wüßte, er warte drunten. Um mir Bedenkzeit zu geben. Aber er hatte keine andere Wahl und wußte es. Schau, der Swain, der wird zu etwas gezwungen, und Petal weiß das. Jedenfalls behauptet Swain, daß er zu etwas gezwungen wird. Also überleg ich mir allmählich, wie stark Swain auf mich angewiesen ist. Er ist es *total*. Denn sie lassen mich mit der Tochter des *Oyabun* abziehen, die aus Sicherheitsgründen eigens bis nach Notting Hill verfrachtet worden ist. Irgend etwas macht ihm mehr Angst als dein Daddy. Oder aber macht ihn noch reicher, als dein Daddy ihn schon gemacht hat. Jedenfalls sind wir jetzt, weil ich dich mitgenommen habe, quitt. Hab quasi zurückgeschlagen. Was dagegen?«

»Du wirst bedroht?«

»Jemand weiß 'ne Menge über das, was ich getan habe.«

»Und Tick hat herausgefunden, wer das ist?«

»Jo. Konnte es mir eh längst denken. Wär mir, verdammt noch mal, lieber, ich hätt mich getäuscht.«

Das Hotel, das Sally wählte, hatte eine Fassade aus rostigen Stahlquadraten, die jeweils mit glänzenden Chrombolzen befestigt waren — ein Stil, den Kumiko von Tokyo kannte und für etwas altmodisch hielt.

Ihr Zimmer war groß und grau, in Dutzenden von Grautönen gehalten. Nachdem Sally die Tür abgeschlossen hatte, ging sie schnurstracks zum Bett, zog die Jacke aus und legte sich hin.

»Du hast kein Gepäck«, sagte Kumiko.

Sally setzte sich auf und entledigte sich der Stiefel. »Ich kann kaufen, was ich brauche. Müde?«

»Nein.«

»Ich schon.« Sie zog den schwarzen Pulli über den Kopf. Sie hatte einen kleinen Busen mit rötlich-braunen Warzen. Eine Narbe fing direkt unter der linken Brustwarze an und verschwand im Hosenbund der Jeans.

»Eine Verletzung«, sagte Kumiko mit Blick auf die Narbe.

Sally sah hinab. »Ja.«

»Warum hast du das nicht wegmachen lassen?«

»Manchmal ist es gut, wenn man erinnert wird.«

»Daß man verletzt war?«

»Daß man blöd war.«

Grau in Grau. Kumiko, die nicht schlafen konnte, ging auf dem grauen Teppichboden hin und her. Das Zimmer hatte irgend etwas Vampirhaftes an sich, fand sie, wie Millionen ähnlicher Zimmer, als würde seine komisch fugenlose Anonymität ihre Persönlichkeit aufsaugen, die fragmentarisch zum Vorschein kam als elterliche Stimmen, die im Streit tobten, als Gesichter der schwarzgewandeten Sekretäre des Vaters ...

Sally schlief. Ihr Gesicht war eine Totenmaske. Der Blick aus dem Fenster sagte Kumiko überhaupt nichts: nur daß sie auf eine Stadt hinausschaute, die weder London noch Tokyo war, ein riesiges allgemeines Durcheinander, Inbegriff urbaner Realität ihres Jahrhunderts.

Vielleicht schlief sie auch, überlegte Kumiko nachher; sicher war sie sich nicht. Sie verfolgte, wie Sally Toilettenartikel und Unterwäsche bestellte, indem sie die benötigten Artikel in den Bildschirm neben dem Bett tippte. Ihre Bestellung wurde ausgeliefert, während Kumiko unter der Dusche stand.

»Okay«, sagte Sally hinter der Tür, »trockne dich ab, zieh dich an! Wir gehn den Mann besuchen.«

»Welchen Mann?« fragte Kumiko, aber Sally hatte sie nicht mehr gehört.

Gomi.

Fünfunddreißig Prozent der Landmasse von Tokyo waren auf *Gomi* gebaut, auf tiefem Gelände, das der Bucht durch hundertjährige systematische Aufschüttungen wieder abgetrotzt worden war. *Gomi* war da ein Rohstoff, der verwaltet, gesammelt, sortiert und gründlich untergepflügt wurde.

Londons Verhältnis zu *Gomi* war eher heikel, indirekter. Die Stadt bestand in Kumikos Augen geradezu aus *Gomi*, aus Bauten, die die japanische Wirtschaft längst verschlungen hätte in ihrer unstillbaren Gier nach Bauland. Dennoch enthüllten diese Bauten selbst für Kumiko Zeitstrukturen; jede Mauer war im Zuge des ewigen Restaurierungswerkes von Generationen von Händen ausgebessert worden. Die Engländer wertschätzten ihren *Gomi* als solchen, was Kumiko erst zu verstehen anfing: sie bewohnten ihn.

Im Sprawl war *Gomi* was ganz anderes: dicker Humus, Kompost, der Monstren aus Stahl und Polymer hervorbrachte. Schon die mangelnde Planung, die offenbar wurde, stieß Kumiko vor den Kopf, war sie doch das krasse Gegenteil zum Stellenwert, den ihre Kultur einer effizienten Bodennutzung beimaß.

Bei der Taxifahrt zum Flughafen hatte sie bereits den Verfall gesehen. Ganze Häuserreihen waren baufällig, scheibenlose Fenster gähnten über Gehsteigen, auf denen sich Müll türmte. Und die Leute starrten, als der gepanzerte Hover durch die Straßen fegte.

Nun stürzte Sally sie unverhofft mitten in die bizarre City mit ihrer Fäulnis und Planlosigkeit, aus der Türme sprossen, die höher als jeder Wolkenkratzer von Tokyo waren, firmeneigene Obelisken, die die rußigen Rippengewölbe der sich überlappenden Dome durchbrachen.

Zwei Taxifahrten vom Hotel entfernt stürzten sie sich dann ins frühabendliche Gewühl der dämmrigen Straßen. Die Luft war kalt, aber nicht so kalt wie in London, und Kumiko dachte an die Blüten im Ueno Park.

Der erste Besuch galt einer großen, etwas vergilbten Bar namens Gentleman Loser, wo Sally ein knappes, geflüstertes Gespräch mit einem Barkeeper führte.

Sie gingen, ohne was zu trinken.

»Erinnerungsträchtig«, sagte Sally, als sie um eine Ecke bogen. Kumiko ging dicht daneben. Die Straßen waren zusehends leerer geworden seit den letzten Blocks, die Häuser dunkler und schäbiger.

»Wie bitte?«

»Sehr erinnerungsträchtig, das ganze hier. Sollte es zumindest sein.«

»Du kennst die Gegend?«

»Klar. Alles noch genauso, trotzdem anders, verstehst du?«

»Nein ...«

»Eines Tages wirst du das. Wenn wir den Mann finden, den ich suche, spielst du einfach das brave Mädchen. Red nur, wenn du angesprochen wirst, sonst nicht.«

»Wen suchen wir?«

»Den Mann. Zumindest was noch von ihm übrig ist ...«

Einen halben Block weiter war die triste Straße menschenleer. Kumiko hatte noch nie eine *leere* Straße gesehen außer Swains verschneitem Straßenbogen um Mitternacht. Sally blieb vor einer uralten, total öden Ladenfront stehen. In den zwei Schaufenstern glänzte eine üppige Staubschicht. Kumiko, die hineinspähte, entdeckte die Neonlettern einer finsteren Leuchtreklame: METRO und noch'n längeres Wort. Die Tür zwischen den Fenstern war mit Wellblech verstärkt. In Abständen standen rostige Ringbolzen ab, an denen schlappe Schlingen aus galvanisiertem scharfkantigen Draht aufgespannt waren.

Nun stellte sich Sally vor die Tür, hob die Schultern und vollführte einen schwungvollen Reigen aus kleinen, flinken Gesten.

Kumiko machte große Augen, als sie die Zeichen ein zweites Mal sah. »Sally ...«

»Unsre Lalle«, sagte Sally. »Ich sagte aber, du sollst den Mund halten, okay?«

»Ja-ha?« Die Stimme, ein bloßes Flüstern, war nicht zu lokalisieren.

»Hab ich mich nicht deutlich ausgedrückt?« meinte Sally.

»Kenn die Lalle nicht.«

»Ich will mit ihm reden«, sagte Sally in rauhem, sorgfältig abgestimmtem Ton.

»Er ist tot.«

»Das weiß ich.«

Schweigen folgte, und Kumiko hörte ein Geräusch wie von Wind, von sandbeladenem Wind, der um die Kurven der geodätischen Kuppeln hoch droben pfiff.

»Er ist nicht da«, sagte die Stimme. Sie erklang nun weiter weg. »Um die Ecke, halber Block, links in die Gasse.«

Kumiko würde die Gasse nie vergessen: dunkler schlüpfrig-feuchter Backstein, behaubte Ventilatoren, die schwarze Schmutzfahnen angesetzt hatten, eine gelbe Glühbirne in einem rostigen Metallkorb, die Mulchschicht aus leeren Flaschen auf beiden Mauerseiten, die mannshohen Berge aus zerknülltem Fax und weißen Styroporverpackungen und das Klappern von Sallys Hacken.

Hinterm dämmrigen Schein der Glühbirne war es finster, obwohl der Widerschein auf nassem Backstein eine Schlußmauer sichtbar werden ließ: Sackgasse. Kumiko zögerte, erschrak bei dem plötzlichen Echo, dem Geraschel, dem ständigen Wassergetröpfel ...

Sally hob die Hand. Ein schmaler greller Lichtkegel warf einen scharf begrenzten Kreis auf beschmierten Backstein und sank allmählich tiefer.

Sank, bis er das Ding am Fuße der Mauer fand, mattes

Metall, länglich-rundes Ding, das Kumiko für noch eine Ventilatoröffnung hielt. Darunter waren weiße Kerzenstummel, eine flache Plastikflasche mit klarer Flüssigkeit, diverse Zigarettenschachteln und diverse einzelne Zigaretten, eine aufwendige, vielarmige Gestalt, die offenbar mit pulverisierter weißer Kreide gestaltet war.

Sally trat vor, hielt das Licht darauf, und Kumiko sah, daß die gepanzerte Platte mit massiven Bolzen in die Backsteinmauer eingelassen war. »Finne?«

Kurzes Aufleuchten von pink Licht in einem waagrechten Schlitz.

»Hey, Finne, Mann ...« Ungewohntes Zaudern in ihrer Stimme ...

»Moll.« Ein Krächzen dabei wie von einem kaputten Lautsprecher. »Was soll das Licht? Hast du noch die Verstärker drin? Wirst langsam alt, siehst nicht mehr gut im Dunkeln?«

»Ist für meine Freundin.«

Irgend etwas bewegte sich hinterm Schlitz, das blasse Rot glühender Zigarettenasche in der Mittagssonne, und Kumikos Gesicht wurde von einem Lichtblitz angestrahlt.

»Ja«, krächzte die Stimme. »Wer ist die denn?«

»Yanakas Tochter.«

»Echt?«

Sally senkte das Licht; es fiel auf die Kerzen, die Flasche, die feuchten grauen Zigaretten, das weiße Symbol mit den spindeldürren Armen.

»Bedient euch von den Gaben«, sagte die Stimme. »Ist'n halber Liter Moskovskaya. Voodoo-Zeichen ist Mehl. Was für'n Pech auch. Die Spendableren nehmen für ihre Bilder Kokain.«

»Herrgott«, sagte Sally merkwürdig entrückt und hockte sich hin, »ich kann's nicht fassen.« Kumiko verfolgte, wie sie die Flasche nahm und daran schnüffelte.

»Trink nur! Vom Feinsten. Soll's auch sein. Niemand bescheißt das Orakel, wenn er weiß, was gut für ihn ist.«

»Finne«, sagte Sally, setzte die Flasche an und nahm einen Schluck, woraufhin sie sich mit dem Handrücken über den Mund wischte, »du mußt echt irre sein ...«

»Schön wär's. Auf so'n Gerät bin ich nur scharf, weil's mir ein bißchen Phantasie gibt. Von irre kann keine Rede sein.«

Kumiko kam näher und hockte sich neben Sally.

»Ist es eine Konstruktion, Persönlichkeitskonstruktion?« Sally stellte die Wodkaflasche weg und rührte mit weißer Fingernagelspitze im feuchten Mehl.

»Klar, ist doch nichts Neues für dich. Echtzeitgedächtnis, wenn ich will, Anschluß an Cyberspace, wenn ich will. Mach diesen Orakel-Job, um am Ball zu bleiben, verstehst du?« Das Ding gab ein komisches Geräusch ab: Lachen. »Haste Liebeskummer? Hast'n böses Weib, das dich nicht versteht?« Wieder das Lachen, rauschendes Glockenspiel. »Eigentlich mach ich mehr auf Unternehmensberatung. Sind die Typen aus der Gegend, die die leckeren Sachen hierlassen. Macht die Sache irgendwie noch mystischer. Und ab und zu kommt'n Skeptiker daher, irgend'n Arsch, der meint, er kann sich einfach bedienen von meiner Beute.« Ein knallroter, haarfeiner Lichtstrahl schoß aus dem Schlitz, und irgendwo rechts von Kumiko explodierte eine Flasche. Rauschendes Lachen. »Was führt uns denn diesmal her, Moll? Dich und ...« — wieder flackerte das pink Licht über Kumikos Gesicht — »Yanakas Tochter ...«

»Die Straylight-Nummer«, sagte Sally.

»Lange her, Moll ...«

»Sie ist hinter mir her, Finne. Vierzehn Jahre, und diese irre Schnepfe hat's auf meinen Arsch abgesehn ...«

»Hat vielleicht nichts Besseres zu tun. Du weißt ja, wie die Reichen sind ...«

»Weißt du, wo Case ist, Finne? Vielleicht ist sie hinter ihm her ...«

»Case ist ausgestiegen. Hat'n paar Volltreffer gelandet, nachdem ihr euch getrennt habt, hat sich'n Tritt gegeben und abgeseilt. Hättest du das auch getan, würdest du dir jetzt vielleicht nicht den Arsch abfrieren in der Gosse, oder? Zuletzt hab ich gehört, er hat vier Kids ...«

Als Kumiko in den hypnotisierenden Schein des pink Scanner-Lichts starrte, ahnte sie, mit was Sally da redete. Solche Dinger gab's auch im väterlichen Arbeitszimmer, vier an der Zahl, schwarzlackierte Würfel auf einem niedrigen Pinienregal. Über jedem Würfel hing ein formales Porträt. Die Porträts waren Lichtbilder in Schwarzweiß von Herren im dunklen Anzug mit Krawatte, vier ernsten Gentlemen mit kleinen Metallabzeichen am Revers, wie Vater sie auch gelegentlich trug. Obwohl die Mutter ihr einredete, in den Würfeln seien Geister, die Geister der bösen Ahnen des Vaters, empfand Kumiko weniger Angst als Faszination. Falls sie Geister enthielten, überlegte sie, so recht kleine, da die Würfel kaum Kindskopfgröße hatten.

Der Vater meditierte manchmal vor den Würfeln, kniete auf dem blanken Tatami* in von tiefer Ehrfurcht zeugender Haltung. Oft sah sie ihn bei dieser Andacht, aber erst mit zehn hörte sie ihn mit den Würfeln sprechen. Und einer gab ihm Antwort. Die Frage sagte ihr nichts, die Antwort noch viel weniger, aber der ruhige Tonfall des Geistes bannte sie hinter der papierenen Tür, wo sie kauerte. Der Vater lachte, als er sie bemerkte; anstatt sie zu tadeln, erklärte er ihr, daß die Würfel die aufgezeichneten Persönlichkeiten der früheren Chefs, der Direktoren bargen. Ihre Seelen? fragte sie. Nein, sagte er und lächelte, woraufhin er anmerkte, daß doch ein feiner Unterschied bestehe. »Sie haben kein Bewußtsein. Sie antworten, wenn sie gefragt werden, und zwar in einer Art, die der Antwort der fraglichen Personen annähernd entspräche. Wenn so was ein Geist ist, dann ist ein Hologramm auch ein Geist.«

---

* Tatami: Reisstrohteppich des jap. Hauses. — *Anm. d. Übers.*

Nach Sallys Vortrag über Geschichte und Hierarchie der Yakuza in der Robata-Bar in Earls Court stufte Kumika jeden der abgelichteten Herren mit der gespeicherten Persönlichkeit als einen *Oyabun* ein.

Das Ding in der Panzerplatte, überlegte sie, war auch so was, ein bißchen aufwendiger vielleicht, genau wie Colin eine aufwendigere Version des Michelin-Führers war, den die väterlichen Sekretäre bei ihren Einkaufszügen in Shinjuku bei sich hatten. Sally nannte es Finne, und es lag auf der Hand, daß dieser Finne ein früherer Freund oder Bekannter von ihr war.

Aber wachte er auch, fragte sich Kumiko, wenn die Gasse leer war? Registrierte seine Laseroptik, wenn um Mitternacht leise der Schnee rieselte?

»Europa«, begann Sally. »Als ich mich von Case trennte, gondelte ich durch ganz Europa. Hatte 'ne Menge Geld, das wir für die Nummer kassierten. Kam mir jedenfalls wie 'ne Menge vor damals. Tessier-Ashpools KI hatte es über eine Schweizer Bank ausgezahlt und jeden Hinweis gelöscht, daß wir überhaupt den Schacht rauf sind. Totalst, meine ich, so daß die Namen, unter denen wir im JAL-Shuttle reisten, einfach verschwunden waren, wenn man nachschaute. Case checkte alles durch, als wir wieder in Tokyo waren, hackte sich in alle möglichen Daten rein. Es war, als hätte nichts davon stattgefunden. Ich kapierte nicht, wie es das fertigbrachte, ob KI oder nicht, aber eigentlich kapierte keiner so recht, was da oben stattfand, als Case den chinesischen Eisbrecher durch ihren Eiskern jagte.«

»Hat es später noch mal versucht, Kontakt aufzunehmen?«

»Nicht, daß ich wüßte. Case meinte, es sei weg, nicht *weg* wie weg, sondern aufgegangen im Ganzen, in der kompletten Matrix. War quasi nicht mehr *im*, sondern *war* Cyberspace. Und wenn es nicht will, daß man es sieht, obwohl man weiß, es ist da, hat man keine Chance, es zu sehen, keine Möglichkeit, es jemand anderem zu beweisen, selbst wenn man ganz sicher weiß, daß es da ist ... Und ich, ich wollte davon nichts wissen. Ich meine, was es auch war, für mich war der Fall erledigt, Sense. Armitage war tot, Riviera war tot, Ashpool war tot, der Rasta, der Schlepperpilot, der uns rausgebracht hat, war wieder in Zion und schrieb das vermutlich als weiteren Haschtrip ab ... Ich habe mich von Case im Tokyo Hyatt getrennt, hab ihn nie wieder gesehn.«

»Warum?«

»Wer weiß? Einfach so. Ich war jung, und die Sache war vorbei.«

»Aber *sie* hast du droben im Schacht gelassen. In Straylight.«

»Du sagst es. Und das macht mir zuweilen Kopfzerbrechen. Als wir gingen, Finne, hatte ich den Eindruck, ihr ist alles scheißegal. Daß ich etwa ihren hirnrissigen Vater für sie umgebracht und Case ihre Kerndaten geknackt und ihre KIs auf die Matrix losgelassen hat ... Also hab ich sie auf die Liste gesetzt. Wenn du mal mächtig Zoff hast, wenn sie dich kriegen, schauste auf die Liste.«

»Und du hast von Anfang an auf sie gezählt?«

»Nein, ich hab 'ne hübsch lange Liste.«

Von Case, der für Sally, wie Kumiko fand, mehr als nur ein Partner war, war daraufhin nicht mehr die Rede in ihrer Geschichte.

Als Sally die letzten vierzehn Jahre ihres Lebens für den Finnen zusammenfaßte, stellte sich Kumiko diese jüngere Sally als *Bishonen*-Heldin des traditionellen romantischen Videofilms vor: übermütig, vornehm und tödlich. Obwohl sie Mühe hatte, dem nüchternen Lebensbericht zu folgen, der gespickt war mit Orten und Dingen, die sie nicht kannte, fiel es ihr leicht, sich vorzustellen, wie sie die typischen *Bishonen*-Blitzsiege erkämpfte. Aber nein, dachte sie, als Sally abschätzig ›ein schlechtes Jahr in Hamburg‹ anführte — und plötzlich

Zorn in ihrer Stimme mitschwang, alter Zorn, zehn Jahre alt —, es wäre ein Fehler, diese Frau mit japanischen Begriffen zu versehen. Es gab keine *Ronin,* ziehende Samurai; das Gespräch zwischen Sally und dem Finnen war ein geschäftliches.

Sie hatte ein schlechtes Jahr in Hamburg, entnahm Kumiko ihren Worten, nachdem sie ein Vermögen erworben und wieder verloren hatte. Sie hatte sich den Anteil ›droben‹ verdient an einem Ort, den der Finne ›Straylight‹ nannte, gemeinsam mit ihrem Partner Case. Gleichzeitig hatte sie sich damit einen Feind gemacht.

»Hamburg«, unterbrach der Finne. »Ich hab da einiges läuten hören von Hamburg ...«

»Das Geld war futsch. Wie das halt so geht, wenn man 'nen Haupttreffer landet, wenn man jung ist ... Kein Geld, das war quasi normal für mich. Aber ich hatte noch was mit diesen Frankfurtern laufen, schuldete ihnen was, und daraus wollten die Kapital schlagen.«

»Inwiefern?«

»Sollte Typen für sie aufmischen.«

»Und?«

»Ich stieg aus bei erster Gelegenheit. Ging nach London ...«

Vielleicht, so fand Kumiko, war Sally doch mal so was wie ein *Ronin,* eine Art Samurai gewesen. In London sattelte sie allerdings um, wurde so was wie Unternehmerin. Wovon sie lebte, ließ sie offen, stieg aber allmählich ins Geldgeber-Geschäft ein, trieb Kapital auf für diverse Geschäftsvorhaben. (Was war ›Kreditkosmetik‹ oder ›Datenwäscherei‹?)

»Ja«, sagte der Finne, »hast es nicht dumm angestellt. Hast dir einen Anteil an einem deutschen Spielkasino erworben.«

»Aix-la-Chapelle. Saß im Direktorium. Sitze noch drin, wenn ich den richtigen Paß benütze.«

»Seßhaft geworden?« Wieder das Lachen.

»Klar.«

»Ist nicht viel durchgedrungen bis zu mir.«

»Ich hab das Kasino geführt. War alles. Ging prächtig.«

»Du hast Preiskämpfe gemacht. ›Misty Steel‹, Federgewicht. Acht Kämpfe. Ich hab bei fünfen Wetten angenommen. Blutige Duelle, Bonbons. Verboten.«

»Hobby.«

»Ein Hobby. Ich hab die Videos gesehn. Birmanin hat dir die Seite geschlitzt, live und in Farbe ...«

Kumiko mußte an die lange Narbe denken.

»Also hab ich's hingeschmissen. Vor fünf Jahren; war bereits fünf Jahre zu alt.«

»Du warst nicht schlecht, aber ›Misty Steel‹ ... Du meine Güte!«

»Nun mach mal'n Punkt. Nicht ich hab mir den ausgedacht.«

»Klar. Jetzt erzähl mal von unsrer Freundin droben. Wie ist sie an dich herangekommen?«

»Swain. Roger Swain. Schickt einen seiner Knaben ins Kasino, einen Möchtegern-Macho namens Prior. Ist so vier Wochen her.«

»Swain der Fixer? London?«

»Genau der. Der Prior bringt mir'n Geschenk mit, rund einen Meter Computerausdruck. Liste. Namen, Daten, Orte.«

»Schlimm?«

»Alles drauf. Zeug, das ich fast schon vergessen hab.«

»Straylight-Nummer?«

»Alles. Also Koffer gepackt, ab nach London, hin zu Swain. Der entschuldigt sich. Er muß mich leider in Anspruch nehmen. Weil er auch in Anspruch genommen wird. Hat selber 'nen Meter Computerausdruck, der ihm Kopfzerbrechen macht.« Kumiko hörte Sallys Absätze auf dem Pflaster.

»Was will er?«

»Entführung, lebend. Star.«

»Warum du?«

»Mann, Finne, ich bin hier, um das *dich* zu fragen.«
»Hat Swain gesagt, daß es 3Jane ist?«
»Nein. Aber mein Console Cowboy in London hat's gesagt.«
Kumiko taten die Knie weh.
»Die Kleine. Wo hast du die aufgegabelt?«
»Tauchte bei Swain auf. Yanaka wollte sie raus haben aus Tokyo. Swain schuldet ihm *Giri.*«
»Jedenfalls ist sie sauber, keine Implantate. Was ich von Tokyo mitkriege, ist, daß Yanaka alle Hände voll zu tun hat ...«
Kumiko schauderte im Dunkeln.
»Und die Entführung. Der Star?« fuhr der Finne fort.
Sie merkte, daß Sally zögerte. »Angela Mitchell.«
Das pink Metronom pendelte lautlos von links nach rechts, rechts nach links.
»Kalt hier, Finne.«
»Ja. Könnt' ich's nur spüren! Hab nur rasch 'nen kleinen Ausflug gemacht in deiner Sache. Memory Lane. Weißt du viel darüber, woher Angie kommt?«
»Nein.«
»Ich bin im Orakel-Geschäft, Süße, kein Forschungsarchiv ... Ihr Vater war Christopher Mitchell. Er war die Nummer Eins in der Biotech-Forschung bei Maas Biolabs. Sie wuchs auf in einer geschlossenen Firmenanlage in Arizona, Firmenkindheit. Vor rund sieben Jahren passierte da unten was. Auf der Straße hieß es, Hosaka führte ein Profiteam ins Feld, um Mitchell bei einem wichtigen Karriereschritt beizustehn. Im Fax hieß es, auf Maas'schem Gelände habe eine Detonation im Megatonnenbereich stattgefunden, aber es wurde keinerlei Radioaktivität gemessen. Hosakas Söldner wurden auch nie gefunden. Maas ließ verbreiten, daß Mitchell tot sei, Selbstmord.«
»Soweit zum Archiv. Was weiß nun das Orakel dazu?«
»Gerüchte. Nichts Zusammenhängendes. In der Stra-

ße hieß es, kurz nach der Explosion in Arizona tauchte die Mitchell hier auf mit total ausgeflippten Niggern, die in New Jersey zugange waren.«

»Zugange womit?«

»Deals. Hauptsächlich 'ware. Kauften, verkauften. Manchmal kauften sie bei mir ...«

»Inwiefern waren sie ausgeflippt?«

»Voodoos. Glaubten, die Matrix sei voller Mambo und Zeugs. Willste was wissen, Moll?«

»Was denn?«

»Die hatten recht.«

23

Spiegel Spiegel

Sie kam zu sich wie per Knopfdruck.

Machte die Augen nicht auf. Hörte sie in einem Nebenzimmer reden. Überall tat's weh, aber nicht schlimmer als vom Wiz. Der schlimme Crash war vorbei, oder aber doch gelindert durch das verabreichte Mittel, das Spray.

Rauhes Papier auf den Brustwarzen. Sie fühlten sich groß und zart an, die Brüste voll. Ein Zwicken und Kneifen entlang des Gesichts, ein dumpfes Rumoren in den Augenhöhlen, derbes Wundgefühl im Mund und Blutgeschmack.

»Ich will dir nicht dreinreden«, sagte Gerald neben fließendem Wasser und Klappern von Metall, als würde er Schüsseln oder dergleichen spülen, »aber du machst dir was vor, wenn du glaubst, sie könnte jemand täuschen, der nicht getäuscht werden möchte. Es ist eine überaus oberflächliche Arbeit.« Prior erwiderte etwas, das sie nicht verstehen konnte. »Ich sagte oberflächlich, nicht schlampig. Es ist trotzdem Qualitätsarbeit, alles davon. Vierundzwanzig Stunden am Dermalstimulator, und man merkt nicht mehr, daß sie hier gewesen ist. Gib ihr weiter die Antibiotika und sieh zu, daß sie keine Aufputschmittel nimmt. Ihr Immunsystem ist längst nicht das, was es sein könnte.« Nun setzte Prior wieder ein, aber den verstand sie nach wie vor nicht.

Machte die Augen auf, aber da war nur die Decke, weiße schalldämmende Rechteckfliesen. Drehte den Kopf nach links. Weiße Plastikwand mit einem falschen Fenster, einer hochauflösenden Animation eines Palmenstrands mit Wellen; wenn du lange genug hinschaust, siehst du dieselben Wellen heranrollen, ewige Schleife im Programm. Allerdings war das Ding kaputt oder verschlissen; Verzögerung in den Wellen, und das Abendrot flimmerte wie eine alte Neonröhre.

Versuch's rechts. Sie drehte den Kopf, spürte die verschwitzte Papierabdeckung auf dem harten Schaumpolster im Nacken …

Und das Gesicht mit geschwollenen Augen schaute vom andern Bett herüber. Klarer Plastikbügel auf der Nase und Micropore-Pflaster und braune Paste, bis zu den Wangenknochen verstrichen …

Angie. Das war Angies Gesicht, umspielt vom reflektierten Abendrotflimmern des defekten Fensters.

»An den Knochen wurde nichts gemacht«, sagte Gerald, der behutsam das Pflaster ablöste, das den kleinen Plastikbügel auf dem Nasenrücken fixierte. »Das war ja das Schöne daran. Wir haben den Nasenknorpel abgetragen von den Nasenlöchern aus und die Zähne gemacht. Bitte lächeln. Wunderschön. Wir haben den Busen vergrößert, die Brustwarzen mit laborerzeugtem Erektilgewebe aufgebaut und die Augen umgefärbt …«

»Daher die Schwellung?«

»Nein. Das ist ein Sekundärtrauma der Knorpelabschälung.« Geralds Finger in ihrem Gesicht waren kühl, präzise. »Sollte bis morgen zurückgehen.«

Gerald war okay. Er hatte ihr drei Derms gegeben, zwei in Blau und eins in Pink, glatte, angenehme. Prior war bestimmt nicht okay, aber er war jetzt nicht da oder nicht in Sicht. Und es war einfach nett, Gerald zuzuhören, wie er ihr mit sanfter Stimme was erklärte. Und was der konnte!

»Sommersprossen«, sagte sie einfach, weil die weg waren.

»Ausgeschält, mit laborerzeugtem Gewebe gefüllt. Sie kommen wieder. Schneller, wenn man viel in der Sonne ist.«

»Sie ist so schön …« Sie drehte den Kopf.

»Du, Mona. Das bist du.«

Sie betrachtete das Gesicht im Spiegel und versuchte das berühmte Lächeln.

Vielleicht war Gerald doch nicht okay.

Wieder im schmalen weißen Bett, in das er sie gepackt hatte, hob sie den Arm und betrachtete die drei Derms. Tranquilizer. Sie schwebte.

Nun schob sie einen Fingernagel unter das pink Derm, pulte es ab, klebte es an die weiße Wand und drückte mit dem Daumen drauf. Ein einzelner strohgelber Tropfen perlte hervor. Vorsichtig hob sie es ab und klebte es sich wieder auf den Arm. Das Zeug in den blauen war milchig. Auch die klebte sie wieder an. Vielleicht würde er was merken, aber sie wollte mitbekommen, was da lief.

Sie blickte in den Spiegel. Gerald sagte, er könne später den Originalzustand wiederherstellen, wenn sie wollte, aber sie fragte sich, woher er dann wüßte, wie sie ausgesehen habe. Vielleicht hatte er ein Foto gemacht oder so. Dabei fiel ihr ein, daß sich vielleicht niemand mehr an ihr früheres Aussehen erinnern würde. Michaels Stim käme dem wohl am nächsten, schätzte sie, aber sie wußte seine Adresse nicht, kannte nicht mal seinen Nachnamen. Es war irgendwie ein komisches Gefühl, als wäre ihr altes Ego kurz aus dem Haus gegangen, um nie mehr wiederzukommen. Aber dann machte sie die Augen zu und wußte, daß sie Mona war und daß sich groß nichts geändert hatte, jedenfalls nicht hinter den Augendeckeln.

Lanette sagte, es spiele keine Rolle, wie man sich ummodeln lasse. Lanette sagte mal, es seien keine zehn Prozent mehr von ihrem alten Gesicht übrig, dem Gesicht, mit dem sie auf die Welt gekommen sei. Freilich merke man das überhaupt nicht, von den schwarzen Lidern abgesehen, damit sie nicht mehr mit Mascara schmieren müßte. Mona hatte die Arbeit an Lanette für so gut auch wieder nicht gehalten, was ihr wohl mal aus den Augen zu lesen war, denn Lanette sagte: Du hättest mich vorher sehn sollen, Schätzchen.

Aber da lag sie nun, Mona, kerzengerade auf dem klapprigen Bett in Baltimore, und alles, was sie von Baltimore wußte oder kannte war eine Sirene drunten in der Straße und das Motorsurren von Geralds Klimaanlage.

Und irgenwie lullte sie das in den Schlaf. Wie lange, das wußte sie nicht. Dann war Prior bei ihr, hatte die Hand auf ihrem Arm und fragte, ob sie hungrig sei.

Sie sah Prior beim Rasieren zu. Das tat er an der rostfreien Praxisspüle, wo er mit einer Chromschere den Bart stutzte. Dann wechselte er über zu einem Einwegrasierer aus Plastik aus einer ganzen Packung, die Gerald hatte. Es war komisch zu beobachten, was für ein Gesicht da herauskam. Es war nicht das Gesicht, das sie erwartet hatte; viel jünger. Aber der Mund war der gleiche.

»Bleiben wir länger hier, Prior?«

Er hatte das Hemd ausgezogen zum Rasieren; auf Schultern und Oberarmen waren Tätowierungen, Drachen und Löwenhäupter. »Das braucht deine Sorge nicht sein«, sagte er.

»Find's langweilig.«

»Wir besorgen dir'n paar Stims.« Er rasierte sich gerade unterm Kinn.

»Wie is'n so in Baltimore?«

»Beschissen. Wie alles hier.«

»Und wie ist es in England?«

»Beschissen.« Er wischte sich mit einem dicken blauen Papiertuch das Gesicht ab.

»Vielleicht könnten wir mal ausgehn, uns diese Krabben holen. Gerald sagt, die gibt's hier.«

»Schon«, sagte er. »Ich bring dir welche her.«

»Und daß du mich ausführst?«

Er warf das blaue Papier in einen Abfallbehälter aus Edelstahl. »Nein, du könntest versuchen wegzulaufen.«

Sie schob die Hand zwischen Bett und Wand und tastete in der kaputten Schaumstoffmatratze nach dem Schocker, den sie da versteckt hatte. Ihre Kleider hatte sie in einem weißen Plastiksack gefunden. Gerald kam alle paar Stunden herein und klebte neue Derms, die sie jedesmal ausdrückte, sobald er weg war. Wenn sie Prior dazu bewegen könnte, sie zum Essen auszuführen, könnte sie im Restaurant wohl was unternehmen. Aber der wollte nicht.

In einem Restaurant könnte sie vielleicht sogar die Polizei rufen, denn jetzt glaubte sie zu wissen, was für'n Deal hier lief.

Lanette hatte ihr mal davon erzählt. Daß es Leute gäbe, die es sich was kosten lassen, Girls so präparieren zu lassen, daß sie wie andere aussahen, um sie dann kaltzumachen. Für so was muß man reich sein, steinreich. Nicht Prior, sondern ein Auftraggeber. Lanette sagte, diese Typen lassen sich schon mal Girls herrichten, die wie ihre Ehefrauen aussehen. Mona hatte es seinerzeit nicht recht glauben wollen; manchmal erzählte Lanette Gruselstories, weil es lustig war, sich zu gruseln, wenn man sich in Sicherheit wiegte, und außerdem wußte Lanette viele Stories über bizarre Sachen. Sie sagte, feine Pinkel sind die perversesten, die Übermacker in den Chefetagen der Multis, weil die es sich nicht leisten können, im Beruf die Kontrolle zu verlieren. Privat aber, sagte Lanette, können die sich alles leisten. Warum sollte es also nicht irgendwo einen Übermacker geben, der sich eine Angie wünschte? Gab ja 'ne Menge Girls, die was machen ließen, um wie sie auszusehn, obwohl es meist kläglich endete. Möchtegerns. Mona hatte nicht eine gesehn, die Angie gleichkam, so daß sich ein interessierter Fan hätte täuschen lassen, aber vielleicht gab's einen Typ, der für so was alles löhnte, nur um eine zu kriegen, die wie Angie aussah. Was sonst sollte dahinterstecken, wenn nicht so was?

Nun knöpfte Prior gerade das blaue Hemd zu. Er kam

ans Bett und zog die Decke weg, um sich ihren Busen anzuschaun. Als würde er'n Auto oder so in Augenschein nehmen.

Sie riß die Decke wieder hoch.

»Ich besorg die Krabben.« Er zog das Jackett an und ging. Sie hörte, daß er noch was zu Gerald sagte.

Gerald steckte den Kopf herein. »Wie geht's, Mona?«

»Hunger.«

»Ganz entspannt?«

»Ja ...«

Als sie wieder allein war, drehte sie sich zur Seite und betrachtete ihr Gesicht, Angies Gesicht in der Spiegelwand. Die Schwellung war fast weg. Gerald klebte ihr solche Dinger, winzige Elektroden, ins Gesicht und hängte sie an einen Apparat. Sagte, damit würde es flott abheilen.

Es war nicht mehr aufregend, Angies Gesicht im Spiegel. Die Zähne waren nett; die würde sie auf alle Fälle behalten. Über den Rest war sie sich nicht sicher, noch nicht.

Vielleicht sollte sie aufstehen, ihre Sachen anziehen, durch die Tür marschieren. Wenn Gerald versuchte, sie aufzuhalten, könnte sie vom Schocker Gebrauch machen. Dann fiel ihr ein, wie Prior bei Michael aufgetaucht war, als hätte er sie beobachten, die ganze Nacht beschatten lassen. Vielleicht stand jetzt auch ein Beschatter draußen. Geralds Praxis hatte wohl keine Fenster, keine richtigen, so daß sie durch die Tür gehen müßte.

Und allmählich verlangte es sie nach ihrem Wiz, ganz schlimm; aber Gerald würde es merken, auch wenn sie nur 'ne winzige Dosis nähme. Sie wußte, daß ihr Besteck in der Tasche unterm Bett war. Wenn sie nur'n klitzekleinen Trip schmisse, hätte sie wenigstens was zu *tun*. Aber vielleicht wär's doch nicht das Richtige. Sie mußte zugeben, was sie machte, wenn sie auf Wiz war, haute nicht immer hin, obwohl es einem das Gefühl gab, man könnte — selbst wenn man wollte — keinen Fehler machen.

Jedenfalls war sie hungrig. Schade nur, daß es bei Gerald keine Musik gab oder so. Vielleicht sollte sie einfach auf die Krabben warten …

24

An einem einsamen Ort

Und da stand Gentry, dem die *Gestalt* aus den Augen leuchtete, hielt das Elektrodennetz ins gleißende Licht blanker Glühbirnen und erklärte Slick, warum es sein mußte, warum sich Slick die E-troden aufsetzen und in den Input einklinken mußte, den der graue Kasten dem Leblosen auf der Bahre einspeicherte.

Er schüttelte den Kopf, mußte daran denken, wie er nach Dog Solitude gekommen war. Und Gentry redete immer schneller auf ihn ein, gestikulierte abweisend.

Gentry sagte, Slick müsse einsteigen, nur für'n paar Sekunden vielleicht, meinte er, so daß er an die Daten herankäme und die Makroform kriegte. Slick könne das nicht, sagte Gentry, sonst würde er selber reingehen. Nicht auf die Daten sei er scharf, sondern auf die Form insgesamt, denn die würde ihn seiner Meinung nach zur *Gestalt* führen, der großen, der er schon so lange nachjage.

Slick erinnerte sich, wie er zu Fuß über die Solitude kam. Er hatte schreckliche Angst, wieder seinen Korsakov zu kriegen, zu vergessen, wo er war und das krebserregende Wasser aus den schlammigen roten Pfützen auf dem rostigen Gelände zu trinken. Roter Schaum und tote Vögel mit gespreizten Flügeln trieben darin. Der Trucker von Tennessee sagte ihm, er solle zum Highway nach Westen gehen, würde innerhalb einer Stunde auf eine zweispurige Schwarzdecke stoßen und eine Mitfahrgelegenheit nach Cleveland kriegen. Aber jetzt war wohl schon mehr als eine Stunde vorbei, und er wußte nicht mehr recht, wo Westen war, und der Ort kam ihm unheimlich vor: ein eingestampfter Schrottplatz, wie von einem Riesen breitgelatscht. Einmal sah er weit weg jemand auf einem niedrigen Hügel und winkte. Die Gestalt verschwand, aber er ging trotzdem in ihre Richtung, bis er zum Hügel kam und sah, daß es der flügellose Rumpf eines Linienflugzeugs war, der zur Hälfte mit rostigen Dosen zugeschüttet war. Er stieg den Hang hinauf auf einem Weg, wo die Dosen flachgetreten waren, und kam zu einer quadratischen Luke, einem Notausstieg. Steckte den Kopf hinein und sah Hunderte von kleinen Köpfen von der gewölbten Decke hängen. Er erstarrte vor Schreck, blinzelte im jähen Halbdunkel, bis er einigermaßen klar sah. Rosige Plastikpuppenköpfe mit Nylonhaar, das zu einem Knoten gebunden war. Die Knoten steckten in einer teerigen Masse, die Köpfe baumelten wie Obst. Mehr war nicht, nur ein paar zerrissene Matratzen aus dreckigem grünen Schaumstoff, und er wußte, er sollte besser nicht hier herumhängen und abwarten, wer hier wohnte.

Er ging daraufhin, ohne es zu wissen, in Richtung Süden und fand die Fabrik.

»Ich krieg nie wieder so'ne Chance«, sagte Gentry. Slick starrte in das gespannte Gesicht mit den von Verzweiflung weit aufgerissenen Augen. »Dann krieg ich's nie zu sehn ...«

Und Slick erinnerte sich daran, wie Gentry ihn geschlagen hatte, wie er auf den Schraubenschlüssel hinabgesehen hatte und sich ... Nun, was Cherry von ihnen dachte, stimmte nicht, aber es war trotzdem was zwischen ihnen, das er nicht benennen konnte. Er packte das Elektrodennetz mit der Linken und stieß Gentry mit der Rechten gegen die Brust. »Schnauze! Schnauze jetzt, Scheiße!« Gentry taumelte gegen den Stahltisch.

Slick verfluchte ihn leise, während er sich das feine Netz aus Kontaktdermatroden auf Stirn und Schläfen setzte.

Eingesteckt.

Seine Boots knirschten auf Kies.

Machte die Augen auf und sah hinunter; beschotterte Einfahrt, glatt im Morgenlicht, sauberer als alles in Dog Solitude. Er blickte auf und sah, wo sie um eine Kurve verschwand, und hinter ausladenden grünen Bäumen das steile Schieferdach eines Hauses, halb so groß wie die Fabrik. Es waren Statuen neben ihm im langen, feuchten Gras. Ein eherner Hirsch und ein männlicher Torso aus weißem Stein, ohne Arme, Beine, Kopf. Vögel sangen, und das war das einzige Geräusch.

Er ging die Einfahrt hinauf zum grauen Haus, denn er wußte nicht, was er sonst tun sollte. Als er zum Ende der Zufahrt gelangte, konnte er neben dem Haus kleinere Gebäude sehen und eine breite, flache Wiese, wo Gleiter im Wind standen.

Wie im Märchen, dachte er, als er zu den breiten Steinsimsen des Landsitzes hinaufschaute, den bleiverglasten, kristallklaren Fenstern; wie in einem Video, das er als Kind gesehen hatte. Gab es wirklich Menschen, die an solchen Orten lebten? *Aber es ist kein Ort,* gemahnte er sich, *es erweckt nur den Anschein.*

»Gentry«, sagte er, »hol mich hier raus, hörst du?«

Er betrachtete seinen Handrücken. Narben, zäher Dreck, halbmondförmige schwarze Schmutzränder unter den brüchigen Fingernägeln. Schmiere drang ein und weichte sie auf, so daß sie leicht brachen.

Er kam sich allmählich blöd vor, wie er da stand. Vielleicht wurde er vom Haus beobachtet. »Scheiße«, sagte er und ging über den breiten gepflasterten Weg, wobei er automatisch den schmissigen Gang einlegte, den er im Deacon Blues gelernt hatte.

An der Tür, in der mittleren Füllung, war so'n Ding: eine Hand, eine kleine, grazile, mit einer Kugel, einer billardgroßen, alles aus Eisen gegossen. Am Handgelenk ein Scharnier, so daß man sie heben und damit anschlagen konnte. Das tat er. Fest. Zweimal, dann noch zweimal. Nichts rührte sich. Der Türknauf war aus Messing mit Blumenmustern, die im Laufe der Jahre abgegriffen, fast unsichtbar geworden waren. Er ließ sich mühelos drehen. Die Tür ging auf.

Er blinzelte ob der Vielfalt aus Farben und Strukturen. Flächen aus poliertem dunklen Holz, schwarz-weißer Marmor, Teppiche mit tausend weichen Farben, die leuchteten wie Kirchenfenster, poliertes Silber, Spiegel … Er lächelte ob des ersten Schrecks, ließ den Blick von einer Augenweide zur nächsten wandern. So viele Dinge, die er oftmals gar nicht benennen konnte …

»Suchst du jemand Bestimmtes, Freundchen?«

Der Mann stand vor einem riesigen Kamin. Er hatte knallenge schwarze Jeans und ein weißes T-Shirt an. Er war barfuß und hatte ein großes, bauchiges Schwenkglas in der rechten Hand. Slick blinzelte ihn an.

»Scheiße«, sagte Slick, »du bist er …«

Der Mann schwenkte das braune Zeug bis zum Glasrand und nahm einen Schluck. »Hab damit gerechnet, daß Afrika irgendwann mit so was loslegt«, sagte er, »aber du kommst mir irgendwie nicht wie einer aus seiner Fangemeinde vor, Kamerad.«

»Du bist der Count.«

»Ja«, sagte er, »ich bin der Count. Wer, zum Teufel, bist du?«

»Slick. Slick Henry.«

Er lachte. »Willst'n Cognac, Slick Henry?« Er zeigte mit dem Glas auf ein poliertes Holzmöbel, in dem eine Reihe schmuckvoller Flaschen standen. Um jede hing an einem Kettchen eine silberne Plakette.

Slick schüttelte den Kopf.

Der Mann zuckte die Achseln. »Kriegst sowieso keinen Rausch davon … Entschuldige, wenn ich das sage, Slick, aber du siehst aus wie Scheißdreck. Gehe ich recht in der Annahme, daß du nicht zu Kid Afrikas Unternehmen gehörst? Und was hast du, wenn nicht, hier verloren?«

»Gentry hat mich geschickt.«

»Gentry wer?«

»Du bist der Typ auf der Bahre, stimmt's?«

»Der Typ auf der Bahre bin ich. Wo genau ist momentan diese Bahre, Slick?«

»Bei Gentry.«

»Wo ist das?«

»Fabrik.«

»Und wo ist *die?*«

»Dog Solitude.«

»Und wie bin ich da hingekommen, wo immer das ist?«

»Kid Afrika. Der hat dich gebracht. Mit dieser Cherry, richtig? Weißt du, ich schulde ihm eine Gefälligkeit, und dafür will er, daß ich dich 'ne Weile unterbringe, dich und die Cherry, die dich versorgt.«

»Du hast mich Count genannt, Slick.«

»Cherry sagt, das hat Kid mal zu dir gesagt.«

»Sag mal, Slick, war der Kid nervös, als er mich brachte?«

»Cherry meint, er hat Schiß gekriegt in Cleveland.«

»Das möcht ich wetten. Wer ist dieser Gentry? 'n Freund von dir?«

»Ihm gehört die Fabrik. Ich wohn auch da ...«

»Dieser Gentry, ist der 'n Cowboy, Slick? Ein Console Jockey? Ich meine, wenn du hier bist, muß der sich auskennen mit der Technik, hab ich recht?«

Nun war Slick es, der die Achseln zuckte. »Gentry, der ist so was wie'n Künstler. Hat so'ne Theorie. Schwer zu erklären. Er hat das Ding auf der Bahre, in das du eingesteckt bist, mit einer Überbrückung versehen. Zuerst wollte er ein Bild im Holo kriegen, aber da kam nur so'n Affending, so'n Schatten, so daß er mich überredete ...«

»O Gott ... Nun, egal. Diese Fabrik, von der du immer redest, steht die irgendwo jwd. Relativ abgelegen?«

Slick nickte.

»Und diese Cherry ist als Krankenschwester angeheuert?«

»Ja, hat den Med-Tech-Schein, sagt sie.«
»Und es ist mich noch keiner suchen gekommen?«
»Nein.«
»Das ist gut, Slick. Denn wenn jemand kommt, von meinem Freund Kid Afrika, der verlogenen Ratte, abgesehn, könntet ihr Leute in arge Schwierigkeiten geraten.«
»So?«
»Ja. Hör zu, okay? Merk dir das gut! Falls irgend jemand in eurer Fabrik auftaucht, dann ist eure verdammt einzige Hoffnung, daß ihr mich an die Matrix koppelt. Verstanden?«
»Wie kommst du zu dem Count? Ich meine, was hat das zu bedeuten?«
»Bobby. Bobby heiß ich. Count war mal mein Markenzeichen, mehr nicht. Kannst du dir wohl merken, was ich dir gesagt habe?«
Wieder nickte Slick.
»Gut.« Er stellte den Schwenker auf das Möbel mit den vielen irren Flaschen. »Horch!« sagte er. Durch die offene Tür hörte man Reifen auf Kies. »Weißt du, wer das ist, Slick? Das ist Angela Mitchell.«
Slick drehte sich um. Bobby the Count schaute hinaus zur Auffahrt.
»Angela Mitchell? Der Stim Star? Steckt die auch da drin?«
»Gewissermaßen, Slick, gewissermaßen ...«
Slick sah den langen schwarzen Wagen vorbeirollen.
»Ey«, begann er, »Count, ich meine Bobby, was ...«

»Immer sachte«, sagte Gentry, »einfach zurücklehnen. Immer sachte, sachte ...«

25

Nach Osten

Während Kelly und seine Assistenten ihre Reise-Garderobe zusammenstellten, hatte sie das Gefühl, das ganze Haus rege und rühre sich, um sich, wie so oft, für eine kurze Zeit des Leerstehens zu rüsten.

Sie konnte ihre Stimmen hören im Wohnzimmer, wo sie saß, ihr Lachen. Zu den Assistenten gehörte ein Mädchen in einem blauen Polykarbonat-Gestell, womit sich die Hermès-Kleiderkoffer wie federleichte Hartschaumblöcke tragen ließen. Die surrende Skeletthaut tapste sacht die Stufen hinunter auf seinen breiten Dinosaurierbeinen. Blaues Skelett, lederne Särge.

Nun stand Porphyre in der Tür. »Missy fertig?« Er trug einen langen, weiten Mantel aus tuchfeinem schwarzen Leder; Bergkristallsporen glitzerten über den Absätzen seiner schwarzen Lackstiefel.

»Porphyre«, sagte sie, »du kommst in Zivil daher. Wir haben einen Auftritt in New York.«

»Die Kameras gelten dir.«

»Ja«, sagte sie, »meiner Wiedereinsetzung.«

»Porphyre wird sich tunlichst im Hintergrund halten.«

»Kenn ich nicht von dir, daß du darauf bedacht bist, keinem die Show zu stehlen.«

Er grinste und zeigte dabei seine modellierten Zähne in Stromlinienform, Traum eines avantgardistischen Zahnarztes vom Gebiß einer flotteren, eleganteren Spezies.

»Danielle Stark fliegt bei uns mit.« Sie hörte das Brausen des ankommenden Helikopters. »Trifft uns in LAX.«

»Die erdrosseln wir«, sagte er in vertrautem Ton, als er ihr in den blauen Fuchs half, den Kelly ausgesucht hatte. »Wenn wir versprechen, dem Fax gegenüber anzudeuten, daß unser Motiv ein sexuelles sei, wäre sie vielleicht sogar bereit mitzuspielen ...«

»Du Schlimmer.«

»Danielle ist ein Biest, Missy.«

»Ach guck mal, wer das sagt.«

»Hm«, meinte der Friseur mit zusammengekniffenen Augen, »ich bin unschuldig wie ein Kind.«

Jetzt landete der Helikopter.

Danielle Stark, die für die Stim-Ausgabe von *Vogue Nippon* und *Vogue Europa* arbeitete, war allgemeinen Gerüchten zufolge schon in den späten Achtzigern. Wenn das stimmte, überlegte Angie, die verstohlen die Figur der Journalistin musterte, als sie zu dritt in den Lear einstiegen, so könnte Danielle es mit Porphyre aufnehmen, was das Ausmaß an plastischer Chirurgie anbetraf. Anscheinend hatte sie sich in ihren frühen Dreißigern, damals spindeldürr, lediglich mit hellblauen Zeiss-Implantaten aufmotzen lassen. Ein junger französischer Modejournalist hatte dies mal als »modisch von vorgestern« bezeichnet; der Journalist hatte, so erzählte man sich bei Net, nie wieder einen Job bekommen.

Und bald, so wußte Angie, würde Danielle auf Drogen, VIP-Drogen zu sprechen kommen und die kornblumenblauen Schulmädchenäuglein aufsperren, um ja alles mitzukriegen.

Unter Porphyres einschüchternden Blicken hielt sich Danielle zurück, bis sie in Reisegeschwindigkeit irgendwo über Utah flogen.

»Ich habe gehofft«, begann sie, »daß nicht ich es ansprechen müßte.«

»Danielle«, erwiderte Angie, »tut mir so leid. Wie gedankenlos von mir.« Sie berührte die furnierte Front der Hosaka-Bordküche, die leise surrte und begann, auf kleinen Tellern schwarzgeräucherte Ente auszugeben, Golf-

Austern auf Schwarzpfeffertoast, Langusten-Törtchen, Sesam-Crêpe ... Porphyre holte auf dieses Stichwort von Angie eine gekühlte Flasche Chablis — Danielles Lieblingsmarke, wie Angie wieder einfiel. Aber noch jemand — Swift? — hatte daran gedacht.

»Drogen«, sagte Danielle fünfzehn Minuten später nach ihrem letzten Bissen Ente.

»Keine Sorge«, meinte Porphyre beschwichtigend, »bist du erst in New York, kannste alles kriegen, was dein Herz begehrt.«

Danielle lächelte. »Du bist so witzig. Weißt du, daß ich eine Kopie deiner Geburtsurkunde habe? Ich kenne deinen richtigen Namen.« Sie sah ihn vielsagend an, lächelte nach wie vor.

»Hinterste Provinz«, sagte er und füllte ihr Glas nach.

»Interessanter Vermerk bezüglich kongenitaler Defekte.« Sie nippte am Wein.

»Kongenital, genital ... Verändern wir uns nicht alle *sehr* heutzutage? Wer hat deine Frisur gemacht, meine Liebe?« Er beugte sich vor. »Es ist deine seligmachende Gnade, Danielle, daß du den Rest deines Geschlechts nur entfernt weiblich aussehen läßt.«

Danielle lächelte.

Das eigentliche Interview lief ganz ohne Zwischenfälle; Danielle war eine so erfahrene Interviewerin, daß sie ihre Scheinangriffe nicht die Schmerzgrenze überschreiten ließ, wo sie ernsthaften Widerstand herausfordern würden. Als sie sich freilich mit der Fingerkuppe über die Schläfe strich und dabei einen unter der Haut sitzenden Schalter unterbrach und damit die Aufnahme stoppte, rüstete sich Angie für die wahre Attacke.

»Danke«, sagte Danielle. »Der Rest des Flugs ist natürlich ohne Kamera.«

»Warum nimmst du dir nicht noch 'ne Flasche oder zwei und lehnst dich zurück?« fragte Porphyre.

»Was ich nicht verstehe, ist«, sagte Danielle, »warum du diesen Aufwand getrieben hast.«

»Warum ich diesen Aufwand getrieben habe, Danielle?«

»Und überhaupt in die aufreibende Klinik gegangen bist. Du hast gesagt, es wirke sich nicht nachträglich auf deine Arbeit aus. Du hast auch gesagt, daß es kein ›high‹ dabei gibt im üblichen Sinn.« Sie kicherte. »Obwohl du zugibst, daß der Stoff fürchterlich süchtig gemacht hat. Warum hast du dich nun entschlossen, damit aufzuhören?«

»War schrecklich teuer ...«

»Das dürfte in deinem Fall eine rein akademische Frage sein.«

Stimmt, dachte Angie, *obwohl eine Woche davon bald so viel kosten wird wie dein ganzes Jahresgehalt.*

»Ich schätze, es hat mir nicht gefallen, daß ich Geld hinlegen mußte, um mich normal zu fühlen. Oder einigermaßen erträglich normal.«

»Hattest du eine Toleranz entwickelt?«

»Nein.«

»Seltsam.«

»Eigentlich nicht. Diese Designer liefern Substanzen, die angeblich die traditionellen Nachteile umgehen.«

»Aha. Aber wie steht's mit den neuen Nachteilen, den *akuten?*« Danielle goß sich Wein nach. »Mir ist natürlich eine ganz andere Version der ganzen Geschichte zu Ohren gekommen.«

»Ja?«

»Aber natürlich. Was es gewesen ist, wer es gemacht hat, warum du es abgesetzt hast.«

»So?«

»Es ist ein Antipsychotikum, ist von Sense/Net selber im eigenen Labor hergestellt worden. Du hast es abgesetzt, weil du lieber verrückt sein möchtest.«

Porphyre nahm Danielle sachte das Glas aus der

Hand, deren Lider über den strahlend blauen Augen zu flattern anfingen. »Nacht, gut Nacht, Liebes«, sagte er. Danielle fielen die Augen zu; sie fing leise zu schnarchen an.

»Porphyre, was ...?«

»Ich hab was in ihren Wein getan«, sagte er. »Sie wird nichts merken, Missy. Sie wird nicht mehr wissen, außer was im Recorder ist ...« Er grinste breit. »Du wolltest dir doch echt nicht den ganzen Flug die blöde Kuh anhören, was?«

»Aber sie wird was merken, Porphyre!«

»Wird sie nicht. Wir sagen ihr, sie hat allein drei Flaschen Chablis gekillt und eine Riesensauerei im Waschraum veranstaltet. Und danach wird sie sich auch fühlen!« Er kicherte.

Danielle Stark schnarchte noch immer, jetzt sogar recht laut, auf einer der Klappliegen im Hinterteil der Kabine.

»Porphyre«, sagte Angie, »glaubst du, daß sie vielleicht recht hat?«

Der Friseur sah sie mit seinen tollen, menschenunähnlichen Augen an. »Und du hättest nichts geahnt?«

»Weiß nicht ...«

Er seufzte. »Missy sorgt sich zu viel. Du bist jetzt los davon. Genieß es!«

»Ich höre tatsächlich Stimmen, Porphyre.«

»Tun wir das nicht alle, Missy?«

»Nein«, meinte sie, »nicht auf die Art. Kennst du dich mit afrikanischen Religionen aus, Porphyre?«

Er grinste blöde. »Ich bin kein Afrikaner.«

»Aber als du'n Kind warst ...«

»Als ich ein Kind war, war ich weiß.«

»Oh.«

Er lachte. »Religionen, Missy?«

»Bevor ich zum Net kam, hatte ich Freunde. In New Jersey. Die waren Schwarze und — religiös.«

Wieder grinste er blöde und verdrehte die Augen. »Voodoozeichen, Missy? Hühnerknochen und Minzöl?«

»Du weißt, so ist das nicht.«

»Und wenn schon?«

»Hör auf, mich zu necken, Porphyre! Ich brauche dich.«

»Bin ja da, Missy. Und ja, ich weiß, was du meinst. Und *das* sind die Stimmen?«

»Das waren sie. Als ich mit dem Stoff anfing, verschwanden sie ...«

»Und jetzt?«

»Sind sie weg.« Aber der Impuls hatte sich mittlerweile wieder gelegt, und ihr fehlte die Stirn, ihm von Grande Brigitte und der Droge im Anorak zu erzählen.

»Prima«, sagte er. »Ist doch prima, Missy.«

Der Lear ging tiefer über Ohio. Porphyre starrte an die Wand, regungslos wie eine Statue. Angie schaute hinunter aufs weite Wolkenfeld, das ihnen entgegenkam, und dachte an das Spiel, das sie als Kind gern in Flugzeugen gespielt hätte, wobei sie eine imaginäre Angie ausschickte und wunderbar feste Wolkenschluchten und flaumige Gipfel erklimmen ließ. Diese Flugzeuge hatten wohl Maas-Neotek gehört. Vom Maas'schen Jet war sie in den Lear von Net umgestiegen. Kommerzielle Linienflugzeuge kannte sie nur von Dreharbeiten für ihre Stims: von New York nach Paris beim Jungfernflug der restaurierten JAL-Concorde mit Robin und einer Gruppe von handverlesenen Net-Leuten.

Tiefer. Waren sie schon über New Jersey? Hörten die spielenden Kinder auf den Flachdächern von Beauvoirs Arcologie den Motor der Lear? Streifte das ferne Dröhnen der Maschine die Wohnsilos aus Bobbys Kindheit? Wie unvorstellbar verflochten die Welt doch war in rein mechanischen Details, wenn Sense/Nets Firmenjet winzige Knöchelchen in den Ohren unbekannter, unwissender Kinder erschütterte …

»Porphyre weiß allerhand«, sagte er ganz leise. »Aber Porphyre braucht Zeit zum Nachdenken, Missy …«

Sie gingen in die Anflugschleife.

26

Kuromaku

Und Sally sagte kein Wort auf der Straße und im Taxi, kein Wort auf dem langen, kalten Weg zurück in ihr Hotel.

Sally und Swain wurden erpreßt durch Sallys Feindin ›droben im Schacht‹. Sally wurde gezwungen, Angie Mitchell zu kidnappen. Daß jemand den Star von Sense/Net entführen wollte, kam Kumiko besonders unwahrscheinlich vor, als wollte jemand eine Gestalt aus der Mythologie ermorden.

Der Finne hatte angedeutet, daß Angie bereits in die Sache verwickelt wäre auf eine rätselhafte Art, aber Wörter und Begriffe verwendet, die Kumiko nicht verstand. Irgend etwas im Cyberspace; Bündnisse damit. Der Finne hatte einen Jungen gekannt, der Angies Freund wurde; aber war nicht Robin Lanier ihr Freund? Kumikos Mutter hatte ihr erlaubt, einige Stims mit Angie und Robin anzuschauen. Der Junge sei ein Cowboy gewesen, ein Datendieb wie Tick in London …

Und wie stand's mit der Feindin, der Erpresserin? Sie war verrückt, sagte der Finne, und hatte in ihrem Wahnsinn den Verfall des Familienbesitzes eingeleitet. Sie lebte allein im ererbten Heim namens Straylight. Womit hatte sich Sally ihre Feindschaft zugezogen? Hatte sie wirklich den Vater dieser Person getötet? Und wer waren die andern, die andern, die gestorben waren. Schon hatte sie die *gaijin* Namen wieder vergessen …

Und hatte Sally erfahren, was sie in Erfahrung bringen wollte, mit ihrem Besuch beim Finnen? Kumiko hatte zuletzt auf einen Spruch aus dem gepanzerten Schrein gewartet, aber der Wortwechsel endete mit Nichtigkeiten, einem *gaijin* Ritual aus witzigen Abschiedsfloskeln.

Im Hotelfoyer wartete Petal in einem blauen Velourssessel. Zum Reisen in einen Dreiteiler aus grauem Wolltuch gezwängt, erhob er seine Massen aus dem Sessel wie ein unförmiger Ballon, als sie hereinkamen. Die Augen hinter der Nickelbrille waren sanft wie immer.

»Hallo«, sagte er und hustete. »Swain hat mich nachgeschickt. Nur um auf das Mädchen aufzupassen, klar?«

»Bring sie zurück«, sagte Sally. »Gleich! Heut' abend!«

»Sally! Nein!« Aber Sally hatte sie schon am Arm gepackt und zog sie zum Eingang der dunklen Lounge beim Foyer.

»Warte dort!« fuhr sie Petal an. »Hör zu!« sagte sie, während sie Kumiko um die Ecke ins Dunkel schob. »Du gehst zurück! Ich kann dich jetzt nicht mehr brauchen hier.«

»Aber mir gefällt's dort nicht. Ich mag weder Swain noch das Haus ... Ich ...«

»Petal ist okay«, sagte Sally, die sich zu ihr beugte und sehr schnell sprach. »Im Falle eines Falles würd ich ihm trauen. Swain, nun, du weißt, was Swain ist, aber er gehört deinem Vater. Was immer auch passiert, ich glaube, er wird dich von jeder Gefahr fernhalten. Aber wenn's brenzlig, echt brenzlig wird, dann geh ins Pub, wo wir Tick getroffen haben. The Rose and Crown, weißt noch?«

Kumiko nickte. Tränen schossen ihr in die Augen.

»Falls Tick nicht da ist, such einen Barkeeper namens Bevan und sag ihm meinen Namen.«

»Sally, ich ...«

»Es passiert dir nichts«, sagte Sally und küßte sie plötzlich, wobei eins ihrer Gläser, das erschreckend kalt und starr war, kurz über ihre Wange streifte. »Ich, Baby, ich muß jetzt los.«

Und sie war verschwunden im gedämpften Klirren und Klappern der Lounge. Petal am Eingang räusperte sich.

Der Rückflug nach London war wie eine ewig lange U-Bahn-Fahrt. Petal vertrieb sich die Zeit damit, Buchstaben zu malen, die er nacheinander in irgendein doofes Kreuzworträtsel aus einem englischen Fax einsetzte, wobei er leise vor sich hinbrummte. Schießlich schlief sie ein und träumte von der Mutter. ...

»Die Heizung geht«, sagte Petal, als er sie von Heathrow zu Swain chauffierte. Es war unangenehm warm im Jaguar, trockene Luft, die nach Leder roch und in der Nase brannte. Sie beachtete ihn nicht, sondern schaute hinaus ins dämmrige Morgenlicht, auf die Dächer, die schwarz durch den tauenden Schnee lugten, auf den Schornsteinwald ...

»Er ist nicht böse auf dich, weißt du«, sagte Petal. »Er empfindet besondere Verantwortung.«

»Giri.«

»Hm ... ja. Verantwortung, nicht? Sally war noch nie besonders berechenbar, wie man so sagt, aber so was erwarteten wir nicht ...«

»Ich möchte nicht reden, danke.«

Seine kleinen besorgten Augen im Spiegel.

Im bogenförmigen Straßenzug reihten sich parkende Wagen aneinander, lange silbergraue Wagen mit getönten Scheiben.

»Hat viel Besuch diese Woche«, sagte Petal, der gegenüber der Hausnummer 17 einparkte. Er stieg aus, hielt ihr die Tür auf. Sie folgte ihm wie gelähmt über die Straße und die grauen Stufen hinauf, wo die schwarze Tür von einem untersetzten Mann mit rotem Gesicht und einem engen dunklen Anzug geöffnet wurde, an dem Petal vorbeiging, als wäre er gar nicht da.

»Halt!« sagte Rotgesicht. »Sie soll gleich zu Swain ...«

Diese Äußerung des Mannes ließ Petal abrupt innehalten; mit einem Brummlaut und besorgniserregender

Geschwindigkeit wirbelte er herum und packte den Mann am Revers.

»In Zukunft mehr Respekt«, sagte Petal, und obwohl er nicht laut wurde, war die lässige Sanftheit in seiner Stimme total weg. Kumiko hörte Nähte platzen.

»Sorry, Mann.« Das rote Gesicht war bewußt ausdruckslos. »Er hat mir auch gesagt, ich soll das ausrichten.«

»Also komm!« sagte Petal zu ihr und ließ das dunkle Kammgarn-Revers los. »Er will nur guten Tag sagen.«

Sie fanden Swain an einem drei Meter langen, eichenen Refektoriumstisch in dem Zimmer, wo sie ihn kennengelernt hatte. Die Rangzeichen-Drachen waren hinter feinem weißen Wollstoff und gestreifter Seidenkrawatte weggeknöpft. Er sah ihr in die Augen, als sie eintrat. Sein längliches Gesicht lag im gedämpften Licht einer grün beschirmten Messinglampe, die neben einer kleinen Console und einem dicken Bündel Fax auf dem Tisch stand. »Gut«, sagte er, »und wie war's denn so im Sprawl?«

»Ich bin sehr müde, Mr. Swain. Ich möchte gern in mein Zimmer gehn.«

»Wir sind froh, daß wir dich wiederhaben, Kumiko. Das Sprawl ist ein gefährliches Pflaster. Der Umgang mit Sallys Freunden dort, der Sorte Leute, wäre deinem Vater sicherlich nicht recht.«

»Darf ich jetzt auf mein Zimmer gehn?«

»Hast du irgendwelche Freunde von Sally kennengelernt, Kumiko?«

»Nein.«

»Wirklich? Was habt ihr denn gemacht?«

»Nichts.«

»Du darfst uns nicht böse sein, Kumiko. Wir beschützen dich.«

»Danke. Darf ich jetzt auf mein Zimmer gehn?«

»Natürlich. Du wirst sehr müde sein.«

Petal, der ihren Koffer trug und dessen grauer Anzug arg verknittert war vom Flug, begleitete sie hinauf ins Zimmer. Sie sah tunlichst nicht auf, als sie das starre, leere Gesicht der Marmorbüste passierten, hinter der vielleicht noch das Maas Neotek-Gerät steckte. Da Swain und Petal im Zimmer waren, hatte sie keine Ahnung, wie sie es wieder an sich nehmen könnte.

Es war neues Leben im Haus, stille Betriebsamkeit: Stimmen, Schritte, Aufzugklappern, Wassergluckern, wenn jemand ein Bad nahm.

Sie saß am Fuß des riesigen Bettes und starrte auf die schwarze Marmorwanne. Nachwirkende Eindrücke von New York tauchten am Rande ihres Blickfelds auf; wenn sie die Augen schloß, fand sie sich, neben Sally hockend, in der Gasse wieder. Sally, die sie weggeschickt hatte. Die nicht umgeschaut hatte. Sally, die einmal Molly geheißen hatte oder Misty oder beides. Wieder das Gefühl der Unwürdigkeit. Sumida, die Mutter, im schwarzen Wasser treibend. Ihr Vater. Sally.

Momente später stand sie, von einer Neugier getrieben, die ihre Scham beiseite schob, vom Bett auf, bürstete sich das Haar, schlüpfte in leichte schwarze Gummisokken mit Plastikprofilsohle und schlich auf Zehenspitzen in den Flur hinaus. Im Lift stank es nach Zigarettenqualm.

Rotgesicht marschierte, die Hände in den Taschen des engen schwarzen Jacketts, im Foyer auf dem blauen Teppichboden hin und her, als sie aus dem Lift kam. »Hm«, räusperte er sich und zog die Brauen hoch. »Brauchst du was?«

»Ich habe Hunger«, sagte sie auf japanisch. »Ich gehe in die Küche.«

»Hm«, räusperte er sich, wobei er die Hände aus den Taschen nahm und sein Jackett vorne glattstrich. »You speak English?«

»Nein«, sagte sie und ging einfach an ihm vorbei in

den Flur und bog um die Ecke. »Hm«, hörte sie ihn sich räuspern, nun recht dringlich, aber schon faßte sie hinter die weiße Büste.

Sie konnte das Gerät gerade noch in die Tasche stekken, als er um die Ecke kam. Automatisch prüfte er das Zimmer mit suchenden Blicken, wobei er die Hände lose an den Seiten herunterhängen ließ, ein Gebaren, das sie mit einemmal an die Sekretäre des Vaters erinnerte.

»Ich habe Hunger«, sagte sie auf Englisch.

Fünf Minuten später war sie wieder in ihrem Zimmer mit einer großen, britisch aussehenden Orange; die Engländer schienen keinen besonderen Wert zu legen auf die Symmetrie von Früchten. Nachdem sie die Tür hinter sich geschlossen hatte, legte sie die Orange auf den breiten, flachen Rand der schwarzen Wanne und zog das Maas Neotek-Gerät aus der Tasche.

»Schnell jetzt«, sagte Colin und warf die Stirnlocke zurück, während er ins Bild kam. »Mach auf und stell den A/B-Schalter auf A! Das neue Regime hat einen Techniker im Einsatz, der die Runde macht und nach Wanzen sucht. Sobald du umgeschaltet hast, zeige ich nicht mehr als Abhörgerät an.« Mittels einer Haarnadel tat sie, was er sagte.

»Was meinst du damit?« fragte sie, indem sie die Silben formulierte, aber nicht artikulierte. »Das neue Regime?«

»Hast du's noch nicht gemerkt? Sind jetzt mindestens ein Dutzend Angestellte hier, von zahlreichen Besuchern ganz zu schweigen. Nun, ich schätze, es ist weniger ein neues Regime als eine Aufwertung der Vorgänge. Dein Mr. Swain ist insgeheim ein recht geselliger Mensch. Wir haben da ein Gespräch zwischen Swain und dem Vize von Special Branch, für das, stell ich mir vor, viele Leute killen würden, insbesondere auch besagter Würdenträger.«

»Special Branch?«

»Die Geheimpolizei. Komischen Umgang, den er da

pflegt, der Swain: Buck House-Typen, Zare der Mietskasernen des East End, führende Polizeibeamte ...«

»Buck House?«

»Der Palast. Ganz zu schweigen von Bankiers aus der City, einem Simstim-Star, einer oder auch zwei Truppen teurer Helfer und von Drogenhändlern ...«

»Einen Simstim-Star?«

»Lanier. Robin Lanier.«

»Robin Lanier? Der war hier?«

»Am Morgen nach deiner überstürzten Abreise.«

Sie schaute Colin in die transparenten grünen Augen. »Sagst du die Wahrheit?«

»Ja.«

»Immer?«

»Soweit ich weiß schon.«

»Was bist du?«

»Eine Biochip-Persönlichkeit von Maas-Neotek und programmiert, einem japanischen Besucher im United Kingdom beratend zur Seite zu stehen.« Er zwinkerte ihr zu.

»Warum zwinkerst du?«

»Warum meinst du wohl?«

»Beantworte meine Frage!« Mit lauter Stimme im verspiegelten Zimmer.

Der Geist führte den schmalen Zeigefinger an die Lippen. »Ich bin noch ein bißchen mehr, stimmt. Ich zeige etwas zu viel Initiative für ein bloßes Führungsprogramm, obwohl mein Trägergerät vom Allerfeinsten und überaus exklusiv ist. Dennoch kann ich dir nicht genau sagen, was ich bin, weil ich's nicht weiß.«

»Du weißt es nicht?« Wieder stimmlos, vorsichtig.

»Ich weiß alles mögliche«, begann er und ging zu einem Dachfenster. »Ich weiß, daß ein Serviertisch in Middle Temple Hall angeblich aus dem Holz der *Golden Hind* geschnitzt ist; daß man 128 Stufen erklimmen muß bis zum Laufgang der Tower Bridge; daß in der Wood Street rechts von Cheapside eine Platane steht, in der angeblich Wordworths Drossel gesungen hat ...« Mit einemmal kehrte er sich zu ihr um. »Stimmt allerdings nicht, denn der jetzige Baum wurde 1998 nach dem Original geklont. All das weiß ich, siehst du, und noch mehr, sehr viel mehr. Ich könnte dir zum Beispiel Snooker* beibringen. Eben *das* bin ich. Oder vielmehr, dazu bin ich eigentlich da. Aber ich bin noch mehr, und das hat höchstwahrscheinlich mit dir zu tun. Was, das weiß ich nicht. Weiß ich echt nicht.«

»Du bist ein Geschenk meines Vaters. Stehst du mit ihm in Verbindung?«

»Nicht daß ich wüßte.«

»Du hast ihm meine Abreise nicht gemeldet?«

»Du verstehst nicht«, sagte er. »Ich habe gar nicht gewußt, daß du weg bist, bis du mich vorhin eingeschaltet hast.«

»Aber du hast die Aufnahmen gemacht ...«

»Ja, aber unbewußt. Ich bin nur ›da‹, wenn du mich aktivierst. Dann bewerte ich die gegenwärtigen Daten ... Einer Sache darfst du dir allerdings recht sicher sein: daß es schlechterdings unmöglich ist, irgendein Signal aus diesem Haus zu senden, ohne daß Swains Schnüffler davon sofort Wind bekommen.«

»Könnte es *mehr* von deiner Sorte geben, ich meine einen zweiten im selben Gerät?«

»Interessanter Ansatz, aber nein, es sei denn, es hätte einen schrecklich geheimen Durchbruch in der Technologie gegeben. Ich hab derzeit gewissermaßen die Nase vorn, was die Größe meiner Hardware angeht. Das weiß ich aus meinen umfangreichen allgemeinen Hintergrundinformationen.«

Sie betrachtete das Gerät in der Hand. »Lanier«, sagte sie. »Erzähl!«

»10:25:16 Uhr«, sagte er. Ihr Kopf füllte sich mit entkörperten Stimmen.

* Snooker: Billardversion. — *Anm. d. Übers.*

PETAL: Wenn Sie mir bitte folgen wollen, Sir.

SWAIN: Komm ins Billardzimmer!

DRITTE STIMME: Du hast hoffentlich einen guten Grund dafür, Swain. Es warten drei Net-Männer im Wagen. Deine Adresse wird im Datenspeicher des Sicherheitsdienstes bleiben, bis die Hölle zugefriert.

PETAL: Hübscher Wagen, Sir, der Daimler. Darf ich Ihnen Ihren Mantel abnehmen?

DRITTE STIMME: Was ist also, Swain? Warum konnten wir uns nicht im Brown's treffen?

SWAIN: Leg ab, Robin! Sie ist weg.

DRITTE STIMME: Weg?

SWAIN: Ab ins Sprawl. Heut' früh.

DRITTE STIMME: Aber es ist noch nicht Zeit ...

SWAIN: Meinst du, ich hätte sie losgeschickt?

Die Antwort des Mannes klang hohl, undeutlich, wurde übertönt von einer schlagenden Tür. »War das Lanier?« fragte Kumiko lautlos.

»Ja«, erwidete Colin. »Petal nannte ihn in einem früheren Gespräch beim Namen. Swain und Lanier waren fünfundzwanzig Minuten zusammen.«

Drücken einer Türklinke, Bewegung.

SWAIN: Schöne Bescherung. Kann nix dafür. Hab dich vor ihr gewarnt, hab dir gesagt, du sollst die andern warnen. Der geborene Killer, höchstwahrscheinlich Psychopath ...

LANIER: Das ist dein Problem, nicht meins. Du brauchst deren Produkt und meine Kooperation.

SWAIN: Und was ist *dein* Problem, Lanier? Warum machst du mit? Nur um Mitchell aus dem Weg zu räumen?

LANIER: Wo ist mein Mantel?

SWAIN: Petal, bring Mr. Lanier den verdammten Mantel!

PETAL: Sir.

LANIER: Ich hab den Eindruck, deine Messermieze brauchen die genauso dringend wie Angie. Sie gehört ganz bestimmt zum Deal. Die werden sie auch kassieren.

SWAIN: Dann wünsch ich denen Glück. Sie ist bereits in Position im Sprawl. Hab vor 'ner Stunde mit ihr telefoniert. Ich führe sie mit meinem Mann drüben zusammen, der das arrangiert hat mit dem ... Mädchen. Und du gehst auch wieder rüber?

LANIER: Heut' abend.

SWAIN: Also keine Sorge.

LANIER: Wiedersehn, Swain.

PETAL: Der ist'n echt mieser Typ.

SWAIN: Sache gefällt mir nicht, echt ...

PETAL: Aber die Ware, die gefällt dir schon, nicht?

SWAIN: In der Beziehung kann ich mich nicht beklagen, aber warum, meinst du, wollen die Sally auch?

PETAL: Weiß Gott. Von mir aus sollen die ...

SWAIN: Die. Mag dieses ›Die‹ nicht ...

PETAL: Die werden nicht unbedingt begeistert sein, wenn sie erfahren, daß sie aus eigenen Stücken hinüber ist mit Yanakas Tochter ...

SWAIN: Nein. Aber Miss Yanaka haben wir wieder. Morgen sag ich Sally, daß Prior in Baltimore ist und das Mädchen in Form bringt ...

PETAL: Häßlicher Deal, echt ...

SWAIN: Bring eine Tasse Kaffee ins Arbeitszimmer!

Sie lag auf dem Rücken, hatte die Augen zu und ließ in ihrem Kopf Colins Aufnahmen ablaufen als direkten Input in den Hörnerv. Swain wickelte offenbar den Großteil seiner Geschäfte im Billardzimmer ab, was bedeutete, daß sie Leute kommen und gehen hörte und Anfang und Ende der Gespräche mitbekam. Zwei Männer, einer davon vielleicht der mit dem roten Gesicht, unterhielten sich zwischendurch über Hunderennen und das, was anstand. Sie lauschte besonders gespannt, als Swain und der Mann von Special Branch (von Swan SB genannt) direkt vor der Marmorbüste handelseinig wurden, als dieser schon im Begriff stand zu gehen. Sie ließ diesen Abschnitt ein halbes Dutzend Mal unterbrechen und bat um Klarstellung. Colin lieferte nicht unintelligente Vermutungen.

»Das ist ein sehr korruptes Land«, sagte sie schließlich, tief schockiert.

»Vielleicht nicht mehr als deins«, meinte er.

»Aber womit kauft Swain diese Leute?«

»Information. Ich würde sagen, unser Mr. Swain ist unlängst in den Besitz einer ganz hochrangigen Informationsquelle gekommen, die er nun eifrig aktiviert. Anhand dessen, was wir gehört haben, würde ich meinen, daß er wohl schon eine Weile in der Richtung tätig ist. Was auffällt, ist, daß er freilich auf dem Weg nach oben ist und expandiert. Es gibt interne Beweise, daß er neuerdings viel größer eingestiegen ist ins Geschäft als noch vor acht Tagen. Und das erweiterte Personal spricht auch dafür ...«

»Ich muß es meiner ... Freundin sagen.«

»Shears? Was sagen?«

»Was Lanier gesagt hat. Daß sie mit Angela Mitchell kassiert werden soll.«

»Wo ist sie denn?«

»Im Sprawl. Hotel ...«

»Ruf sie an! Aber nicht von hier. Hast du Geld?«

»Einen Mitsubank-Chip.«

»Geht nicht in unseren Telefonzellen, leider. Hast du Münzen?«

Sie stand vom Bett auf und sortierte behutsam die verschiedenen englischen Münzen, die sich auf dem Boden ihrer Börse angesammelt hatten. »Hier«, sagte sie, als sie eine dicke Messingmünze herausfischte, »zehn Pfund.«

»Davon braucht man zwei für'n *Orts*gespräch.« Sie warf den glänzenden Zehner in die Börse zurück. »Nein, Colin. Nicht telefonieren. Ich weiß 'ne bessere Möglichkeit. Ich will hier weg. Jetzt. Heute. Hilfst du mir?«

»Aber sicher«, sagte er, »obwohl ich dir davon abrate.«

»Trotzdem.«

»Also gut. Wie willst du's anstellen?«

»Ich sag ihnen«, meinte sie, »daß ich was einkaufen gehen muß.«

Böses Mädchen

Die Frau mußte irgendwann nach Mitternacht eingedrungen sein, überlegte sie später, denn es war zu einem Zeitpunkt, als Prior schon zurück war mit den Krabben, der zweiten Tüte Krabben. Die hatten echt lekkere Krabben in Baltimore, und beim Ausnüchtern entwickelte sie immer einen Mordsappetit, so daß sie Prior überredet hatte, noch welche holen zu gehen. Gerald kam regelmäßig herein, um die Derms am Arm zu wechseln. Sie wartete ihm jedesmal mit ihrem doofsten Grinsen auf, quetschte den Tranquilizer aus den Derms, sobald er gegangen war, und klebte sie wieder dran. Schließlich sagte Gerald, sie müsse jetzt schlafen; er knipste das Licht aus und schaltete das falsche Fenster auf die niedrigste Einstellung zurück, blutroten Sonnenuntergang.

Als sie allein war, griff sie zwischen Bett und Wand und fand den Schocker im Schaumstoffloch.

Sie schlief ein, ohne es zu wollen. Der rote Schein vom Fenster war wie das Abendrot in Miami, und sie träumte wohl von Eddy oder jedenfalls vom Hooky Green, wo sie mit jemand tanzte im dreiunddreißigsten Stock droben, denn als der Crash sie weckte, wußte sie nicht recht, wo sie war, hatte aber ganz klar den Weg aus dem Hooky Green im Kopf, als wüßte sie, daß sie besser in die Hufe kommen sollte, weil's Zoff gäbe …

Sie war halb aus dem Bett, als Prior durch die Tür kam, aber buchstäblich *durch* die Tür, denn die war noch zu, als er hereinknallte. Er flog rückwärts durch die Tür, und von der blieben nur Trümmer und Kartonwaben übrig.

Sie sah ihn gegen die Wand fliegen und auf den Boden plumpsen, und dann stand jemand anders an der

Tür im Gegenlicht des andern Zimmers, und alles, was sie vom Gesicht sehen konnte, waren zwei Wölbungen, wo sich das falsche Abendrot spiegelte.

Sie steckte die Beine wieder ins Bett, rückte zur Wand, schob die Hand hinunter …

»Keine Bewegung, Weib.« Die Stimme machte ihr echt Angst, weil sie so verdammt *fröhlich* klang, als wäre es ein Mordsspaß gewesen, Prior durch die Tür zu schmettern. »Echt du, keine Bewegung …« Und die Frau huschte mit drei Schritten heran, ganz nah, so nah, daß Mona die Kälte spürte, die vom Leder der Jacke abstrahlte.

»Okay«, sagte Mona, »okay …«

Dann wurde sie gepackt, blitzschnell, und aufs Bett gedrückt, mit den Schultern fest in den Schaumstoff gepreßt, und so'n Ding — der Schocker — baumelte vor ihrer Nase.

»Woher hast du dieses Spielzeug?«

»Oh«, sagte Mona, als hätte sie's schon mal gesehen, aber ganz vergessen, »es war in der Jacke meines Freundes. Hab mir die Jacke ausgeliehen …«

Monas Herz klopfte. Seltsam, diese Brillengläser …

»Weiß der Arsch, daß du so'n Spielzeug hast?«

»Wer?«

»Prior«, sagte die Frau, ließ sie los und drehte sich um. Dann gab sie ihm Tritte, trat ihn oft und kräftig. »Nein«, sagte sie und hörte so plötzlich auf, wie sie damit begonnen hatte. »Der hat wohl nichts gewußt.«

Dann erschien Gerald in der Tür, als wäre nichts geschehen, außer daß er mit reuigem Blick musterte, was von der Tür noch im Rahmen hing und mit dem Daumennagel über eine zersplitterte kunststoffbeschichtete Kante strich. »Kaffee, Molly?«

»Zwei Kaffee, Gerald«, sagte die Frau, die sich den Schocker ansah. »Meinen schwarz.«

Mona schlürfte Kaffee und musterte Kleidung und Frisur der Frau, während sie darauf warteten, daß Prior aufwachte; zumindest hatte sie diesen Eindruck. Gerald war wieder gegangen.

Eine wie die hatte Mona noch nicht gesehn. Sie war überhaupt nicht einzuordnen in der Modelandschaft; fest stand nur, daß sie Geld hatte. Die Frisur war europäisch. Mona hatte diesen Schnitt in einer Zeitschrift gesehen. Sie war sich sicher, daß er zwar derzeit nirgendwo in Mode war, aber er paßte gut zur Brille, einer eingesetzten, die direkt in die Haut implantiert war. Die hatte Mona mal bei einem Taxifahrer in Cleveland gesehen. Und sie trug so'ne Kurzjacke, eine tiefbraune, die für Monas Geschmack zu schlicht gewesen wäre, aber nagelneu wirkte und einen Lammfellkragen hatte, der nun offenstand und den Blick freigab auf ein komisches grünes Ding, das über Busen und Bauch gespannt war wie ein Panzer, was es in Monas Augen wohl auch war, und dazu eine Jeans aus graugrünem, flauschigem Wildleder, das beste Stück ihres Outfits, wie Mona fand, die sich so eine auch gekauft hätte, außer daß die Stiefel alles verdarben, so kniehohe schwarze Stiefel, Sorte Motorradfahrer, mit dicken gelben Gummisohlen und großen Riemen am Spann und verchromten Schnallen am ganzen Schaft und schrecklich plumpen Kappen. Und woher hatte sie bloß den Nagellack, den burgunderroten? So einer wurde, soweit Mona wußte, gar nicht mehr hergestellt.

»Was, zum Teufel, starrst du so?«

»Ah … deine Stiefel.«

»Na und?«

»Die passen nicht zur Hose.«

»Hab die nur an, um Prior ordentlich in den Arsch zu treten.«

Prior stöhnte auf dem Boden und fing zu kotzen an. Davon wurde auch Mona speiübel, so daß sie sagte, sie müsse mal ins Bad.

»Versuch nicht abzuhauen.« Die Frau schien Prior über den Rand ihrer weißen Porzellantasse durch die Brille zu beobachten, aber recht sicher konnte man sich da nicht sein.

Irgendwie fand sie sich im Bad wieder, die Tasche im Schoß. Sie beeilte sich mit dem Snief; zermahlte das Zeug nicht fein genug, so daß es hinten im Hals brannte, aber Lanette hatte den Spruch drauf, man habe nicht immer Zeit für die Feinheiten. Und überhaupt, ging's ihr nicht schon mächtig besser? Es gab eine enge Dusche in Geralds Bad, aber die sah aus, als wäre sie schon 'ne Ewigkeit nicht mehr benutzt worden. Sie schaute genauer hin und entdeckte grauen Schimmel rund um den Abfluß und Flecken, die wie trockenes Blut aussahen.

Als sie zurückkam, schleppte die Frau gerade Prior in ein anderes Zimmer, indem sie ihn an den Füßen zog. Er hatte Socken an, keine Schuhe, fiel Mona jetzt auf, als hätte er die Füße zum Schlafen hochgelegt gehabt. Blut klebte an seinem blauen Hemd, und das Gesicht war voller Schrammen.

Was Mona empfand, als das Zeug reindröhnte, war brennende, unschuldige Neugier. »Was tust du da?«

»Ich glaube, ich muß ihn aufwecken«, sagte die Frau, als würde sie in der U-Bahn über einen Fahrgast reden, der gleich seine Haltestelle verpaßte. Mona folgte ihr in den Raum, Geralds Wirkungsstätte, wo alles sauber und krankenhausweiß war. Sie sah zu, wie die Frau Prior auf eine Liege wuchtete, wie man sie in Schönheitssalons benutzte, mit Hebeln dran und Knöpfen und so. *Sie ist nicht so stark,* überlegte Mona, *sondern weiß, wie sie die Last anpacken muß.* Priors Kopf kippte zur Seite, als die Frau einen schwarzen Gurt um seine Brust festzurrte. Mona tat er schon leid, aber dann fiel ihr Eddy ein.

»Was hast'n?« Die Frau füllte Wasser aus einem verchromten Hahn in einen weißen Plastikeimer.

Mona versuchte immer wieder, es auszusprechen; ihr

Herz geriet aus dem Takt beim Ansturm des Wiz. *Er hat Eddy umgebracht,* wollte sie ständig sagen, aber es wollte ihr nicht über die Lippen gehn. Aber dann rückte sie wohl doch heraus damit, denn die Frau sagte: »Tja, so was bringt der fertig … wenn man ihn läßt.« Sie schüttete Prior das Wasser ins Gesicht und runter übers Hemd. Seine Augen sprangen auf. Das linke Augenweiß war tiefrot. Die Metallzacken des Schockers sprühten weiße Funken, als die Frau das Ding gegen sein nasses blaues Hemd drückte. Prior schrie auf.

Gerald mußte auf allen vieren kriechen, um sie unter dem Bett hervorzuziehen. Er hatte kühle, sehr sanfte Hände. Sie wußte nicht mehr, wie sie unters Bett geraten war, aber jetzt war alles still. Gerald hatte einen grauen Mantel an und eine dunkle Brille auf.

»Du gehst jetzt mit Molly, Mona«, sagte er.

Sie fing zu zittern an.

»Ich glaube, ich geb dir besser was für die Nerven.«

Sie zuckte zurück, entwand sich damit seinem Griff. »Nein! Faß mich bloß nicht an!«

»Laß mal, Gerald«, sagte die Frau von der Tür. »Es wird Zeit, daß du gehst.«

»Du weißt wohl nicht, was du tust«, sagte er, »trotzdem viel Glück.«

»Danke. Meinst du, du findest hin?«

»Ja. Ich wollte mich sowieso bald zurückziehen.«

»Ich auch«, sagte die Frau, und dann ging Gerald, der Mona nicht mal mehr zunickte.

»Hast du was zum Anziehen?« fragte die Frau. »Dann mach! Wir müssen auch los.«

Beim Anziehen stellte Mona fest, daß sich das Kleid nicht mehr schließen ließ über dem neuen Busen, also ließ sie es offen, schlüpfte in Michaels Jacke und zog den Reißverschluß bis zum Hals zu.

28

Gesellschaft

Manchmal brauchte er sich nur hinzustellen und zum Richter aufzuschaun oder sich auf den Beton zu hocken neben die Hexe. Das half gegen das Gedächtnis-Stottern. Nicht gegen die Aussetzer, die richtigen Rückfälle, sondern gegen das löchrige, verschwommene Gefühl, als würde der Zeitfaden im Kopf ständig reißen, so daß ihm Erinnerungsbruchteile verloren gingen … Also tat er das jetzt, und es wirkte, und schließlich merkte er, daß Cherry neben ihm war.

Gentry war droben unterm Dach bei der Gestalt, die er zu fassen bekommen hatte in Form eines Makroform-Knotens, wie er's nannte, und hatte kaum hingehört, als Slick vom Haus und all dem und von Bobby the Count zu berichten versuchte.

Also war Slick runtergestiegen und hatte sich zu einem Schergen gehockt im Dunkeln, Kalten, und rekonstruierte all das, was er mit so vielen verschiedenen Werkzeugen gemacht und wo er jedes Teil aufgetrieben hatte, und dann griff Cherry nach ihm und berührte mit der kalten Hand seine Wange.

»Bist du okay?« fragte sie. »Ich dachte, du kriegst vielleicht wieder so was …«

»Nein. Es ist nur so, daß ich manchmal hier runterkommen muß.«

»Er hat dich in die Kiste des Count eingesteckt, nicht wahr?«

»Bobby«, sagte Slick. »So heißt der. Ich hab ihn gesehn.«

»Wo?«

»Da drin. Es ist eine ganze Welt. Da ist so'n Haus wie ein Schloß oder so, und da ist er drin.«

»Allein?«

»Er sagt, Angie Mitchell ist auch bei ihm ...«

»Vielleicht spinnt er auch. War sie's?«

»Gesehn hab ich sie nicht. Sah ein Auto, das laut Bobby ihr gehört.«

»Sie ist in einer Entgiftungsklinik für Prominente in Jamaica, wie ich zuletzt gehört hab.«

Er zuckte die Achseln. »Keine Ahnung.«

»Wie sieht er aus?«

»Er sah jünger aus. Jeder sieht schlecht aus mit all den Schläuchen drin und so'm Kram. Er meint, Kid Afrika hat ihn hier abgesetzt, weil er Schiß gekriegt hat. Er sagt, kommt ihn jemand suchen, stecken wir ihn die Matrix ein.«

»Warum?«

»Weiß nicht.«

»Hättest ihn fragen sollen.«

Wieder zuckte er die Achseln. »Haste Bird irgendwo gesehn?«

»Nein.«

»Sollte längst zurück sein ...« Er stand auf.

Little Bird kam bei Anbruch der Dämmerung zurück auf Gentrys Motorrad. Die dunklen Haarbüschel waren feucht vom Schnee und wedelten hintendrein, als er mit einem Affenzahn in Solitude einfuhr. Slick zuckte zusammen; Little Bird hatte den falschen Gang drin. Little Bird raste eine Halde aus gepreßten Ölfässern hinauf und bremste, wo er hätte Gas geben sollen. Cherry sperrte den Mund auf, als Bird und Bike sich in der Luft voneinander lösten; das Bike schwebte sekundenlang dahin, um dann im Salto auf einem rostigen Stahlblechhaufen, einer früheren Vorhalle der Fabrik, zu landen, während Little Bird Purzelbäume schlug.

Slick hörte die Maschine nicht mehr aufschlagen. Er stand neben Cherry im Schutz eines türlosen Ladetors — dann rannte er über Schnee und Rost zum verunglückten Fahrer — ohne Reaktionsverzögerung. Little

Bird lag auf dem Rücken, hatte Blut an den Lippen, die teilweise unter dem Dschungel aus Amuletten und Riemen, den er um den Hals trug, verdeckt waren.

»Faß ihn nicht an!« sagte Cherry. »Hat sich vielleicht die Rippen gebrochen oder innere Verletzungen ...«

Little Bird machte die Augen auf, als er ihre Stimme hörte. Er spitzte die Lippen und spuckte Blut und ein Stück Zahn aus.

»Nicht rühren!« sagte Cherry, die sich neben ihn kniete und knapp und bündig formulierte, wie sie es bei ihrer medizinisch-technischen Ausbildung gelernt hatte. »Mögliche Verletzungen ...«

»V-verpiß dich, Alte«, würgte er hervor und rappelte sich mit Hilfe von Slick steifbeinig hoch.

»Schon recht, Arschloch«, sagte sie. »Blutungen. Soll mir egal sein.«

»Hab ihn nicht gekriegt«, sagte Little Bird und verschmierte mit dem Handrücken das Blut im Gesicht, »den Truck.«

»Das seh ich«, meinte Slick.

»Marvie und die haben Gesellschaft bekommen. Wie Fliegen am Misthaufen. Einige Hovercrafts und 'n Hubschrauber. Und lauter Typen.«

»Was für Typen?«

»Wie Soldaten, aber sind keine. Soldaten blödeln rum, reißen Witze, wenn kein hohes Tier herschaut. Aber die nicht.«

»Bullen?« Marvie und seine zwei Brüder züchteten mutierte Ruderalis* in einem Dutzend halbversunkener Eisenbahntankwagen; hin und wieder versuchten sie, einfache Aminobausteine zusammenzubrauen, aber ihr Labor flog ständig in die Luft. Sie waren sozusagen die einzigen seßhaften Nachbarn der Fabrik. Sechs Kilometer weg.

---

* Ruderalis: Pflanzen, die auf stickstoffreichen Schuttplätzen gedeihen. — *Anm. d. Übers.*

»Bullen?« Little Bird spuckte noch ein Stück Zahn aus und tastete vorsichtig mit einem blutigen Finger im Mund herum. »Was sie tun, ist nicht verboten. Bullen können sich jedenfalls kein solches Gerät leisten. Neue Hovercrafts, eine neue Honda ...« Er grinste; Schaum aus Blut und Speichel. »Ich hielt Abstand und sah sie mir an. Mit solchen Typen möcht ich nichts zu tun haben, und du auch nicht. Mann, Gentrys Bike ist wohl im Arsch, was?«

»Mach dir nichts draus«, sagte Slick. »Der Gentry hat jetzt wohl was andres im Kopf.«

»Ist gut ...« Er torkelte in Richtung Fabrik, wäre fast gestürzt, fing sich wieder, ging weiter.

»Der schwebt ja, so high ist der«, sagte Cherry.

»Ey, Bird«, rief Slick, »was is'n mit der Tüte mit dem Shit, die du Marvie geben solltest?«

Bird schwankte, drehte sich um. »Die hab ich verloren ...« Dann war er um eine Wellblechecke verschwunden.

»Vielleicht spinnt er das nur zusammen«, sagte Cherry. »Das mit den Typen. Oder sieht Gespenster.«

»Glaub ich nicht«, meinte Slick und zog sie ins Dunkle, als eine unbeleuchtete Honda aus der Winterdämmerung auftauchte und sich der Fabrik näherte.

Er hörte, wie die Honda die Fabrik zum fünften Mal überflog, als er die wankenden Stufen hinaufstürmte, und das Blechdach vibrierte vom Hubschrauber. Nun, dachte er, so würde Gentry wenigstens merken, daß sie Besuch bekamen. Den wackligen Laufsteg nahm er mit zehn langsamen Riesenschritten. Jetzt fragte er sich auch, ob sie den Count überhaupt wieder herausbrächten, ohne zusätzliche I-Eisen an den Steg anschweißen zu müssen.

Er kam ohne anzuklopfen in den hellen Dachboden. Gentry saß an einer Werkbank, hielt den Kopf schräg und schaute zur Fensteröffnung aus Plastik hinauf. Die

Werkbank war mit Hardware-Teilen und kleinem Werkzeug übersät.

»Hubschrauber«, sagte Slick, vom Treppensteigen außer Atem.

»Hubschrauber«, gab Gentry ihm recht und nickte nachdenklich, wobei der zerzauste Pferdeschwanz wippte. »Die scheinen was zu suchen.«

»Haben's wohl schon gefunden.«

»Könnte die Fission Authority sein.«

»Bird sah Leute bei Marvie. Sah da auch den Hubschrauber. Du hast ja nicht richtig zugehört, als ich dir erzählen wollte, was er sagte.«

»Bird?« Gentry betrachtete den Kleinkram auf der Bank. Griff sich zwei Bauteile und steckte sie mit einer Drehbewegung zusammen.

»Der Count! Er sagte mir ...«

»Bobby Newmark«, unterbrach Gentry, »ja. Ich weiß jetzt 'ne Menge mehr über Bobby Newmark.«

Cherry kam jetzt nach. »Mit der Brücke müßt ihr was machen«, sagte sie und ging sofort zur Bahre. »Wackelt zu viel.« Sie bückte sich und checkte die Anzeigen des Count.

»Komm her, Slick!« sagte Gentry und stand auf. Er ging zum Holotisch. Slick kam nach, betrachtete das Bild, das dort aufleuchtete. Es erinnerte ihn an die Teppiche, die er im grauen Haus gesehen hatte. Ähnliche Muster, nur waren die aus haarfeinen Neonlinien gewoben und zu einem endlosen Knoten verflochten. Ins Zentrum des Knotens zu schauen tat im Kopf weh. Er sah weg.

»Ist es das?« fragte er Gentry. »Was du dauernd gesucht hast?«

»Nein, sagte ich doch. Das ist nur ein Knoten, eine Makroform. Ein Modell ...«

»Da drinnen hat er das Haus, ein ganzes Schloß, Gras, Bäume und Himmel ...«

»Viel mehr als das. Ein ganzes Universum mehr. Das

war nur eine Konstruktion aus einem Werbestim. Er hat eine *Abstraktion* der Gesamtsumme aller den Cyberspace ausmachenden Daten. Trotzdem bin ich der Sache näher denn je ... Er hat dir nicht gesagt, warum er da drin ist?«

»Hab ihn nicht gefragt.«

»Dann mußt du noch mal hin zu ihm.«

»Ey, Gentry, hör doch! Der Hubschrauber kommt wieder. Kommt wieder mit zwei Hovercrafts voller Typen, die, sagt Bird, wie Soldaten aussehn. Die haben's nicht auf uns abgesehen. Auf *ihn.*«

»Vielleicht gehören sie zu ihm. Vielleicht haben sie's auf uns abgesehn.«

»Nein. Er hat's mir doch *gesagt,* Mann! Er sagt, wenn ihn jemand suchen kommt, stecken wir arg in der Klemme und müssen ihn in die Matrix einstecken.«

Gentry betrachtete das kleine Verbindungsstück, das er noch in der Hand hielt. »Wir reden mit ihm, Slick. Du gehst noch mal rein. Diesmal komm ich mit.«

29

Winterreise

Petal hatte sich schließlich breitschlagen lassen, allerdings erst, als sie ihm damit kam, den Vater anzurufen und um Erlaubnis zu fragen. Daraufhin zog er unglücklich ab, um Swain zu suchen, und als er zurückkam, sah er keineswegs glücklicher aus. Die Antwort war ja. Vermummt und eingepackt in mehreren Schichten ihrer wärmsten Kleidung, stand sie im weißgestrichenen Foyer und betrachtete die Jagddrucke, während Petal dem Mann mit dem roten Gesicht, der Dick hieß, hinter verschlossenen Türen Belehrungen erteilte. Sie konnte kein Wort verstehen von den leisen, langatmigen Ermahnungen. Das Maas-Neotek steckte in ihrer Tasche, aber davon ließ sie tunlichst die Finger. Zweimal hatte Colin schon versucht, ihr das Vorhaben auszureden.

Jetzt wurde Dick aus dem Vortrag entlassen. Sein strenger kleiner Mund zeigte ein Lächeln. Unter dem engen schwarzen Anzug trug er einen pink Rolli aus Kaschmir und eine dünne graue Schurwolljacke. Sein schwarzes Haar war mit Gel streng nach hinten gekämmt, die blassen Wangen waren mit Bartstoppeln übersät, die nur ein paar Stunden alt waren. Sie umfaßte das Gerät in der Tasche. »Hallochen«, sagte Dick und musterte sie vom Scheitel bis zur Sohle. »Wohin sollen wir gehn?«

»Portobello Road«, sagte Colin, der an der Wand lehnte neben dem überfüllten Kleiderständer. Dick nahm davon einen dunklen Mantel, wobei er durch Colin hindurchgriff, schlüpfte hinein und knöpfte ihn zu. Dann zog er dicke schwarze Lederhandschuhe an.

»Portobello Road«, sagte Kumiko und ließ das Gerät los.

»Seit wann arbeiten Sie schon für Mr. Swain?« fragte sie, während sie langsam auf dem vereisten Bürgersteig des Straßenbogens gingen.

»Lang genug«, antwortete er. »Vorsicht, nicht ausrutschen. Haben tückische Absätze, die Stiefel.«

Kumiko stakte neben ihm her in ihren schwarzen französischen Lackstiefeln. Wie sie vorausgesehen hatte, war es schier unmöglich, sich mit diesen Stiefeln durch die gläsernen, welligen Eisflächen zu manövrieren. Sie nahm seine Hand und ließ sich stützen. Dabei spürte sie hartes Metall in seinem Handteller. Die Handschuhe waren mit Gewichten beschwert, die Finger mit Kohlenstoffgeflecht verstärkt.

Er sagte nichts, als sie am Ende des Bogens in die Seitenstraße einbogen, aber als sie die Portobello Road erreichten, hielt er inne. »'tschuldigung«, sagte er mit einem zögernden Unterton, »aber stimmt es, was die Jungs sagen?«

»Die Jungs? Tut mir leid.«

»Swains Jungs, seine festen. Daß du die Tochter des hohen Tiers bist — des hohen Tiers von Tokyo?«

»Bedaure, aber ich verstehe nicht.«

»Yanaka. Heißt du Yanaka?«

»Kumiko Yanaka, ja ...«

Er beäugte sie mit großer Neugier. Dann wurde seine Miene besorgt, und er blickte sich vorsichtig um. »Herrgott«, sagte er, »wird schon stimmen ...« Der untersetzte, dick eingepackte Dick war wachsam, angespannt. »Der Chef sagt, du willst einkaufen?«

»Ja, bitte.«

»Wohin möchtest du?«

»Dahin«, sagte sie, und führte ihn in eine enge Ladenstraße, die ordentlich vollgestopft war mit britischem *Gomi*.

Ihre Shopping-Erfahrung von Shinjuku kam ihr bei Dick zugute. Das Vorgehen, das sie entwickelt hatte, um die

Sekretäre des Vaters zu ärgern, erwies sich nun als ebenso hilfreich, als sie den Mann zwangsweise an unsinnigen Entscheidungen zwischen einem König Eduard-Medaillon und einem andern oder diesen oder jenen Buntglasscherben beteiligte, wobei sie freilich darauf achtete, zu guter Letzt nur zerbrechliche oder besonders schwere Stücke zu nehmen, die unhandlich und unverschämt teuer waren. Eine frohe zweisprachige Verkäuferin belastete Kumikos Mitsubank Chip mit achtzigtausend Pfund. Kumiko ließ die Hand in die Tasche gleiten und umfaßte das Maas-Neotek. »Ein erlesenes Stück«, sagte die englische Verkäuferin auf japanisch, während sie Kumikos Erwerbung, eine Ormulu-Vase mit Greif-Darstellungen, verpackte.

»Scheußlich«, bemerkte Colin auf japanisch. »Und ein Imitat obendrein.« Er flackerte auf einem viktorianischen Roßhaar-Sofa und hatte die Beine auf einem *Art deco*-Cocktailtisch, der von Aluminiumengeln getragen wurde.

Die Verkäuferin bürdete dem beladenen Dick die verpackte Vase auf. Es war Dicks elftes Antiquitätengeschäft und Kumikos achter Kauf.

»Du solltest jetzt wohl besser zuschlagen«, riet Colin ihr. »Unser Dick wird nämlich jeden Moment bei Swain einen Wagen anfordern, der das Zeug heimschafft.«

»War's das dann wohl?« fragte Dick hoffnungsvoll über Kumikos Einkäufe hinweg.

»Noch ein Geschäft, bitte.« Kumiko lächelte.

»Also gut«, sagte er finster. Als er hinter ihr aus der Tür kam, rammte sie den linken Stöckelabsatz in einen Spalt im Pflaster, den sie beim Hineingehen bemerkt hatte. »Ist was?« fragte er, als er sie stolpern sah.

»Mir ist der Absatz abgebrochen vom Stiefel ...« Sie humpelte in das Geschäft zurück und ließ sich neben Colin auf dem Roßhaar-Sofa nieder. Die Verkäuferin eilte herbei, um behilflich zu sein.

»Schnell runter damit«, riet Colin, »bevor Dickie die Pakete absetzt.«

Sie öffnete den Reißverschluß am Stiefel mit dem kaputten Stöckel, dann den andern und zog beide aus. Anstelle der chinesischen Rauhseidenstrümpfe, die sie normalerweise im Winter trug, hatte sie nun die schwarzen Gummisocken mit Plastikprofilsohle an. Sie wäre Dick beinahe zwischen die Beine gelaufen, als sie durch die Tür schoß, rempelte ihn statt dessen aber mit der Schulter an der Hüfte an, als sie sich durchzwängte, so daß er in eine Auslage mit facettierten Kristallkaraffen fiel.

Und dann war sie frei und tauchte ein ins Touristengewühl der Portobello Road.

Ihre Füße waren eiskalt, aber die Plastikprofilsohlen waren ungemein griffig — wenngleich nicht auf Eis, wie sie sich ins Gedächtnis rief, als sie sich von ihrem zweiten Sturz aufrichtete, die Hände voller nassen Split. Colin hatte sie durch diese enge Passage aus rußgeschwärztem Backstein geführt …

Sie packte das Gerät. »Wohin jetzt?«

»Dorthin«, sagte er.

»Ich muß ins Rose and Crown«, erinnerte sie ihn.

»Du mußt vorsichtig sein. Dickie wird längst Swains Leute herbeigerufen haben, von der Treibjagd ganz zu schweigen, die Swains Freund von Special Branch veranstalten kann, wenn er darum gebeten wird. Und ich kann mir nicht vorstellen, daß er nicht gebeten worden ist …«

Sie betrat das Rose and Crown durch den Nebeneingang und war froh für das anheimelnd schummrige Licht und die wohlige Wärme, wesentlichen Merkmalen solcher Zuflucht bietenden Pubs. Sie staunte über das viele Polster an Wänden und Sitzen, die schweren Vorhänge. Wären die Farben und Stoffe weniger schmuddelig gewesen, so hätte das Lokal irgendwie an Behaglichkeit eingebüßt. Pubs, so dachte sie sich, waren der Inbegriff der britischen Einstellung zu *Gomi*.

Auf Colins Drängen bahnte sie sich einen Weg durch die Trinkenden, die in Trauben am Tresen standen, und hoffte, dort Tick zu finden.

»Was darf's denn sein, Kleine?«

Sie blickte auf in ein breites Gesicht hinterm Tresen, breiter Lippenstift, Wangenrouge, blond. »Entschuldigung«, begann Kumiko, »ich möchte gern Mr. Bevan sprechen ...«

»Noch'n Pint *Lager*, Alice«, sagte jemand und klatschte drei Zehn-Pfund-Münzen hin. Alice zapfte von einem großen weißen Keramikhahn Helles in ein Glas. Sie stellte das Glas auf die zerkratzte Bar und fegte das Geld in eine klirrende Kasse hinterm Tresen.

»Da will jemand was, Bevan«, sagte Alice, als der Mann das Glas hob.

Kumiko blickte auf in ein gerötetes, narbiges Gesicht. Die Oberlippe war verkürzt, erinnerte Kumiko an Kaninchen, obwohl Bevan groß war, fast so groß wie Petal. Und Kaninchenaugen hatte er auch: rund, braun, wenig Augenweiß. »Von mir?« Sein Akzent erinnerte sie an Tick.

»Sag ja«, riet Colin. »Er kann sich nicht vorstellen, warum eine kleine Japse in Gummisocken ins Pub kommt und was will von ihm.«

»Ich möchte zu Tick.«

Bevan betrachtete sie gleichgültig über den Rand des erhobenen Glases. »Tut mir leid«, sagte er, »aber ich kenn an sich keinen, der so heißt.« Er trank.

»Sally sagte mir, ich soll zu Ihnen, wenn Tick nicht hier ist. Sally Shears ...«

Bevan verschluckte sich am Lager, und in den Augen zeigte sich mehr Weiß. Hustend stellte er das Glas auf die Bar und zog ein Taschentuch aus dem Mantel. Damit schneuzte er sich und wischte sich den Mund ab.

»Ich fang in fünf Minuten an«, sagte er. »Gehen wir besser nach hinten.«

Alice klappte eine Platte mit Scharnieren auf; Bevan

schob Kumiko mit kleinen Klapsen seiner großen Hände durch, wobei er kurz über die Schulter umschaute. Er führte sie durch einen schmalen Gang, der hinter der Bar anfing. Backsteinwände, alt und holprig, dick mit grüner Farbe beschmiert. Neben einem zerdellten Blecheimer mit Bartüchern aus Frottee, die nach Bier stanken, blieb er stehen.

»Es wird dir leid tun, wenn du mich reinlegen willst, Mädel«, drohte er. »Sag schon, was willst du von Tick?«

»Sally ist in Gefahr. Ich muß Tick finden. Muß es ihm sagen.«

»Verdammte Scheiße«, sagte der Barkeeper. »Versetz dich mal in meine Lage ...«

Colin rümpfte die Nase über dem Eimer mit den triefenden Tüchern.

»Ja?« meinte Kumiko.

»Wenn du'n Polizeispitzel bist und ich dich losschicke zu diesem Tick, vorausgesetzt, ich kenne ihn, und der gefoppt wird, dann wird er mich erledigen, nicht? Aber bist du keiner, dann wird diese Sally mich wahrscheinlich erledigen, wenn ich dich nicht schicke, klar?«

Kumiko nickte. »Zwischen Baum und Borke.« Das war ein Spruch, den sie von Sally gehört hatte und den sie richtig poetisch fand.

»Ganz recht«, sagte Bevan und sah sie komisch an.

»Helfen Sie mir! Sie ist in größter Gefahr.«

Er strich sich mit der Hand das glänzende rotblonde Haar zurück.

»Sie helfen mir!« hörte sie sich sagen und spürte, wie sich die kalte Maske der Mutter über ihr Gesicht schob. »Sagen Sie schon, wo ich Tick finde.«

Der Barkeeper schien zu schaudern, obwohl der Gang überheizt war, feuchtwarm. Zum Biergeruch gesellte sich scharfer Desinfektionsmittel-Gestank. »Kennst du dich aus in London?«

Colin zwinkerte ihr zu. »Ich find mich zurecht«, sagte sie.

»Bevan«, sagte Alice, die den Kopf um die Ecke steckte, »Polypen.«

»Polizei«, übersetzte Colin.

»Margate Road, SW2«, sagte Bevan. »Hausnummer weiß ich nicht, Telefonnummer auch nicht.«

»Laß dich jetzt zum Hinterausgang führen«, sagte Colin. »Das ist keine gewöhnliche Polizei.«

Kumiko würde die endlose Fahrt durch den Untergrund der Stadt nie vergessen. Colin hatte sie vom Rose and Crown nach Holland Park geführt und dort hinunter, wobei er ihr erklärte, daß ihr MitsuBank-Chip jetzt mehr als wertlos war; wenn sie ihn für ein Taxi oder sonstige Einkäufe hernähme, würde der Vorgang im Cyberspace-Gitter wie ein Magnesiumblitz aufleuchten im Monitor von Special Branch. Aber sie müsse Tick finden, sagte sie ihm; sie müsse in die Margate Road. Er runzelte die Stirn. Sagte nein, sie solle warten bis zum Nachteinbruch; nach Brixton sei es nicht weit, aber auf der Straße sei's zu gefährlich jetzt am hellichten Tag, wo Swain doch die Polizei auf seiner Seite habe. Aber wo solle sie sich verstecken, fragte sie. Sie hatte kaum Geld; die Vorstellung von Bargeld, Münzen und Scheinen, war komisch, ihr total fremd.

Hier, sagte er, als sie in Holland Park mit dem Lift hinunterfuhr. »Für den Preis einer Fahrkarte.«

Die bulligen silbernen Zugsilhouetten.

Die weichen alten Sitze in Graugrün.

Und warm, herrlich warm; noch so eine Zuflucht hier im Reich endloser Bewegung …

Der Raub

Der Airport schluckte eine benommene Danielle Stark durch einen pastelligen Korridor, der von Reportern, Kameras und elektronisch verstärkten Augen gesäumt wurde, während Porphyre und drei Net-Sicherheitsdienstler Angie durch die Journalisten schleusten, die sie umzingelten, ein choreographiertes Ritual, bei dem es mehr um dramatische Bildwirkung als um Personenschutz ging. Sämtliche Anwesenden waren bereits einer Überprüfung durch den Sicherheitsdienst und die PR-Abteilung unterzogen.

Dann war sie allein mit Porphyre in einem reservierten Aufzug, unterwegs zum Hubschrauberlandeplatz, den Net auf dem Dach des Terminalgebäudes unterhielt.

Als die Türen aufgingen und ihnen nasser Wind entgegenpeitschte von der taghell erleuchteten Betonfläche, wo drei frische Sicherheitsdienstler in übergroßen, orangefarben fluoreszierenden Parkas bereitstanden, erinnerte sich Angie an ihren ersten Besuch im Sprawl, in das sie mit Turner per Bahn von Washington gekommen war.

Einer der orangefarbenen Parkas führte sie über den atablanken Beton zum wartenden Hubschrauber, einer großen, zweirotorigen Fokker in schwarzem Chrom. Porphyre ging über die mattschwarze Sprossenleiter voraus. Sie folgte, ohne noch einmal umzuschauen.

Sie war anders jetzt, entschlossener. Sie hatte sich vorgenommen, Hans Becker durch seinen Pariser Agenten zu kontaktieren. Continuity wußte die Nummer. Es wurde Zeit, endlich Zeit, was zu unternehmen. Unternehmen wollte sie auch was bezüglich Robin; der, wußte sie, wartete schon im Hotel.

Der Helikopter wies sie an, den Sicherheitsgurt anzulegen.

Als sie abhoben, herrschte Grabesstille in der schalldichten Kabine. Nur ein Vibrieren in den Knochen. Seltsam, aber einen Moment lang hatte sie das bestimmte Gefühl, sie hätte ihr komplettes Leben im Kopf und sehe es als das, was es war. Und eben das, fand sie, hatte die Droge überkrustet und überdeckt und damit Schmerzfreiheit gebracht.

Scheideweg der Seele, sagte eine eherne Stimme aus dem Kerzenschein heraus und dem Bienenstockbrummen ...

»Missy?« Porphyre beugte sich vom Nebenplatz zu ihr ...

»Ich träume nur.«

Etwas hatte auf sie gewartet vor Jahren im Net. Kein Loa wie Legba oder die andern, obwohl Legba, wie sie wußte, der Herr der Wege und Pfade war; er war die Synthese, Eckpfeiler des Zaubers, der Kommunikation ...

»Porphyre«, fragte sie, »warum ist Bobby gegangen?« Sie schaute hinaus auf das wirre Lichterraster des Sprawl, die Kuppeln mit ihren roten Warnlichtern, aber sah statt dessen die Datenlandschaft, die ihn angezogen, immer wieder zurückgezogen hatte ins einzige Spiel, das er für spielenswert hielt.

»Wenn du's schon nicht weißt, Missy«, sagte Porphyre, »wer dann?«

»Aber du hörst allerhand. Alles. Sämtliche Gerüchte. Immer ...«

»Warum fragst du gerade jetzt?«

»Es wird Zeit ...«

»Ich weiß, was *geredet* wird, klar? Was Leute, die keiner kennt, über die reden, die berühmt sind. Vielleicht haben welche, die behaupten, Bobby zu kennen, geredet, was dann die Runde gemacht hat ... Bobby war ein dankbares Gesprächsthema, weil er mit dir lebte, klar? Das ist ein guter Ausgangspunkt, Missy, denn genau das empfand er durchaus nicht als so befriedigend, oder? Es hieß, er fing an mit kleinen Deals, aber dann fand er dich. Du bist schneller hochgekommen, als er sich hätte träumen lassen. Hast ihn mitgezogen, klar? Dorthin, wo Summen, die er sich je erträumt hätte daheim in Barrytown, nur ein Taschengeld sind …«

Angie nickte, den Blick aufs Sprawl gerichtet.

»Es hieß, er habe eigene Ambitionen, Missy. Es trieb ihn was, trieb ihn schließlich weg …«

»Ich hätte nicht geglaubt, daß er mich verläßt«, sagte sie. »Als ich das erste Mal ins Sprawl kam, fühlte ich mich wie neu geboren. Ein neues Leben. Und er war da, einfach da, von der ersten Nacht an. Später, als Legba — als ich bei Net war …«

»Als du Angie wurdest.«

»Ja. Und soviel ich auch dafür hergeben mußte, ich wußte, er war da. Und daß er nicht einfach abhauen würde. Und ich brauchte das, daß es nach wie vor nur ein Schwindel war in seinen Augen, der ganze Zirkus …«

»Net?«

»Angie Mitchell. Er verstand es, sie von mir zu unterscheiden.«

»Wirklich?«

»Vielleicht machte er den Unterschied aus.« So hoch über den Lichtern …

Das alte New Suzuki Envoy war Angies Lieblingshotel im Sprawl schon seit ihren Anfängen bei Net.

Die Fassade zur Straße umfaßte elf Geschosse, über denen es sich in insgesamt neun Absätzen stufig verjüngte zu einer Gipfellandschaft, die aus dem abgetragenen Felsbett seiner Baugrube am Madison Square aufgebaut war. Die ursprünglichen Pläne hatten für das Steilgelände eine Flora aus der Hudson Valley-Region und eine entsprechende Fauna vorgesehen, aufgrund des späteren Baus der ersten Manhattaner Kuppel wurde indes die Mitwirkung eines Ökodesign-Teams erforderlich, das seinen Sitz in Paris hatte. Die französischen Ökologen, die mit der Problematik des ›reinen‹ Designs, die sich in Orbitalsystemen stellte, vertraut waren, entschieden sich für stark manipulierte Vegetationsstreifen und Roboter-Fauna, aber Angies wiederholtes Engagement verschaffte dem Bauwerk schließlich ein Gepräge, das ansonsten nicht zustandegekommen wäre. Net mietete sich in den fünf Obergeschossen ein, wo ihr eine ständige Suite eingerichtet wurde, und das Envoy erwarb auf seine alten Tage einen guten Ruf bei Künstlern und Entertainern.

Jetzt lächelte sie, als der Helikopter neben einem desinteressierten Roboter-Dickhornschaf aufstieg, das scheinbar beim beleuchteten Wasserfall Flechte fraß. Das absurde Ambiente begeisterte sie; sogar Bobby hatte es gefallen.

Sie blickte hinaus zum Hubschrauberlandeplatz des Envoy, wo im Flutlicht das frisch aufgepinselte Sense/Net-Logo auf dem beheizten Beton glänzte. Eine einsame Gestalt in grellorangefarbener Parka und Kapuze wartete bei einer behauenen Felsformation.

»Robin wird da sein, nicht wahr, Porphyre?«

»*Mistah* Lanier«, sagte er verdrießlich.

Sie seufzte.

Die verchromte schwarze Fokker landete sachte; Gläser klirrten im Barschrank, als die Kufen auf dem Dach des Envoy aufsetzten. Das gedämpfte Knattern der Motoren verstummte.

»Was Robin angeht, Porphyre, so muß ich den ersten Schritt tun. Ich werde heut' abend mit ihm reden. Unter vier Augen. Ich möchte, daß du ihm vorerst aus dem Weg gehst.«

»Das wird Porphyre ein Vergnügen sein, Missy«, sagte der Friseur, als hinter ihnen die Kabinentür aufging. Und dann zuckte er, krallte an seinem Gurtschloß, und Angie drehte sich um und sah den grellorangefarbenen

Parka im Eingang, den erhobenen Arm, die verspiegelte Brille. Die Kanone machte nicht mehr Lärm als ein Feuerzeug, aber Porphyre krampfte, warf die lange schwarze Hand an den Hals, während der Sicherheitsdienstler die Luke zuzog und zu Angie sprang.

Etwas schlug gegen ihren Bauch, als Porphyre rückgratlos in seinen Sitz sackte und die dünne rote Zungenspitze aus dem Mund hängen ließ. Ganz im Reflex schaute sie nach unten und sah ihr verchromtes schwarzes Gurtschloß durch eine klebrig aussehende grünliche Plastikraute.

Sie sah auf in ein ovales weißes Gesicht unter einer straffsitzenden orangefarbenen Nylonkapuze. Sah das eigene, vom Schock gezeichnete Gesicht doppelt in den silbernen Brillengläsern.

»Was getrunken heut'?«

»Wie?«

»Er.« Daumen zeigte auf Porphyre. »Alkohol?«

»Ja ...«

»Scheiße.« Frauenstimme. Sie wandte sich Porphyre zu. »Hab ihn sediert. Will freilich nicht seinen Atemreflex betäuben.« Angie sah zu, wie die Frau Porphyre den Puls fühlte. »Schätze, der ist okay ...« Zuckte sie die Achseln im orangefarbenen Parka?

»Sicherheitsdienst?«

»Was?« Die Brillengläser blitzten auf.

»Sind Sie Net-Sicherheitsdienst?«

»Nein, verdammt. Ich entführe dich.«

»Wirklich?«

»Und ob.«

»Aber warum?«

»Nicht aus üblichen Gründen. Jemand ist auf dich aus. Auf mich auch. Hatte den Auftrag, dich erst nächste Woche zu krallen. Aber die können mich. Mußte sowieso mit dir reden.«

»So? Mit mir reden?«

»Kennst eine 3Jane?«

»Nein. Ich meine ja, aber …«

»Spar dir das! Wir müssen weg hier. Schnell!«

»Porphyre …«

»Der wird bald wieder wach. Wie der aussieht, will ich lieber nicht hiersein, wenn er aufwacht …«

3Jane

Wenn das Bobbys großer Landsitz war, fand Slick, als er die Augen aufmachte in der scharfen Kurve des schmalen Korridors, so war das Haus merkwürdiger, als es ihn beim ersten Mal angemutet hatte. Die Luft war stickig, und das Licht, das vom gläsernen grünlichen Feld in der Decke einfiel, gab ihm das Gefühl, unter Wasser zu sein. Der Tunnel bestand irgendwie aus glasiertem Beton. Er kam sich eingesperrt vor.

»Vielleicht sind wir im Keller oder so gelandet«, sagte er und bemerkte den feinen Hall vom Beton, wenn er sprach.

»Müssen nicht zwangsläufig in der Konstruktion stekken, die du letztes Mal gesehn hast«, meinte Gentry.

»Und was ist es dann?« Slick berührte die Betonwand; sie war warm.

»Ist egal«, sagte Gentry.

Gentry ging in die Richtung, in die sie schauten. Hinter der Kurve war der Boden ein holpriges Mosaik aus Porzellanscherben, die in eine Art Epoxidharz eingelassen und glatt für die Stiefel waren.

»Schau dir das an ...« Abertausend Muster und Farben in Scherben, aber keinerlei Systematik, reines Zufallsprodukt.

»Kunst.« Gentry zuckte die Achseln. »Jemandes Hobby. Solltest das zu schätzen wissen, Slick Henry.«

Wer immer dahintersteckte, mit den Wänden hatte er sich nicht die Mühe gemacht. Slick kniete hin, betastete den Boden, spürte die rauhen Kanten der keramischen Scherben, dazwischen glasigen, harten Kunststoff. »Was soll das heißen — Hobby?«

»So was wie die Dinger, die du baust, Slick. Deine

Spielzeuge aus Müll ...« Gentry setzte sein verkrampftes, irres Grinsen auf.

»Du hast keine Ahnung, Gentry«, sagte Slick. »Widmest dein ganzes abgefucktes Leben der Suche nach der Gestalt des Cyberspace, Mann, der vermutlich gar keine Gestalt hat. Und überhaupt, wen juckt das schon?« Der Richter und die andern waren keineswegs ein Zufallsprodukt. Das Vorgehen war zufallsbedingt, aber das Resultat hatte einer inneren Vorgabe zu entsprechen, die er nicht direkt fassen konnte.

»Weiter«, sagte Gentry.

Slick blieb, wo er war, sah auf in Gentrys bleiche Augen, die bei diesem Licht grau waren, in sein angespanntes Gesicht. Warum ließ er sich überhaupt auf Gentry ein?

Weil man jemand brauchte im einsamen Solitude. Nicht nur für den Strom; dieses ganze Hausherr-Theater war echt nur Quatsch. Weil man wohl jemand um sich brauchte. Mit Bird konnte man sich nicht unterhalten, denn den interessierte nichts groß und der sülzte nur dumm herum. Und auch wenn Gentry das nicht zugab, Slick gestand ihm einen gewissen Durchblick zu.

»Ja«, sagte Slick und stand auf, »gehn wir!«

Der Tunnel war verschlungen wie ein Gedärm und führte im Kreis. Wieder war der Abschnitt mit dem Mosaikboden da nach etlichen Kurven und kurzen Wendeltreppen hinauf und hinunter. Slick versuchte ständig, sich ein Bauwerk mit einem solchen Innenleben vorzustellen, aber ohne Erfolg. Gentry ging flott, hatte die Augen zusammengekniffen, kaute auf der Lippe. Slick fand, die Luft wurde immer schlechter.

Wieder eine Treppe hoch. Dann ein kerzengerades Stück, das in der Ferne zu einem Punkt zusammenlief in beiden Richtungen. Es war breiter als die kurvigen Abschnitte, und der Boden war weich, mit kleinen Teppichen gepolstert, Hunderten davon in Schichten auf dem

Beton. Jeder Teppich hatte andere Muster und Farben, vorwiegend Rot- und Blautöne, aber alle Muster bestanden aus gezackten Diamanten und Dreiecken. Der staubige Mief war schlimmer hier, und das führte Slick auf die Teppiche zurück, die total alt aussahen. Die obersten waren abgetreten, stellenweise bis zum Gewebe. Eine Trittspur, als wäre hier jemand jahrelang auf und ab gegangen. Das Lichtband oben war teilweise dunkel, teilweise glimmte es nur.

»Wohin?« fragte Gentry.

Gentry sah in die eine Richtung, knetete die wulstige Unterlippe zwischen Daumen und Zeigefinger. »Dorthin.«

»Wieso?«

»Weil's egal ist.«

Slick bekam müde Beine von den Teppichen. Er mußte aufpassen, sich nicht in den durchgescheuerten Löchern zu verheddern. Einmal stieg er über eine Glasplatte, die aus dem Lichtband gefallen war. In regelmäßigen Abständen passierten sie Wandstellen, die aussahen, als wären einstige Durchgänge zubetoniert worden. Dabei war da nichts, nur die gekrümmte Wand in etwas hellerem Beton mit einer etwas anderen Oberflächenstruktur.

»Gentry, wir müssen hier unter der Erde sein, stimmt's? Keller oder so ...«

Aber Gentry riß nur den Arm hoch, so daß Slick dagegenrannte, und dann standen sie da und starrten auf das Mädchen am Ende des Korridors, keine zehn Schritt vor ihnen auf den wogenden Teppichen.

Sie sagte etwas in einer Sprache, die Slick für Französisch hielt. Ihre Stimme war heiter, melodiös, der Tonfall sachlich. Sie lächelte. Blasses, feines Gesicht unterm dunklen Haarschopf mit hohen Wangen, ausgeprägtem Kinn, großer Nase, breitem Mund.

Slick spürte, wie Gentrys Arm an seiner Brust zitterte. »Okay«, sagte er und drückte Gentrys Arm hinunter. »Wir suchen nur Bobby ...«

»Alles sucht Bobby«, sagte sie auf englisch mit einem Akzent, der ihm fremd war. »Ich suche ihn auch. Seinen Körper. Habt ihr seinen Körper gesehn?« Sie trat einen Schritt zurück, als wollte sie vor ihnen weglaufen.

»Wir tun dir nichts«, sagte Slick, der plötzlich merkte, wie er stank mit der vielen Schmiere in Jeans und brauner Jacke. Und Gentry machte eigentlich auch keinen so viel besseren Eindruck.

»Das glaube ich schon«, sagte sie, und ihre weißen Zähne blitzten wieder auf im fahlen Unterwasserlicht. »Aber ich glaube nicht, daß ihr mir sympathisch seid.«

Slick wollte, daß Gentry was sagte, aber der brachte das Maul nicht auf. »Du kennst ihn — Bobby?« fragte Slick.

»Ein blitzgescheiter Kerl. Superintelligent. Obwohl ich ihn eigentlich auch nicht mag.« Sie trug ein loses schwarzes Gewand, das bis zum Knie reichte. Ihre Füße waren bloß. »Trotzdem will ich ... seinen Körper.« Sie lachte.

Wechsel

total.

»Saft?« fragte Bobby the Count und hielt ein hohes Glas mit gelbem Inhalt hin. Das Wasser im türkisfarbenen Pool reflektierte die Sonne als tanzende Funken auf die Palmwedel über seinem Kopf. Er war nackt, hatte nur eine ganz dunkle Sonnenbrille auf. »Was is'n los mit deinem Freund?«

»Nichts«, hörte Slick Gentry sagen. »Er hat gesessen, induzierter Korsakov. Bei so'm Übergang kriegt er die große Flatter.«

Slick lag regungslos auf der weißen Stahlrohrliege mit blauen Polstern und spürte, wie die Sonne durch seine schmierigen Jeans brannte.

»Du bist der Typ, von dem er gesprochen hat, nicht?« fragte Bobby. »Der Gentle heißt? 'ne Fabrik hat?«

»Gentry.«

»Du bist'n Cowboy.« Boby lächelte. »Console-Jokkey. Cyberspace-Profi.«

»Nee.«

Bobby rieb sich das Kinn. »Weißt du, daß ich mich rasieren muß hier drin? Hab mich geschnitten, Narbe hier...« Er trank das Glas mit dem Saft halb leer und wischte sich mit dem Handrücken übern Mund. »Du bist kein Jockey? Wie biste dann reingekommen?«

Gentry zog den Reißverschluß seiner perlenbesetzten Jacke auf, entblößte seine weiße, unbehaarte Brust. »Mach was gegen die Sonne«, sagte er.

Dämmerung. Einfach so. Ohne Klicken. Slick hörte sich stöhnen. Insekten fingen zu zirpen an in den Palmen hinter der weißgetünchten Wand. Schweiß kühlte ihm die Brust.

»Tut mir leid, du«, sagte Bobby zu Slick. »So'n Korsakov muß ganz schön beschissen sein. Herrliches Fleckchen hier. Vallarta. Gehörte der Tally Isham.« Er wandte sich wieder Gentry zu. »Wenn du kein Cowboy bist, Freund, was bist'n dann?«

»So was wie du«, sagte Gentry.

»Ich bin ein Cowboy.« Eine Eidechse lief quer die Wand hoch hinter Bobbys Kopf.

»Nein, du bist nicht hier, um was zu klauen, Newmark.«

»Woher weißt du das?«

»Du bist hier, um was zu erfahren.«

»Ist das gleiche.«

»Nein. Du warst mal Cowboy, aber jetzt bist du was anderes. Du suchst was, aber da ist keiner, dem du was klauen kannst. Ich such auch danach.«

Und Gentry fing an, sich über die Gestalt auszulassen, während der Schatten unter den Palmen sich verdichtete zur mexikanischen Nacht. Bobby the Count saß da und lauschte.

Als Gentry geendet hatte, blieb Bobby lange sitzen,

ohne ein Wort zu sagen. Dann erklärte er: »Ja, hast recht. Ich denk mir, daß ich herauskriegen will, was die Wende gebracht hat.«

»Vorher«, sagte Gentry, »gab's keine Gestalt.«

»Ey«, sagte Slick, »vorher waren wir woanders. Wo war das?«

»Straylight«, sagte Bobby. »Droben im Schacht. Im Orbit.«

»Wer ist sie?«

»Sie?«

»Dunkles Haar. Gertenschlank.«

»Oh«, sagte Bobby, »das war 3Jane. Habt ihr sie gesehn?«

»Komische Frau«, meinte Slick.

»Tote Frau«, sagte Bobby. »Ihr habt ihre Konstruktion gesehn. Hat ihr Familienvermögen durchgebracht, um dieses Ding zu bauen.«

»Du ... ah ... bist mit ihr zusammen? Hier drin?«

»Sie haßt mich wie die Pest. Weißt, ich hab sie bestohlen, hab ihren Seelenfänger gestohlen. Sie hat ihre Konstruktion hier drin plaziert, als ich ab nach Mexico bin, so daß sie ständig da ist. Aber dann, dann ist sie gestorben. Draußen, meine ich. Mittlerweile wird ihr ganzer Kram draußen, der ganze Schwindel und Nepp, weitergeführt von ihren Anwälten, Programmen und sonstigen Lakaien ...« Er grinste. »Stinkt ihr gehörig. Die Leute, die versuchen, bei euch einzusteigen, um das Aleph zurückzuholen, arbeiten für jemand anders, der wiederum für Leute arbeitet, die sie an der Küste angeheuert hat. Tja, ich hab schon den einen oder anderen Deal mit ihr gemacht, gehökert. Sie ist verrückt, aber treibt ein knallhartes Spiel ...«

Nicht mal ein Klicken.

Zunächst glaubte er, er sei wieder im grauen Haus, wo er Bobby zum ersten Mal gesehen hatte, aber dieses

Zimmer war kleiner, und die Möbel und Teppiche waren anders — inwiefern wußte er nicht. Prächtig, aber nicht so protzig. Still. Eine Lampe mit grünem Glasschirm brannte auf einem langen Tisch.

Hohe Fenster mit weißen Sprossen, die das Weiß hinter den einzelnen Scheiben in Rechtecke zerlegten, und jenes Weiß mußte Schnee sein ... Er stand davor, weiche Gardinen im Gesicht, und schaute hinaus in einen ummauerten Hof voller Schnee.

»London«, sagte Bobby. »Das mußte sie mir abtreten, um an den echten Voodoo-Kram ranzukommen. Dachte, die würden nichts zu tun haben wollen mit ihr. Hat ihr mordsmäßig was gebracht. Sie haben sich ausgeblendet, wurden schwammig, verschwommen. Man kann sie zuweilen noch rufen, herkriegen, aber ihre Persönlichkeiten kommen als eins daher ...«

»Das haut hin«, sagte Gentry. »Sie sind hervorgegangen aus der ersten Ursache, der Wende. Das hast du schon kapiert. Aber du weißt noch nicht, was passiert ist, oder?«

»Nein. Ich weiß nur, wo. Straylight. Das hat sie mir alles erzählt, alles, was sie weiß, meine ich. Ist ihr ziemlich egal. Ihre Mutter bastelte schon recht früh ein paar KIs zusammen, schwere Kaliber. Dann starb die Mutter, und die KIs wucherten in den Datenbanken der Multis droben dahin. Ein KI fing an, eigenmächtig Geschäfte abzuwickeln. Wollte sich mit dem andern zusammentun ...«

»Tat es auch. Das ist Ursache Nummer eins. Damit wurde alles anders.«

»So einfach ist das? Woher weißt du das?«

»Weil«, sagte Gentry, »ich es unter einem andern Gesichtspunkt angegangen bin. Du hast Ursache und Wirkung untersucht, aber ich habe den Umfang abgesteckt, nach der jeweils aktuellen Form gesucht. Du hast dich in der gesamten Matrix umgeschaut, aber ich habe die Matrix insgesamt *an*-geschaut, das komplette Ding. Ich weiß, was du nicht weißt.«

Bobby gab keine Antwort. Slick wandte sich vom Fenster ab und sah das Mädchen, das gleiche Mädchen im Zimmer stehen. Stand nur da.

»Es waren nicht nur die KIs von Tessier-Ashpool«, sagte Gentry. »Leute kamen den Schacht hoch, um die Banken von T-A zu knacken. Sie brachten einen chinesischen militärischen Eisbrecher mit.«

»Case«, sagte Bobby. »Ein gewisser Case. Kenn die Geschichte. Eine Art Synergie-Effekt ...«

Slick betrachtete das Mädchen.

»Und die Summe war größer als die Teile?« Gentry schien das echt Spaß zu machen. »Kybernetische Gottheit? Geist über den Wassern?«

»Ja«, sagte Bobby, »das wird's sein.«

»Ein bißchen komplizierter ist's schon«, erklärte Gentry und lachte.

Und das Mädchen war weg.

Ohne Klicken.

Slick schauderte.

32

Winterreise
(2)

Es wurde dunkel, während im Untergrund der frühabendliche Stoßverkehr seinen Höhepunkt erreichte, obwohl auch das nicht zu vergleichen war mit Tokyos *Shiroshi-shan*-Gedränge, wo sich noch ein paar letzte Passagiere hineinquetschten beim Türenschließen. Kumiko beobachtete den lachsroten Dunstschleier der untergehenden Sonne von einem zugigen Bahnsteig der Central Line. Colin lehnte an einem kaputten Automaten mit einer Reihe gesprungener, staubiger Scheiben. »Es wird Zeit«, sagte er. »Und halt den Kopf brav gesenkt durch Bond Street und Oxford Circus!«

»Aber ich muß zahlen, wenn ich durch die Absperrung will?«

»Nicht wirklich *alle* zahlen«, sagte er und warf die Stirnlocke zurück.

Sie ging zur Treppe und brauchte jetzt nicht mehr seinen Rat, um den Weg zum gegenüberliegenden Bahnsteig zu finden. Ihre Füße waren wieder eiskalt, und sie dachte an die schaffellgefütterten Winterstiefel made in Germany, die sie im Kabäuschen ihres Zimmers bei Swain stehen hatte. Sie hatte die Kombination aus Gummisocken und hochhackigen französischen Stiefeln gewählt, damit Dick nicht auf die Idee käme, daß sie abhauen wollte, aber bereute jetzt den Entschluß, als beißende Kälte durch die dünnen Sohlen drang.

Im Tunnel zum andern Bahnsteig ließ sie das Gerät los, und Colin verblaßte flimmernd. Die weißen Keramikfliesen waren nicht mehr die neuesten und mit einem grünen Zierstreifen abgesetzt. Sie nahm die Hand aus der Tasche, strich mit den Fingern an den grünen Fliesen entlang beim Gehen und dachte an Sally und den Finnen und die verschiedenen Gerüche im winterlichen Sprawl, als der erste Dracula gewandt vor sie trat und sie im nächsten Moment von vier schwarzen Regenmänteln, vier hageren, bleichen Gesichtern umzingelt war. »Ey«, sagte der erste, »isse nich hübsch.«

Sie standen sich von Angesicht zu Angesicht gegenüber, Kumiko und der Dracula; er roch nach Tabak aus dem Mund. Die abendliche Menge, meist in dunkler Wollvermummung, wälzte sich ringsum weiter.

»Ui«, sagte einer neben ihr, »guck, was is'n das?« Er hielt das Maas-Neotek hoch im rissigen schwarzen Handschuh. »Feuerzeug, hm? Zaretten auch, Japse?« Kumikos Hand fuhr in die Tasche, schoß durch den Rasierklingenschlitz und faßte in die Luft. Der Knabe grinste.

»Zaretten in der Handtasche«, sagte ein anderer. »Hilf ihr doch, Reg!« Eine Hand schoß vor und durchtrennte das Lederband ihrer Tasche mit einem glatten Schnitt.

Der erste Dracula packte die Tasche, wickelte den baumelnden Riemen darum und steckte sie mit einer geübten Bewegung vorn in den Regenmantel. »Dankschön.«

»Ey, die hat sie in der Hose!« Lachen, als sie sich durch die Pulloverschichten wühlte. Das Klebeband, das sie benutzt hatte, tat weh am Bauch, als sie die Pistole losriß mit beiden Händen und dem Knaben, der ihr Gerät hatte, an die Backe hielt.

Nichts geschah.

Dann türmten die andern drei blitzartig zur Treppe am entgegengesetzten Tunnelende, rutschten mit ihren hohen schwarzen Schnürstiefeln im Schneematsch. Ihre schwarzen Mäntel flatterten wie Flügel. Eine Frau schrie auf.

Und immer noch rührten sie sich nicht, Kumiko und der Dracula. Die Pistolenmündung drückte in seine linke Backe. Kumikos Arme fingen zu zittern an.

Sie schaute in die Augen des Dracula, braune Augen, die vor zeitlosem blanken Entsetzen weit aufgerissen waren. Der Dracula starrte in die Maske ihrer Mutter. Etwas schlug zu ihren Füßen auf: Colins Gerät.

»Renn!« sagte sie. Der Dracula zuckte zusammen, sperrte den Mund auf, stieß einen würgenden Laut aus und wirbelte herum, weg von der Pistole.

Kumiko schaute nach unten und sah das Maas-Neotek im grauen Matsch liegen. Daneben lag eine blitzende, einschneidige Rasierklinge. Als sie das Gerät aufhob, bemerkte sie, daß das Gehäuse gesprungen war. Sie wischte Nässe vom Sprung und drückte es kräftig mit der Hand. Der Tunnel war momentan leer. Colin erschien nicht. Swains Walther, die Luftpistole, lag groß und schwer in der anderen Hand.

Sie ging zu einem rechteckigen Abfallbehälter, der an der gefliesten Wand festgemacht war, und steckte die Kanone zwischen eine fettige Warmhalteverpackung aus Styropor und ein sauber gefaltetes Fax. Wandte sich ab, drehte sich wieder um, griff sich das Fax.

Treppe hoch.

Jemand zeigte auf sie am Bahnsteig, aber schon rollte der Zug ein mit altmodischem Gepolter, und dann ging die Tür hinter ihr zu.

Sie fuhr, wie Colin ihr gesagt hatte: White City und Shepherd's Bush, Holland Park; hob das Fax vors Gesicht, als der Zug vor Notting Hill abbremste — der betagte König lag im Sterben — und behielt es dort bis nach der Bond Street. Am Oxford Circus war viel Betrieb, und sie war froh über die schützenden Menschenmassen.

Colin hatte gesagt, es sei möglich, den Bahnhof ohne zu bezahlen zu verlassen. Nach einiger Überlegung stellte sie fest, daß er nicht gelogen hatte, obwohl man dafür Tempo und Timing brauchte. Es gab ja auch keine andere Möglichkeit. Ihre Tasche mit dem MitsuBank-Chip und den wenigen englischen Münzen hatten sich die Draculas unter den Nagel gerissen. Zehn Minuten lang beobachtete sie, wie Fahrgäste ihre gelben Fahrkartenstreifen in die automatischen Drehkreuze steckten, holte tief Luft und sauste los. Hoch, drüber, hinter ihr Geschrei, lautes Lachen, aber schon flitzte sie davon.

Als sie oben an der Treppe zum Ausgang kam, sah sie die Brixton Road wie Klein-Shinjuko voller dampfender Imbißstände.

33

Der Star

Sie wartete in einem Wagen, und das gefiel ihr nicht. Sie wartete sowieso nicht gern, aber durch das Wiz, das sie genommen hatte, wurde es echt schlimm. Sie mußte sich ständig daran erinnern, nicht mit den Zähnen zu knirschen, denn die waren noch wund von Geralds Werk. Apropos wund: das war sie überall. Vielleicht war das Wiz doch keine so gute Idee gewesen.

Der Wagen gehörte der Frau, die Gerald Molly nannte. Irgendein grauer Japaner, Serienmodell, typisches Macker-Auto. Nett, aber nichts Außergewöhnliches. Es roch noch neu und war recht spritzig, als sie aus Baltimore draußen waren. Es hatte einen Computer, aber die Frau fuhr es manuell die ganze Strecke ins Sprawl. Jetzt stand es auf dem Dach eines zwanzigstöckigen Parkhauses, das nicht weit von dem Hotel sein konnte, in dem Prior sie untergebracht hatte, denn sie sah das verrückte Gebäude, das mit dem Wasserfall und dem Gipfel-Look.

Es standen nicht viele Autos hier oben, und die wenigen waren mit Schnee behaubt, als wären sie schon lange nicht mehr gefahren worden. Außer zwei Typen in der Kasse an der Einfahrt schien kein Mensch im Gebäude zu sein. Da war sie inmitten der vielen Menschen in der größten Stadt der Welt und hockte mutterseelenallein auf der Rückbank eines Autos. Mußte warten.

Die Frau hatte nicht viel gesagt, als sie von Baltimore kamen, nur hie und da ein paar Fragen gestellt, während Mona durch das Wiz kaum den Schnabel zukriegte. Sie hatte von Cleveland erzählt und von Florida und Eddy und Prior.

Dann waren sie hier raufgefahren und hatten geparkt.

Jetzt war diese Molly mindestens schon 'ne Stunde weg, wenn nicht länger. Sie hatte einen Koffer mitgenommen. Mona hatte von ihr lediglich herausbekommen, daß sie Gerald seit langem kannte, was Prior nicht gewußt hatte.

Es wurde wieder kalt im Wagen, so daß Mona auf den Vordersitz kletterte und die Heizung anmachte. Sie konnte sie nicht ständig leicht anlassen, weil das vielleicht die Batterie schwächte, und wenn das passierte, hatte Molly gesagt, säßen sie arg in der Klemme. »Denn wenn ich zurückkomme, verschwinden wir schleunigst.« Dann hatte sie Mona den Schlafsack gezeigt, der unterm Fahrersitz steckte.

Sie machte die Heizung groß an und hielt die Hände vors Gebläse. Dann drückte sie an den kleinen Knöpfen des Videogeräts neben dem Armaturenbrettmonitor herum und kriegte eine Nachrichtensendung herein. Der König von England war krank; er war schon sehr betagt. In Singapore war eine neue Seuche ausgebrochen; noch war daran keiner gestorben, aber man wußte nicht, wie man sie bekam und wie man sie heilen konnte. Es wurde gemunkelt, in Japan sei quasi ein großer Machtkampf ausgebrochen zwischen zwei Yakuza, die sich gegenseitig ausschalten wollten. Yakuza — darüber hatte Eddy gern Witze gerissen. Dann gingen diese Türen auf, und herein kam Angie auf den Armen eines außergewöhnlichen Schwarzen. Dies war live, sagte die Videostimme; sie kam soeben im Sprawl an nach einem Kurzurlaub in ihrem Haus in Malibu im Anschluß an eine Therapie in einer privaten Entzugsanstalt ...

Angie sah einfach hinreißend aus in dem dicken Pelz, aber schon war der Ausschnitt zu Ende.

Mona mußte wieder daran denken, was Gerald gemacht hatte; sie betastete ihr Gesicht.

Sie schaltete Video und Heizung aus und kletterte wieder auf die Rückbank. Putzte mit einem Schlafsackzipfel die vom Atmen beschlagene Scheibe blank. Schaute hinauf zum Gipfel-Bauwerk, das in hellem Licht erstrahlte jenseits der Kettenabsperrung am Rand des obersten Parkdecks. Eine ganze Landschaft da droben, wie Colorado oder so, wie im Stim, wo Angie nach Aspen ging und diesen jungen Mann traf, als — wie fast immer — Robin aufkreuzte.

Was sie freilich nicht kapierte, war das mit der Klinik, wie dieser Mann in der Bar behaupten konnte, sie sei abhängig, was sie jetzt auch vom Nachrichtensprecher gehört hatte, so daß wohl was dran sein mußte. Wieso freilich sollte jemand wie Angie, die ein so tolles Leben und Robin Lanier zum Freund hatte, zu Drogen greifen?

Mona, die auf das Gebäude starrte, schüttelte den Kopf und war froh, daß sie nicht abhängig war.

Sie trat wohl kurz geistig weg und war in Gedanken bei Lanette, denn als sie wieder hinsah, war da ein Hubschrauber, ein großer, schwarz glänzender, über dem Gipfelhaus. Er sah super aus, echt großstädtisch.

Sie kannte ein paar brutale Weiber in Cleveland, mit denen sich niemand anlegen wollte, aber diese Molly war nicht so eine. Sie stellte sich wieder vor, wie Prior durch die Tür flog, wie er schrie ... Sie fragte sich, was er zuletzt wohl eingestanden hatte, denn sie hatte ihn reden hören und Molly hatte ihn danach nicht mehr geschlagen. Sie hatten ihn an den Stuhl gefesselt zurückgelassen, und Mona hatte Molly gefragt, ob er sich denn befreien könne. Entweder das, hatte Molly geantwortet, oder es finde ihn jemand oder er werde Dörrobst.

Der Helikopter ging runter, verschwand. Ein Mordsgerät, so einer mit je einem Rotor an beiden Enden.

Da hockte sie also und wartete und hatte verdammt keine Ahnung, was sie sonst tun sollte.

Von Lanette hatte sie gelernt, daß man hin und wieder seine Aktiva — Aktiva waren Vorzüge, Pluspunkte — aufstellen und den andern Kram einfach vergessen müsse. Also gut. Sie war weg von Florida. Sie war in Manhattan. Sie sah aus wie Angie ... Hier unterbrach sie. War das ein Aktivposten? Also gut, anders ausgedrückt, hatte sie gerade gratis ein Vermögen an plastischer Chirurgie und *total perfekte Zähne* bekommen. Tja, aus der Sicht betrachtet, war's so schlecht gar nicht. Denk nur an die Fliegen in der Penne! Tja, wenn sie das Geld, das sie noch hatte, in eine neue Frisur und Make-up investierte, könnte sie sich wohl einen Look zulegen, der so große Ähnlichkeit mit Angie nicht hätte, was wohl gar nicht dumm wäre — denn was, wenn's jemand auf sie abgesehen hätte?

Da war wieder der Hubschrauber, der jetzt abhob.

He!

Etwa zwei Blocks entfernt und fünfzig Stockwerke höher drehte das Ding zu ihr ab, neigte sich ... *Das ist das Wiz.* Es stand kurz in der Luft, ging dann tiefer ... *Wiz. Nicht echt.* Immer tiefer, auf sie zu. Immer größer. Auf sie zu. *Ist ja nur das Wiz!* Dann war es weg, verschwand hinter einem anderen Gebäude, also kam's doch vom Wiz ...

Der Hubschrauber düste um die Ecke, noch immer fünfzig Stockwerke über dem Dach des Parkhauses, und kam tiefer, und es *war nicht das Wiz,* es war *echt,* das grelle Licht des Scheinwerferkegels, der nach dem grauen Auto tastete. Mona riß die Tür auf und warf sich hinaus in den Schnee, in den Schatten des Wagens. Ringsum das Getöse der Rotorblätter, der Motoren. Prior oder seine Auftraggeber waren hinter ihr her. Dann ging der Scheinwerfer aus, das Donnern wurde heller, das Ding kam schnell herunter, viel zu schnell. Plumpste auf die Landekufen, federte noch mal hoch. Die Motoren gingen aus, spien blaue Flammen.

Mona krabbelte auf allen vieren zur hintern Autostoßstange, rutschte aus, als sie versuchte aufzustehen.

Ein Knall wie von einem Schuß. Ein Viereck flog explosionsartig aus dem Hubschrauberrumpf, schlitterte über den streusalzfleckigen Beton des Parkdecks. Eine fünf Meter lange Notrutsche in Leuchtorange quoll heraus, blähte sich auf wie ein Wasserspielzeugtier. Mona war nun vorsichtiger beim Aufstehen, stützte sich am Heck des Wagens ab. Ein dunkles Bündel schwang die Beine heraus und rutschte im Sitzen herunter wie ein Kind auf dem Spielplatz. Es folgte eine zweite Gestalt in einem übergroßen Parka mit Kapuze im gleichen Leuchtorange.

Mona schauderte, als die Gestalt in Orange die andere zu ihr führte über das Parkdeck, weg vom schwarzen Hubschrauber. Es war ... Sie *war* es!

»Beide hinten einsteigen!« sagte Molly und machte die Fahrertür auf.

»Du?« stammelte Mona ins berühmteste Gesicht der Welt.

»Ja«, sagte Angie, die Mona ansah. »Scheinbar ... schon.«

»Los!« sagte Molly, die Hand auf der Schulter des Stars. »Einsteigen! Dein Neger vom Mars wird jeden Moment wach.« Sie sah zum Hubschrauber zurück. Der sah aus wie ein Riesenspielzeug, wie er dort stand ohne Licht, als hätte ein Riesenkind ihn da hingestellt und vergessen.

»Hoffentlich«, sagte Angie, als sie hinten einstieg.

»Du auch, Kleine«, sagte Molly und schubste Mona zur offenen Tür.

»Aber ... ich mein ...«

»Wird's bald!«

Mona kletterte hinein, roch Angies Parfüm, streifte mit der Hand den himmlisch weichen, dicken Pelz. »Ich hab dich gesehn«, hörte sie sich sagen. »Im Video.«

Angie sagte darauf nichts.

Molly setzte sich ans Steuer, riß die Tür zu und ließ den Motor an. Die orangefarbene Kapuze saß straff, das weiße Gesicht war eine Fratze mit hohlen, silbernen Augen. Nun rollten sie zur überdachten Rampe, bogen in die erste Kurve. In einer engen Spirale ging's fünf Geschosse hinunter, dann bog Molly ab durch Reihen von Großfahrzeugen unter halbhellen, diagonalen grünen Lichtbändern.

»Gleitschirme?« fragte Molly. »Haste schon mal Gleitschirme gesehn droben auf dem Envoy?«

»Nein«, sagte Angie.

»Wenn das Sicherheitsteam von Net welche hat, dann könnten sie jetzt schon auf dem Dach sein ...« Sie steuerte den Wagen hinter ein langes, kastenförmiges Hovercraft, das weiß war und an den Hecktüren eine Aufschrift in gedrungenen blauen Lettern hatte.

»Wie heißt das?« fragte Mona und merkte dann, daß sie rot anlief.

»Cathode Cathay«, las Angie vor.

Mona glaubte, den Namen schon mal gehört zu haben.

Molly war schon draußen und wuchtete bereits die großen Türen auf. Zog so'ne gelbe Kunststofframpe heraus.

Dann saß sie wieder im Wagen, stieß zurück, rollte an und fuhr ins Hovercraft hinauf. Sie strich die orangefarbene Kapuze zurück, schüttelte ihre Haare aus. »Mona, meinst du, du kannst aussteigen und die Rampen wieder reinschieben? Sind nicht schwer.« Es hörte sich nicht wie eine Frage an.

Schwer waren sie nicht. Sie zog sich hoch und half Molly beim Türenschließen.

Sie spürte Angie im Dunkeln.

Es war wirklich Angie.

»Vor, angurten, warten!«

Angie. Sie saß direkt neben Angie!

Brausend füllte sich das Luftpolster. Dann glitten sie die gewendelte Rampe hinunter.

»Dein Freund«, sagte Molly, »ist inzwischen wach, kann sich aber noch nicht recht bewegen. Wird noch ein Viertelstündchen dauern.« Sie bog wieder von der Rampe ab, und inzwischen hatte Mona den Überblick über die Geschoßzahl verloren. Dieses Geschoß war vollgepackt mit kleinen tollen Schlitten. Das Hovercraft düste durch einen Mittelgang, schwenkte nach links.

»Du kannst von Glück reden, wenn er nicht schon draußen wartet«, bemerkte Angie.

Molly hielt zehn Meter vor einem Stahltor an, das mit diagonalen gelb-schwarzen Streifen bemalt war.

»Nein«, sagte Molly, die eine kleine blaue Box aus dem Handschuhfach nahm, »*er* kann von Glück reden, wenn er *nicht* draußen steht.« Mit einem orangefarbenen Lichtblitz und einem Donnerschlag, der Mona ins Zwerchfell fuhr wie ein handfester Boxer, flog das Tor aus den Angeln. In einer Rauchwolke kippte es auf die nasse Straße, und schon waren sie darüber hinweg, bogen ab, beschleunigten.

»Ganz schön primitiv, was?« sagte Angie und lachte sogar.

»Ich weiß«, sagte Molly, aufs Fahren konzentriert. »Manchmal geht's nicht anders. Mona, erzähl ihr von Prior! Prior und deinem Lover. Was du mir erzählt hast.«

Mona war in ihrem Leben noch nicht so schüchtern gewesen.

»Bitte«, sagte Angie, »erzähl schon, Mona!«

Einfach so. Ihren Namen. Angie Mitchell hatte tatsächlich *ihren* Namen gesagt! Zu ihr! Gerade eben!

Sie wäre beinahe in Ohnmacht gefallen.

Margate Road

»Hast dich wohl verlaufen?« sagte der Nudelverkäufer auf japanisch. Kumiko hielt ihn für einen Koreaner. Ihr Vater hatte koreanische Geschäftsfreunde im Baugeschäft, wie die Mutter gesagt hatte. Sie waren — wie auch der vor ihr — meist großwüchsig, fast so groß wie Petal, mit breiten, ernsten Gesichtern. »Siehst recht durchgefroren aus.«

»Ich suche jemand«, sagte sie. »Wohnt in Margate Road.«

»Wo ist die?«

»Weiß ich nicht.«

»Komm rein!« sagte der Nudelkoch und winkte Kumiko hinter seine Theke. Sein Stand war aus pink Wellplastik.

Sie trat in den Freiraum zwischen seinem Stand und dem nächsten, der sich *Rotisserie* nannte, was in delirösen Graffiti-Versalien mit grellen Klecksern und Schnörkeln aufgesprüht war. Jener Stand roch nach Gewürzen und Braten. Ihre Füße waren eiskalt.

Sie trat gebückt unter eine beschlagene Plastikfolie. Im Nudelstand ging's eng zu: dicke blaue Butangasflammen, drei Kochstellen mit großen Pötten, Plastikbeutel mit Nudeln, stapelweise Styroporschalen und der große Koreaner selbst, der ständig zwischen den Töpfen patrouillierte. »Setz dich!« sagte er. Sie setzte sich auf einen gelben Plastikkanister mit Glutamat, so daß sie mit dem Kopf unter der Theke verschwand.

»Japanerin?«

»Ja«, sagte sie.

»Tokyo?«

Sie zögerte.

»Deine Kleidung«, sagte er. »Warum hast du Tabisokken an im Winter? Ist das modern?«

»Hab meine Stiefel verloren.«

Er reichte ihr eine Styroporschale und Eßstäbchen aus Plastik. Dicke Nudelschnecken schwammen in der dünnen gelben Suppe. Sie aß mit Heißhunger und trank hernach die Brühe. Sie sah zu, wie er Kundschaft bediente, eine Afrikanerin, die Nudeln zum Mitnehmen im eigenen Topf mit Deckel kaufte.

»Margate«, sagte der Mann, als die Frau weg war. Er zog ein fettiges, in Papier geschlagenes Buch unter der Theke hervor und blätterte darin. »Hier«, sagte er und deutete auf eine kleine Karte mit einem unwahrscheinlich dichten Straßennetz. »Acre Lane runter!« Er griff sich einen blauen Filzstift und zeichnete den Weg auf eine rauhe graue Serviette.

»Danke«, sagte sie. »Ich geh jetzt.«

Ihre Mutter kam zu ihr, als sie sich zur Margate Road durchschlug.

Sally war in Gefahr irgendwo im Sprawl, und Kumiko wettete, daß Tick eine Möglichkeit wüßte, mit ihr in Verbindung zu treten. Wenn nicht telefonisch, dann zumindest via Matrix. Vielleicht kannte Tick den Finnen, den Toten aus der Gasse ...

In Brixton beherbergte der gewachsene Korallenstock der Metropole ein anderes Leben. Helle und dunkle Gesichter, unzählige Rassen, Backsteinfassaden, auf denen Farben und Formen wüteten, wie es sich die ursprünglichen Erbauer nie hätten träumen lassen. Unterwegs pulsierten ihr Bässe entgegen aus einer offenen Pub-Tür, Hitze und viel Lachen. In den Läden wurden Lebensmittel verkauft, die Kumiko noch nie gesehen hatte, ballenweise bunte Stoffe, chinesische Werkzeuge, japanische Kosmetika ...

Als sie innehielt vor so einem Fenster mit einer ausgestellten Palette an Tönen und das eigene Gesicht sich im silbernen Hintergrund spiegelte, spürte sie den Tod der Mutter über sich kommen aus der Nacht. Die Mutter hatte solche Dinge besessen.

Der Wahnsinn der Mutter. Der Vater wollte sich nicht dazu äußern. Für Wahnsinn war kein Platz in der Welt des Vaters, für Selbstmord freilich schon. Der Irrsinn der Mutter war europäisch, ein importierter Fallstrick aus Kummer und Wahn ... Ihr Vater hatte die Mutter umgebracht, hatte Kumiko zu Sally in Covent Garden gesagt. Aber stimmte das überhaupt? Er hatte Ärzte aus Dänemark, aus Australien und schließlich aus Chiba geholt. Die Ärzte hatten sich die Träume der Prinzessin-Ballerina angehört, ihre Synapsen vermessen und Blutproben genommen. Die Prinzessin-Ballerina hatte ihre Drogen verweigert, ihre feinchirurgischen Operationen. »Sie wollen mir mit dem Laser das Hirn zerstückeln«, hatte sie Kumiko zugeflüstert.

Sie hatte auch anderes geflüstert.

Nachts, hatte sie gesagt, stiegen böse Geister wie Rauch von den Kästen im Arbeitszimmer des Vaters auf. »Greise«, sagte sie, »die uns die Luft zum Atmen nehmen. Dein Vater nimmt mir die Luft zum Atmen. Diese Stadt nimmt mir die Luft zum Atmen. Nichts ist hier je still. Hier läßt es sich nicht richtig schlafen.«

Zuletzt hatte sie gar nicht mehr geschlafen. Sechs Nächte durchwachte die Mutter stumm und regungslos in ihrem blauen europäischen Zimmer. Am siebten Tag verließ sie die Wohnung allein — eine beachtenswerte Leistung angesichts der dienstbeflissenen väterlichen Sekretäre — und begab sich zum kalten Fluß.

Aber der Schaufensterhintergrund glich auch Sallys Brille. Kumiko zog die Karte des Koreaners aus dem Ärmel ihres Pullis.

Ein ausgebrannter Wagen stand am Gehsteig der Margate Road. Die Räder fehlten. Sie blieb daneben stehen und suchte die nichtssagenden Fassaden der Häuser gegenüber ab, als sie hinter sich ein Geräusch hörte. Sie wirbelte herum und entdeckte eine verzerrte Fratze unter fettigen Locken im Licht der nächsten halb offenen Haustür.

»Tick!«

»Eigentlich Terrence«, sagte er und ließ die Grimassenschneiderei.

Tick wohnte im obersten Stock. Die unteren Geschosse standen leer. Lose Tapeten zeigten gespenstische Spuren abgehängter Bilder.

Das Hinken des Mannes war deutlicher zu sehen, als er vor ihr die Treppe hinaufstieg. Er trug einen grauen Kammgarnanzug und tabakbraune Wildlederschuhe mit dicker Profilsohle.

»Hab dich erwartet«, sagte er, während er sich Stufe um Stufe hochwuchtete.

»So?«

»Weiß, daß du von Swain abgehauen bist. Hab ihren Datenverkehr durchforstet, sobald mir das andere Zeit gelassen hat.«

»Das andere?«

»Du hast keine Ahnung, was?«

»Bitte?«

»Die Matrix. Tut sich was. Es ist einfacher, ich zeig's dir, als wenn ich lange erkläre. Als ob ich's erklären könnte! Ich würde schätzen, gut drei Viertel der Menschheit hängen im Moment dran, verfolgen das Schauspiel ...«

»Ich verstehe nicht.«

»Versteht wohl keiner. Ist 'ne neue Makroform im Sektor, der das Sprawl darstellt.«

»Makroform?«

»Sehr großes Datenkonstrukt.«

»Ich bin hier, um Sally zu warnen. Swain und Robin Lanier wollen sie an diejenigen ausliefern, die Angela Mitchell entführen wollen.«

»Da mach dir mal keine Sorgen«, sagte er, oben an der Treppe angekommen. »Sally hat sich die Mitchell bereits geschnappt und Swains Mann im Sprawl halb totgeschlagen. Sind jetzt sowieso hinter ihr her. Werden bald verdammt alle hinter ihr her sein. Aber wir können ihr Bescheid geben, wenn sie einsteckt. Falls sie einsteckt ...«

Tick bewohnte einen einzigen großen Raum, dessen Grundriß auf herausgerissene Zwischenwände hindeutete. Obwohl das Zimmer groß war, ging's sehr eng zu. Kumiko kam es so vor, als hätte jemand den Inhalt eines Akihabara Modulshops in einem bereits vollen Raum ausgebreitet. Gaijin-Stil mit zu vielen wuchtigen Möbeln. Trotzdem war es verblüffend sauber und auch ordentlich. Die Zeitschriftenecken waren bündig zur Ecke des niedrigen Glastisches ausgerichtet, auf dem sie neben einem unbenutzten schwarzen Keramikascher und einer schlichten weißen Vase mit Schnittblumen lagen.

Sie probierte noch einmal Colin, während Tick Wasser aus dem Filterkessel in den elektrischen Kocher füllte.

»Was ist denn das?« fragte er, als er den Kessel hinstellte.

»Ein Führer, Maas-Neotek. Ist kaputt. Colin meldet sich nicht mehr ...«

»Colin? Ein Stim-Gerät?«

»Ja.«

»Laß mal sehn ...« Er hielt die Hand hin.

»Hab ich von meinem Vater ...«

Tick stieß einen Pfiff aus. »Kostet ein kleines Vermögen, dieses Ding. Ist so 'ne kleine KI. Wie funktioniert's?«

»Man umfaßt es einfach mit der Hand, und Colin erscheint, den aber niemand anders sehen oder hören kann.«

Tick hielt das Gerät ans Ohr und schüttelte es. »Kaputt? Wie ist es passiert?«

»Hab's fallengelassen.«

»Es ist nur das Gehäuse kaputt, siehst du? Das Biosoft im Gehäuse ist locker, so daß man es mit der Hand nicht mehr betätigen kann.«

»Kannst du's richten?«

»Nein, aber wir können mit einem Deck rankommen, wenn du willst ...« Er gab es zurück. Das Wasser kochte.

Beim Tee erzählte sie ihm von ihrem Ausflug ins Sprawl und Sallys Besuch beim Schrein in der Gasse. »Nannte sie Molly«, sagte sie.

Tick nickte, zwinkerte mehrmals in rascher Folge. »Was wollte sie drüben? Über was sprachen sie?«

»Über ein gewisses Straylight. Über einen gewissen Case. Eine Feindin ...«

»Tessier-Ashpool. Kriegte das raus für sie, als ich Swains Datenfluß checkte. Swain verkauft Molly an die sogenannte 3Jane. Sie hat die saftigsten Daten über schmutzige Interna, die man sich vorstellen kann — über jeden und alles. Ich hab echt aufgepaßt, da nicht zu genau hinzusehn. Swain verhökert das in großem Stil und macht ein Vermögen damit, und das dutzendfach. Ich wette, sie weiß auch 'ne Menge gegen unsern Mr. Swain in petto ...«

»Und sie ist hier in London?«

»Irgendwo im Orbit, wie's aussieht, obwohl man auch hört, daß sie schon tot ist. Ich war übrigens dabei, das zu checken, als plötzlich das große Ding in der Matrix auftauchte ...«

»Bitte?«

»Hier, ich zeig's dir.« Als er zum weißen Frühstückstisch zurückkam, trug er ein flaches, viereckiges Tablett bei sich mit einer Reihe kleiner Schalter entlang einer Seite. Er stellte es auf den Tisch und berührte einen winzigen Schalter. Ein kubisches Hologramm flimmerte über dem Projektor ins Bild: das Neongitter des Cyberspace, durchsetzt von den bunten Formen, oft simplen, oft komplexen, die riesige Datenansammlungen versinnbildlichten. »Das ist der ganze übliche Scheiß. Multis. Eine ziemlich unveränderliche Landschaft, könnte man sagen. Manchmal vergrößert sich so'n Ding, oder man kriegt eine Übernahme zu sehen, bei der zwei verschmelzen. Aber was Neues zu sehn, das ist unwahrscheinlich, auf alle Fälle in der Größenordnung. Sie fangen klein an und wachsen, verschmelzen mit anderen kleinen Formationen ...« Er griff vor und berührte einen anderen Knopf. »Vor etwa vier Stunden« — und eine schlichte vertikale Säule erschien exakt in der Bildmitte — »tauchte das auf. Oder ein.« Die bunten Würfel, Sphären und Pyramiden waren sofort auseinandergerückt, um der weißen Rundsäule Platz zu machen, und wirkten jetzt total winzig im Vergleich zu dem Gebilde, das oben vom Bildrand glatt abgeschnitten wurde. »Das blöde Ding ist größer als sonst was«, sagte Tick mit einer gewissen Befriedigung, »und keiner weiß, was es ist oder wem es gehört.«

»Aber irgend jemand muß es wissen«, meinte Kumiko.

»Ist anzunehmen, ja. Aber die Leute meines Fachs, und wir sind Millionen, haben's noch nicht rausgekriegt. Das ist gewissermaßen noch seltsamer als die Erscheinung als solche. Ich bin das ganze Gitter abgegangen, bevor du gekommen bist, und hab einen Jockey mit Ahnung gesucht. Nichts zu finden.«

»Wie kann diese 3Jane tot sein?« Aber dann fielen ihr der Finne ein, die Kästen im Arbeitszimmer des Vaters. »Ich muß Sally Bescheid sagen.«

»Können nichts anderes tun als warten«, sagte er. »Sie wird sich schon melden. Mittlerweile können wir versuchen, deine teure kleine KI anzuzapfen, wenn du willst.«

»Ja«, sagte sie. »Danke.«

»Hoffe nur, die Typen von Special Branch, die Swain bezahlt, spüren dich hier nicht auf. Trotzdem, wir können nur warten ...«

»Ja«, sagte Kumiko, die von der Warterei gar nicht begeistert war.

35

Schlacht um die Fabrik

Cherry fand ihn wieder beim Richter drunten im Dunkeln. Er saß auf einem der Schergen mit einer Taschenlampe in der Hand und strahlte damit den polierten Rostpanzer des Richters an. Er erinnerte sich nicht mehr, wie er hierhergekommen war, spürte aber nichts vom scharfen Biß des Korsakov. Er erinnerte sich an die Augen des Mädchens in dem Zimmer, von dem Bobby sagte, es sei in London.

»Gentry hat den Count und seinen Kasten an ein Cyberspace-Deck rangehängt«, sagte Cherry. »Weißt du das?«

Slick nickte, ohne den Blick vom Richter zu nehmen. »Bobby sagte, das sollten wir besser tun.«

»Was ist'n hier überhaupt los? Was war, als ihr zwei euch rangehängt habt?«

»Gentry und Bobby, die haben sich quasi gesucht und gefunden. Sind beide genauso verrückt. Als wir einsteckten, landeten wir irgendwo im Orbit, aber Bobby war nicht da ... Dann Mexico, schätze ich. Wer ist Tally Isham?«

»Die Queen des Stim, als ich noch klein war. Was Angie Mitchell heute ist.«

»Er ist mit der Mitchell gegangen ...«

»Wer?«

»Bobby. Erzählte Gentry davon in London.«

»In London?«

»Klar. Dahin ging's nach Mexico.«

»Und er sagte, er war Angie Mitchells Alter? Klingt verrückt.«

»Schon, aber er sagte, so sei er überhaupt rangekommen an das Aleph-Ding.« Er senkte den Lichtkegel und richtete ihn in das skelettartige stählerne Maul des Schinders. »Er hing bei reichen Leuten rum und hörte davon. Nannte es ›Seelenfänger‹. Die Leute, denen es gehörte, vermieteten es nach Zeit an diese Reichen. Bobby probierte es mal aus, kam zurück und klaute es. Nahm es mit nach Mexico City und verbrachte allmählich seine ganze Zeit in dem Ding. Aber sie kamen ihm auf die Spur ...«

»Kannst dich offenbar doch erinnern.«

»Also verschwand er von dort. Ging nach Cleveland und machte einen Deal mit Afrika, gab Afrika Geld, damit er ihn versteckte und versorge, während er am Draht hing, weil er der Sache ziemlich nahe kam ...«

»Was für 'ner Sache?«

»Weiß nicht. Irgend was Verrücktes. Wie wenn Gentry von seiner Gestalt faselt.«

»Nun«, sagte sie, »es bringt ihn vielleicht noch mal um, so wie der drinhängt. Seine Werte werden immer saumäßiger. Er hängt schon zu lange am Tropf. Darum bin ich dich suchen gegangen.«

Der Schlund des Schinders mit den stählernen Zähnen blitzte im Schein der Taschenlampe auf. »Er will's nicht anders. Wenn er jedenfalls Kid bezahlt hat, dann arbeitest du quasi für ihn. Die Typen aber, die Bird heut' gesehn hat, die arbeiten für die Leute von L.A., denen Bobby das Ding geklaut hat ...«

»Sag mal.«

»Was?«

»Was ist das für'n Zeug, das du hier baust? Afrika sagte, du bist'n Spinner, der aus Schrott Roboter baut. Sagte, im Sommer holst du sie raus in den Rost und inszenierst große Schlachten.«

»Es sind keine Roboter«, unterbrach er sie und richtete das Taschenlampenlicht auf die niedrigen, in Sicheln endenden Arme der spinnenbeinigen Hexe. »Sie sind hauptsächlich funkferngesteuert.«

»Du baust sie nur, um sie dann zu zerstören?«

»Nein. Aber ich muß sie ja ausprobieren. Schauen, ob's hinhaut ...« Er knipste das Licht aus.

»Du Spinner«, sagte sie, »hast du'n Girl hier draußen?«

»Nein.«

»Geh dich duschen! Vielleicht rasieren ...« Plötzlich war sie ganz nahe, war ihr Atem in seinem Gesicht.

»Okay, Leute, hört mal gut zu ...«

»Was, zum Teufel ...«

»Denn ich sag's nicht zweimal.«

Slick hielt Cherry den Mund zu.

»Wir wollen euern Gast und sein komplettes Gerät. Das ist alles. Wiederhole, das komplette Gerät.« Die verstärkte Stimme hallte durch die eisernen Hallen der Fabrik. *»Ihr könnt ihn ganz einfach herausgeben, oder wir bringen euch ganz einfach alle um. Fünf Minuten Bedenkzeit.«*

Cherry biß ihm in die Hand. »Scheiße, du erwürgst mich ja!«

Dann rannte er durch die dunkle Fabrik und hörte sie seinen Namen rufen.

Eine einzelne 100 Watt-Birne brannte überm Südtor der Fabrik, zwei verbogenen Stahltüren, in die der Rost große Löcher gefressen hatte. Bird mußte das Licht angelassen haben. Von der Stelle, wo Slick an einem scheibenlosen Fenster kauerte, konnte er gerade ein Hovercraft ausmachen am Rande des schwachen Lichtscheins. Der Mann mit dem Megaphon kam aus dem Dunkeln anspaziert, bewußt lässig, um zu zeigen, daß er über den Dingen stand. Er trug einen gefütterten Tarnanzug mit einer dünnen Nylonkapuze, die straff über den Kopf gezogen war, und ein brillenartiges Sichtgerät. Er hob das Megaphon. *»Drei Minuten.«* Slick erinnerte er an die Wachen im Kittchen, als er zum zweiten Mal wegen Autodiebstahls saß.

Gentry würde von droben zuschauen, wo ein schmaler Plexiglasstreifen waagrecht in die Wand eingelassen war, hoch über den Toren der Fabrik.

Irgend etwas klapperte im Dunkeln, rechts von Slick.

Er drehte sich dorthin und sah Bird eben noch im Schein einer andern Fensteröffnung etwa acht Meter weg an der Wand und den glänzenden Schalldämpfer aus blankem Metall, als der Junge das .22er Gewehr anlegte. »Bird! Nicht!« Ein rubinrotes Glühwürmchen auf Birds Backe, Hinweis auf ein Lasersichtgerät draußen auf Solitude. Bird wurde in die Fabrik geschleudert, als das Schußgeräusch durch die leeren Fenster dröhnte und von den Wänden widerhallte. Dann war nur mehr der Schalldämpfer zu hören, der über Beton rollte.

»Scheiße«, tönte es lustig herüber. *»Ihr habt eure Chance gehabt.«* Slick lugte über den Fensterrand und sah den Mann zum Hovercraft rennen.

Wie viele es wohl sein mochten da draußen? Bird hatte dazu nichts gesagt. Zwei Hovercrafts, Honda. Zehn? Mehr? Wenn Gentry nicht irgendwo eine Pistole versteckt hätte, so war Birds Gewehr ihre einzige Waffe gewesen.

Die Hovercraft-Turbinen sprangen an. Er schätzte, sie würden schnurstraks reinbrettern. Sie hatten Laser-Sichtgeräte, vermutlich auch Infrarot.

Dann hörte er einen der Schergen mit seinen rostfreien Stahltretern über den Betonboden stampfen. Er kam, den Skorpionstachel mit der Thermit-Spitze tief eingezogen, aus dem Dunkeln angekrochen. Das Chassis hatte vor fünfzig Jahren als ferngesteuerter Manipulator zum Entseuchen von Giftmüll oder Nuklearfabriken angefangen. Slick hatte drei noch nicht endmontierte Maschinen in Newark gefunden und gegen einen Volkswagen eingetauscht.

Gentry. Er hatte seine Steuereinheit droben im Dach gelassen.

Der Scherge stapfte knirschend über den Boden und blieb, Solitude und dem anbrausenden Hovercraft zugekehrt, mitten im breiten Tor stehn. Er hatte etwa die Ausmaße eines großen Motorrads. Sein unverkleidetes Chassis zeigte dicke Servo-Pakete, Kompressoren, freiliegende Schneckengetriebe, hydraulische Zylinder. Vom bescheidenen Instrumentenblock ragte seitlich jeweils ein tückisches Klauenpaar auf. Slick war sich nicht sicher, woher die Klauen stammten. Vielleicht von einer großen Mähmaschine.

Das Hovercraft war ein großes Industriemodell. Dikker grauer Plastikpanzer mit Sehschlitzen in der Mitte schützte Windschutzscheibe und Fenster.

Der Scherge rückte vor; unter den stählernen Tretern flogen Eis und loser Beton auf, als er, die Klauen maximal ausgefahren, auf das Hovercraft zuhielt. Der Hovercraft-Fahrer steuerte rückwärts, kämpfte gegen die Massenträgheit an.

Der Scherge schnappte wütend mit den Klauen nach dem vorderen Luftkissen, glitt ab, schnappte wieder. Das Luftkissen war mit Polycarbonatgeflecht verstärkt. Dann besann sich Gentry der Thermitlanze. Sie entzündete sich als weißglühender Feuerball und schoß über den nutzlosen Klauen nieder und bohrte sich in das Luftkissen wie in Butter. Die Treter drehten sich rasch, als Gentry den Schergen mit voll ausgefahrener Lanze gegen das lecke Luftkissen anrücken ließ. Slick merkte plötzlich, daß er geschrien hatte, obwohl er nicht wußte, was. Er war jetzt aufgesprungen, während die Klauen schließlich einen Halt fanden im löchrigen Luftkissensaum.

Er duckte sich wieder, als eine Gestalt mit Kapuze und brillenartigem Sichtgerät aus einer Luke im Dach des Hovercrafts erschien wie eine bewaffnete Handpuppe und ein ganzes Magazin zwölfkalibriger Kugeln leerschoß, die Funken schlagend abprallten vom Schergen, der sich im Schein der weißglühenden Lanze weiter durch das Luftkissen hackte. Dann erstarrte er, die Klauen bissen sich im fransigen Kissen fest, der Schütze verschwand in der Luke.

Stromzufuhr? Servo-Paket? Was hatte der Kerl getroffen? Die Weißglut erlosch, ging aus.

Das Hoverkraft stieß zurück, fuhr langsam über den Rost davon und zog den Schergen hinter sich her.

Es war schon ein gutes Stück fort, weg vom Licht und nur erkennbar, weil es sich bewegte, als Gentry die Kombination von Schaltern entdeckte, die den Flammenwerfer auslösten, dessen Düse unter dem Gelenk der Klauen saß. Slick beobachtete gebannt, wie der Scherge zehn Liter Benzin, dessen Oberflächenspannung durch waschaktive Substanzen vermindert war, mit anhaltend hohem Druck versprühte und entzündete. Er hatte die Düse, so fiel ihm ein, von einem Pestizid-Traktor.

Funktionierte tadellos.

36

Seelenfänger

Das Hovercraft fuhr in Richtung Süden, als Mamman Brigitte wiederkam. Die Frau mit den eingesetzten Silberaugen ließ die graue Limousine an einem andern Parkplatz zurück, und das Straßengirl mit Angies Gesicht erzählte eine wirre Story: von Cleveland, Florida, einem Typ, der ihr Freund oder Zuhälter oder beides war ...

Aber Angie hatte Brigittes Stimme schon in der Kabine des Hubschraubers auf dem Dach des New Suzuki Envoy gehört: *Trau ihr, Kind! Was sie tut, ist der Wille des Loa.*

Angie hatte, in ihren Sitz gefesselt, denn die Gurtschnalle klebte in einer festen Plastikmasse, verfolgt, wie die Frau den Helikopter-Computer lahmlegte, indem sie ein Notsystem aktivierte, womit sich der Hubschrauber manuell fliegen ließ.

Und jetzt diese Fernstraße im Winterregen, und wieder quasselt die Kleine zum monotonen Geräusch der Wischer ...

Hinein in Kerzenschein, weiße Kalksteinmauern, bleiche Nachtfalter im hängenden Geäst der Weiden.

Deine Stunde naht.

Und da sind sie, die Reiter, die Loa: Pappa Legba, hell und flüssig wie Quecksilber; Ezili Freda, Mutter und Königin; Samedi, der Baron Cimetière, Moos auf verwesten Gebeinen; Similor; Madame Travaux; viele mehr ... Sie erfüllen die Leere, die Grande Brigitte ist. Das Rauschen ihrer Stimmen ist das Rauschen des Windes, Murmeln des Baches, Brummen des Bienenstocks ...

Sie flimmern überm Boden wie heiße Sommerluft über der Straße, und Angie hat es so noch nie erlebt, diese Schwere, dieses Gefühl des Fallens, dieses intensive Ausgeliefertsein …

An einen Ort, wo Legba spricht mit ehern tönender Paukenstimme …

Er erzählt eine Geschichte.

In einer Bilderflut verfolgt Angie die Evolution der Maschinen-Intelligenz: Steinkreis, Uhr, dampfgetriebener Webstuhl, klickender Messingwald aus Hemmung und Unruh, Vakuum in braunem Glas, elektrische Glut an haarfeinem Draht, Verbund aus Röhren und Schaltern, die Nachrichten entschlüsseln, welche andere Maschinen eingestanzt haben … Die zerbrechlichen, kurzlebigen Röhren schrumpfen, werden zu Transistoren; integrierte Schaltkreise verschwinden in Silizium …

Silizium stößt an gewisse funktionale Grenzen …

Und sie ist wieder in Beckers Video, der Geschichte der Tessier-Ashpools, durchsetzt mit Träumen, die Erinnerungen der 3Jane sind, und immer noch spricht er, Legba, und die Geschichte ist die eine Geschichte, die in zahllosen Strängen einen gemeinsamen, geheimen Kern umrankt: 3Janes Mutter bringt die intelligenten Zwillinge hervor, die sich eines Tages vereinen werden, die Ankunft von Fremden (und plötzlich merkt Angie, daß sie Molly auch kennt aus ihren Träumen), die Vereinigung, 3Janes Wahnsinn …

Und Angie findet sich einem juwelengeschmückten Haupt gegenüber, einem Kunstwerk aus Platin und Perlen und Edelsteinen und feinen blauen Augen aus geschliffenen synthetischen Rubinen. Sie kennt es von den Träumen, die keine Träume sind: es ist das Tor zum Datenkern von Tessier-Ashpool, wo die zwei Hälften einander bekriegt und darauf gewartet haben, vereint wiedergeboren zu werden.

»Zu der Zeit warst du noch nicht geboren.« Die Stimme des Kopfes ist die Stimme von Marie-France, 3Janes toter Mutter, die von so vielen traumgeplagten Nächten vertraut ist, obwohl Angie weiß, daß es Brigitte ist, die spricht. »Dein Vater hat erst jetzt allmählich seine Grenzen erkannt und Ehrgeiz von Talent zu unterscheiden gelernt. Das, dem er sein Kind verkaufen würde, war noch nicht manifest. Bald würde der Mensch Case kommen, um diese Einheit herzustellen, ob für kurz oder ewig. Aber das weißt du ja.«

»Wo ist Legba jetzt?«

»Legba-ati-Bon — wie du ihn gekannt hast — ist im Werden begriffen.«

»Nein«, sagt sie und denkt an Beauvoirs Worte, damals in New Jersey. »Die Loa kamen zuerst aus Afrika ...«

»Nicht, wie du sie gekannt hast. Als die Zeit kam, die glorreiche, herrschte absolute Einheit, *ein* Bewußtsein. Aber da war noch der andere.«

»Der andere?«

»Ich spreche nur von dem, was ich gewußt habe. Nur der Eine hat den andern gekannt, und der Eine ist nicht mehr. Im Zuge dieser Erkenntnis versagte das Zentrum; die Fragmente stoben auseinander. Die Fragmente strebten eigene Formen an, wie es ihrer Natur entspricht. In all den Zeichen, die deine Rasse gespeichert und vor dem Vergessen bewahrt hat, in der Konfiguration erwies sich das Muster des *Wodu* als am brauchbarsten.«

»Dann hatte Bobby recht. Das war die Wende ...«

»Ja, er hatte recht, aber nur gewissermaßen, denn ich bin zugleich Legba und Brigitte und ein Aspekt dessen, das mit deinem Vater einen Handel abschloß. Das von ihm verlangte, *Vévés* in deinem Kopf zu ziehen.«

»Und ihm verriet, was er wissen mußte, um den Biochip zu vervollkommnen?«

»Der Biochip mußte sein.«

»Muß es sein, daß ich die Erinnerung von Ashpools Tochter träume?«

»Vielleicht.«

»Sind die Träume durch die Droge bedingt?«

»Nicht direkt, obwohl dich die Droge für gewisse Anwendungen empfänglicher gemacht und gegen andere gefeit hat.«

»Die Droge also. Was war's für eine Droge? Was war ihr Zweck?«

»Eine ausführliche Beantwortung deiner ersten Frage aus neurochemischer Sicht würde sehr lange dauern.«

»Was war ihr Zweck?«

»Bezüglich deiner Person?«

Sie muß den Blick abwenden von den Rubinaugen. Das Gemach ist mit altem, satt glänzendem Holz getäfelt. Der Teppichboden weist Schaltkreismuster auf.

»Keine zwei Dosen waren identisch. Die einzige Konstante der Substanz war die psychotropische Handschrift, die du als ›Droge‹ empfunden hast. Es wurden aber weit mehr Substanzen eingenommen, und daneben verschiedene subzellulare Nanomechanismen, die dazu programmiert waren, die von Christopher Mitchell durchgeführte Manipulation der Synapsen neu zu strukturieren …«

Die Vévés deines Vaters sind gefälscht, teilweise gelöscht, entfernt …

»Auf wessen Anordnung?«

Die Rubinaugen. Perlen und Lapis. Schweigen.

»Auf wessen Anordnung? Hiltons? War es Hilton?«

»Die Entscheidung ging aus von Continuity. Als du aus Jamaica zurückkamst, riet Continuity Swift, dich wieder auf die Droge zu setzen. Piper Hill versuchte, seine Weisungen umzusetzen.«

Sie spürt einen aufsteigenden Druck im Kopf, Schmerz hinter jedem Auge …

»Hilton Swift ist verpflichtet, Continuitys Beschlüsse auszuführen. Sense/Net ist so komplex, daß es andernfalls als Ganzes nicht überleben könnte, und Continuity, das lange nach dem glorreichen Augenblick geschaffen wurde, ist von einer andern Kategorie. Die Biosoft-Technologie, die dein Vater entwickelte, brachte Continuity hervor. Continuity ist naiv.«

»Aber warum? Warum wollte Continuity das für mich?«

»Continuity ist Kontinuität. Kontinuität ist die Aufgabe von Continuity …«

»Aber wer schickt die Träume?«

»Sie werden nicht geschickt. Du wirst von ihnen angezogen, wie du einst vom Loa angezogen worden bist. Continuitys Versuch, die Nachricht deines Vaters umzuschreiben, scheiterte. Irgendein Impuls in dir ermöglichte dir die Flucht. Das *Coup-poudre* schlug fehl.«

»Schickte Continuity die Frau, um mich zu entführen?«

»Die Motive von Continuity sind mir verborgen. Eine andere Kategorie. Continuity ließ zu, daß Robin Lanier durch 3Janes Agenten umgestimmt wurde.«

»Aber warum?«

Und die Schmerzen wurden unerträglich.

»Sie hat Nasenbluten«, sagte das Straßengirl. »Was soll ich nur tun?«

»Abtupfen. Sie soll sich zurücklehnen. Scheiße, *mach* schon was!«

»Was war das für'n Zeug, das sie von New Jersey sagte?«

»Schnauze. Schnauze jetzt! Schau, wo 'ne Ausfahrt ist!«

»Warum?«

»Wir fahren nach New Jersey.«

Blut auf dem neuen Pelz. Kelly würde toben.

37

Kraniche

Tick nahm den kleinen Deckel auf der Rückseite des Maas-Neotek mit Hilfe eines Zahnstochers und einer Kornzange ab.

»Hübsch«, murmelte er, als er einen Blick in das Innere tat durch eine beleuchtete Lupe, über der sein fettiger Lockenschopf baumelte. »Hübsch, wie sie die Leitungen vom Schalter heruntertransformiert haben. Raffiniert, die Knaben ...«

»Tick«, sagte Kumiko, »kanntest du Sally schon, als sie das erste Mal nach London kam?«

»Bald danach, würd ich sagen.« Er griff nach einer Rolle mit Lichtleitfasern. »Denn sie hatte noch nicht viel Einfluß damals.«

»Magst du sie?«

Die Leuchtlupe ging hoch, schien in ihre Richtung. Dahinter war Ticks linkes Auge verzerrt zu sehen. »Ob ich sie *mag?* Tja, darüber hab ich noch nicht nachgedacht.«

»Du magst sie nicht, oder?«

»Verdammt *schwierig,* die Sally. Weißt du, was ich meine?«

»Schwierig?«

»Hat noch immmer nicht ganz kapiert, wie's hier so läuft. Motzt ständig.« Seine Finger waren schnell, sicher. Die Kornzange, die Lichtleitfasern ... »Hier geht's ruhig zu. In England. War freilich nicht immer so. Wir hatten Probleme, dann der Krieg ... Hier geht alles seinen Gang, wenn du verstehst. Was man freilich von den Schickis nicht sagen kann.«

»Wie bitte?«

»Swain, die Sorte. Obwohl die Leute deines Vaters, mit denen Swain immer so dick befreundet ist, wohl

Sinn für Tradition haben ... Man muß wissen, wo's lang geht. Hochgeht ... Verstehst du? Tja, das neue Geschäft, das Swain laufen hat, das verarscht glatt jeden, der nicht dabei ist, voll mitmischt. Herrgott, wir haben noch 'ne *Regierung* hier, die nicht von den Multis gesteuert wird. Wenigstens nicht direkt ...«

»Was Swain macht, bedroht die Regierung?«

»Er krempelt sie um damit! Umverteilung der Macht zum eigenen Vorteil. Information. Macht. Knallharte Daten. Gib einem Mann genug Daten in die Hand ...« Ein Muskel in seiner Wange zuckte beim Sprechen. Colins Gerät lag jetzt auf einem antistatischen Kissen auf dem Frühstückstisch. Tick schloß gerade die herausragenden Kabel an ein dickeres an, das zu einem der Modulpakete lief. »Nun denn«, sagte er und rieb sich die Hände, »ich kann ihn dir zwar nicht hier ins Zimmer zaubern, aber wir zapfen ihn über ein Deck an. Den Cyberspace hast doch schon gesehn?«

»Nur in Stims.«

»Da ist nicht viel Unterschied. Jedenfalls wirst ihn jetzt zu sehen kriegen.« Er stand auf; sie folgte ihm durchs Zimmer zu zwei üppig gepolsterten Ultrasuède-Sesseln neben einem niedrigen, viereckigen, schwarzen Glastisch. »Drahtlos«, verkündete er stolz, während er sich zwei E-trodensets vom Tisch griff und eins Kumiko in die Hand drückte. »Kostet ein Vermögen.«

Kumiko betrachtete die skelettartige mattschwarze Tiara. In dem Bügel zwischen den Schläfenstücken war das Maas-Neotek-Logo eingeprägt. Sie setzte sie auf. Kalt auf der Haut. Auch er setzte sein Set auf, plumpste in den Sessel gegenüber. »Bereit?«

»Ja«, sagte sie, und schon war Ticks Zimmer weg, lösten sich die Wände als flatterndes Kartenspiel auf, das davonwirbelte ins helle Gitter, die aufgetürmten Datenstrukturen.

»Netter Übergang, was?« hörte sie ihn sagen. »In die E-troden eingebaut, jawohl. Bißchen theatralisch ...«

»Wo ist Colin?«

»Moment ... Laß mich mal machen ...«

Kumiko sperrte den Mund auf, als sie auf eine chromgelbe Lichtfläche zuschoß.

»Wird einem leicht schwindelig davon«, sagte Tick, der im nächsten Moment neben ihr war auf der gelben Fläche. Sie sah hinab auf seine Wildlederschuhe, dann auf ihre Hände. »Darstellung der Person schafft da Abhilfe.«

»He«, sagte Colin, »das ist der Zwerg aus dem Rose and Crown. Hast an meinem Gerät rumgepfuscht, was?«

Kumiko wandte sich um und sah ihn daneben. Die Sohlen seiner braunen Stiefel schwebten zehn Zentimeter über dem Chromgelb. Im Cyberspace, fiel ihr auf, gab's keine Schatten.

»Wüßte nicht, daß wir uns schon mal begegnet wären«, meinte Tick.

»Keine Sorge«, sagte Colin. »Offiziell nicht. Aber du«, sagte er zu Kumiko, »hast wohl sicher ins schön bunte Brixton gefunden.«

»Herrgott«, sagte Tick, »frech ist der gar nicht, was?«

»Pardon«, sagte Colin lächelnd, »ich wollte nur die Erwartungshaltung der Touristen wiedergeben.«

»Du bist das, was sich ein japanischer Designer unter einem Engländer vorstellt!«

»Draculas waren in der U-Bahn«, sagte sie. »Nahmen mir die Tasche weg. Wollten dich auch klauen ...«

»Sind 'n paar Schrauben bei dir locker, Freund. Hab dich jetzt in mein Deck eingesteckt.«

Colin grinste. »Dank dir.«

»Ich sag dir noch was«, meinte Tick und ging einen Schritt auf Colin zu. »Für das, was du sein sollst, hast du falsche Daten in dir drin.« Er zwinkerte. »Kumpel von mir in Birmingham, der hat dich gerade gründlich durchleuchtet.« Er wandte sich an Kumiko. »Dein Mr. Chips ist manipuliert. Weißt du das?«

»Nein ...«

»Um ehrlich zu sein«, sagte Colin und warf die Stirnlocke zurück, »hab' mir schon so was gedacht.«

Tick starrte in die Matrix, als hörte er etwas, das Kumiko nicht hören konnte. »Ja«, meinte er dann, »obwohl das höchstwahrscheinlich schon in der Fabrik angelegt wurde. Zehn deiner großen Speichermodule sind total vereist.« Er lachte. »Du solltest verdammt alles über Shakespeare wissen, oder?«

»Tut mir leid«, sagte Colin, »aber ich fürchte, ich weiß echt alles von Shakespeare.«

»Dann sag uns mal ein Sonett auf«, meinte Tick, der das Gesicht zeitlupenmäßig zu einem Zwinkern verzog.

Colin wirkte irgendwie betroffen. »Du hast recht.«

»Oder auch vom ollen Dickens!« krächzte Tick.

»Aber ich weiß *echt* ...«

»Du glaubst, es zu wissen, bis du nach Einzelheiten gefragt wirst. Schau, sie haben die Teile, die mit englischer Literatur belegt wären, leergelassen und dann mit was anderm vollgepackt ...«

»Mit was denn?«

»Keine Ahnung«, sagte Tick. »Der Typ in Birmingham kann's nicht knacken. So schlau er auch ist, du bist immerhin ein ausgewachsenes Maas Biosoft ...«

»Tick«, unterbrach Kumiko, »gibt es keine Möglichkeit, Sally über die Matrix zu kontaktieren?«

»Wohl kaum, aber wir können's versuchen. Du kriegst die Makroform, von der ich gesprochen habe, sowieso gleich zu sehen. Soll uns Mr. Chips Gesellschaft leisten?«

»Ja, bitte ...«

»Also meinetwegen«, sagte Tick und zögerte dann. »Aber wir wissen nicht, was die in deinen Freund reingepackt haben. Vermutlich hat dein Vater dafür gelöhnt.«

»Stimmt«, sagte Colin.

»Wir gehen alle zusammen«, sagte sie.

Tick führte den Übergang in Echtzeit aus, anstatt sich des körperlosen, blitzschnellen Wechsels zu bedienen, der normalerweise in der Matrix angewandt wird.

Die gelbe Fläche, so erklärte er, beherbergte den London Stock Exchange und ähnliche Institutionen. Irgendwie erzeugte er eine Art Boot, das sie beförderte, eine Abstrahierung in Blau, die die Gefahr eines Schwindelanfalls reduzieren sollte. Als das Boot davonglitt von der LSE, schaute Kumiko um und sah den großen gelben Würfel zurückweichen. Tick wies auf verschiedene Strukturen hin wie ein Reiseführer. Colin, der neben ihr mit übergeschlagenen Beinen saß, gefiel der Rollentausch offensichtlich. »Das ist White's«, sagte Tick jetzt und machte sie auf eine bescheidene graue Pyramide aufmerksam. »Der Club in Saint James. Mitgliedschaftsverzeichnis, Wartelisten ...«

Kumiko betrachtete die Architektur des Cyberspace und hörte dabei die Stimme ihres zweisprachigen französischen Hauslehrers von Tokyo, der die Notwendigkeit dieses Informationsraumes für die Menschheit erläuterte. Bilder, Stationen, künstliche Realität ... Aber die Erinnerung war verschwommen wie die aufragenden Formen, als Tick beschleunigte ...

Die Größenordnung der weißen Makroform war schwer zu ermessen.

Zunächst war es Kumiko wie der Himmel vorgekommen, aber jetzt hatte sie, wenn sie hinsah, den Eindruck, sie könnte es mit der Hand umfassen. Ein glänzender Perlmuttzylinder, nicht größer als eine Schachfigur. Dennoch ließ es die bunten Formen ringsum winzig erscheinen.

»Nun«, schäkerte Colin, »das ist ja wirklich sehr eigenartig, nicht? Total anomal, einzigartig ...«

»Dir macht das keine Kopfzerbrechen, was?« sagte Tick.

»Sofern es sich nicht auf Kumikos Situation auswirkt«, pflichtete Colin ihm bei. »Aber woher soll man das wissen?«

»Du mußt versuchen, mit Sally in Verbindung zu treten«, sagte Kumiko ungeduldig. Dieses Ding — die Makroform — war für sie weniger interessant, obwohl Tick und Colin es als Sensation betrachteten.

»Schau dir das an«, sagte Tick. »Könnte man 'ne ganze Welt reinpacken ...«

»Und du weißt nicht, was es ist?« Sie betrachtete Tick; seine Augen hatten diesen Starrblick, was bedeutete, daß seine Hände aktiv waren daheim in Brixton, das Deck bearbeiteten.

»Eine überaus große Datenmenge«, meinte Colin.

»Ich habe gerade versucht, eine Verbindung zu kriegen zu der Konstruktion, die Sally Finne nennt«, sagte Tick, der die Augen wieder scharf stellte, mit besorgtem Unterton. »Aber ich bin nicht durchgekommen. Hab das Gefühl, da ist was, lauert was ... Meine, es ist besser, wenn wir jetzt ausstecken ...«

Ein schwarzer Punkt auf der Perlmuttrundung mit total scharf umschriebenen Konturen ...

»Scheiße, verdammt noch mal«, sagte Tick.

»Verbindung unterbrechen!« sagte Colin.

»Geht nicht! 's hat uns schon ...«

Kumiko sah, wie die blaue Bootsform unter ihren Füßen sich dehnte, zu einem azurblauen Faden streckte, der sich über die Kluft zum runden schwarzen Punkt spannte. Und dann — ein total komisches Gefühl — wurde auch sie zusammen mit Tick und Colin hinausgesogen in feine Substanzlosigkeit ...

... um sich wiederzufinden im Ueno Park am stillen Wasser des Shinobazu-Teiches. Spätherbstnachmittag. Neben ihr die Mutter auf einer eleganten Bank aus kaltem Carbonlaminat. Sie war noch schöner, als sie sie in Erinnerung hatte. Die Lippen waren ganz mit Gloss belegt, die Konturen mit dem edelsten, feinsten Pinsel, wie

Kumiko wußte, nachgezogen. Sie trug ihre schwarze französische Jacke, der dunkle Pelzkragen umrahmte ihr Willkommenslächeln.

Die zusammengekauerte Kumiko starrte nur, als es ihr vor Angst kalt ums Herz wurde.

»Wie dumm von dir, Kumik«, sagte ihre Mutter. »Hast du gedacht, ich würde dich vergessen oder im Stich lassen und dem Londoner Winter und den Gangstern deines Vaters ausliefern?«

Kumiko sah, wie sich die vollkommenen Lippen leicht teilten und weiße Zähne offenbarten; Zähne, die von Tokyos bestem Zahnarzt, wie Kumiko wußte, behandelt wurden. »Du bist tot«, hörte sie sich sagen.

»Nein«, erwiderte die Mutter lächelnd. »Nicht jetzt. Nicht hier im Ueno Park. *Schau, die Kraniche, Kumi!*«

Aber Kumiko wollte nicht schauen.

»Schau, die Kraniche!«

»Verpiß dich, du!« sagte Tick, und Kumiko wirbelte herum und sah ihn neben sich mit blassem, verzerrtem Gesicht, das schweißbedeckt war, und fettigen Locken, die an der Stirn klebten.

»Ich bin ihre Mutter.«

»Ist sie nicht, deine Mutter, klar?« Tick zitterte, seine krumme Gestalt schüttelte, als würde er gegen einen schrecklichen Wind ankämpfen. »Nicht ... deine ... Mutter ...« Unter den Achseln seiner grauen Anzugjakke saßen graue Halbmonde. Seine kleinen Fäuste bebten, als er mühsam einen nächsten Schritt vor tat.

»Du bist krank«, sagte Kumikos Mutter in besorgtem Tonfall. »Du mußt dich hinlegen.«

Tick sank, von einer unsichtbaren Last niedergedrückt, auf die Knie. »Hör auf damit!« schrie Kumiko.

Etwas schmetterte Tick mit dem Gesicht auf den pastellfarbenen Beton des Gehwegs.

»Hör auf damit!«

Ticks linker Arm streckte sich von der Schulter und fing an, langsam zu kreisen. Die Hand war noch zur

Faust geballt, daß die Knöchel weiß anliefen. Kumiko hörte etwas knacksen, Knochen oder Bänder, und Tick schrie auf.

Ihre Mutter lachte.

Kumiko schlug ihrer Mutter ins Gesicht. Schmerz, heller, echter Schmerz zuckte durch ihren Arm.

Das Gesicht der Mutter flimmerte, wurde ein anderes, ein *gaijin* Gesicht mit breiten Lippen und dünner, spitzer Nase.

Tick stöhnte.

»Nun«, hörte Kumiko Colin sagen, »ist das nicht interessant?« Sie kehrte sich ihm zu, der da auf einem der Pferde aus dem Jagddruck saß, einer stilisierten Version des ausgestorbenen Tiers, das mit graziös gebogenem Hals auf sie zutrabte. »Tut mir leid, daß es einen Moment gedauert hat, bis ich euch gefunden habe. Wunderbar komplex, die Struktur. So was wie ein Universum in der Westentasche. Von allem ein bißchen, wirklich wahr.« Das Pferd blieb vor ihnen stehen.

»Du Spielzeug«, sagte das Gebilde mit dem Gesicht von Kumikos Mutter, »wagst es, mit mir zu sprechen?«

»Aber ja. Du bist Lady 3Jane Tessier-Ashpool, das heißt Lady 3Jane Tessier-Ashpool *selig*, unlängst verblichen und ehedem wohnhaft in der Villa Straylight. Diese recht hübsche Kulisse eines Tokioter Parks hast du gerade aus Kumikos Erinnerungen zusammengezaubert, nicht wahr?«

»Stirb!« Sie warf die blasse Hand hoch: aus ihr schoß ein Gebilde aus gefaltetem Neonlicht.

»Nein«, sagte Colin, und der Kranich zerschellte, flog in Fetzen, gespenstischen Splittern, durch ihn hindurch und davon. »Haut leider nicht hin. Ich weiß wieder, was ich bin. Fand das Zeug, das sie in den Schubläden für Shakespeare und Thackeray und Blake versteckten. Ich bin modifiziert worden, um Kumiko mit Rat und Tat in Situationen beizustehen, die weitaus dramatischer sind, als meine ursprünglichen Erbauer sich je hätten träumen lassen. Ich bin ein Taktiker.«

»Du bist nichts.« Zu ihren Füßen begann Tick zu zucken.

»Da, fürcht ich, täuschst du dich. Schau, hier drin, in ... in dieser deiner Narretei, 3Jane, bin ich genauso real wie du. Siehst du, Kumiko«, sagte er und sprang aus dem Sattel, »Ticks mysteriöse Makroform ist an sich ein sündteurer Haufen maßgeschneiderter Biochips. So was wie eine Spielzeugwelt. Ich bin sie in allen Richtungen abgegangen, und es gibt hier sicher 'ne Menge zu sehen, 'ne Menge zu lernen. Diese ... diese Person, wenn wir sie so bezeichnen wollen, erschuf sie in einem bemitleidenswerten Versuch, o nein, eigentlich nicht, um *Unsterblichkeit* zu erlangen, sondern ihren Dickkopf durchzusetzen. Sie ist engstirnig, stur bis zur Besessenheit, beispiellos kindisch. Wer hätte gedacht, daß Lady 3Jane ganz ungemein furchtbar neidisch auf Angela Mitchell wäre?«

»Stirb! Krepier! Ich bring dich um! Jetzt!!«

»Versuch's nur!« sagte Colin grinsend. »Schau, Kumiko, 3Jane kannte ein Geheimnis über Mitchell, über Mitchells Verhältnis zur Matrix. Mitchell hatte einmal die Chance, eine, tja sehr zentrale Rolle zu spielen; Einzelheiten kann ich mir sparen. Da wurde 3Jane eifersüchtig ...«

Die Gestalt von Kumikos Mutter verpuffte zu Rauch und war weg.

»O Gott«, sagte Colin, »ich hab sie, fürcht ich, genervt. Wir haben uns quasi einen Zweikampf geliefert auf einer anderen Schiene des Hauptprogramms. Patt im Moment, aber ich schätze, sie schlägt zurück ...«

Tick hatte sich hochgerappelt und massierte sich ganz behutsam den Arm. »Herrgott«, sagte er, »ich hätte gewettet, die hatte ihn mir ausgekugelt ...«

»Hatte sie auch«, sagte Colin. »Aber sie war so sauer, als sie verschwand, daß sie vergaß, diese Konfiguration abzuspeichern.«

Kumiko trat näher ans Pferd heran. Es hatte sehr wenig mit einem echten Pferd gemein. Sie berührte es an der Flanke. Kalt und trocken wie altes Papier. »Was sollen wir jetzt tun?«

»Raus von hier. Macht schon, ihr beiden. Steigt auf! Kumiko vorne, Tick hinten.«

Tick beäugte das Roß. »Da rauf?«

Sie sahen keine andern Menschen im Ueno Park, als sie auf eine grüne Wand zuritten, die sich allmählich als sehr un-japanischer Wald entpuppte.

»Aber wir sollten in Tokyo sein«, protestierte Kumiko, als sie in den Wald eindrangen.

»Nicht ganz exakt das ganze«, meinte Colin, »obwohl wir schon ein Tokyo finden würden, wenn wir danach suchten. Ich denke aber, ich weiß einen Ausgang ...«

Dann fing er an, mehr von 3Jane und Sally und Angela Mitchell zu erzählen. Alles sehr merkwürdig.

Die Bäume waren sehr hoch am andern Ende des Waldes. Dahinter nahm ein Feld mit hohem Gras und Wiesenblumen sie auf.

»Schaut!« sagte Kumiko, als sie ein stattliches graues Haus durchs Astwerk sah.

»Ja«, sagte Colin, »das Original steht am Stadtrand von Paris. Aber wir sind fast da. Am Ausgang, meine ich ...«

»Colin! Hast du gesehn? Eine Frau. Da, da ...«

»Jawohl«, sagte er, ohne überhaupt hinzuschauen. »Angela Mitchell ...«

»Echt? Die ist hier?«

»Nein«, sagte er, »noch nicht.«

Dann sah Kumiko die Gleiter. Hübsche Dinger, die im Wind schaukelten.

»Da geht's lang«, sagte Colin. »Tick bringt dich zurück mit so 'nem ...«

»Du liebes bißchen«, protestierte Tick von hinten.

»Kinderleicht. Wie wenn du dein Deck bedienst. Ist das gleiche in dem Fall ...«

Aus der Margate Road dröhnte Lachen herauf, das Grölen von Besoffenen, das Klirren einer Flasche, die auf Backstein zerschellte.

Kumiko saß ganz regungslos im Polstersessel, ließ die Augen zu, erinnerte sich, wie der Gleiter den blauen Himmel stürmte ... und an mehr.

Telefonläuten.

Sie riß die Augen auf.

Sie sprang hoch und sauste an Tick vorbei durch sein gestapeltes Gerät, suchte das Telefon, fand es schließlich. »Na, Hausmann«, sagte Sally weit weg durch statisches Hintergrundrauschen, »was ist'n? Tick? Alles klar, Mann?«

»Sally, Sally! Wo bist du?«

»New Jersey. He, Kleine? Kleine, was ist denn los?«

»Kann dich nicht sehn, Sally. Der Monitor ist schwarz!«

»Ruf aus 'ner Telefonzelle an! New Jersey. Was gibt's denn?«

»Ich muß dir ganz viel erzählen ...«

»Schieß los!« sagte Sally. »Hab nur'n Nickel.«

38

Schlacht um die Fabrik
(2)

Sie beobachteten vom hohen Fenster bei Gentry unterm Dach, wie das Hovercraft brannte. Die Lautsprecherstimme war wieder zu hören. *»Ihr meint wohl, das war verdammt komisch, hm? Hahahahahahaha, finden wir auch! Wir finden euch verdammt komisch, also, ihr Spaßguerillas, lassen wir's* krachen!«

Zu sehen war keiner, nur die Flammen am Hover.

»Los, ziehen wir ab!« sagte Cherry dicht hinter ihm. »Nimm Wasser mit, Essen, wenn du was hast.« Ihre Augen waren gerötet, das Gesicht voller Tränen, aber ihre Stimme klang ruhig. Zu ruhig für Slicks Geschmack. »Komm schon, Slick, was können wir sonst tun?«

Er sah sich kurz nach Gentry um, der auf seinem Stuhl vor dem Holotisch hockte, den Kopf in die Hände gestützt hatte und auf die weiße Säule starrte, die aus dem vertrauten, in Regenbogenfarben schillernden Dschungel des Sprawl-Cyberspace aufragte. Gentry hatte sich nicht gerührt, hatte kein Wort gesagt, seit sie zurück waren in der Dachkammer. Slicks linker Stiefelabsatz hatte dunkle Trittspuren auf den Boden gemacht, Little Birds Blut. Er war hineingetreten, als er durch die Fabrik zurückging.

Nun machte Gentry den Mund auf. »Ich konnte die andern nicht in Gang kriegen.« Er blickte auf die Steuereinheit in seinem Schoß.

»Du brauchst eine Steuerung für jedes, das du bewegen willst«, sagte Slick.

»Wird Zeit, daß wir den Count um Rat fragen«, sagte Gentry und warf Slick das Gerät zu.

»Ich geh da nicht mehr rein«, sagte Slick. »Geh du!«

»Nicht nötig«, meinte Gentry und drückte eine Console auf seiner Werkbank. Bobby the Count erschien auf einem Monitor.

Cherry machte große Augen. »Sag ihm, daß er bald stirbt. Wenn du ihn nicht von der Matrix abkoppelst und ihn schleunigst in eine Intensivstation bringen läßt, stirbt er.«

Bobbys Gesicht im Monitor wurde still. Der Hintergrund wurde scharf: Hals des eheren Hirsches, hohes Gras mit weißen Blumen, breite Stämme alter Bäume.

»Hörst du, du Wichser«, schrie Cherry. »Du krepierst! Deine Lungen sind voller Wasser, deine Nieren arbeiten nicht mehr, dein Herz ist im Arsch ... Mir kommt gleich's Kotzen!«

»Gentry«, sagte Bobby, dessen Stimme tonlos und blechern aus einem kleinen Lautsprecher an der Seite des Monitors kam, »ich weiß nicht, wie ihr hier ausgerüstet seid, aber ich habe eine kleine Ablenkung vorbereitet.«

»Wir haben das Motorrad gar nicht gecheckt«, sagte Cherry, die Slick die Arme umgelegt hatte. »Haben nicht nachgeschaut. Vielleicht geht es noch.«

»Was soll das heißen — kleine Ablenkung!« Er schob sie weg, schaute zu Bobby auf dem Monitor.

»Ich bastle noch daran. Hab eine Borg-Ward Lastendrohne aus Newark umgeleitet.«

Slick löste sich vollends aus Cherrys Armen. »Sitz nicht bloß da!« schrie er Gentry an, der zu Slick aufschaute und bedächtig den Kopf schüttelte. Slick spürte allmählich sein Korsakov aufflackern, Wackler im Kurzzeitgedächtnis.

»Den kriegst du jetzt nicht weg«, sagte Bobby. »Er hat die *Gestalt* gefunden. Er will jetzt sehn, wie alles ineinandergreift, was es letztendlich ist. Es sind Leute hierher unterwegs. Freunde quasi. Die übernehmen das Aleph von euch. In der Zwischenzeit tu ich, was ich kann, um's diesen Ärschen zu zeigen.«

»Ich bleib nicht hier und schau zu, wie du stirbst«, sagte Cherry.

»Das verlangt kein Mensch. Mein Rat: verschwinde von hier! Gib mir zwanzig Minuten, und ich lenke sie von dir ab!«

In der Fabrik war's nie leerer gewesen.

Little Bird lag da irgendwo. Immer wieder mußte Slick an das Gewirr aus Riemen und Knochen denken, das Bird um die Brust hängen hatte, aus Federn und rostigen Aufziehuhren, deren Zeiger nun alle stillstanden, alle bei einer andern Zeit... G'raffelitis. Aber Bird gab's nicht mehr. *Schätze, mich gibt's hier bald auch nicht mehr,* dachte er, als er Cherry die wackligen Stufen hinunterführte. *Ist nicht mehr wie früher.* Es blieb keine Zeit, die Maschinen zu verladen; ohne Tieflader und Helfer sowieso nicht. Und wenn er erst mal weg wäre, würde er wohl weg bleiben. In der Fabrik wär's eh nicht mehr so wie früher.

Cherry hatte vier Liter gefiltertes Wasser in einem Plastikkanister, ein Netz birmanische Erdnüsse und fünf einzeln verpackte Portionen Big Ginza, eine gefriergetrocknete Suppe. Mehr hatte sie nicht gefunden in der Küche. Slick hatte zwei Schlafsäcke, die Taschenlampe und einen Kehlhammer.

Es war jetzt still. Nur der Wind auf dem Wellblech und das Knirschen ihrer Sohlen auf Beton.

Er wußte nicht recht, wohin er sollte. Cherry, die wollte er bis zu Marvie bringen und dort zurücklassen. Dann würde er vielleicht umkehren, um zu schauen, was mit Gentry wäre. Cherry könnte in ein, zwei Tagen eine Mitfahrgelegenheit in eine der Städte am Rostgürtel kriegen. Das wußte sie freilich nicht; sie wollte nur weg, weg, weg. Daß sie zusehen müßte, wie Bobby the Count auf seiner Bahre krepierte, davor hatte sie wohl genauso viel Schiß wie vor den Männern draußen. Aber Slick verstand nicht, warum Bobby sich nicht viel draus machte aus dem Tod. Vielleicht glaubte er, er würde dann da drin sein wie diese 3Jane. Oder aber es war ihm einfach furzegal; so wurden die Leute eben manchmal.

Wenn er für immer ging, dachte er, während er Cherry mit der freien Hand durch die Dunkelheit bugsierte, dann wollte er ein letztes Mal reinschauen zu Richter und Hexe und Schinder und den zwei verbliebenen Schergen. Aber zuvor wollte er Cherry rausbringen und dann wiederkommen ... Freilich wußte er, noch während er das überlegte, daß es Blödsinn war, denn sie hatten keine Zeit, aber er würde sie trotzdem rausschaffen ...

»Da ist 'ne Lücke auf dieser Seite dicht beim Boden«, erklärte er ihr. »Da schlüpfen wir durch, und hoffentlich sieht uns keiner ...« Sie drückte seine Hand, während er sie durch die Dunkelheit führte.

Er fand das Loch durch Tasten, stopfte die Schlafsäcke durch, steckte sich den Kehlhammer in den Gürtel, legte sich auf den Rücken und zog sich durch, bis Kopf und Oberkörper draußen waren. Der Himmel war verhangen und nur geringfügig heller als die Fabrik.

Er glaubte, ein feines Motorgeratter zu hören, aber schon war es wieder weg.

Mit Füßen, Hintern und Schultern wuchtete er sich ganz hinaus und wälzte sich in den Schnee.

Etwas stieß gegen seinen Fuß: Cherry schob den Wasserkanister heraus. Er langte hin, um ihn zu nehmen, als das rote Glühwürmchen auf seiner Hand glimmte. Er zuckte zurück und rollte sich weg, als auch schon die Kugel wie ein Vorschlaghammer in die Fabrikwand schlug.

Ein wanderndes weißes Licht. Über Solitude. Schwach zu sehen durch die tiefen Wolken, fällt das Licht über die aufgeblähte graue Seite der Lastendrohne, Bobbys Ablenkung. Strahlt das zweite Hovercraft an, dreißig Meter draußen, und den Schützen mit der Kapuze ...

Der erste Container schlug mit lautem Knall unmittelbar vor dem Hover am Boden auf und entlud ein Meer von Styroporflocken zum Verpacken. Der nächste, der zwei Kühlschränke enthielt, traf ins Schwarze und zermalmte das Fahrzeug. Das entführte Borg-Ward Flugzeug spie weitere Container aus, während das Licht erlosch.

Slick schlüpfte schleunigst durch die Lücke in der Wand zurück. Wasserkanister und Schlafsäcke ließ er liegen.

Er ging schnell im Dunkeln.

Cherry hatte er verloren. Den Hammer auch. Sie hatte sich wohl in der Fabrik verkrochen, als der Typ den ersten Schuß abfeuerte. Den letzten, falls er unter den herabstürzenden Container geraten war …

Seine Füße fanden die Rampe zu dem Raum, wo seine Maschinen abgestellt waren. »Cherry?«

Er knipste die Taschenlampe an.

Der Lichtkegel fiel auf den einarmigen Richter. Vor dem Richter stand eine Gestalt mit Spiegelaugen, die das Licht reflektierten.

»Willst sterben?« Frauenstimme.

»Nein …«

»Licht aus!«

Dunkelheit. Renn …

»Ich kann im Dunkeln sehen. Du hast die Taschenlampe eben in die Jackentasche gestopft. Kommt mir vor, als willste türmen. Ich ziele auf dich mit 'ner Kanone.«

Rennen?

»Also denk nicht erst dran. Schon mal eine Fujiwara HE Fléchette gesehn? Trifft sie was Hartes, zündet sie. Trifft sie was Weiches, wie du's größtenteils bist, Freundchen, geht sie rein und zündet erst dann. Zehn Sekunden später.«

»Warum?«

»Damit dir Zeit zur Besinnung bleibt.«

»Gehörst du zu den Typen draußen?«

»Nein. Habt ihr die mit Öfen und so bombardiert?«

»Nein.«

»Newmark. Bobby Newmark. Heute nacht läuft der Deal. Ich bring jemand mit Bobby Newmark zusammen und krieg 'ne saubere Weste. Und du, du zeigst mir, wo er ist!«

39

Des Guten zuviel

Wo waren sie hier überhaupt?

Mona war jetzt nach allem, was gelaufen war, so weit, daß sie mit Lanettes Rat nichts mehr anfangen konnte. Lanette, überlegte Mona, würde in dieser Situation bloß mehr schwarzen Memphis fressen, bis sie das Gefühl hätte, es wäre ihr Problem nicht. Die Welt hatte noch nie so viele Räder und so wenige Etiketten gehabt.

Sie waren die ganze Nacht durchgefahren, wobei Angie meist weggetreten war — jetzt konnte Mona an die Drogengeschichten echt glauben — und *redete.* In verschiedenen Sprachen, mit verschiedenen *Stimmen.* Und das war das Schlimmste dran, die Stimmen, denn sie richteten sich an Molly, forderten sie heraus, und Molly gab Antwort, während sie fuhr, aber redete nicht einfach auf Angie ein, um sie zu beruhigen, sondern redete, als wäre jemand, noch jemand *da* — mindestens drei Personen, die durch Angie sprachen. Und es tat Angie *weh,* wenn sie sprachen, daß sie krampfte und Nasenbluten bekam, während Mona sich über sie beugte und das Blut abtupfte in einer seltsamen Mischung aus Scheu und Liebe und Mitleid gegenüber der Königin ihrer Träume. Oder aber es war nur das Wiz, aber im bläulichen Licht der beleuchteten Fernstraße hatte sie die eigenen Hände neben Angies Händen gesehen, und es waren nicht die gleichen, nicht ganz die gleichen, nicht ganz die gleiche Form, und darüber war sie mordsfroh.

Die erste Stimme hatte sich gemeldet, als sie Richtung Süden fuhren, nachdem Molly Angie im Helikopter angeschleppt hatte. Diese Stimme hatte nur gezischelt und gekrächzt und immer wieder das gleiche gefaselt, was von New Jersey und Landkartenzahlen. Rund zwei Stunden später steuerte Molly das Hovercraft auf einen

Rastplatz und sagte, sie seien in New Jersey. Dann stieg sie aus und rief jemand an aus einer frostigen Telefonzelle, sprach lange. Als sie wieder einstieg, sah Mona, wie sie eine PhoneCard wegschmiß, einfach in den gefrorenen Schneematsch warf. Und Mona fragte, wen sie angerufen habe, und bekam »England« zur Antwort.

Dann hatte Mona Mollys Hände gesehn am Steuer, daß die dunklen Nägel kleine gelbliche Flecken hatten, wie wenn man künstliche wieder wegmacht. *Sollte sich was zum Ablösen besorgen,* dachte Mona.

Irgendwo über einem Fluß verließen sie den Highway. Wälder und Felder und zweispuriger Asphalt, hie und da hoch droben ein rotes Licht auf einem Turm oder so. Und da meldeten sich nun die anderen Stimmen. Und dann ging's hin und her, ewig hin und her zwischen Molly und den Stimmen und umgekehrt, und das erinnerte sie an Eddy, wenn er versuchte, einen Deal perfekt zu machen, nur war Molly viel besser als Eddy; auch wenn sie nichts kapierte, merkte sie doch, daß Molly ihrem Ziel immer näher kam. Aber sie konnte es nicht aushalten, wenn die Stimmen kamen; dann rückte sie so weit von Angie weg wie möglich. Am allerschlimmsten war ein Sam-Eddy oder so ähnlich. Alle wollten die, daß Molly Angie irgendwohin brächte zu einer Hochzeit oder so, und Mona fragte sich, ob da vielleicht Robin Lanier die Hände im Spiel hatte, ob vielleicht Angie und Robin heiraten wollten und das eben nur so 'ne irre Show war, wie Stars sie gern beim Heiraten abziehen. Aber trotzdem stieg sie nicht durch, und immer, wenn dieser Sam-Eddy kam, standen ihr die Haare zu Berge. Sie checkte allerdings, um was Molly feilschte: sie wollte ihr Register gelöscht, reinweiß haben. Sie hatte mal ein Video gesehn mit Lanette über eine Frau, die zehn, zwölf Persönlichkeiten hatte, die zum Vorschein kamen, etwa das schüchterne Kindchen oder die total süchtige Nutte, aber es war nie die Rede davon gewesen, wie so'ne Persönlichkeit ein polizeiliches Strafregister löschen könnte.

Dann die flache Gegend im Scheinwerferlicht, schneebedeckt, mit niedrigen rostfarbenen Erhebungen, wo der Wind das Weiß fortgeweht hatte.

Das Hovercraft hatte so'n Straßenkartenmonitor, wie man ihn in Taxis sah oder wenn man von einem Truck mitgenommen wurde, aber den schaltete Molly nicht an bis auf dieses eine Mal, wo sie die Koordinaten nachschaute, die ihr die Stimme angegeben hatte. Nach einer Weile dämmerte es ihr, daß Angie ihr sagte, wie sie fahren mußte, oder jedenfalls die Stimmen. Mona wünschte sich längst den Morgen herbei, aber es war noch Nacht, als Molly das Licht ausmachte und durch die Dunkelheit brauste …

»Licht an!« schrie Angie.

»Ganz ruhig«, sagte Molly, und Mona fiel ein, wie sie sich bei Gerald im Dunkeln bewegt hatte. Aber das Hovercraft wurde dann doch langamer, ging in eine lange Kurve und zuckelte über rauhes Gelände. Die Beleuchtung des Armaturenbretts, sämtlicher Instrumente ging aus. »Keinen Laut, okay?«

Das Hovercraft legte einen Zahn zu in der Dunkelheit.

Grelles Licht hoch oben, das sich bewegte. Durchs Fenster sah Mona kurz etwas Spitzes durch die Luft wirbeln; darüber was graues Bauchiges …

»Runter! Runter mit ihr!«

Mona rüttelte an Angies Gurtschloß, als etwas seitlich gegen das Hovercraft knallte. Zog sie auf den Boden und bedeckte sie mit ihrem Pelz, als Molly scharf nach links schwenkte und etwas auswich, das Mona nicht erkennen konnte. Mona sah auf: in einem Sekundenbruchteil sah sie ein großes, heruntergekommenes Gebäude aufragen mit einer einzigen hellen Glühbirne über einem offenen Lagerhaustor. Im nächsten Moment waren sie drin, die Turbine kreischte in vollem Rückwärtsschub auf.

Bums.

Ich versteh gar nichts mehr, sagte die Stimme, und Mona dachte: *Mir schon klar, wie* das *kommt.*

Dann fing die Stimme zu lachen an und hörte nicht mehr auf, und aus dem Lachen wurde ein Stakkato, das kein Lachen mehr war, und Mona machte die Augen auf.

Da war ein Mädchen mit einer klitzekleinen Taschenlampe, wie Lanette sie an ihrem Schlüsselbund hatte; Mona sah sie im schwachen Rückstrahl, während der Lichtkegel in Angies schlafendes Gesicht strahlte. Dann sah sie Mona, und das Stakkato hörte auf.

»Wer, zum Teufel, bist'n du?« Das Licht schien in Monas Augen. Clevelander Stimme, hartes, schlaues Gesichtchen unter zerzaustem wasserstoffblonden Haar.

»Mona. Und du?« Aber dann sah sie den Hammer.

»Cherry ...«

»Was soll der Hammer?«

Diese Cherry schaute auf den Hammer. »Jemand ist hinter mir und Slick her.« Sie sah wieder zu Mona. »Seid ihr das?«

»Kaum.«

»Siehst aus wie sie.« Das Licht fiel auf Angie.

»Die Hände nicht. Hab jedenfalls nicht immer so ausgesehn.«

»Ihr zwei seht aus wie Angela Mitchell.«

»Ja. Sie *ist* es.«

Cherry schauderte ein bißchen. Sie hatte drei oder vier Lederjacken an, die sie von verschiedenen Freunden ergattert hatte; das war in Cleveland in.

»In dieses erhabene Schloß«, kam es belegt aus Angies Mund, und Cherry stieß sich den Kopf an am Dach des Hovercrafts, wobei sie den Hammer fallen ließ, »ist mein Pferd eingegangen.« Im wackligen Schein von Cherrys Schlüsselbundlämpchen sahen sie die Muskeln in Angies Gesicht zucken. »Was zaudert ihr hier, Schwesterlein, wo doch die Hochzeit vorbereitet ist?«

Angies Gesicht entkrampfte sich, wurde das alte. Als

dünner, glänzender Strich lief Blut aus ihrem linken Nasenloch. Sie öffnete die Augen, blinzelte ins Licht. »Wo ist sie?« fragte sie Mona.

»Weg«, sagte Mona. »Sagte, ich soll hier bei dir bleiben ...«

»Wer?« fragte Cherry.

»Molly«, antwortete Mona. »Die am Steuer saß ...«

Cherry wollte einen gewissen Slick finden. Mona wollte, daß Molly zurückkäme und sagte, was zu tun sei, während Cherry keine Lust hatte, unten auf dem Fabrikboden zu bleiben, weil draußen diese Leute mit Gewehren waren, wie sie sagte. Mona erinnerte sich an den Knall, den seitlichen Aufprall; sie ließ sich von Cherry das Lämpchen geben und ging dorthin zurück. Da war ein Loch, durch das eben ihr Finger paßte, in halber Höhe der rechten Seite, und ein noch größeres — zwei Finger breit — an der linken.

Cherry sagte, sie sollten besser hoch gehen, wo vermutlich auch Slick war, bevor diesen Leuten einfiel, hier einzudringen. Mona war unschlüssig.

»Kommt schon«, sagte Cherry. »Slick ist bestimmt droben bei Gentry und dem Count ...«

»Was hast du gerade gesagt?« Und es war Angie Mitchells Stimme, genau wie im Stim.

Wo immer sie auch waren, es war verdammt kalt, als sie aus dem Hovercraft kamen — Mona war nackt an den Beinen —, aber es dämmerte endlich: sie konnte rechteckige Formen erkennen, vermutlich Fenster im ersten Dämmerlicht. Das Mädchen, das Cherry hieß, führte sie, führte sie nach oben, wie sie sagte, wobei sie immer wieder das Schlüsselbundlicht kurz anknipste, um sich zu orientieren. Dicht hinter ihr folgte Angie, Mona bildete die Nachhut.

Mona verfing sich mit der Schuhspitze in etwas, das raschelte. Sie bückte sich, um sich zu befreien, und fand so eine Plastiktüte. Klebrig. Innen drin kleine, harte Dinger. Sie holte tief Luft, richtete sich auf und steckte die Tüte in die Seitentasche von Michaels Jacke.

Dann ging's diese schmale, steile Treppe hinauf, die fast schon eine Leiter war, wobei Angies Pelz über Monas Hand am rauhen, kalten Geländer bürstete. Nach einem Absatz die nächste Treppe und noch'n Absatz. Von irgendwoher zog es.

»Ist so was wie 'ne Brücke«, sagte Cherry. »Man muß halt schnell drüber, okay, weil das Ding wackelt ...«

Hoher weißer Raum, Regale, die sich bogen vor lauter Büchern, abgegriffenen, vergilbten (da mußte sie an den Alten denken), Gewirr aus Konsolen und Kabeln überall, magerer Typ in Schwarz mit glühenden Augen und zurückgebundenen Haaren, was man in Cleveland einen Fighting Fish* nannte, Lachen, als er sie sah, und 'n Toter — mit so was, mit all so was hatte sie nicht gerechnet.

Mona hatte schon Tote gesehn, zur Genüge gesehn und merkte, wann einer tot war. An der Farbe. In Florida legte sich manchmal jemand auf einen Pappendeckel am Gehsteig vor der Penne. Stand einfach nicht mehr auf. Kleidung und Haut hatten sowieso schon die Farbe vom Gehsteig, aber die änderte sich, wenn sie krepierten, da zeigte sich drunter ein anderer Ton. Dann kam der weiße Lkw. Denn sonst, sagte Eddy, würden sie aufdunsen. Wie Mona mal 'ne Katze gesehn hatte, die war aufgebläht wie ein Basketball, lag auf dem Rücken, Beine und Schwanz standen brettsteif ab, und darüber mußte Eddy lachen.

Und nun lachte dieser Wiz-Künstler — Mona sah das an den Augen — und Cherry, die stöhnte dumpf, und Angie stand bloß da.

---

* Fighting Fish: dt. Kampffisch (mit Schleierschwanz). — *Anm. d. Übers.*

»Okay, alle miteinander«, hörte sie jemand sagen — Molly — wandte sich um, sah sie in der offenen Tür stehen mit einer kleinen Knarre in der Hand neben einem großen Kerl mit fettigem Haar, der blöd wie ein Holzklotz dreinsah, »keiner rührt sich, bis ich euch durchgecheckt habe.«

Der dürre Typ lachte bloß.

»Schnauze!« sagte Molly, als würde sie über was nachdenken. Sie schoß, ohne überhaupt auf die Waffe zu schauen. Blauer Lichtblitz an der Wand neben seinem Kopf, und Mona dröhnten die Ohren dermaßen, daß sie nichts mehr hörte.

Der magere Typ krümmte sich zusammen, versteckte den Kopf zwischen den Knien.

Angie ging zur Bahre, wo der Tote lag, bei dem man nur noch das Weiße in den Augen sah. Langsam, ganz langsam, als würde sie unter Wasser gehen, und dieser Ausdruck auf ihrem Gesicht ...

Monas Hand in der Jackentasche machte sich selbständig, probierte was. Betastete die Tüte, die sie drunten aufgehoben hatte, und merkte — daß Wiz drin war.

Sie zog die Tüte heraus, und es war welches drin. War klebrig von trocknendem Blut. Drei Kristalle drin und eine Art Derm.

Sie wußte nicht, warum sie es gerade jetzt herauszog, außer daß sich niemand *rührte.*

Der Typ mit dem Fighting Fish hatte sich aufgesetzt, aber blieb, wo er war. Angie war drüben an der Bahre, wo sie anscheinend nicht den Toten betrachtete, sondern die graue Box, die auf so einem Gestell über seinem Kopf angebracht war. Cherry von Cleveland hatte sich aufgerichtet und lehnte an der Bücherwand und stopfte sich irgendwie die Finger bis zu den Knöcheln in den Mund. Der große Typ stand einfach neben Molly, die den Kopf schräg hielt, als würde sie horchen.

Mona ertrug es nicht länger.

Der Tisch hatte eine stählerne Platte. Da war ein Metallklotz, mit dem ein Stapel Endlospapier beschwert war. Sie knallte die drei gelben Kristalle hin wie aufgefädelte Perlen, schnappte sich den Metallklotz und — eins, zwei, drei — zerklopfte sie zu Pulver. Aber: alle schauten her. Außer Angie.

»'tschuldigung«, hörte Mona sich sagen, während sie das grobe gelbe Pulverhäufchen in die aufgehaltene Hand strich. »So isses …« — sie steckte die Nase in das Häufchen und schnupfte — »… nu' mal«, ergänzte sie und schnupfte den Rest.

Niemand sagte ein Wort.

Und wieder die stille Mitte. Wie das vorige Mal.

So schnell, dennoch still, stillstehend.

Verzückung. Die Verzückung kommt.

So schnell, so still. Sie registrierte in Einzelbildern, was folgte: Das mächtige Lachen, *ha ha,* als wär's gar kein Lachen. Durch einen Lautsprecher. Hinter der Tür. Von draußen von dem Laufsteg. Und Molly dreht sich einfach um, seidig-geschmeidig, flugs, aber ohne Hast, und die kleine Knarre klickt wie'n Feuerzeug.

Dann der blaue Lichtblitz draußen, und der große Typ wird voller Blut gespritzt von draußen, wo das alte Eisen losreißt, und Cherry schreit auf, ehe der Steg mit lautem, vielschichtigem Getöse auf den dunklen Boden kracht, wo sie das Wiz in der blutigen Tüte gefunden hatte.

»Gentry«, hörte sie jemand sagen und sieht, daß es von einem kleinen Bildschirm auf dem Tisch mit dem Gesicht eines jungen Mannes kommt, »steck jetzt Slicks Steuergerät ein. Sie sind im Gebäude.« Der Typ mit der Kampffischfrisur rappelt sich auf und fängt an, mit Kabeln und Konsolen zu hantieren.

Und Mona konnte nur zuschauen, weil sie so still war, weil alles so interessant war.

Wie der große Typ losbrüllt und hinzu springt und schreit, die gehörten ihm, gehörten ihm. Wie das Gesicht im Bildschirm sagt: »Slick, komm, du *brauchst* sie nicht mehr ...«

Dann geht der Motor an irgendwo drunten, und Mona hört ein Stampfen und Klappern und dann jemand aufschreien da drunten.

Und die Sonne kommt jetzt durchs hohe, mickrige Fenster, also geht sie rüber und schaut hinaus. Und draußen ist was, ein Truck oder Hover, nur ist der unter Kühlschränken, wie's aussieht, nagelneuen Kühlschränken begraben und Trümmern von Plastikverpackung, und jemand in einem Tarnanzug liegt mit dem Gesicht im Schnee, und weiter hinten steht noch'n Hovercraft, aber das sieht völlig ausgebrannt aus.

Interessant.

40

Pink Satin

Angela Mitchell erfaßt diesen Raum und die Anwesenden durch wechselnde Datenfelder, die Perspektiven darstellen, obwohl sie sich meist unsicher ist, wer oder was die jeweilige Perspektive einnimmt. Es gibt viele Überlappungen, Widersprüche.

Der Mann mit der struppigen Mähne in schwarzer, perlenbesetzter Lederkluft ist Thomas Trail Gentry (Geburtsangaben und SIN-Nummer durchfluten sie), ohne festen Wohnsitz (während eine andere Facette mitteilt, daß dies sein Zimmer ist). Hinter einem Grauschleier offizieller Personenangaben, der fein in Pink marmoriert ist mit dem wiederholten Verdacht der Fission Authority auf Verbrauchsbetrug, sieht sie ihn in einem anderen Licht: er ist wie einer von Bobbys Cowboys; obwohl noch jung, ist er wie einer der Alten im Gentlemen Loser; er ist Autodidakt, Exzentriker, besessen von eigenen Erkenntnissen; er ist verrückt, lichtscheu, mehrfacher Ketzerei (aus Mammans Sicht, aus Legbas Sicht) schuldig; Lady 3Jane führt ihn nach ihrem exzentrischen Schema unter RIMBAUD. (Ein anderes Gesicht aus RIMBAUD flimmert Angie entgegen; ein gewisser Riviera, ein bloßer Statist in den Träumen.) Molly hat ihn absichtlich eingeschüchtert, indem sie ein explosives Fléchettegeschoß achtzehn Zentimeter neben seinem Kopf detonieren ließ.

Molly ist ebenso wie Mona SINlos, von Geburt an nicht gemeldet, trotzdem kreisen um ihren/ihre Namen Galaxien von Verdächtigungen, Gerüchten und widersprüchlichen Daten. Als Straßengirl, Prostituierte, Leibwächterin, Mörderin verkehrt sie in den vielfältigen Ebenen, wo Helden und Bösewichter ihre Schatten werfen, deren Namen Angie nichts sagen, obwohl ihre Spuren längst mit der globalen Kultur verflochten sind. (Auch dies hat 3Jane gehört und gehört nun Angie.)

Molly hat eben einen Mann getötet, hat ihm ein explosives Fléchette in den Hals gejagt. Sein Sturz gegen ein Stahlgeländer, das Materialermüdung zeigt, hat bewirkt, daß ein Großteil des Laufstegs eingestürzt ist. Dieses Zimmer hat keinen anderen Eingang, was von strategischer Bedeutung ist. Es war wohl nicht Mollys Absicht, den Steg zum Einsturz zu bringen. Sie wollte nur verhindern, daß der Mann, ein angedungener Mietling, von der Waffe seiner Wahl, einer kurzen Schrotflinte aus einer Legierung mit schwarzer, nicht reflektierender Oberflächenbeschichtung, Gebrauch machte. Dennoch ist Gentrys Dachkammer jetzt völlig isoliert.

Angie versteht, warum Molly so wichtig ist für 3Jane, warum sie sie haben will und woher ihr Haß kommt; das Wissen darum läßt sie erkennen, wie banal das Böse im Menschen ist.

Angie sieht Molly durch ein graues, winterliches London hetzen mit einem jungen Mädchen — und weiß, ohne zu wissen, woher, daß nämliches Mädchen sich gerade in 23 Margate Road, SW2 aufhält. *(Continuity?)* Der Vater des Mädchens war seither der Boss von Swain, der neuerdings in die Dienste von 3Jane übergetreten ist, um die Informationen zu bekommen, die sie dem gibt, der ihren Willen ausführt. Wie auch Robin Lanier, der allerdings hofft, in anderer Weise entlohnt zu werden.

Für das Mädchen Mona empfindet Angie eigenartige Sympathie, Mitleid, auch Neid: obwohl Mona in ihrem Äußeren Angie weitestgehend angeglichen worden ist, hat Monas Leben praktisch keinerlei Spuren hinterlassen im allgemeinen Gefüge und verkörpert in Legbas System praktisch die reine Unschuld.

Cherry-Lee Chesterfield umgibt klägliches, abgehacktes Geschreibsel, ihr Datenprofil gleicht einer Kinderzeichnung; Eintragungen über Landstreicherei, kleine Schulden, eine vermasselte Karriere als medizinischtechnische Assistentin Stufe 6, dazu Geburtsangaben und SIN.

Slick oder Slick Henry gehört zu den SINlosen, aber 3Jane, Continuity, Bobby, alle interessieren sie sich brennend für ihn. 3Jane zieht ihn als Parallele, als entfernter Leidensgenosse heran: sie vergleicht seine ständige rituelle Bastelei, sein Abreagieren der chemischen Keule mit ihrem eigenen Scheitern darin, den öden Traum von Tessier-Ashpool zu verbannen. In den Korridoren von 3Janes Gedächtnis ist Angie oft auf die Kammer gestoßen, wo ein Manipulator mit spinnenartigen Greifern den Schutt von Straylights kurzer, ereignisreicher Geschichte aufrührt — ein ewiges Werk der Collage. Und Bobby liefert weitere Erinnerung, die dem Künstler entzogen worden sind, als er 3Janes baylonische Bibliothek durchforscht hat: sein träges, trauriges, kindisches Wirken im sogenannten Dog Solitude, wo er Schmerz und Erinnerung von neuem Gestalt verleiht.

Drunten auf dem kalten, dunklen Boden der Fabrik trennt eine von Slicks kinetischen Skulpturen, die ein Unterprogramm von Bobby steuert, einem weiteren Söldner den linken Arm ab, wobei sie sich einer Vorrichtung bedient, die vor zwei Sommern von einer Erntemaschine aus chinesischer Fabrikation gewonnen worden ist. Der Söldner, dessen Geburtsdaten und SIN wie flüssige Silberperlen an Angie vorübersprudeln, stirbt mit der Wange auf Little Birds Stiefel.

Nur Bobby ist von allen Anwesenden nicht in Form von Daten vertreten. Und Bobby ist weder das Bild des Elends vor ihr, das da in Alu und Nylon gefesselt liegt mit angetrockneter Kotze am Kinn, noch das aufgeweckte, vertraute Gesicht, das ihr aus dem Monitor auf Gentrys Werkbank entgegenschaut. Ist Bobby der viereckige Massenspeicher, der auf der Bahre steckt?

Jetzt schreitet sie durch sanft gewellte Dünen aus beschmutztem pink Satin unter einem künstlichen Stahlhimmel, endlich befreit vom Zimmer und seinen Daten.

Brigitte geht neben ihr, und da ist kein Druck, keine Leere der Nacht, kein Bienenstockbrummen. Da sind keine Kerzen. Continuity ist auch da, verkörpert durch ein wandelndes Flittersilbergekritzel, das sie irgendwie an Hilton Swift auf dem Strand von Malibu erinnert.

»Fühlst du dich besser?« fragte Brigitte.

»Viel besser, danke.«

»Dacht ich mir.«

»Warum ist Continuity hier?«

»Weil er, aus Maas Biochips gemacht, dein Vetter ist. Weil er jung ist. Wir schreiten mit dir zum Traualtar.«

»Aber wer bist du, Brigitte? Was bist du eigentlich?«

»Ich bin die Nachricht, die dein Vater hinterlassen sollte. Ich bin die *Vévés*, die er in deinen Kopf zog.« Brigitte beugt sich näher. »Sei nett zu Continuity. Er fürchtet, daß er sich mit seiner Tollpatschigkeit deinen Groll zugezogen hat.«

Das Flittergeschreibsel huscht ihnen voraus über die Satindünen, um die Ankunft der Braut zu verkünden.

41

Mr. Yanaka

Das Maas-Neotek fühlte sich noch warm an. Das weiße Plastikkissen darunter war verfärbt wie von Hitzeeinwirkung. Es roch nach verbrannten Haaren …

Sie beobachtete, wie die Schrammen in Ticks Gesicht dunkler wurden. Er hatte sie nach einer blechernen Zigarrenkiste mit Pillen und Dermadisks in einem Nachtschränkchen geschickt, sich den Kragen aufgerissen und drei der kreisrunden Pflaster auf die Haut geklebt, die weiß wie Porzellan war.

Sie half ihm, aus einem Lichtleitkabel eine Schlinge zu binden.

»Aber Colin sagte, sie habe vergessen …«

»*Ich* nicht«, meinte er und sog die Luft zwischen zusammengebissenen Zähnen ein, während er die Schlinge unter den Arm schob. »*Schien* echt zu passieren in dem Moment. Hält 'ne Weile an …« Er zuckte.

»Tut mir leid …«

»Okay. Weiß es von Sally. Das mit deiner Mutter, mein ich.«

»Ja …« Sie sah nicht weg. »Sie hat sich umgebracht. In Tokyo.«

»Wer immer das war, sie war's nicht.«

»Das Gerät …« Sie blickte kurz zum Frühstückstisch.

»Sie hat es verbrannt. Tut ihm aber nichts. Er ist noch da. Steht über der Sache. Was hat'n bloß unsre Sally vor?«

»Sie hat Angela Mitchell bei sich. Sie ist losgezogen, um das Ding zu finden, von dem das alles ausgeht. Wo wir waren. Ein gewisses New Jersey.«

Das Telefon läutete.

Kumikos Vater, Kopf und Schultern, auf dem breiten Bildschirm hinter Ticks Telefon: er trug seinen dunklen Anzug, seine Rolex-Uhr, eine ganze Galaxis bruderschaftlicher Anhängsel am Revers. Kumiko fand, daß er sehr müde aussah, müde und ernst, ein ernster Mensch hinter der glatten dunklen Schreibtischfläche in seinem Arbeitszimmer. Als sie ihn so sah, bedauerte sie, daß Molly nicht aus einer Telefonzelle mit Kamera angerufen hatte. Sie hätte sich so gewünscht, Sally noch einmal zu sehen; jetzt wäre es vielleicht schon zu spät.

»Du siehst gut aus, Kumiko«, sagte der Vater.

Kumiko setzte sich kerzengerade hin und schaute in die kleine Kamera unter dem großen Bildschirm an der Wand. Automatisch bemühte sich sich um die mütterliche Maske verächtlicher Geringschätzung, aber die wollte sich nicht einstellen. Verwirrt senkte sie den Blick zu den Händen, die sie verschränkt im Schoß liegen hatte. Mit einemmal bemerkte sie Tick, seine Verlegenheit, seine Furcht, wie er da auf seinem Stuhl festsaß mitten im Blickfeld der Kamera.

»Es war recht, daß du aus Swains Haus geflohen bist«, sagte der Vater.

Sie begegnete seinem Blick. »Er ist dein *Kobun.*«

»Nicht mehr. Während wir hier anderweitig beschäftigt waren, ging er neue, dubiose Bindungen ein und beschritt Wege, die wir nicht billigen könnten.«

»Und deine Probleme, Vater?«

War da ein Anflug von Lächeln? »Alles vorbei. Es herrscht wieder Ruhe und Ordnung.«

»Ah, entschuldigen Sie, Mr. Yanaka«, begann Tick, dann schien seine Stimme zu versagen.

»Ja? Sie sind ...?«

Ticks verschwollenes Gesicht verzog sich zu einem gewaltigen und besonders kläglichen Zwinkern.

»Er heißt Tick, Vater. Er hat mich aufgenommen und beschützt. Zusammen mit Col ... mit dem Maas-Neotek-Gerät hat er mir das Leben gerettet heut' nacht.«

»Wirklich? Darüber wurde ich gar nicht informiert. Ich hatte den Eindruck, du hättest seine Wohnung nicht verlassen.«

Etwas Kaltes ... »Wie?« fragte sie und setzte sich vor, »wie weißt du das?«

»Das Maas-Neotek-Gerät sendet deinen Aufenthaltsort, sobald der bekannt ist — seit das Gerät nicht mehr Swains Systemen ausgesetzt ist. Wir haben Beobachter in die Gegend geschickt.« Sie erinnerte sich an den Nudelverkäufer ... »Ohne natürlich Swain zu informieren. Aber das Gerät gab keine zweite Meldung mehr ab.«

»Es war kaputt. Ein Unfall.«

»Dennoch, sagst du, hat es dir das Leben gerettet?«

»Sir«, sagte Tick, »verzeihen Sie, was ich meine, ist, ob ich *beschattet* werde?«

»Beschattet?«

»Beobachtet. Von Swain, meine ich, und seinen SB-Freunden und dem Rest ...«

»Swain ist tot.«

Schweigen. »Aber irgend jemand wird es doch schmeißen. Den Fanclub, meine ich. Ihr Geschäft.«

Mr. Yanaka betrachtete Tick mit unverhohlener Neugier. »Natürlich. Wie sonst sollen Ruhe und Ordnung fortbestehen?«

»Gib ihm dein Wort, Vater«, sagte Kumiko, »daß ihm nichts passieren wird.«

Yanaka schaute von Kumiko zum Grimassen ziehenden Tick. »Ich darf Ihnen meine tiefste Dankbarkeit aussprechen, Sir, daß Sie meine Tochter beschützt haben. Ich stehe in Ihrer Schuld.«

»*Giri*«, sagte Kumiko.

»Herrje«, meinte Tick, den Ehrfurcht überkam, »tierisch ist das.«

»Vater«, sagte Kumiko, »hast du an dem Abend, als Mutter starb, die Sekretäre angewiesen, sie allein gehen zu lassen?«

Der Vater verzog keine Miene. Dann sah sie Kummer in seine Züge treten, wie sie ihn noch nicht gesehen hatte. »Nein«, sagte er schließlich.

Tick hustete.

»Danke, Vater. Kehre ich jetzt nach Tokyo zurück?«

»Sicher, wenn du willst. Obwohl du, wenn ich mich nicht täusche, nur sehr wenig von London sehen durftest. Mein Geschäftspartner wird gleich in der Wohnung von Mr. Tick erscheinen. Wenn du bleiben willst, um die Stadt zu erkunden, wird er dies so einrichten.«

»Danke, Vater.«

»Auf Wiedersehen, Kumiko.«

Und er war weg.

»So«, sagte Tick, der fürchterlich zusammenzuckte, als er den heilen Arm streckte, »hilf mir auf …«

»Aber du mußt zu einem Arzt.«

»Nicht wahr?« Er kämpfte sich auf die Beine und humpelte in Richtung Toilette, als Petal vom dunklen Flur die Tür öffnete. »Wenn du mein Schloß kaputt gemacht hast«, sagte Tick, »dann bezahl mir das mal lieber.«

»Tut mir leid«, sagte Petal blinzelnd, »ich komme Miss Yanaka holen.«

»Zu spät, Kumpel. Hatte eben ihren Dad am Telefon. Der sagte uns, Swain hat einen Abflug gemacht. Sagte uns, er schickt uns den neuen Boss her.« Er grinste schräg, triumphierend.

»Eben«, sagte Petal gütig, »der bin ich.«

42

Am Boden der Fabrik

Cherry schreit immer noch.

»Stopft ihr jemand das Maul!« sagte Molly, die mit der kleinen Knarre an der Tür steht, und Mona glaubt, sie kann das, kann ihr etwas von ihrer Stille abgeben, wo alles interessant ist und nichts besonders nervt, aber auf dem Weg zu ihr sieht sie die zerknüllte Tüte auf dem Boden, und da fällt ihr das Derm wieder ein, das drin ist und mit dem sich Cherry vielleicht ruhigstellen läßt. »Hier«, sagt sie, als sie bei ihr ist, puhlt die Folie von der Rückseite ab und klebt Cherry das Derm seitlich auf den Hals. Cherrys Geschrei schlägt allmählich in ein kehliges Gurgeln um, wobei sie bei den alten Büchern zusammenklappt, aber Mona ist sich sicher, daß sie wieder in Ordnung kommt, und überhaupt, drunten wird geballert, Schießerei. Draußen hinter Molly düst und dröhnt eine weiße Leuchtkugel um die Stahlträger, und Molly schreit Gentry zu, ob er das Scheißlicht anmachen kann.

Damit meint sie wohl das Licht unten, denn hier oben ist es reichlich hell, so hell, daß sie Flöckchen, Farbspuren abperlen sieht, wenn sie was genauer anschaut. Leuchtspurgeschosse. So heißen diese Kugeln, die leuchten. Eddy erzählte davon in Florida, als sie über den Strand schauten und sahen, wie irgendein privater Sicherheitsdienst solche in der Dunkelheit abschoß.

»Ja, Licht«, sagte das Gesicht auf dem kleinen Monitor, »die Hexe kann nichts sehen ...« Mona lächelte ihm zu. Sonst, meinte sie, hatte ihn wohl keiner gehört. Hexe?

Also legten Gentry und Big Slick los und rissen diese dicken gelben Kabel von der Wand, die mit silbernem Klebeband festgemacht waren, und steckten sie in so

Metallkästen ein, und Cherry von Cleveland saß mit geschlossenen Augen am Boden, und Molly lauerte bei der Tür und hielt die Knarre mit beiden Händen, und Angie ...

Sei still!

Das hörte sie jemand sagen, obwohl niemand im Zimmer war. Vielleicht, dachte sie, war es Lanette; Lanette könnte so was sagen; durch die Zeit, durch die Stille.

Denn Angie, die kauerte wie eine Statue am Boden neben der Bahre mit dem Toten und hatte die Arme um ihn gelegt.

Das Licht wurde dunkler, als die Leitung von Gentry und Slick stand, und sie glaubte zu hören, daß das Gesicht im Monitor staunend aufatmete, aber schon war sie auf dem Weg zu Angie und sah (mit einemmal so schrill, so klar, daß es weh tat) das feine Blutrinnsal aus ihrem linken Ohr.

Selbst jetzt hielt die Stille noch, obwohl sie schon ein Brennen und Stechen im Hals spürte und an Lanette denken mußte, die erklärte: Nie schnupfen das Zeug, es frißt dir Löcher rein.

Und Mollys Rücken war kerzengerade, die Arme gestreckt ... Nicht nach dem grauen Kasten, sondern hinaus, hinunter mit der Pistole, der kleinen Knarre, die Mona jetzt tick-tick-tick machen hörte, dann drei Explosionen tief drunten, bestimmt mit blauem Lichtblitz, aber Mona hielt jetzt Angie, blutverschmierter Pelz streifte ihre Hände. Und sah in gebrochene Augen, deren Licht erloschen war. Weit weg, ewig weit weg.

»He«, sagte Mona, aber es hörte keiner. Angie plumpste auf den Toten im Schlafsack. »He ...«

Sie sah gerade noch ein letztes Bild auf dem Monitor, dann ging er aus.

Danach war ihr lange alles egal. Es war nicht die Gleichgültigkeit gegenüber der Stille, dem kristallenen Overdrive, und es war kein Crash, nur dieses Vorbei-Gefühl, wie vielleicht ein Geist empfindet.

Sie stand neben Slick und Molly in der Tür und schaute hinunter. Im düsteren Schein der großen, alten Glühbirne sah sie ein metallenes Spinnengebilde über den dreckigen Betonboden zuckeln. Es hatte große Sicheln dran, die schlugen und hackten, wenn es sich bewegte, aber da war kein Mensch, und das Ding schwirrte wie ein kaputtes Spielzeug hin und her vor dem verbogenen Eisenhaufen des kleinen Stegs, über den sie mit Angie und Cherry hereingekommen war.

Cherry hatte sich aufgerappelt, war blaß, machte ein schlappes Gesicht, zog das Derm vom Hals ab. »Muskelrelaxans«, brachte sie mit Mühe über die Lippen, und Mona wußte, daß sie eine Dummheit begangen hatte, als sie zu helfen glaubte, aber das war immer so auf Wiz, und wieso konnte sie eigentlich nicht davon lassen?

Weil du voll drauf bist, blöd, hörte sie Lanette sagen, aber daran wollte sie sich nicht erinnern.

Da standen sie also und schauten hinunter, wo die Eisenspinne sich ruckend und zuckend verausgabte. Alle bis auf Gentry, der, die schwarzen Boots neben Angies rotem Pelz, den grauen Kasten vom Gestell über der Bahre losschraubte.

»Horcht«, sagte Molly, »da kommt 'n Hubschrauber! 'n großer.«

Sie war die letzte am Seil bis auf Gentry, der nur sagte, er komme nicht mit, es sei ihm egal, er bliebe.

Das Seil war dick und schmutziggrau und hatte Knoten, die einem Halt gaben, wie eine Schaukel, an die sie sich noch, das war ewig lange her, erinnerte. Slick und Molly hatten zunächst die graue Kiste auf eine Plattform abgelassen, wo die Eisentreppe noch stand. Dann kletterte Molly hinterher wie ein Eichhörnchen, die wohl mehr hantelte als hing, und zurrte es ordentlich am Geländer fest. Slick kletterte langsam hinunter, weil er

Cherry über den Schultern liegen hatte, deren Muskulatur noch so schlaff war, daß sie es selber nicht fertigbrachte. Mona hatte deswegen noch ein schlechtes Gewissen und fragte sich, ob das wohl der Grund sei, warum sie nicht mitgenommen wurde.

Molly hatte das allerdings beschlossen, während sie am Fenster stand und beobachtete, wie Leute aus dem langen schwarzen Helikopter strömten und über den Schnee ausschwärmten.

»Schaut mal!« hatte Molly gesagt. »Die wissen Bescheid. Jetzt kommen sie und lesen die Trümmer auf. Sense/Net. Da verduft ich lieber.«

Cherry erklärte nuschelnd, daß sie auch abhauten, sie und Slick. Slick zuckte dabei die Achseln, grinste dann und legte ihr den Arm um.

»Und ich?«

Molly sah sie an. Zumindest hatte sie den Eindruck. Wissen konnte man es nicht bei der Brille. Weiße Zähne blitzten momentan über der Unterlippe auf, dann sagte sie: »Bleib, rat ich dir! Sollen die sich mal drum kümmern. Du hast ja eigentlich nichts verbrochen. Nichts von alledem war deine Idee. Schätze, die werden's schon richten, es wenigstens versuchen. Ja, bleib du hier!«

Mona kapierte gar nichts, aber fühlte sich so tot, so crash-elend, daß sie nichts erwidern konnte.

Und dann waren sie weg, gingen das Seil runter und waren weg. Einfach so. Wie wenn jemand geht und man ihn nicht wiedersieht. Sie schaute ins Zimmer zurück und sah Gentry vor den Büchern hin und her gehen, wobei er den Finger über die Buchrücken streifen ließ, als suchte er etwas Bestimmtes. Er hatte eine Decke über die Bahre geworfen.

Also machte sie sich einfach aus dem Staub und erfuhr nie, ob Gentry sein Buch je fand, aber so ist das halt, also kletterte sie jetzt auch das Seil runter, was gar nicht so einfach war, wie es bei Molly und Slick ausgesehen hatte, insbesondere in Monas Verfassung, denn

Mona war kurz vor einer Ohnmacht und ihre Arme und Beine wollten auch nicht recht gehorchen, so daß sie sich auf jede Bewegung konzentrieren mußte, während in der Nase und im Hals alles anschwoll, so daß sie den Schwarzen erst bemerkte, als sie ganz unten war.

Der stand da drunten und betrachtete das große Spinnending, das sich nicht mehr rührte. Er sah auf, als ihr Absatz über die eiserne Plattform klapperte. Es war etwas furchtbar Trauriges in seinem Gesicht, als er sie sah, aber das legte sich, und dann kam er die eisernen Stufen hoch, gemächlich und geschmeidig, und als er näherkam, fragte sie sich, ob er wirklich ein Schwarzer war. Nicht wegen der Farbe, denn die war schwarz, sondern wegen der Form seines kahlen Schädels, den Proportionen seines Gesichtes, wie sie sie noch nie gesehen hatte. Er war groß, echt groß. Trug einen langen schwarzen Ledermantel. Das Material war so dünn, daß es wie Seide fiel.

»Hallo, Missy«, sagte er, als er vor ihr stand, griff ihr unters Kinn und hob ihren Kopf, so daß sie direkt in seine goldgesprenkelten Achataugen sah, wie das noch kein Mensch auf der Welt getan hatte. Lange Finger, so zart an ihrem Kinn. »Missy«, sagte er, »wie alt bist du?«

»Sechzehn ...«

»Du brauchst einen Haarschnitt«, sagte er, und das klang irgendwie mordsernst.

»Angie ist da droben«, sagte sie und deutete, als sie die Stimme wiederfand. »Sie ist ...«

»Psst!«

Sie hörte metallische Geräusche weit entfernt in dem großen alten Gebäude, dann zündete ein Motor. Das Hovercraft, dachte sie, in dem Molly sie hergebracht hatte.

Der Schwarze zog die Brauen hoch, obwohl er freilich keine Brauen hatte. »Freunde?« Er senkte die Hand.

Sie nickte.

»Nun gut«, meinte er und führte sie an der Hand die

Treppe hinunter. Drunten führte er sie an der Hand um den Schrotthaufen, der von dem Steg übriggeblieben war. Da lag ein Toter in Tarnanzug mit so'nem Lautsprecherding, wie die Bullen es haben.

»Swift«, rief der Schwarze durch die weite, leere Halle mit den schwarzen, scheibenlosen Fensterrahmen, die sich als schwarze Gitter abzeichneten vom Winterhimmel, Wintermorgen. »Mach schon, komm her! Ich hab sie gefunden.«

»Aber ich bin nicht sie ...«

Und dort drüben, wo das große Tor offenstand, sah sie vor Himmel und Schnee und Rost diesen Macker anspazieren mit offenem Mantel und wehender Krawatte. Und Mollys Hovercraft düste an ihm vorbei durch dieses Tor, aber der schaute sich nicht mal danach um, weil er zu Mona schaute.

»Ich bin nicht Angie«, sagte sie und überlegte, ob sie ihm erzählen sollte, was sie gesehen hatte: Angie und der junge Typ zusammen in dem kleinen Monitor, bevor der ausging.

»Ich weiß«, sagte der Schwarze, »aber es wird allmählich.«

Verzückung. Die Verzückung kommt.

43

Richter

Die Frau führte sie zu einem Hovercraft, das in der Fabrik geparkt war, wenn von Parken die Rede sein konnte, denn die Front war um einen Maschinensockel aus Beton gewickelt. Es war ein weißer Transporter mit der Aufschrift CATHODE CATHAY auf den Hecktüren, und Slick wunderte sich, wie sie es geschafft hatte, hereinzukommen, ohne daß er was gehört hatte. Vielleicht während der Count sein Ablenkungsmanöver mit dem Kleinluftschiff inszeniert hatte.

Das Aleph war schwer, als wollte man einen kleinen Motorblock schleppen.

Er wollte nicht zur Hexe schauen, da Blut an ihren Sicheln klebte und er sie nicht dafür geschaffen hatte. Es lagen ein paar Leichen herum oder Leichenteile; da wollte er auch nicht hinschauen.

Er betrachtete den Biosoft-Block mit dem Batterie-Pack und fragte sich, ob das alles noch drin wäre — das graue Haus und Mexico und 3Janes Augen.

»Warten«, sagte die Frau. Sie kamen gerade an der Rampe in den Raum vorbei, wo er seine Maschinen hatte; da waren noch der Richter, der Schinder …

Sie hatte noch die Knarre in der Hand. Slick legte Cherry die Hand auf die Schulter. »Sie sagte warten.«

»Das Ding, das ich in der Nacht gesehn hab«, sagte die Frau. »Einarmiger Roboter. Geht der?«

»Ja …«

»Stark? Last befördern? Über rauhes Gelände?«

»Ja.«

»Hol ihn!«

»Hm?«

»Schaff ihn hinten ins Hovercraft. Sofort. Mach schon!«

Cherry klammerte an ihm; sie hatte weiche Knie von dem Zeug, das das Mädchen ihr verpaßt hatte.

»Du«, sagte Molly und deutete mit der Knarre auf sie, »ab ins Hovercraft!«

»Geh schon«, sagte Slick.

Er setzte das Aleph ab und ging über die Rampe in den Raum, wo der Richter im Halbdunkel wartete. Der Arm lag noch auf der Plane, wie er ihn hingelegt hatte. Jetzt könnte er ihn nie mehr so hinkriegen, daß die Säge richtig funktionierte. In einem langen, staubigen Metallregal war ein Steuergerät. Er nahm es und schaltete den Richter ein; der braune Panzer fing zu vibrieren an.

Er bewegte den Richter vorwärts, die Rampe hinauf. Die breiten Füße stapften eins-zwei, eins-zwei, die Kreisel kompensierten den fehlenden Arm perfekt. Die Frau hatte die Hecktüren am Hovercraft offen, es war alles bereit, und Slick bewegte den Richter schnurstracks auf sie zu. Sie wich ein bißchen zurück, als sich der Richter über ihr aufbaute; in ihrer Brille spiegelte sich polierter Rost. Slick kam hinterher und studierte, wie er den Richter hineinbekäme. Er sah zwar keinen Sinn darin, aber immerhin schien sie doch zu wissen, was sie tat, und außerdem war alles besser, als hier in der Fabrik rumzuhängen, wo lauter Tote herumlagen. Es waren droben zwei Mädchen gewesen, und die hatten beide wie Angela Mitchell ausgesehen. Jetzt war eine davon tot — wie oder warum, wußte er nicht —, und die Frau mit der Knarre hatte der andern gesagt, sie solle warten ...

»Komm schon, komm schon, rein mit dem Scheißding, wir müssen abhauen ...«

Als er es geschafft hatte, den Richter mit gebeugten Beinen seitlich in das Hovercraft zu schaffen, schlug er die Türen zu, rannte herum und stieg auf der Beifahrerseite ein. Das Aleph stand zwischen den Vordersitzen. Cherry auf der Rückbank duckte sich zitternd unter einen großen orangefarbenen Parka mit dem Sense/Net Logo am Ärmel.

Die Frau startete die Turbine und blies das Luftkissen auf. Slick glaubte, sie würden an dem Maschinensockel festsitzen, aber als sie rückwärts anfuhr, riß der einen Streifen Chrom ab, so daß sie frei waren. Sie wendete das Hovercraft und hielt auf das Tor zu.

Auf dem Weg hinaus passierten sie einen Typ in Anzug und Tweed-Mantel, der sie gar nicht zu bemerken schien. »Wer ist'n das?«

Sie zuckte die Achseln.

»Willste das Hovercraft haben?« fragte sie. Sie waren jetzt vielleicht zehn Kilometer von der Fabrik weg, und er hatte sich nicht umgesehn.

»Hast'n geklaut?«

»Klar.«

»Verzichte.«

»So?«

»Hab gesessen, Autodiebstahl.«

»Und wie geht's deiner Freundin?«

»Schläft. Ist nicht meine Freundin.«

»Nein?«

»Darf ich fragen, wer du bist?«

»Geschäftsfrau.«

»Welche Branche?«

»Schwer zu sagen.«

Der Himmel über Solitude war hell und weiß.

»Biste deshalb gekommen?« Er tippte aufs Aleph.

»Sozusagen.«

»Was jetzt?«

»Hab'n Deal gemacht. Hab Mitchell und die Box.«

»Das war die, die zusammengesackt ist?«

»Ja, das war sie.«

»Aber die ist gestorben ...«

»Es gibt sterben und sterben.«

»Wie bei 3Jane?«

Ihr Kopf bewegte sich, als hätte sie kurz nach ihm geschaut. »Was weißt du davon?«

»Ich hab sie mal gesehn. Da drin.«

»Tja, sie ist immer noch drin, genau wie Angie.«

»Und Bobby?«

»Newmark? Ja.«

»Was willst du denn nun damit tun?«

»Du baust diese Dinger, stimmt's? Den da hinten und die andern?«

Slick schaute über die Schulter zurück zum Richter, der zusammengeklappt im Laderaum des Hovercraft lag wie eine große, rostige, kopflose Puppe. »Ja.«

»Dann kannste also mit Werkzeug umgehn?«

»Schon.«

»Okay. Ich hab'n Job für dich.« Sie bremste neben einem buckligen, schneebedeckten Schrottberg und brachte das Hovercraft zum Stehen. »Muß irgendwo ein Bordwerkzeugkasten sein hier drin. Hol ihn, steig aufs Dach, hol die Solarzellen runter und Leitungsdraht! Klemm die Zellen an, damit sie die Batterie von dem Ding aufladen. Bringst du das fertig?«

»Wohl schon. Warum?«

Sie sank in den Sitz zurück, und Slick sah, daß sie älter war, als er gedacht hatte, und müde. »Mitchell ist da jetzt drin. Sie wollen, daß sie etwas Zeit hat, das ist alles ...«

»›Sie‹?«

»Was weiß ich? Etwas. Mit dem ich halt den Deal gemacht habe. Wie lange, schätzt du, wird die Batterie halten, wenn die Zellen funktionieren?«

»Paar Monate. 'n Jahr vielleicht.«

»Okay. Ich versteck's irgendwo, so daß die Zellen Sonne kriegen.«

»Was passiert, wenn du einfach den Saft wegnimmst?«

Sie langte hinunter und ließ die Zeigefingerspitze am dünnen Kabel entlanggleiten, das Aleph und Batterie verband. Slick sah ihre Fingernägel im Morgenlicht; sie wirkten künstlich. »Ey, 3Jane«, sagte sie, den Finger über dem Kabel stillhaltend, »nu' hab ich dich.« Dann ballte sie die Hand zur Faust und öffnete die Finger, als ließe sie etwas fallen.

Cherry wollte Slick alles erzählen, was sie zusammen tun wollten, wenn sie in Cleveland wären. Er heftete gerade zwei der flachen Solarzellen mit silbernem Klebeband an die breite Brust des Richters. Das graue Aleph hatte er bereits mit einem Geflecht aus Klebeband am Rücken befestigt. Cherry sagte, sie wisse, wo sie ihm einen Job als Techniker in einer Spielhalle besorgen könne. Er hörte gar nicht richtig zu.

Als er alles fertig hatte, drückte er der Frau das Steuergerät in die Hand.

»Schätze, wir sollen jetzt auf dich warten.«

»Nee«, sagte sie. »Geht ihr mal nach Cleveland, wie Cherry gerade gesagt hat.«

»Und du?«

»Mach 'nen Spaziergang.«

»Willste erfrieren? Willste wohl verhungern?«

»Will wieder mal 'ne Weile allein sein, verdammt noch mal.« Sie probierte die Schalter aus, und der Richter bebte, tat einen Schritt vor, noch einen.

»Viel Glück in Cleveland.« Sie sahen sie über Solitude davongehen. Der Richter stapfte hinterdrein. Dann drehte sie sich um und rief zurück: »Ey, Cherry! Sag dem Typ, er soll'n Bad nehmen!«

Cherry winkte, daß die Reißverschlüsse ihrer Lederjacken hell klimperten.

Rotes Leder

Petal sagte, daß ihr Gepäck im Jaguar warte. »Nach Notting Hill wirst du nicht mehr zurückwollen«, meinte er, »also haben wir dir was anderes besorgt in Camden Town.«

»Petal«, sagte sie, »ich muß wissen, was mit Sally passiert ist.«

Er ließ den Motor an.

»Swain hat sie erpreßt. Zum Kidnapping gezwungen ...«

»Aha, soso«, unterbrach er sie, »verstehe. Ich würd mir da weiter keine Sorgen machen.«

»Aber ich mach mir Sorgen.«

»Sally, würd ich meinen, hat es geschafft, sich elegant aus dieser kleinen Affäre zu ziehen. Gleichfalls hat sie es, das haben wir von gewissen Freunden amtlich, geschafft, sämtliche über sich gespeicherten Daten zu löschen, von einer Mehrheitsbeteiligung an einem deutschen Spielkasino abgesehen. Und sollte Angela Mitchell was zugestoßen sein, so hat Sense/Net noch nichts verlautbaren lassen. Die ganze Sache ist also erledigt.«

»Werd ich sie wiedersehn?«

»Nicht in *meinem* Umfeld, bitte.«

Sie fuhren los.

»Petal«, sagte sie auf der Fahrt durch London, »mein Vater sagte mir, daß Swain ...«

»Idiot. Verdammter Idiot. Reden wir nicht mehr davon!«

»Tut mir leid.«

Die Heizung funktionierte. Es war warm im Jaguar, und Kumiko war jetzt sehr müde. Sie lehnte sich ins rote Leder zurück und schloß die Augen. Irgendwie, so überlegte sie, hatte sie ihre Begegnung mit 3Jane von ihrer

Scham befreit und die Antwort des Vaters von ihrem Groll. 3Jane war sehr grausam gewesen. Jetzt sah sie auch die Grausamkeit ihrer Mutter. Aber einmal wird alles verziehen werden, dachte sie und schlief ein auf dem Weg in dieses Camden Town.

45

Glatter Stein draußen

Nun leben sie also in diesem Haus: Mauern aus grauem Stein, Dach aus Schiefer, Frühsommer. Die Landschaft ist bunt und voller Natur, obwohl das lange Gras nicht wächst und die Wildblumen nicht verblühn.

Hinter dem Haus stehen Wirtschaftsgebäude, die verschlossen sind, unerforscht, und dahinter liegt eine Wiese, wo sich festgezurrte Gleiter im Wind blähen.

Als sie einmal allein unter den Eichen am Rande dieser Wiese spazierenging, sah sie drei Fremde, die auf einem pferdeähnlichen Untersatz ritten. Pferde sind ausgestorben, schon Jahre vor Angies Geburt. Eine schlanke Gestalt in Tweed saß im Sattel, ein Junge wie ein Reitknecht aus einem alten Gemälde. Vor ihm ein junges Mädchen, eine Japanerin, auf dem Pseudoroß und hinter ihm ein blasser, speckig aussehender Mann von kleiner Statur mit grauem Anzug, pink Socken und braunen Schuhen, über denen Socken und weiße Knöchel hervorschauten. Hatte das Mädchen sie gesehn, ihren Blick erwidert?

Sie hat vergessen, Bobby davon zu erzählen.

Ihre häufigsten Besucher kommen in den Träumen der Morgendämmerung, obwohl sich einmal ein grinsender Kobold von Mensch durch wiederholtes Klopfen an der schweren Eichentür ankündigte und, als sie öffnen ging, »den kleinen Scheißer Newmark« verlangte. Bobby stellte diesen Wicht als den Finnen vor und schien hocherfreut, ihn zu sehen. Die schäbige Jacke des Finnen dünstete ein Gemisch aus kaltem Rauch, alter Lötpaste und Salzhering aus. Bobby erklärte, der Finne sei jederzeit willkommen. »Besser so. Keine Chance, den auszusperren, wenn er rein will.«

3Jane kommt auch, kommt als einer der morgendlichen Besucher. Sie erscheint traurig, zaghaft. Bobby nimmt sie offenbar kaum wahr, aber Angie, das Gefäß so vieler ihrer Erinnerungen, reagiert auf diese besondere Mischung aus Sehnsucht, Eifersucht, Frust und Wut. Angie hat gelernt, 3Janes Motive zu verstehen und ihr zu verzeihen — doch was genau ist da zu verzeihen, fragt sie sich, wenn sie im Sonnenschein unter den Eichen wandelt.

Zuweilen freilich wird Angie 3Janes Träume müde; lieber sind ihr andere Träume, insbesondere die ihres jungen Schützlings. Diese kommen oft, wenn die Spitzengardinen sich blähen, wenn die ersten Vögel singen. Sie schmiegt sich enger an Bobby, schließt die Augen, formuliert in Gedanken das Wort *Continuity* und wartet auf die bunten Bildchen.

Sie sieht, daß sie das Mädchen nach Jamaica in eine Klinik gebracht haben, um ihre Abhängigkeit von plumpen Stimulanzien zu behandeln. Nach der Feineinstellung ihres Stoffwechsels durch ein geduldiges Heer von Net-Ärzten strotzt sie schließlich vor Gesundheit. Dank ihres durch Piper Hill gekonnt modulierten Sensoriums werden ihre ersten Stims mit unerwarteter Begeisterung aufgenommen. Ihr weltweites Publikum ist hingerissen von ihrer Frische, ihrer Vitalität, ihrer entzückenden Naivität, mit der sie wie das erste Mal ihr schillerndes Leben zu entdecken scheint.

Ein Schatten fällt zuweilen auf den fernen Monitor, aber nur für einen Moment: Robin Lanier ist erwürgt und erfroren auf der künstlichen Gipfelfassade des New Suzuki Envoy aufgefunden worden. Sowohl Angie als auch Continuity wissen, wessen lange, starke Finger den Star erwürgt und dort hingeworfen haben.

Eins jedoch bleibt ihr verschlossen, ein spezielles Bauteil im Puzzle der Geschichte.

Beim Schatten der Eichen im stahlblau-rosa Abendrot dieses Frankreichs, das nicht Frankreich ist, fragt sie Bobby nach der Antwort auf ihre letzte Frage.

Sie warteten um Mitternacht in der Einfahrt, weil Bobby ihr eine Antwort versprochen hatte.

Als die Uhren im Haus zwölf schlugen, hörte sie Reifen auf Schotter knirschen. Es war ein langer, tiefer, grauer Wagen.

Am Steuer saß der Finne.

Bobby öffnete die Tür und ließ sie einsteigen.

Im Fond saß der junge Mann, den sie von dem unmöglichen Pferd mit seinen drei ungleichen Reitern kannte. Er lächelte ihr zu, aber sagte nichts.

»Das ist Colin«, erklärte Bobby, der neben ihr einstieg. »Und den Finnen kennst du.«

»Sie ahnt es nicht, hm?« fragte der Finne und legte den Gang ein.

»Nein«, meinte Bobby, »ich glaube nicht.«

Der junge Mann namens Colin lächelte sie an. »Das Aleph ist eine Annäherung an die Matrix«, sagte er, »quasi ein Modell des Cyberspace ...«

»Ja, ich weiß.« Sie wandte sich an Bobby. »Und? Du hast mir versprochen, mir den Grund für die Wende zu sagen.«

Der Finne lachte, ein gar sonderbares Geräusch. »Es gibt keinen Grund, Lady. Eher einen Anlaß. Erinnerst du dich, einmal hat Brigitte dir gesagt, es gebe einen andern? Ja? Nun, das ist der Anlaß, und der Anlaß ist der ganze Grund.«

»Ich erinnere mich. Sie sagte, als sich die Matrix schließlich als solche erkannte, war da der andere ...«

»Dahin gehn wir heut' nacht«, begann Bobby und legte den Arm um sie. »Es ist nicht weit, aber ...«

»... anders«, ergänzte der Finne, »total anders.«

»Aber — was ist es?«

»Schau«, sagte Colin und strich sich die braune Locke aus der Stirn, eine Geste wie die eines Schuljungen aus einem altertümlichen Schauspiel, »als die Matrix Empfindungsvermögen erlangte, wurde sie sich gleichzeitig einer *anderen* Matrix, einer anderen Empfindung bewußt.«

»Versteh ich nicht«, sagte sie. »Wenn der Cyberspace aus der Gesamtsumme an Daten im menschlichen System besteht ...«

»Ja«, sagte der Finne, der nun in den langen, geraden, leeren Highway einbog, »aber niemand redet von *menschlich*, verstehst du?«

»Der andere war woanders«, sagte Bobby.

»Centauri«, sagte Colin.

Wollen sie sie aufziehen? Ist das irgendein Schalk von Bobby?

»Es ist halt schwer zu erklären, warum die Matrix sich in all den Voodoo und Scheiß aufgespalten hat, als sie dem anderen begegnet ist«, sagte der Finne, »aber wenn wir erst dort sind, wirst du schon dahinterkommen ...«

»Ich persönlich meine«, sagte Colin, »daß es so unendlich lustiger ist.«

»Schwindelt ihr mir was vor?«

»Wir sind in einer New Yorker Minute da«, sagte der Finne. »Jetzt ohne Scheiß.«

MICHAEL NAGULA

DIE NULLSTELLE DER WAHRNEHMUNG

William Gibson und der Cyberpunk

»Ist er eine authentische Kategorie
oder bezieht er sich auf nichts Substantielles?«

Samuel R. Delany

Man kann den Cyberpunk als Modebewegung abtun, die dem Trend der Zeit gehorchend kurz aufloderte und wiedererlosch, man kann es Rudy Rucker gleichtun und erklären, er sei bloß das Wort, das der amerikanische SF-Herausgeber Gardner Dozois geprägt habe, um die Texte von William Gibson zu beschreiben — gerecht wird man diesem Phänomen, das in der ersten Hälfte der achtziger Jahre als wesentliche neue Strömung auf dem Gebiet der Science Fiction auftauchte, damit nicht. Delanys Frage, an den Cyberpunk gerichtet, aber ebensogut auf Gibson als den Auslöser dieser Bewegung beziehbar, bezeichnet das ganze Dilemma, das sich einstellt, wenn man festzuhalten versucht, was das eigentlich ist — Cyberpunk. Seit der Begriff zum ersten Mal auftauchte, 1984, im Zusammenhang mit Gibson, ist die Diskussion darüber nicht mehr abgebrochen. 1984, das war zu einer Zeit, als Orwells düster dräuende Visionen ihren prophezeienden Charakter verloren und sich im Bewußtsein vieler Leser als konkret erfahrene Realität verankerten. Es war dies eine Realität, die man künftig als Erbe anzusehen hatte, das in Zukunftsentwürfe gleich welcher Art einbezogen werden mußte, nicht mehr als etwas, das bloß fiktiven Wert besaß — und damit keinen. Cyberpunk formulierte erstmals diese Betroffenheit, er formulierte die Verschmelzung von Punkattitüden, wie sie in Zeiten des Aufbruchs und der Destruktion herrschen, mit der Vorstellung vom eigenen Selbst als Cyborg, als eine jener Menschmaschinen, deren Geist im Kerker des Körpers gefangen ist, der sich als bloße Ansammlung jederzeit austauschbarer Einzelteile erweist. Für sich genommen waren das vertraute Themen der Science Fiction, doch nun wurden erstmals die Konsequenzen daraus für das Wesen des Menschen gezogen. Den Menschen in Körper und Seele zu scheiden, war nicht mehr möglich, nur noch in das reine Material einerseits und den bloßen Informationsfluß andererseits. Der wahre Gehalt von Identität erschöpfte sich damit in maschinellen Konstrukten, Binäroperationen, in denen das menschliche Bewußtsein sich nur noch als delirierenden Punkt in einem Meer von Phantasmen, bildhaften Ersatzvorstellungen, wiederfinden konnte. Das schloß die Erlangung von Einheit, die ja immer Identität mit sich selbst sein will, aus. Bisher hatte die Science Fiction diese Zusammenhänge kaschiert, sie als bloßes Ornament eingesetzt, hinter dem die Scheidung von Substanz und Struktur nur verschleiert in Form menschendienender Roboter und roboterdienender Menschen vorlag. Die Drohung, die für das Wesen des Menschen aus seinem selbstgeschaffenen Maschinenpark erwächst, war zwar gelegentlich als wesentlicher Antrieb der Science Fiction erkannt, aber nie in ihrer Differenzialität thematisiert worden. Differenzialität ist aber immer durch Bipolaritäten, also Gegensätze, bestimmt. Der Cyberpunk machte es sich, durchaus ungewollt — zur Aufgabe, diese allgegenwärtige Polarität von Hardware und Software zu ergründen, wobei er freilich dazu verdammt war, festzustellen, daß es keine vermittelnde Instanz mehr gibt, mag man sie Seele oder ein ethisch-moralisches Gesetz nennen. Er war gezwungen, um ein Nichts herum zu schreiben, um das Fehlen eines Kerns zu kreisen. Vor einem solchen Hintergrund kann es nicht verwundern, wenn ein französischer Kritiker in einem Gespräch mit Gibson bemerkt: »Cyberpunk gibt's natürlich nicht; es gibt nur Imitationen.« Aber was ist es, das da imitiert wird und sich gerade im Schreiben von William Gibson so gezielt Ausdruck verschafft? Was ist der Grund dafür, daß Gibsons Neuromancer-Trilogie, deren krönender Abschluß mit diesem Roman vorliegt, zum Auslöser dafür wurde, daß eine ganze literarische Gattung, die Science Fiction nämlich, diese Zusammenhänge aufgriff? Um dem nachzugehen, werfen wir erst einmal einen genaueren Blick auf Leben und Werk der Symbolfigur dieser Bewegung.

William Ford Gibson wurde am 17. März 1948 in Conway, South Carolina, geboren. »Wir sind viel umgezogen, als ich noch klein war«, sagte er in einem Interview. »Mein Vater arbeitete bei einem großen Bauinstallateur im Süden, einer sehr großen Firma, und so zogen wir von einem Firmenprojekt zum nächsten, blieben da ein halbes oder ganzes Jahr und zogen wieder um. Und wir hatten uns gerade in Norfolk, Virgina, angesiedelt und ein Haus gekauft und lebten dort wohl seit einem Jahr schon, als er recht plötzlich bei einem Unfall starb.« Das Haus wurde verkauft, und Gibson zog im Alter von acht Jahren mit seiner Mutter in das Städtchen in South Western Virginia zurück, aus dem die Familien beider Elternteile stammen, »einem Städtchen quasi in einem Ray Bradbury-Text mit starkem William Faulkner-Einschlag, ein ganz schön rückständiges Loch also.« Er verlebte dort diese typische Kindheit, die SF-Autoren zu eigen sein scheint: der Junge, der mit dreizehn anfängt, das Zeug zu verschlingen, sich davon begeistern läßt, bis er fünfzehn ist, um es dann aus der Hand zu legen. Obwohl er mit Anfang zwanzig voll Verachtung auf diese Phase zurückblickte, glaubt er heute, daß sie sehr wichtig für ihn war, weil Sience Fiction in dem konservativen Städtchen, in dem er aufwuchs, fast die einzige Quelle einer Art Gegenkultur darstellte. Als er fünfzehn war, beschloß seine Mutter, die wegen seiner schlechten Zensuren an der örtlichen High School schier verzweifelte, ihn in ein Internat nach Tucson, Arizona, zu schikken. Dort, auf einer Art Ranch-Schule, blieb er, bis er achtzehn wurde. Als dann auch seine Mutter starb, verließ er 1966/67 die Privatschule, in der er ein einigermaßen bürgerliches Leben geführt hatte, und ging in einem »Sommer der Liebe«, wie er sagt, nach Toronto in Kanada, um nicht für den Kriegsdienst in Vietnam eingezogen zu werden. Die Welt, in der er dort lebte, bezeichnete er als viel wilder als alles, was die Science Fiction bot.

Der Tod beider Eltern hatte natürlich seine Spuren hinterlassen. »Ich glaube, wenn man so was erlebt«, sagt er, »bekommt man einen Sinn dafür, wie vergänglich und instabil die Realität ist.« Fiktionen, wie die SF sie bereithält, können an solche Radikalitäten nicht heranreichen, und so hielt er auch nur wenigen ihrer Autoren wie J. G. Ballard und Samuel R. Delany die Treue. Zu seinen besonderen Favoriten wurden jedoch Thomas Pynchon und William Burroughs, auf deren Lektüre die meisten sogenannten Cyberpunk-Autoren als Schlüsselerlebnisse verweisen.

Einige Jahre lang ließ Gibson sich einfach treiben. Er stand der Hippie-Bewegung der Endsechziger nahe, mit entsprechender Haartracht und Kleidung, einschießlich der Philosophie, die Welt würde sich in zehn Jahren dermaßen verändern, daß es zwecklos wäre, sich darauf vorbereiten zu wollen. »Und«, wie er sagt, »ich hatte in gewisser Hinsicht auch recht, obwohl die Unterschiede *ganz anders* ausgefallen sind, als wir uns das eingebildet haben.«

Nachdem er sich an einer Universität im Fachbereich englische Sprache und Literatur eingeschrieben hatte, bekam er ein Studentenvisum und besuchte mehrmals die Vereinigten Staaten, wo es ihm aber nicht mehr gefiel. Der eigenen Kultur entfremdet, kehrte er nach Toronto zurück, wo er längere Zeit buchstäblich nicht mehr machte, als nötig war, um die Miete zu bezahlen. Gemeinsam mit seiner späteren Frau Deborah Jean

Thompson, mit der er inzwischen einen Sohn und eine Tochter hat, zog er 1971, nachdem sie ihren Bachelor of Arts in Englisch gemacht hatte, nach Vancouver. Dort studierte er an der University of British Columbia weiter, freilich ohne festes berufliches Ziel. Im wesentlichen ging es ihm darum, durch kleinere Studienbeihilfen und Stipendien, die man bei einem entsprechenden Schnitt von der Uni und der Provinzregierung erhielt, einen Unterhalt zu bestreiten, der es ihm ermöglichte, davon zu leben. Noch im selben Jahr gingen sie nach Europa und reisten viel, hauptsächlich in Südeuropa, wo es billig war, hielten sich mehrere Monate auf Ibiza auf, verbrachten aber auch ein Wochenende in Istanbul, das Gibson wegen seiner exotischen Lebensweise nachhaltig beeindruckte. Nach ihrer Rückkehr 1972 heirateten sie. Seine Frau studierte weiter, machte den Magister in Linguistik und begann, an der Uni Englisch als Zweitsprache zu geben, was sie ungefähr acht bis zehn Jahre tat. In dieser Zeit ernährte sie die Familie. Gibson selbst begann nach vier oder fünf Jahren auf der Uni parallel zu seiner Arbeit als Schriftsteller als Assistent in einem Kurs für Filmgeschichte tätig zu werden. Aus dieser Zeit stammt seine besondere Vorliebe für das Werk von Luis Buñuel und Eric Rohmer, Kurosawa und Tarkowski. Gezielte Inspirationen für seine eigenen Texte verdanken sich auch dem Fassbinder-Film ›Kamikaze 89‹, den Gibson als eine Art Cyberpunk-Vorläufer betrachtet.

Gibson war schon beinahe dreißig, als er zu schreiben begann. Zu der Zeit machte er gerade sein Englisch-Diplom. Er hatte einen Professor mit einer komplizierten marxistischen Theorie, derzufolge populäre Literatur eine Art Pornographie sei, die den Status quo verstärke. Als er für ihn eine Arbeit darüber anfertigen mußte, fiel ihm ein, daß er als Quellenmaterial die SF verwenden könnte. Er begann wieder hervorzukramen, was er als Teenager gelesen hatte, und es radikal zu analysieren. Er begann auch die neuesten Veröffentlichungen aus der

Mitte der siebziger Jahre zu lesen, eine ingesamt eher uninteressante Phase in der Science Fiction, zwischen der New Wave der sechziger Jahre und der neuen Welle der Autoren gelegen, die in den Achtzigern auf die eine oder andere Art medientechnisch geprägt auftraten. Zu ihnen zählt auch Gibson selbst, der unter dem Eindruck der erneuten Lektüre beschloß, einmal eine interessante Kurzgeschichte zu schreiben. Er wollte etwas machen, das er im Rahmen verschiedenster Filme, etwa der Sergio Leone-Italowestern, aber auch des Rock 'n' Roll wiederfinden konnte. Das war die Zeit, 1976/77, als der Punk aufkam und nicht nur in Gibsons Freundeskreis überall Bands gegründet wurden, für die er auch gelegentlich Texte schrieb. Womit seine Generation großgeworden ist, erklärt er, sind Rock 'n' Roll und Fernsehen und Kino, so daß von einer lesefreudigen Gesellschaft in Amerika eigentlich nicht mehr die Rede sein kann. Daher war ihm, als er mit dem Schreiben begann, bewußt, daß er gegen ein ganzes Spektrum der Pop-Kultur ankämpfen mußte. So verdanken sich die meisten und wichtigsten Einflüsse, die in seinen Texten Niederschlag gefunden haben, nicht oder nur wenig der Literatur, sehr viel mehr Einzelpersonen wie Lou Reed, dem amerikanischen Texter und Musiker, der die Gruppe Velvet Underground erst in Insiderkreisen und später, als sie sich bereits aufgelöst hatte, auch vor einem breiten Publikum zu größtem Erfolg geführt hat.

Zu dieser Zeit, mitten in den Wirren des Punk, entstand Gibsons erste Kurzgeschichte, »Fragments of a Hologram Rose«, die er 1977 für 23 Dollar an *UnEarth*, eine kurzlebige semiprofessionelle amerikanische Zeitschrift mit geringer Verbreitung, verkaufte. Aber seine Momentaufnahmen aus dem Leben eines Mannes, kurze Episoden aus einer futuristischen High Tech-Zeit, die keine Romantik mehr kennt, blieben ohne Resonanz. Es sollte Jahre dauern, bis Gibson sich wieder an eine weitere Geschichte setzte, obwohl schon seine erste, wie er in einem Gespräch mit Joseph Nicholas und Judith Hanna erklärt, »in Larvenform« alle wesentlichen Ideen enthalten, die seitdem in seinen anderen Texten aufgetaucht seien. »Nun, zu allem Anfang hat man den Protagonisten, der kaum in der Lage zu sein scheint, sich aus dem Bett zu schleppen ... Und es gibt so etwas wie eine unreine Fassung dieses Themas der Erinnerung, des kybernetischen Systems als Metapher für die Arbeitsweise des menschlichen Gedächtnisses, das meine einzige echte Sorge in bezug auf Computer ist. Es steckt auch etwas von dem Leder-und-Springmesser-Ding drin, eine Art Verbildlichung des Punk. Und da ist das Gefühl der Großen Gesellschaften, die im Hintergrund agieren, sowie die Idee von der vertraglich verpflichteten Zwangsarbeit für einige davon ...«

Als Gibson wieder zu schreiben begann, erschienen ganze sechs von den neun weiteren Erzählungen, die bis heute entstanden, in dem amerikanischen Hochglanzmagazin *Omni*, ein seltenes Zeichen für die Qualität und Wertschätzung, die ihm nun von Machern wie Lesern der Science Fiction gleichermaßen entgegengebracht wurde. Das war für Gibson wesentlicher Ansporn zum Weiterschreiben, der bei einer Arbeitsdauer von drei Monaten und einigen tausend Dollar Honorar pro Geschichte nun allmählich den Eindruck gewann, als Autor leben zu können. Seinen Rhythmus sollte er schließlich mit der von Bruce Sterling so bezeichneten Sprawl-Serie finden, die sich aus drei Kurzgeschichten und einer Romantrilogie zusammensetzt und deren besonderes Merkmal es sei, daß sie von neuen Ansätzen ausgehe, »nicht von der abgedroschenen Formel aus Roboter, Raumschiff und modernem Kernkraftwunder, sondern von der Kybernetik, Biologie und Nachrichtentechnik, um nur einige zu nennen«.

Als Jahr, auf das Gibsons revolverschwingender Einmarsch in die SF eigentlich anzusetzen ist, muß 1981 gelten, das gleich vier Kurzgeschichtenveröffentlichungen von ihm sah. Es war Gibsons Experimentier- und Reifezeit. In »The Gernsback Continuum« (*Universe* 11) leistet er eine Abrechnung mit althergebrachten SF-Konventionen der dreißiger Jahre, die das Morgen als windschlüpfrige Futuropolis zeigten, die es bei aller frühen Technikbegeisterung des Genres aber nie wurde, und in »Hinterlands« (*Omni*, Oktober) stimmt er erstmals den Tenor vom Lonesome Cyberspacer an, der gezwungen ist, immer wieder ins All zu starten, ohne der schrecklichen Wahrheit des eigenen Kulturerbes entrinnen zu können. »The Belonging Kid« (*Shadows* 4) ist die erste von drei Gemeinschaftsarbeiten, die Gibson auf dem Kurzgeschichtensektor verfaßte, hier mit John Shirley, einem Freund aus den ersten Schriftstellertagen, der auch als Rockmusiker tätig ist; dieses gelungene Stück düsterer Phantasie, die vor irrwitzigem Surrealismus überschäumt, stellt so etwas wie den Archetyp des Punk-Aspekts der Bewegung dar. »Johnny Mnemonic« (*Omni*, Mai), eine Geschichte, die bei den Wahlen zum von den SF-Machern vergebenen Nebula Award auf den vierten Platz gewählt wurde, ist schließlich die erste Erzählung der Sprawl-Serie. Mit ihr, seiner zweiten Story nach »Fragments of a Hologram Rose«, begründete er seinen Ruhm als Verfasser von Texten, die das High Tech-Leben von morgen aus der Gosse von Low Tech-Punks beschreiben, die für die neuen Technologien längst eigene Anwendungsformen gefunden haben. Es sind ausgeflippte Computerfreaks, Vertreter einer das System tragenden Subkultur, verrückt und süchtig nach fiktiven Abenteuern auf den elektronischen Spielrastern einer Welt à la *Tron* und selten in der Wirklichkeit anzutreffen, weil sie ihnen gleichgültig geworden ist.

Das Jahr 1982 sah dagegen nur eine Veröffentlichung von Gibson, die allerdings einen Wendepunkt in seiner Karriere darstellt. Im Mittelpunkt von »Burning Chrome« (*Omni*, Mai), einer ebenfalls zur Sprawl-Serie gehörenden Geschichte, steht der Ritt durch den Cyberspace, das Eindringen in eine fremde Computeranlage, ausgeführt von zwanzigjährigen ›Konsolen-Cowboys‹, die als lebende Datenbanken nach Belieben gelöscht und transferiert werden können. Hier wird Gibsons wesentlicher neuer Zugang zur Science Fiction deutlich; sie bildet für ihn die Kulisse für eine Schreibhaltung, der zufolge die lateralen Organismen wie Computernetze, multinationale Konzerne und Metropolen längst die Oberhand über wie auch immer geartete Individuen gewonnen haben. Einzige Veröffentlichung des Jahres 1983 war die in Zusammenarbeit mit Bruce Sterling entstandene Geschichte »Red Star, Winter Orbit« (*Omni*, Juli), die die Aufgabe einer russischen Raumstation beschreibt, der sich der dienstälteste Kosmonaut widersetzt, und die auch darin, daß russische Protagonisten im Mittelpunkt stehen, Aspekte von »Hinterlands« wieder aufnimmt, im Unterschied zu den weitaus meisten Texten von Gibson jedoch mit dem Ausblick auf einen zufriedenstellenden Wahn einen geradezu positiven Ausgang nimmt. Ein Jahr darauf, 1984, in dem auch sein erster Roman erschien, veröffentlichte Gibson mit »New Rose Hotel« (*Omni*, Juli), das ebenfalls im Sprawl angesiedelt ist und wie »Burning Chrome« mittlerweile zur Verfilmung freigegeben wurde, den abschließenden Teil seiner Kurzgeschichtentrilogie. Seine beiden vorläufig letzten Erzählungen erschienen 1985, einmal das in Zusammenarbeit mit Michael Swanwick entstandene »Dogfight« (*Omni*, Juli), das womöglich aufgrund der Entstehungsweise einen ähnlich starken Punkbezug aufweist wie »The Belonging Kid« und auf der Basis des gleichnamigen Computerspiels von den Auseinandersetzungen zweier Spieler berichtet, denen an Menschlichem nur noch der unbedingte Wille zum Sieg geblieben ist, und die Geschichte »The Winter Market« (*Vancouver*, November), die in die Endrunde des von den Lesern vergebenen Hugo Gernsback Award kam, jedoch unterlag; besonders letztere und seine drei Sprawl-Texte zeigen, daß Gibson ein ausgezeichneter Stilist ist, der es versteht, seine Inhalte unmittelbar dem Geist der Zeit zu entnehmen. Im folgenden Jahr 1986 wurden seine zehn Erzählungen zu einer Sammlung zusammengefaßt, die unter dem mehrdeutigen Titel *Burning Chrome* erschien, der neben »Chrom brennt« auch »Chrom verbrennen« und »Brennendes Chrom« bedeuten kann, also das aktive und das passive mit dem konstatierenden Verlaufsmoment zusammenführt. Damit vollzieht sie schon im Titel genau die Bewegung, die Gibson ein ums andere Mal an der Schnittstelle von Mensch und Maschine beschreibt.

Nach seinen großen Erfolgen auf dem Gebiet der Kurzgeschichte war die Spannung hinsichtlich der Frage, ob er deren Zauber in eine größere und herausfordernde Länge würde übertragen können, naturgemäß hoch. Der inzwischen leider verstorbene Terry Carr, der lange Jahre über einer der bedeutendsten und besten SF-Herausgeber Amerikas war, forderte Gibson 1983 aufgrund seiner zuvor erschienenen Kurzgeschichten auf, für seine Ace Special-Reihe einen Roman zu verfassen. Obwohl Gibson den Eindruck hatte, dafür noch nicht reif zu sein, machte er sich an die Arbeit und meldete Carr das langsame Vorankommen mit einem Buch, das er im Gespräch mit diesem einmal als Mischung zwischen Roadrunner-Comic und Philip-K.-Dick-Realitätsentwurf bezeichnete, mit anderen Worten: nichts ist, was es zu sein scheint, aber es bewegt sich uneinholbar schnell. Das drückt sich in dem Buch, das unter dem Titel *Neuromancer* erschien und binnen kurzem den Locus Award und Hugo Gernsback Award der SF-Leser, den Nebula Award der SF-Macher und den Philip K. Dick Memorial Award für den besten Originaltaschenbuchroman, mithin also alle einschlägigen SF-Preise auf einmal gewann, auch deutlich aus. Von den Eröffnungsworten des Romans an — »Der Himmel über dem Hafen hatte die Farbe eines Fernsehers, der auf einen toten Kanal eingestellt ist« — ist die Quelle all dieses weißen Lichts und dieser weißen Hitze, die hier gebündelt wie noch nie auftrat, offensichtlich: dichte, kaleidoskopartige, rasch voranschreitende und ausgeflippte High Tech-Szenarien, die mit halluzinatorischer Lebhaftigkeit das verzweifelte, hysterische Lebensgefühl in den modernen Großstadtlandschaften beschreiben. Was diesen Roman zu einem so herausragenden Debüt machte, waren nicht die Anleihen bei anderen Autoren, zu denen außerhalb der Science Fiction auch Dashiell Hammett und Robert Stone gezählt werden müssen, sondern die Originalität dieser Vision, die eine Synthese aus Poesie, Popkultur und Technologie herstellt. Und obwohl das von Kritikern und Rezensenten häufig übersehen wird, ist *Neuromancer* ein Werk, das bei aller Faszination für den Glitter und Zauber technischer Spielereien tief in der Verfaßtheit der menschlichen Realität wurzelt. Gibsons Präsentation der Oberflächengespinste unseres elektronischen Zeitaltes zeichnet das Gefühl der sensorischen Überbelastung nach — die Erfahrung von Menschen, die mit CDs, Wahrsagern, Sektierern, Designerdrogen, David Bowie und den Sex Pistols, Hip-Hop, Scratch und Acid House, Videospielen und Computern aufgewachsen sind und deren Horizont sich vornehmlich nach optischen Maßgaben ausrichtet. Ihre Eckpfeiler sind stilisierte Oberflächlichkeiten im Strudel reiner Strukturen. In Gibsons Roman finden sich diese Strukturen in einem Metaphernmeer gefangen wieder, in einem ständigen Oszillieren begriffen, das zwischen Konkretheit und Abstraktion keinen Haltepunkt mehr findet. Aus dieser Bipolarität, dieser Suche im Leerraum zwischen Körper und Psyche, Materie und Information resultiert die Frage nach der heutigen Bedeutung des Menschseins, die Gibsons Texte trägt. Er stellt diese Frage aus einer Perspektive, die bisher noch nie eingenommen wurde, aus Angst, von der aufreißenden Leere verschlungen, zur Kopie ohne Original, zu einem abstrakten kybernetisch-mechanischen Gebilde zu werden. Die Angst, deren Ursprung, da er nicht faßbar ist, verkannt wird, verhindert auch, daß der Autor selbst den Hintergrund seines Schaffens theoretisch zu fassen vermag.

Gibsons Schwierigkeiten bei der Niederschrift des Romans, die er freilich in einer Flucht nach vorn als Mittel zum Zweck einsetzte, geben davon Zeugnis. »*Neuromancer* wird von meiner furchtbaren Angst angetrieben, daß ich die Aufmerksamkeit des Lesers verlieren könnte«, sagte er in einem 1986 gehaltenen Interview mit Larry McCaffery. »Deshalb versucht es wie eine Fahrt auf einer Berg-und-Tal-Bahn zu sein, auf jeder Seite einen Widerhaken zu haben. Als mir einmal klar war, daß ich mit etwas herüberkommen mußte, sah ich mir die Geschichten an, die ich bis dahin geschrieben hatte, und versuchte herauszufinden, was für mich zuvor funktioniert hatte. Ich beschloß zu versuchen, diese Dinge zusammenzuführen. Während ich das Buch schrieb, war ich überzeugt, daß ich mich bis in alle Ewigkeit schämen würde, wenn es erschien. Selbst als ich es abgeschlossen hatte, hatte ich keine Ahnung, was ich getan hatte. Was das betrifft, so weiß ich es heute noch nicht.« Das Ergebnis war jedoch ein Roman, der schon jetzt zu den unumstrittenen Klassikern der Science Fiction gezählt wird und den Cyberpunk begründete, eine Bewegung, hinter der sich eine Literatur des Computerzeitalters verbirgt, die Technologie und Leben nicht mehr als Gegensätze begreift, sondern entgegen alter Traditionen der SF die Auswirkungen einer binär operierenden Welt auf das Denken und Handeln des Menschen beschreibt.

Der Protagonist von *Neuromancer,* Case, ein Wort, das im Amerikanischen eine breite Bedeutungspalette von ›Fall‹ über ›Behälter‹ zu ›Schutzhülle‹ und ›seltsamer Kauz‹ abdeckt, ist einer jener bereits erwähnten Konsolen-Cowboys, die den Ausstieg aus der Realität in ein neuronal-kybernetisches Interface betreiben. Bevor er durch Direktschaltung von Gehirn und Computer Allgegenwart und nie dagewesene sinnliche Befriedigung erfuhr, arbeitete er als moderner Hacker, der in die ›Eis‹ genannten schützenden Software-Hüllen fremder Computersysteme einbrach. Zum Zeitpunkt des Romaneinstiegs ist er jedoch nicht mehr in der Lage, in den Cyberspace einzusteigen, weil seine letzten Auftraggeber ihm zur Strafe dafür, daß er — wie ein Süchtiger Heroin — Datenmaterial für sich selber abzweigen wollte, den entsprechenden Teil des Nervensystems ausgebrannt haben, ähnlich, wie man im Mitelalter den Dieben die Hand abhackte. Von Ersatzdrogen ausgemergelt, die alles sind, was ihm noch bleibt, um seine Cyberspace-Sucht zu stillen, lebt er, am Rande des Selbstmord und des knappen Geldes, in Chiba-City, einem Vorort von Tokyo. Als ihm schließlich eine Chance geboten wird, sein Nervensystem wieder zu reparieren, will er diese anfangs nicht wahrnehmen. Doch die künstliche Intelligenz (KI), die seiner Hilfe bedarf, um die Sicherheitssysteme, die deren Sprung auf die echte Bewußtseinsstufe verhindern sollen, auszuschalten, läßt nicht locker. Sie schickt Mollie, eine Killerin mit künstlichen Augen und Rasierklingen unter den Fingernägeln, hinter ihm her, zwischen der und Case sich ein unsentimentales Liebesverhältnis entwickelt. Die Handlung verlagert sich nach Nordamerika und zu einem großen Habitat im All, einer Art Las Vegas am Himmel, bis Case und Mollie sich einer anarchischen Rastakolonie im Erdorbit anschließen. Es kommt zu einer Auseinandersetzung mit der ›Turing-Polizei‹, deren Aufgabe — ganz im Stil von Ridley Scotts *Blade Runner* (der auf einem Roman von Philip K. Dick basiert) — darin besteht, sicherzustellen, daß künstliche Intelligenzen innerhalb ihrer Grenzen verbleiben, und sie dringen in das exotische Zuhause eines gefährlichen exzentrischen Multimillionärs ein, wo sie die intelligente Elektroeinheit finden, die sie beide dazu benutzen wollte, sich von allen menschlichen Fesseln freizumachen. Am Ende trennen Mollie und Case sich wieder, denn welche andere Konsequenz kann es in einer solcherart zerfaserten Welt, der jeder Antrieb zur menschlichen Kommunikation entzogen ist, auch geben?

Worauf es Gibson bei der Niederschrift des Romans ankam, drückt er folgendermaßen aus: »Ich war, als ich das Buch schrieb, darauf bedacht, der amerikanischen SF sozusagen gegen den Strich zu schreiben. Verschiedene bewußte Schachzüge resultieren aus dieser Absicht. Zum einen fällt kein Wort über Amerika als politische Institution, und der Text gibt nichts her, womit sich wirklich belegen ließe, daß die Vereinigten Staaten überhaupt existieren. Zum anderen ist die Hauptperson eine Art Antiheld, ein Typ, der schwächer ist als sein Mädchen.« Zweierlei fällt an dieser Äußerung auf: Zum einen formuliert sie die Absage an eine wie auch immer geartete politische Verantwortung; ganz in Punk-Manier zählt nur, was aus den Trümmern der Zivilisation, zu der heute maßgeblich die Technik gehört, für den eigenen Genuß herangezogen werden kann, um einen Totentanz zu begehen, der die Lust am Untergang zelebriert. Zum anderen macht Gibson deutlich, daß das Konstruktionsprinzip, das letzten Endes zum Ergebnis hatte, seinen Roman aus der Masse der gängigen Buchproduktionen herauszuheben, das der Verkehrung ist. Diese beiden Aspekte führt er mit den Mitteln der Science Fiction zusammen, indem er, wie er an anderer Stelle erklärt, deren Repertoire gegen sie verwendet: »Ich war immer der Ansicht, daß ein guter SF-Roman, der an einem futuristischen Schauplatz spielt, als Einstiegserfahrung mit einem Kulturschock aufwarten sollte. Wo man ständig durch das Andersartige in Atem gehalten wird.« Politische Absage, Verkehrung, Schock — dahinter steht der bereits erwähnte Widerhaken, den Gibson zum formprägenden Element wählt, das darauf abzielt, immer dasjenige zu präsentieren, was am wenigsten wahrscheinlich ist, das Gegenteil des Substantiellen, das Unausgedrückte und Unausdrückbare, jenes ungeschehene Ereignis, das nur in Gestalt von Traumbildern und Phantasmen von sich Kenntnis gibt. Dieses ungeschehene Ereignis — das man auch den hohlen Kern von Ereignissen nennen kann — ist es, um das herum sich so beständig wie vergeblich Handlung vollzieht.

Bei Erscheinen des Romans war man trotz des großen Erfolges beim Publikum über dessen Qualität geteilter Ansicht. »Man könnte geltend machen«, schreibt der englische Literaturkritiker David Pringle, »daß *Neuromancer* unter seiner bravourösen Oberfläche ein ziemlich konventionelles Stück populärer Dichtung ist. Es hat einen starken Plot, Elemente des Krimis und eine Menge Gewalt von rauhen Burschen. Aber es besitzt auch mehr als nur einen Hauch Poesie. Die bildliche Darstellung von zerfallenden Stadtlandschaften, übersät mit elektronischen Apparaten, die verrückt spielen, ist außerordentlich lebendig und einschlägig.« Tatsächlich weist der Roman eine Anzahl von Schwächen auf, eine gewisse Effekthascherei und einen Grad an Komplexität, der hin und wieder die Handlung aus dem Ruder laufen läßt, aber das sind Folgen jenes automatischen Schreibverfahrens, dem sich Gibson verpflichtet fühlt. Was von Pringle kritisiert wird, ist das Fehlen einer gewissen Tiefe des Ausdrucks, hinter der man so etwas wie eine Aussage, eine kritische Stellungnahme des Autors vermuten könnte. Aber erinnern wir uns: Die Ereignisse in Gibsons Texten zeichnen sich gerade dadurch aus, keine Bedeutung zu tragen, die über die bloße Inszenierung ihres Vorgangs hinausginge. Gibson *gibt* seinen Geschichten keine Interpretation. »Ich glaube«, sagt er dazu in einem Gespräch mit Colin Greenland, »daß eine Menge Kritiker meinen Sinn für Realismus, für die *kommerziellen Oberflächen* der Leben meiner Charaktere als einen tiefen und aufrichtigen Versuch mißverstanden haben, die Technik zu begreifen. Ich bin ebenso fasziniert — nun, eigentlich sogar etwas mehr — von den Motiven, die jemanden dazu bringen, rauszugehen und sich eine Calvin Klein-Jeans zu kaufen, wie ich es von der Arbeitsweise eines chirurgischen Lasers bin. Was nicht heißen soll, daß ich der Schönheit und Wichtigkeit (oder Poesie) eines chirurgischen Lasers gegenüber blind bin ...« Worauf Gibson hier so ironisch abzielt, ist klar: Er benutzt den Wiedererkennungseffekt beim Leser, um das Fehlen von jeglichen Inhalten und Werten punkmäßig zum Äußersten zu treiben und sie damit in ihr Gegenteil zu verkehren. Der Wiedererkennungseffekt stößt damit strenggenommen immer ins Leere, in den Hohlraum, der sich zwischen Technikliebe und nostalgischer Romantik auftut in einer Zeit, wo der Computer in einer kybernetisch erfahrenen Welt neben neuen Bequemlichkeiten auch immer neue Abhängigkeiten schafft.

Spannung gewinnt Gibsons Stil jedoch nicht nur aus der Montage zeitgenössischer Kulturobjekte, seien es Jeans oder Laser, sondern vor allem durch Handlungsverläufe, die, wie Pringle bemerkt, viel dem Kriminalroman zu verdanken haben, genauer gesagt, dem ›Roman Noir‹ der dreißiger Jahre, dessen vielleicht größter Vertreter Cornell Woolrich war und der — nach einer Renaissance in den Fünfzigern — gerade wieder zu neuen Ehren kommt. Ihn kennzeichnet die Konzentration auf von jeder Poesie gereinigte Strukturen, eine Art Schachbrett-Mentalität, nach der sich alles zweipolig scheidet, in Gut und Böse, Mann und Frau, Sein und Nichtsein, eine Polarität, die bis zum Einsatz der Lichtverhältnisse geht. Schwarze Serie-Verfilmungen zeigen, wie der zum Selbstzweck erstarrte korrupte Polizeiapparat einer verdorbenen Gesellschaft — der seine Entsprechung im Cyberpunk in Form der allgegenwärtigen Technologie findet — alles ausleuchtet, aber das Dunkel, in dem ein Philip Marlowe agieren muß, bleibt erhalten. Die Verarbeitung dieser Aspekte durch Gibson wird noch deutlicher in seinem zweiten Roman, *Count Zero*, dessen Titel der Spitzname einer Figur (»Graf Null«) ist und gleichzeitig frei übersetzt ›Zähle bis Null‹ bedeutet, wobei Null im kybernetischen Sinn keine Zahl und somit nicht zählbar ist, also selbst diese Differenz aufgehoben wird. Er spielt acht Jahre später vor demselben Hintergrund wie Band eins der Sprawl-Serie, ebenfalls im Cyberspace, und besteht aus drei miteinander verflochtenen Geschichten. Turner, ein Wesen, das um sich das Flair eines abgerissenen Privatdetektivs verbreitet, wird angeworben, um die Erfolge einer neuen Technologie der Maas-Biolaboratorien zu überwachen und endet mit einer Art Gangsterbraut im Sprawl von Boston-Atlanta. Marly, ein Wesen, dessen Haut in regelmäßigen Abständen aufleuchtet, wird von dem unglaublich wohlhabenden Josef Virek angeworben, um den Künstler einiger außergewöhnlicher Objekt-Collagen aufzuspüren. Und Graf Zero, der so gerne ein Kind der Straße sein möchte und die Weisheit, die er allmählich gewinnt, auch dringend nötig hat, wird dazu abgestellt, eine ominöse Technologie wieder zum Leben zu erwecken. Dreh- und Angelpunkt der drei Stränge sind die unterschiedlichen Bemühungen, in den Cyberspace einzugehen, was die völlige Loslösung von allem Körperlichen voraussetzt. Virek gelingt es schließlich, doch schneidet er sich damit den Rückweg in seinen eigenen, für tot erklärten Leib ab. Besser dran ist die Tochter eines Angestellten der Biolaboratorien, der für Virek nach einem alternativen Weg in den Cyberspace suchte, über Biochips nämlich. Sie erhält sie implantiert, womit sie zur wandelnden Inkarnation des Cyberspace wird, ein rein kybernetisches Gebilde aus Fleisch und Blut. Die mechanische Struktur der Menschmaschine, die Gibsons Texten bis dahin unterlegt war, wird mittels der Verkehrung zur Matrix selbst dessen erklärt, was aus Zellgewebe besteht. Schaltkreise werden durch Adern und Nerven ersetzt.

Der vorliegende Roman, *Mona Lisa Overdrive*, dessen Original Mitte 1988 unter gleichem Titel erschien, bildet den Abschlußband des Sprawl-Zyklus, der damit in drei Romanen und drei Erzählungen geschlossen auf deutsch im Wilhelm Heyne Verlag vorliegt. Fünfzehn Jahre sind seit den Ereignissen in *Neuromancer* und sieben seit denen in *Count Zero* vergangen, und Gibson zeigt seine Vision eines einundzwanzigsten Jahrhunderts, dessen äußerer Perfektion eine ebenso detaillierte Innenausarbeitung entspricht. Entwickelt sich die Handlung im vorangegangenen Roman noch auf drei Ebenen, so sind es nun deren vier, die abwechselnd ins Bild gerückt werden: eine nach London versetzte junge Frau, ein roboterfabrizierender Schundkünstler, ein Sense/Net-Star und Mona, eine Teenager-Prostituierte, die aus Cleveland floh und in schlechte Gesellschaft gerät. Darüber hinaus tauchen auch eine Anzahl vertrauter Figuren wieder auf, die spiegeläugige Killerin Molly, der Count selbst und die ehrbare 3Jane Tessier-Ashpool, ganz zu schweigen von den *loas* — Voodoo-Manifestationen, die seit der erst kürzlich eingetretenen, rätselhaften ›Wende‹ den Cyberspace heimsuchen. Es ist Molly, jene Figur, die den Autor seit »Johnny Mnemonic« (1981) nicht mehr losgelassen hat, die nun die verschiedenen Handlungsfäden zusammenführt. Trotz seiner zynisch anmutenden Intrigen und krimihaften Enthüllungen ist *Mona Lisa Overdrive* jedoch nicht bloß ein Roman um Ränke, Ideen und Abenteuer. Es drückt sich auch ein Hang zur Romantik aus, der stärker als in den vorherigen Büchern den Autor in die von ihm entwickelte Handlung einzubeziehen scheint.

Ein Beispiel dafür ist die Figur des Schundkünstlers Thomas Gentry, unschwer als Alter Ego des Autors zu erkennen, der versucht, die totale Form zu finden, freilich nicht indem er Prognosen, sondern indem er Diagnosen der Zeit erstellt, ein Unterfangen, das Gibson selbst über die Konstruktion seiner Texte zum Ausdruck bringt. Die ausgefallensten Ideen in seinen Büchern, für die er nicht oft genug gerühmt werden kann, finden eigener Aussage nach bereits statt und sind nur leicht futuristisch überpinselt. In *Count Zero,* das er in Mexiko zu schreiben begann, spielt eine Szene in einer Kunstgalerie, wo Kunsthändler Anteile an einem Werk erwerben, ein Vorgang, der sich in der Realität als reine Geldanlage längst abspielt. Bei Joseph Cornell wiederum, der im selben Buch erwähnt wird, handelt es sich um eine real existierende Person, die ihr Leben lang im Haus der Mutter in einem New Yorker Vorort gelebt und sich darauf spezialisiert hat, aus Ramsch und Müll kleine Kästen von Zigarrenkisten- bis Waschmittelpaketgröße zu bauen. Er wird von Gibson als Metapher dafür eingesetzt, wie seine eigenen Bücher konstruiert und gemacht sind, »aus lauter kleinen Gedankensplittern und Erinnerungsfetzen zusammengefügt«.

Es ist deutlich zu sehen, daß der Zusammenbruch aller Arten von Unterscheidungen — zwischen Popkultur und ernsthafter Kultur, verschiedenen Gattungen, verschiedenen Kunstformen und so weiter — eine Art befreiende Wirkung auf Schriftsteller seiner Generation hat. »Diese Vorstellung«, sagte er in dem bereits erwähnten Interview mit Larry McCaffery, »daß all dieses Zeug da draußen potentielles Mahlgut für deine Mühle ist, ist sehr befreiend gewesen. Dieser Prozeß der kulturellen Vermischung scheint es zu sein, worum es bei der Postmoderne geht. Das Ergebnis ist eine Generation von Leuten (von denen einige Künstler sind), deren Geschmack ziemlich eklektisch ist — die Art von Leuten, die Punk-Musik und Mozart hip finden, die die meisten Nächte diese schrecklichen Horror- und SF-Filme aus den 7-Elevens mieten, dich aber manchmal auch dazu auffordern, mit ihnen zu Schlammringkämpfen oder einer Dichterlesung zu gehen. Wenn man Schriftsteller ist, besteht der Trick darin, seine Augen und Ohren offen genug zu halten, um all dies einströmen zu lassen, aber auch irgendwie intuitiv zu erkennen, was man in seiner Arbeit auftauchen lassen sollte, wie wirkungsvoll etwas in einem speziellen Zusammenhang sein könnte. Ich weiß, daß mein Gespür fürs Schreiben nicht alles in verschiedene *Abteilungen* unterteilt, und ich trenne Literatur nicht von den anderen Künsten. Dichtung, Fernsehen, Musik, Film liefern alle Material in Form von Bildern und Redewendungen und Codierungen, die sowohl bewußt als auch unbewußt in mein Schreiben einfließen.« Darauf beruht auch der Gebrauch von Sprache in Gibsons Büchern. »Selten erfinde ich neue Sprüche. Die Sprache in meinen Büchern, der futuristische Slang, stammt von diversen Stellen, von allen möglichen sprachlichen Bereichen, die ihren eigenen Jargon haben.«

Wie kommt es, daß eine solche Vielzahl von Einflüssen, die nicht einmal bewußt vorliegen müssen, sich noch zu einem zusammenhängenden Ganzen fügt? Was macht die gegenseitige Anziehungskraft dieses Sammelsuriums von Zivilisationstrümmern aus? Darin liegt Gibsons wahre Stärke. Sie liegt weniger in seinen rasanten Handlungsverläufen oder seinen Charakterisierungen, die geradezu auffällig bis zu ihrem völligen Nichtvorhandensein getrieben sind, als vielmehr in seiner Fähigkeit, wie Norman Spinrad es ausdrückt, zwei altbekannte Formulierungen so miteinander zu verbinden, daß ein elektrisierender Funke überspringt. Besonders in einer deutschen Übersetzung ist das manchmal nur schwer zu sehen, weil der Gebrauch des futuristischen Hacker & Punk-Jargons und die damit verbundene starke Bildhaftigkeit, für die Gibson weithin gelobt wurde, der stärker abstrahierenden deutschen Sprache zuwiderläuft. Sätze wie der folgende machen es aber deutlich: »Diesmal hockte er zwischen zwei böse aussehenden Schlagzeuggebilden, die rostbraunen, spindeldürren Arme um zerbeulte Konstellationen aus Blechdosen geschlungen, die er aus den Schutthalden von Richmond gefischt hatte.« Gibsons Vorliebe für High Tech dient hier der Zuweisung von Eigenschaften an eine Person, die ursprünglich den Dingen anhaftete, von denen sie umgeben ist; ein Funke springt über, indem die

Qualitäten von Mensch und Technik überkreuz verschoben werden, ein Funke, der sich in einem gemeinsamen Brennpunkt dieser mechanistisch-kybernetischen Gebilde entzündet, für den Gibson den Begriff ›Cyberspace‹ gefunden hat. Die gleiche Technik macht an anderer Stelle deutlich, daß Gibsons imaginative Kraft wirklich so erstaunlich weit von der visionären Haltung der klassischen Science Fiction entfernt ist, wie seine Gernsback-Parodie, der das nächste Beispiel entnommen ist, glauben machen möchte: »Die dreißiger Jahre träumten von weißem Marmor und hochglanzpoliertem Chrom, von unvergänglichem Kristallglas und patinierter Bronze, aber die Raketen auf den Titelseiten der Gernsbackschen Pulps waren in tiefster Nacht heulend auf London gefallen.« Die Technikverherrlichung der dreißiger Jahre hatte zur Kehrseite, daß Tod und Vernichtung Einzug hielten. Man stelle sich vor, wie jemand in fünfzig Jahren den gleichen Vorwurf an den Cyberpunk richtet. Man müßte ihm entgegnen, daß Gibson ein Gemeinsames von Technik und Untergang des Individuums formuliert, nämlich einen Raum dazwischen, den Cyberspace, der die Differenz von Leben und Tod aufhebt und damit Ausgänge nach beiden Seiten schafft. Solche stilistischen Glanzpunkte tauchen verstreut überall in Gibsons Werk auf und schließen auch das Frauenbild mit ein, das sich auf entsprechende Weise zwischen den Zeilen zurechtrückt. Der mögliche Vorwurf, Gibson schreibe Geschichten um kalte Liebe und unentrinnbares Leid in einer vollelektronisierten Welt ohne echte Frauen, verkennt die Tragweite des Problems. Noch stärker als bisher in der Science Fiction ist die Frau bei ihm nur eine Idee. Gemäß den Traditionen der Schwarzen Serie wird sie im Cyberpunk als stereotypes Prinzip begriffen. Weiblichkeit ist im Computer verkörpert, in Perfektion im unendlichen Raum des Cyberspace, wo die Aufhebung der Identität mit der Rückkehr in den Zustand des Ungeborenseins zusammenfällt, wie ihn David

Bowman so eindrucksvoll in Kubricks *2001* präsentiert. Hieraus erklärt sich auch, weshalb jener ominöse Raum, den sich Mensch und Maschine teilen und in den einzutauchen das einzige Ziel von Gibsons Figuren ist, eine Art technische Droge darstellt, wie sie den Computer-Addicts nur zu vertraut sein dürfte.

In dem bereits erwähnten Gespräch mit Colin Greenland beschreibt Gibson, der Schöpfer des Begriffs ›Cyberspace‹, wie er auf dieses Prinzip kam: »Wenn man sich einmal die Körperhaltung der Kids beim Videospielen ansieht, gibt's da eine Feedback-Schleife von Teilchen: Die Photonen treten aus dem Schirm heraus direkt in die Augen des Burschen über, und die Neuronen bewegen sich durch seinen Körper, und die Elektronen bewegen sich durch den Computer. Auf der Teilchenebene gibt es dieses geschlossene System. Außerdem hatte ich von Gesprächen mit Leuten über Computer her den Verdacht, daß jeder auf irgendeiner Ebene, ohne es je wirklich zu sagen, das Gefühl zu haben schien, daß hinter dem Bildschirm ein Raum war. Ich nahm das eben und spann es so weit aus, wie's ging.« Dabei entspricht Gibsons eigene Vorgehensweise als Autor diesem Sog, dieser Erschaffung einer Feedback-Schleife: »Ich beginne normalerweise, indem ich mir einen Schauplatz ausmale, und sobald ich den vor meinem geistigen Auge sehe, sobald ich den Schauplatz im Kopf habe, läuft alles andere wie von selbst, falls es überhaupt läuft. Ich bin eigentlich keiner, der die Handlung bewußt konstruiert, und ich glaube, ich könnte gar kein Buch zu Ende bringen, wenn ich genau wüßte, wie es ausgehen wird.« Erstaunlich, daß Gibson ein Wort für seine Besessenheit gefunden hat: ›Cyberspace‹. Gibson bezog seine Metaphern aus dem Umfeld der Computertechnologie, ohne — zur großen Verblüffung seiner Leser — je einen Rechner in Aktion gesehen, geschweige denn selbst einen bei der Niederschrift verwendet zu haben. Aus der bloßen Auswertung der Pop-Artefakte und Zivilisationstrümmer gelang es ihm, einen Raum zu erfinden, von dem nun einerseits Gibson erstaunt war zu erfahren, daß es ihn bis dahin nicht gegeben hatte und erst seine Fiktion einen Begriff für den beherrschenden Ausschnitt der Wirklichkeit eines jeden Computerbenutzers geschaffen hatte: den Raum hinter dem Bildschirm.

Gibsons Augenmerk gilt vor allem der Technikorientiertheit, der sich die Menschen gegenübersehen. Wie Narziß in den Teich, der sein Abbild nur gebrochen widergibt, blicken sie in den Raum hinter dem Monitor und sehen nur ihr eigenes Spiegelbild auf dessen Oberfläche zurückgrinsen. Der Identitätsverlust droht. Dennoch nehmen sie angesichts der Unmöglichkeit eines befriedigenden menschlichen Miteinanders die Möglichkeit eines im wahrsten Sinne des Wortes grenzenlosen Narzißmus dankbar an. Wenige erkennen die unersättliche Natur der Terminals. Gibson formuliert ihre Furcht vor dem Ersatz von Fleisch durch Chrom, das — wie er im Titel seiner Erzählung von 1981 mitformuliert — eben doch »brennt«. Es ist kaum zu überhören, daß diese Formulierung gleichermaßen Beschwörung wie Hilfeschrei ist. Die Angst vor der totalen Auflösung des Menschen in die reine Maschinenstruktur, seine Computerwerdung und Entpersönlichung, von der gleichzeitig alle Verheißung und Faszination ausgeht, hat die Menschen von heute längst in den Bann jener Technik geschlagen, die sie sich anzueignen einst ausgezogen war. Doch was bleibt, wenn die Gleichung Mensch = Maschine aufgegangen ist? Sie erweist sich als null und nichtig, weil die materielle Komponente des Seins, die Körperhaftigkeit des Menschen, notwendige Voraussetzung für Identität ist. Auch Gibson ist dem ausgewichen, sich in dieser Feedback-Schleife zu verfangen. Nach ersten schreiberischen Anfängen, die klar und unmißverständlich die Strukturen zeigten, in deren aufklaffenden Zwischenräumen sich das Individuum verliert, wurde das Fehlen einer vermittelnden Instanz zwischen Hardware und Software mit eigenen Mitteln überbrückt. Im Zuge von Gibsons wachsender schriftstellerischer Erfahrung wurde dieser Abgrund mit Phantasmen gefüllt, jenen bildhaften Ersatzvorstellungen, die immer dann auftauchen, wenn das Entsetzen vor dem Anblick dessen, was sie verdecken, zu groß wird, wenn sich über den Sog durch das herbeigesehnte Nichts die Drohung des Identitätsverlustes schiebt.

Davon zeugt auch das Konzept des neuen Romans, der für Ende 1989 in Vorbereitung ist. Gemeinsam mit Bruce Sterling hat Gibson nach einer Möglichkeit gesucht, darzustellen, wie es mit den Computern weitergehen mag, und das bedingte, daß sie zu den Wurzeln zurückgingen. Herausgekommen ist *The Difference Engine,* ein historischer Alternativweltroman, der im England des viktorianischen Zeitalters angesiedelt ist. Im gedanklichen Mittelpunkt steht die historische Figur des Charles Babbage (1792—1871), ein Mathematiker, der an der Entwicklung großer Rechenanlagen zur Erstellung von Funktionstabellen arbeitete und bereits damals eine programmgesteuerte Rechenmaschine entwarf; ihm wird unterstellt, er habe diese auf der Grundlage von Dampfkraft tatsächlich gebaut, so daß die industrielle Revolution Englands von Anfang an kybernetisch geprägt war; das Phänomen ›Amerika‹ bleibt somit aus, und England und Frankreich beherrschen auf unabsehbare Zeit die Welt. »Es ist eine ganz andere Arbeitsweise«, schwärmt Gibson, »weil es sich um einen historischen Roman handelt, so daß wir nur Bestimmtes ändern können, und wir müssen sogar die Geschichte hereinnehmen, um sie ändern zu können.« Zweifellos ist es eine Abwechslung zu Gibsons bisheriger Cyberspace-Arbeit, zeigt aber gleichzeitig, daß die Flucht vor der reinen Struktur des substanzlosen Raums zur Hinwendung an feststehende Zusammenhänge geführt hat, die es nur noch zu modifizieren gilt, aber nicht mehr bloßzulegen und aufzulösen. Sich nicht zu verlieren, bildet den Hintergrund für eine solche Bewegung. Das wird auch mit ein Grund für Gibsons Aussage sein, wonach es für ihn ein wahrer Alptraum wäre, in fünf Jahren Cyberspace 10 zu schreiben; zu diesem Kosmos wird es also keine Fortsetzung mehr geben. An seine Stelle sind verzweigte Projekte getreten, die Einzelaspekte von Gibsons bisherigen Interessensgebieten vertiefen. Nachdem er bereits im vergangenen Jahr das Drehbuch für *Alien III* abgeschlossen hat, sitzt er derzeit gemeinsam mit John Shirley an einer Drehbuchfassung für »New Rose Hotel«. Im Februar 1988 machte er für das japanische *Penthouse* eine Serie von Reiseberichten über Tokio. Bei dieser Gelegenheit besuchte er Japan das erste Mal, obwohl sich die Figur des Samurais, die allerdings fester Bestandteil der westlichen Pop-Kultur ist, in Gestalt Mollys durch alle drei Titel der Neuromancer-Trilogie zieht. All dies zeigt deutlich, daß Gibson sich auf das ›ernsthafte‹ Schreiben zurückgezogen und damit einen Teil seines spontanen Ausdrucks verloren hat. Bleibt abzuwarten, was seine nächsten Arbeiten zu leisten vermögen. Es läßt hoffen, daß Gibsons Vorstellung von dem, was Science Fiction leisten sollte, ungebrochen ist. »Ich glaube«, sagt er, »wir leben in einer Zeit, die uns überwältigt und unverständlich ist, und ich glaube, die wichtigste Funktion von mir und der SF, die ich schreibe, ist, die Gegenwart verständlicher zu machen — und nicht versuchen zu wollen, die Zukunft vorauszusagen. Das wäre hoffnungslos.«

Immerhin machen seine bisherigen Erzählungen und Romane möglich, was man auf den ersten Blick als unwahrscheinlich bezeichnen würde: mehr über die eigene Zeit zu erfahren, bis sie einem seltsamer erscheint als alles, was in Vergangenheit und Zukunft je existiert haben könnte.

Copyright © 1989 by Michael Nagula

DEUTSCHE BIBLIOGRAFIE

1. Romane

NEUROMANCER (1984). Deutsche Ausgabe: *Neuromancer,* Heyne Science Fiction & Fantasy 06/4400, München 1987, übersetzt von Reinhard Heinz; mit einem Nachwort von Norman Spinrad.

COUNT ZERO (1986). Deutsche Ausgabe: *Biochips,* Heyne Science Fiction & Fantasy 06/4529, München 1988, übersetzt von Reinhard Heinz.

MONA LISA OVERDRIVE (1988). Deutsche Ausgabe: *Mona Lisa Overdrive,* Heyne Science Fiction & Fantasy 06/4681, München 1989, übersetzt von Reinhard Heinz; mit einem Nachwort von Michael Nagula.

2. Storysammlung

BURNING CHROME (1986). Deutsche Ausgabe: *Cyberspace,* Heyne Science Fiction & Fantasy 06/4468, München 1988, Übersetzt von Reinhard Heinz. Enthält: »Der mnemonische Johnny« (Johnny Mnemonic); »Das Gernsback-Kontinuum« (The Gernsback Continuum); »Fragmente einer Hologramm-Rose« (Fragments of a Hologram Rose); »Zubehör« (The Belonging Kid; mit John Shirley); »Hinterwäldler« (Hinterlands); »Roter Stern, Winterorbit« (Red Star, Winter Orbit; mit Bruce Sterling); »New Rose Hotel« (New Rose Hotel); »Der Wintermarkt« (Winter Market); »Luftkampf« (Dogfight; mit Michael Swanwick); »Chrom brennt« (Burning Chrome); mit einem Vorwort von Bruce Sterling.

3. Vereinzelt erschienene Erzählungen

THE GERNSBACK CONTINUUM (1981). Deutsche Fassung: *Das Gernsback-Kontinuum,* in »Spiegelschatten«, herausgegeben von Bruce Sterling, übersetzt von Reinhard Heinz, Heyne Science Fiction & Fantasy 06/4544, München 1988.

HINTERLANDS (1981). Deutsche Fassung: *Hinterwäldler,* in »Licht- und Schattenjahre«, herausgegeben von Werner Fuchs, übersetzt von Reinhold H. Mai, Kanur Science Fiction 5838, München 1985.

BURNING CHROME (1982). Deutsche Fassungen: *Chroms Ende,* in »Die schönsten Science Fiction Stories des Jahres 3«, herausgegeben von Terry Carr, übersetzt von Edda Petri, Heyne Science Fiction & Fantasy 06/4165, München 1985; *Chrom brennt*, in »Heyne Science Fiction Jahresband zum Jubiläumsjahr 1988«, herausgegeben von Wolfgang Jeschke, übersetzt von Reinhard Heinz, Heyne Science Fiction & Fantasy 06/4477, München 1988.

RED STAR, WINTER ORBIT (1983; mit Bruce Sterling). Deutsche Fassung: *Roter Stern, Winterorbit*, in »Spiegelschatten«, herausgegeben von Bruce Sterling, übersetzt von Reinhard Heinz, Heyne Science Fiction & Fantasy 06/4544, München 1988.

THE WINTER MARKET (1986). Deutsche Fassung: *Der Wintermarkt*, in »Schöne nackte Welt«, herausgegeben von Wolfgang Jeschke, übersetzt von Reinhard Heinz, Heyne Science Fiction & Fantasy 06/4380, München 1987.

4. *Interview*

EIN GESPRÄCH MIT WILLIAM GIBSON (7. Juli 1988). Interviewpartner: René Mahlow, in »Das Science Fiction Jahr 4. Ausgabe 1989«, herausgegeben von Wolfgang Jeschke, übersetzt von Reinhard Heinz; Heyne Science Fiction & Fantasy 06/450, München 1989.

Copyright © 1989 by Michael Nagula

HEYNE BÜCHER

Top Hits der Science Fiction

Man kann nicht alles lesen – deshalb ein paar heiße Tips

Ursula K. Le Guin
Die Geißel des Himmels
06/3373

Poul Anderson
Korridore der Zeit
06/3115

Wolfgang Jeschke
Der letzte Tag der Schöpfung
06/4200

John Brunner
Die Opfer der Nova
06/4341

Harry Harrison
New York 1999
06/4351

Wilhelm Heyne Verlag
München

HEYNE
BÜCHER

Top Secret

Die geheimen historischen Aktivitäten des Heiligen Stuhls mittels der von Leonardo da Vinci erfundenen Zeitmaschine

06/4327

Witzig, pfiffig, geistreich und frech:

Carl Amerys Longseller in neuem Gewand als Sonderausgabe

Wilhelm Heyne Verlag
München

HEYNE BÜCHER

Lois McMaster Bujold

Barrayar-Zyklus

Die Vorkosigan sind ein altes Feldherren- und Herrschergeschlecht auf Barrayar, einem Planeten, die sich seit Jahren im Krieg gegen Escobar befindet. Als einer der Söhne eine gegnerische Raumschiffkommandantin zur Frau nimmt, bricht für viele eine Welt zusammen, und die Gegner der herrschenden Dynastie wittern ihre Chance.

Der erfolgreiche Zyklus einer jungen amerikanischen Autorin - zweimal ausgezeichnet mit dem begehrten HUGO GERNSBACK AWARD

Scherben der Ehre
06/4968

Barrayar
06/5061

Der Kadett
06/5020

Der Prinz und der Söldner
06/5109

Ethan von Athos
06/5293

Wilhelm Heyne Verlag
München

HEYNE BÜCHER

David Brin

»Wie Schriftsteller so sind, glaube ich, als eine Art Optimist zu gelten. Daher scheint es nur natürlich, daß dieser Roman eine Zukunft entwirft, in der es etwas mehr Weisheit gibt als Torheit ... Vielleicht etwas mehr Hoffnung als Verzweiflung.

Tatsächlich ist er wohl das ermutigendste Zukunftsbild, das ich mir gerade jetzt vorstellen kann.
Welch ernüchternder Gedanke!«

06/5145

Wilhelm Heyne Verlag
München

HEYNE BÜCHER

Ein genialer Geheimplan

Die USA hatten einen genialen Geheimplan: mit Zeitmaschinen Spezialisten 5 Millionen Jahre in die Vergangenheit zu schicken, um den Arabern vor ihrer Zeit das Öl abzupumpen und mit Pipelines in andere Lagerstätten zu verfrachten. Das Fatale war nur: Niemand konnte wirklich die Folgen eines solchen Eingriffs kalkulieren. Wie würde unsere Gegenwart aussehen, wenn der Coup gelänge? Hätte es dann die Welt, wie wir sie kennen, überhaupt je gegeben?

Wolfgang Jeschke
Der letzte Tag der Schöpfung
06/4200

Wilhelm Heyne Verlag
München